SUSURROS DE PASIÓN

KARYN MONK

Susurros de Pasión

Titania Editores

ARGENTINA - CHILE - COLOMBIA - ESPAÑA
ESTADOS UNIDOS - MÉXICO - URUGUAY - VENEZUELA

Título original: *Every Whispered Word*
Editor original: Bantam, Nueva York
Traducción: Marta Torent López de Lamadrid

ISBN: 84-95752-97-2
Depósito legal: B - 33.100 - 2006

Fotocomposición: Ediciones Urano, S. A.
Impreso por Romanyà Valls, S. A. - Verdaguer, 1 - 08786 Capellades
(Barcelona)

Impreso en España - *Printed in Spain*

A Genevieve,
con todo mi amor

PRIMERA PARTE

El lenguaje del corazón

Capítulo 1

Marzo de 1885, Londres, Inglaterra

¡Qué condenadamente bien le habría ido tener la piqueta a mano!

En su defecto, le propinó frustrada una patada a la puerta y soltó una palabrota cuando el dolor le recorrió el pie.

«¡Odio este maldito lugar!»

La puerta chirrió y se abrió ligeramente, mostrando una parte del vestíbulo que había detrás de ésta. Miró un momento fijamente mientras analizaba a toda prisa sus opciones.

Sin duda, lo correcto sería cerrar la puerta. Seguro que en Londres la gente no esperaba que alguien abriera la puerta de su casa de una patada y a plena luz del día, pensó, sobre todo tratándose de una mujer joven y de aspecto relativamente respetable. Pero ¿y si el señor Kent estaba en casa y no le había oído llamar? Quizás estuviese atareado en alguna parte de la casa desde donde fuese difícil oír a alguien que aporreaba incesantemente la puerta. Claro que lo más probable, reflexionó, era que un hombre de su nivel social tuviese mayordomo. Entonces ¿por qué el criado no le abría?

Porque debía de ser viejo y estar sordo como una tapia, especuló enseguida. O tal vez bebiese a escondidas y se hubiese desplomado sobre la cama, completamente beodo. O acababa de sufrir algún ataque terrible y estaba tumbado en el suelo, indefenso, demasiado débil para pedir auxilio. ¡Sería una tragedia que ella se limitase a cerrar fríamente la puerta y marcharse, dejando que el pobre anciano y sordo mayordomo sufriera en soledad y muriera!

—¡Hola! —gritó, abriendo la puerta del todo—. ¿Señor Kent? ¿Está en casa?

Se oyó un fuerte golpe procedente de algún punto de la casa. Era evidente por qué nadie había contestado a su llamada a la puerta. Con semejante estruendo tenía que haber alguien en el interior de la casa, aunque, quienquiera que fuese, apenas podía imaginarse qué estaría haciendo.

—¿Señor Kent? —Entró en el vestíbulo—. ¿Puedo pasar?

Curiosamente, en el recibidor no había ningún mueble, como si el propietario se acabase de instalar. En un lateral de la entrada había un taburete desvencijado y *spindly-legged* sobre el que se erguía una inestable montaña de libros y papeles puestos de cualquier manera. Por el suelo y la escalera había esparcidos más montones desordenados de notas y volúmenes de gastadas tapas de cuero, que le obligaron a pisar con cuidado mientras se abría paso por el vestíbulo.

—Señor Kent —volvió a gritar, intentando que la oyeran a pesar del ruido—, ¿está usted bien?

—¡Eso es! —exclamó alguien, triunfalmente—. ¡Lo sabía! ¡Lo sabía!

La voz procedía de la cocina, en el piso de abajo, lo que le dio a entender que no se trataba del señor Kent, sino de alguno de sus criados. En realidad, era mejor. Un criado podría decirle si el señor Kent estaba en casa. De ser así, Camelia podría ser conducida al cuarto de estar, donde esperaría mientras el criado la anunciaba formalmente. Era preferible una presentación formal a que el renombrado Simon Kent se encontrara de pronto en su casa con una desconocida en medio de su desorden de libros y papeles personales.

Repitiéndose a sí misma que socialmente estaba actuando del modo más aceptable, cerró la puerta principal. A continuación se enderezó el sombrero y se frotó las manos enguantadas en la tela de rayas de color marfil y esmeralda de su falda. No había ningún espejo a mano para comprobar el estado de su pelo, pero la multitud de horquillas que se había puesto torpemente ya empezaban a soltarse, por lo que el tosco moño colgaba sobre su nuca. Seguramente Zareb tenía razón, pensó con resignación. Si se quedaba en Londres mucho tiempo más, es probable que tuviese que acabar contratando una doncella; aunque la idea de tan frívolo gasto le irritaba. Se puso bien unas cuantas horquillas, cruzó una puerta que había en el recibidor y bajó el estrecho tramo de escaleras que conducía a la cocina.

—¡Sí, sí, eso es! ¡Eso está mejor! —chilló la voz grave, extática—. ¡Sí, señor, ya está!

Un hombre de estatura considerable estaba de pie en medio de la cocina, de espaldas a ella. Llevaba unos sencillos pantalones oscuros y una camisa blanca de lino arremangada informalmente hasta los codos, empapada y pegada al cuerpo. Lo que no era de extrañar, dado el extraordinario calor y humedad que inundaba la cocina. Un vaho fino y suave flotaba en el aire, proporcionando a la habitación un aspecto ligeramente etéreo. Era un poco parecido a estar en la selva después de una copiosa lluvia veraniega, pensó Camelia, deseando no ir vestida con tantas capas sofocantes de ropa femenina que rápidamente perdían volumen.

Un fuerte ruido y un rugido salieron de la enorme máquina que había junto al hombre. «Es un motor de vapor», pensó ella, sintiendo una ola de excitación. Estaba girando una gran manivela que facilitaba el movimiento de una serie de discos rotatorios. Estos discos eran parte de una compleja estructura que estaba conectada a un gran barreño de madera, pero Camelia no lograba entender para qué servía el extraordinario aparato.

—Ahora espera, espera un poco, tranquila, tranquila; no tan rápido, ¡poco a poco! —decía el hombre con paciencia, hablándole al artefacto como si fuese un niño que aprende alguna nueva habilidad.

Apoyó sus delgados y musculosos brazos en el borde del cubo de madera y clavó los ojos en su interior, intensamente concentrado en lo que sea que estuviese ocurriendo.

—¡Un poco más, un poco más! ¡Eso es! ¡Sí! ¡Genial!

Intrigada, Camelia se acercó sorteando el laberinto de largas mesas repletas de extraños aparatos mecánicos. Había pilas de libros por todas partes, y las mesas, el suelo y las paredes de la cocina estaban cubiertas de complicados bocetos y notas.

—Un poco más deprisa —instó el hombre, excitado—. ¡No, no, no! —ordenó, pasándose la mano por los rizos húmedos de su pelo cobrizo. Empezó rápidamente a ajustar una serie de palancas y válvulas del motor de vapor—. ¡Un poco más, un poco más! ¡Venga! Ya casi lo tenemos, ¡eso es!

Se produjo una explosión ensordecedora de vapor caliente. La manivela del aparato comenzó a girar más deprisa, lo que provocó que los discos rotaran cada vez con mayor velocidad.

—¡Eso es! —chilló exaltado—. ¡Perfecto! ¡Magnífico! ¡Maravilloso!

El barreño de madera empezó a vibrar y a temblar. El agua se derramó por sus bordes y cayó al suelo.

—Demasiado rápido. —Sacudiendo la cabeza, rectificó desesperado los ajustes que le había hecho al motor de vapor—. Ahora espera, más despacio. He dicho más despacio, ¿me oyes?

Cada vez más preocupada, Camelia observó cómo el enorme barreño temblaba y enviaba olas de agua jabonosa por el aire. Fuese cual fuese el objetivo de la máquina, estaba claro que no tenía que haber duchado por completo a la persona que la estaba manejando, que era lo que acababa de suceder.

—¡Para, espera, para! ¿Me oyes? —ordenó el hombre con los ojos llenos de agua mientras se esforzaba en reajustar los mandos del aparato.

La manivela y las ruedas giraban ahora a una velocidad alarmante y el gran barreño temblaba y se agitaba como si fuese a romperse.

—¡He dicho que pares! —gritó el hombre, golpeando el recalcitrante artefacto con la llave inglesa—. ¡Para de una vez antes de que te parta en dos con un hacha!

De pronto, del barreño empezó a salir ropa empapada en todas direcciones. Un par de calzoncillos mojados aterrizaron con fuerza en la cara de Camelia, que se tambaleó hacia atrás, momentáneamente cegada. La mesa que estaba a sus espaldas se movió y tiró la que tenía detrás. Un terrible estrépito inundó la habitación y Camelia se cayó al suelo de espaldas.

—¡Para, chatarra inútil! —gruñó el hombre, que, desesperado, seguía intentando controlar el artefacto—. ¡Ya basta!

Camelia se sacó los calzoncillos de la cara y justo entonces vio cómo la máquina exhalaba su último y desafiante resoplido. El hombre estaba frente a ella, chorreando, con las piernas separadas y empuñando la llave inglesa como si fuese una amenazadora espada. Llevaba la camisa desabrochada casi hasta la cintura, dejando al descubierto el firme contorno de su pecho y vientre, y la considerable anchura de sus hombros era más que perceptible debajo de la tela de lino prácticamente transparente. Camelia pensó que parecía un fornido guerrero listo para la batalla, excepto por el lánguido calcetín que colgaba sobre su cabeza.

El hombre esperó un buen rato, respirando con dificultad, por si la máquina volvía a darle más problemas. Visiblemente satisfecho de que no fuese así, bajó la llave inglesa despacio y se volvió, cabeceando indignado. Recorrió con la mirada la escena: mesas volcadas, el revoltillo de inventos hechos añicos y el desorden de notas y libros esparcidos por el suelo mojado.

Al fin, sus penetrantes ojos detectaron a Camelia.

—¿Qué demonios se cree que está haciendo? —inquirió sorprendido.

—Intentar levantarme —contestó ella, apresurándose a taparse las piernas con la falda. Recuperada parcialmente su dignidad herida, alargó el brazo y lo miró expectante.

—Me refería a qué diantres hace aquí —aclaró, haciendo caso omiso de su brazo extendido—. ¿Tiene por costumbre entrar en las casas de la gente sin ser invitada?

Ella trató de mantener un aire de correcta formalidad, lo que era tremendamente difícil, teniendo en cuenta que estaba repanchingada en el suelo y el hombre la miraba furioso, como si fuese un vulgar ladrón.

—He llamado —se defendió ella con decoro—, pero nadie me ha abierto la puerta...

—¿Y por eso ha decidido forzarla?

—Le aseguro que no he forzado la puerta. —A la vista de que carecía de los modales elementales incluso del más inexperto de los mayordomos, decidió que su interlocutor debía de ser uno de los ayudantes del señor Kent. Entendía que pudiese resultar difícil encontrar ayudantes dignos de confianza que tuvieran los conocimientos matemáticos y científicos necesarios, pero eso no justificaba la absoluta descortesía de este hombre—. Estaba abierta.

Él se sacó el calcetín mojado de la cabeza y lo dejó a un lado.

—¿Y eso le hizo pensar que podía entrar a hurtadillas y espiarme?

Como era evidente que no iba a ayudarle a levantarse, se puso sola de pie con la mayor dignidad de que fue capaz, dado el reto que suponían el polisón, la enagua, el ridículo y el sombrero incómodamente ladeado. Una vez levantada, lo miró a los ojos con frío desdén.

—Le aseguro, señor, que no he entrado a hurtadillas, sino más bien andando tras pasar varios largos minutos llamando a la puerta y anunciar mi presencia en voz alta. La puerta estaba abierta, como ya le he mencionado, un descuido que estoy convencida de que, si se lo comunicase, su jefe no aprobaría.

El hombre abrió los ojos desmesuradamente.

«¡Bien! —pensó Camelia con satisfacción—. He captado su atención.»

—Da la casualidad de que esta tarde tengo una cita con el señor Kent —prosiguió resuelta, dándose aires.

Sólo estaba disfrazando un poco la verdad, dijo para sí. Lo cierto es que había escrito cinco veces al señor Kent para pedirle que le diera cita, pero, lamentablemente, no había contestado a ninguna de sus cartas. Aunque algunos miembros de la sociedad londinense ya le habían advertido de que el respetable inventor era un tanto excéntrico y en ocasiones desaparecía durante semanas sin que nadie lo viese y sin contestar el correo. De modo que en lugar de esperar a que el señor Kent le respondiese, había decidido actuar y escribirle una nota anunciándole que iría a verlo concretamente ese día y a esa misma hora.

—Así que tiene una cita con el señor Kent. —El hombre arqueó las cejas, escéptico, lo que aumentó aún más la irritación de Camelia.

—¡Pues sí! —le aseguró Camelia con rotundidad. Obviamente el señor Kent no estaba en casa, de lo contrario a estas alturas ya habría corrido a la cocina para averiguar a qué era debido el tremendo alboroto del laboratorio—. Y es para un tema de suma importancia.

—¿En serio? —Impasible, él cruzó los brazos delante del pecho—. ¿De qué se trata?

—Disculpe, señor, pero no es de su incumbencia. Si me dice cuándo puedo encontrar mañana en casa al señor Kent, vendré a verlo entonces.

Había decidido que sería mejor no esperar a que llegase el inventor. No había ningún espejo en la cocina, pero estaba segura de que los calzoncillos mojados que se habían estrellado en su cara no habían producido un efecto estimable. Notaba el enorme sombrero peligrosamente inclinado hacia un lado y la cabellera colgando por debajo de éste en una maraña húmeda. En cuanto al selecto atuendo que ella y Zareb tanto se habían esmerado en planchar hasta dejarlo en un estado de absoluta perfección, ahora era un empapado y arrugado desastre. Si quería que el señor Kent se tomara en serio su propuesta, no podía aparecer ante él con aspecto de vagabunda azotada por un vendaval.

—Yo soy el señor Kent —le informó el hombre con brusquedad.

Camelia lo miró atónita.

—No, no lo es.

—¿No soy como se había imaginado?

—Para empezar es usted demasiado joven.

Él frunció las cejas.

—No sé si sentirme halagado u ofendido. ¿Demasiado joven para qué?

La descarada ironía de su mirada le dejó claro a Camelia que se estaba burlando de ella. Pues bien, con ella no se jugaba.

—Demasiado joven para haber obtenido diversas licenciaturas en matemáticas y ciencia por la University of St. Andrews y el St. John's College de Cambridge —señaló Camelia—. Y para haber dado numerosas conferencias sobre Mecanismos y Mecánica aplicada, haber escrito dos o más docenas de artículos publicados por la Academia Nacional de Ciencias y haber registrado las patentes de unos doscientos setenta inventos. Y, obviamente, demasiado joven para ser responsable de todo esto —concluyó con un gesto que abarcaba la actividad científica que inundaba la habitación.

Él estaba impasible, pero ella pudo ver que le habían sorprendido sus conocimientos sobre los logros de su jefe. «¡Bien!», pensó, perversamente contenta de haber conseguido pararle los pies.

—Dados los desastrosos resultados del experimento, de los que acaba usted de ser testigo, me temo que he dañado para siempre la excesivamente generosa opinión que tiene usted de mí. Sin embargo, como ha irrumpido en mi laboratorio sin ser invitada ni anunciada, supongo que no puede culpárseme de ello. No acostumbro a dejar que nadie vea en lo que estoy trabajando hasta que estoy relativamente seguro de que no explotará y empezará a arrojar prendas de ropa en todas direcciones.

Camelia lo miró fijamente; se había quedado sin habla. Al fin y al cabo, no era tan joven, reflexionó, notando de pronto las arrugas que tenía en la frente y el entrecejo, que indicaban la cantidad de horas que se había pasado estudiando y deliberando. Sin duda, tendría treinta y cinco años o quizás incluso uno o dos más. Si bien era joven para haber hecho cuanto ella acababa de mencionar, no era imposible. No, si el hombre en cuestión era excepcionalmente inteligente, disciplinado y trabajador. Se le cayó el alma a los pies al percatarse de que acababa de insultar al hombre que tan desesperadamente había querido impresionar con su visita.

—Discúlpeme, señor Kent —se excusó, deseando que la tierra se la tragase—. No era mi intención molestarle. Es que tenía muchas ganas de hablar con usted.

Él ladeó la cabeza con expresión circunspecta.

—¿Por qué? ¿Ha venido a entrevistarme para uno de esos irritantes periodicuchos que encuentran un placer inestimable en tacharme de inventor demente?

Su tono era sarcástico, pero Camelia detectó una pizca de vulnerabilidad que le dio a entender que semejante descripción no le había dejado indiferente.

—No, nada de eso —le aseguró ella—. No soy escritora.

—No es escritora, y no es una espía. Eso son dos tantos a su favor. ¿Quién es usted, entonces?

—Soy lady Camelia Marshall —respondió mientras sujetaba el sombrero, que empezaba a resbalar por su cabeza—. Una gran admiradora de su trabajo, señor Kent —añadió con seriedad, apresurándose a evitar que el recargado adorno floral le cayera sobre la cara—. He leído varios de sus artículos, y me han parecido de lo más fascinantes.

—¿De veras?

Si le había sorprendido el hecho de que una mujer hubiese leído algunos de sus escritos o le hubiesen parecido fascinantes, no dio muestras de ello. Se limitó a caminar y a levantar la primera de las mesas que Camelia tenía a sus espaldas y había tirado.

—¡Esto es un maldito desastre! —murmuró mientras se agachaba para recoger algunas de las docenas de herramientas, piezas de metal y blocs que había esparcidos por el suelo mojado.

—Siento muchísimo haberle tirado las mesas —se disculpó Camelia—. Espero no haber roto nada —añadió, inclinándose para ayudarle.

Simon observó cómo cogía con dificultad una pequeña caja metálica. La sujetó con una mano enguantada y sucia mientras con la otra agarraba rápidamente la enorme monstruosidad de su sombrero fláccido. Entonces empezó a levantarse. Por desgracia, el gran peso de su polisón mojado comprometió su equilibrio. Sacó la mano del sombrero y la agitó en el aire con cara de repentino horror, aunque el invento metálico siguió estando a salvo contra su pecho.

Simon alargó el brazo y la sujetó mientras el sombrero y sus rosas marchitas caían sobre su rostro. Al aterrizar sobre él, el aroma de Camelia le embriagó; una extraordinaria fragancia distinta a todas las que había olido. Era exótica, pero le resultaba vagamente familiar, una esencia ligera y fresca que le recordaba los paseos por el bosque en la finca de su padre durante una lluvia veraniega. La agarró, inhalando su perfume y percibiendo con intensidad la delicada estructura de su espalda, sus suaves jadeos y las agitadas subidas y bajadas de su pecho, que latía contra el lino húmedo que se le había pegado a su propio cuerpo.

—¡Cuánto lo siento! —Tremendamente avergonzada, Camelia se apartó enérgicamente el sombrero de la cara. Al fin liberado de las horquillas, el tocado traicionero fue a parar al suelo, llevándose consigo lo que aún quedara de peinado, hasta que su pelo cayó sobre su espalda en una irremediable maraña.

Simon la miró con fijeza, contemplando la ahumada intensidad de sus ojos, muy abiertos y llenos de frustración. Eran del color de la salvia, observó, de ese tono verde suave que tenía la salvia de la selva, que crecía en los brezales secos y umbríos de Escocia. Un tenue abanico de arrugas rodeaba sus pestañas inferiores, poniendo de manifiesto que rebasaba de sobras la aniñada lozanía de la veintena. Su piel estaba atípicamente bronceada y salpicada de pecas, y su cabello de color miel veteado de hilos de un suave dorado, lo que indicaba que estaba acostumbrada al sol. Algo que, a juzgar por la calidad de su atuendo, sorprendió a Simon. Había notado que la mayoría de inglesas de buena cuna preferían protegerse del sol en sus casas o a la sombra. Claro que, reflexionó, la mayoría de las mujeres de buena cuna no tenía la osadía de entrar en casa de un hombre, sin invitación y sin ser acompañada. De algún modo sabía que Camelia ya no seguía necesitando su ayuda para ponerse de pie, pero era extrañamente reacio a soltarle la mano.

—Estoy bien, gracias. —Camelia se preguntó si la consideraría incapaz de mantenerse derecha durante más de tres minutos. Aunque tampoco le había dado motivos para pensar lo contrario, pensó con tristeza—. Supongo que no estoy acostumbrada a llevar sombreros tan grandes —añadió, creyendo que él necesitaría algún tipo de explicación respecto a su incapacidad para mantener el detestable adorno encima de la cabeza. Evitó mencionar que un par de calzoncillos mojados se habían estrellado contra su cara, desafiando la integridad de sus horquillas torpemente puestas.

Simon no sabía qué decirle. Se imaginaba que lo propio de un caballero sería asegurarle que el sombrero le sentaba de maravilla, pero es que el puñetero adorno le parecía ridículo. Desde luego estaba mucho más guapa sin él, especialmente ahora que los rizos dorados de su melena colgaban sobre sus hombros.

—Tenga —le dijo Simon, que cogió el sombrero y se lo devolvió.

—Gracias.

Él se volvió, sintiendo la súbita necesidad de separarse de ella.

—Entonces, dígame, lady Camelia —empezó a decir, intentando concentrarse en el desastre de su laboratorio—, ¿de verdad teníamos hoy una cita que yo ignoraba?

—Sí, sin ninguna duda —contestó Camelia con rotundidad—. Seguro que sí. —Tosió suavemente—. En cierto modo, sí.

Simon arqueó las cejas.

—¿Y eso qué significa exactamente?

—Significa exactamente que nuestra cita no ha sido confirmada. Aunque fue anunciada, de eso no hay duda.

—Ya veo. —Simon no tenía ni idea de qué estaba hablando—. Disculpe mi torpeza, pero ¿cómo se acordó la cita exactamente?

—Le escribí varias cartas pidiéndole una cita, pero, por desgracia, nunca me contestó —le explicó Camelia—. Y en la última me tomé la libertad de informarle de que vendría a verlo hoy a esta hora. Supongo que fue un atrevimiento por mi parte.

—Me temo que eso no es nada comparado con entrar en casa de un hombre sola y sin ser anunciada —puntualizó Simon, tirando un montón de papeles mojados sobre la mesa—. ¿Saben sus padres que va por Londres sin dama de compañía?

—No necesito ninguna dama de compañía, señor Kent.

—Discúlpeme, no me había dado cuenta de que estaba usted casada.

—No lo estoy. Pero tengo veintiocho años, mi presentación en sociedad fue hace años y no tengo el tiempo ni las ganas de estar constantemente ocupándome de que un ama de llaves vieja y charlatana me siga a todas partes. Con un cochero tengo suficiente.

—¿No le preocupa su reputación?

—No especialmente.

—¿Y eso por qué?

—Porque si viviese mi vida conforme a los dictámenes de la sociedad londinense, nunca haría nada.

—Ya veo. —Arrojó sobre la mesa un palo de madera con un accesorio metálico.

—¿Qué es eso? —preguntó Camelia, que miraba el objeto con curiosidad.

—Un nuevo sistema para fregar el suelo —respondió con indiferencia mientras se agachaba para recoger algo más.

Ella se acercó para examinar el extraño aparato.

—¿Cómo funciona?

Simon la miró titubeante, no acababa de creerse que le interesase realmente. Eran pocas las mujeres que se habían atrevido a entrar en su laboratorio y de ellas sólo las pertenecientes a su familia habían demostrado un reconocimiento auténtico de sus ideas a menudo extravagantes. Sin embargo, había algo en la expresión de lady Camelia, que estaba ahí de pie, que mitigó su impulso inicial de limitarse a obviar la pregunta. Miraba atentamente con esos ojos verdes del color de la salvia, como si la curiosa herramienta que tenía delante fuese un misterio que quisiese a toda costa resolver.

—He sujetado una gran abrazadera en el extremo del palo de un friegasuelos, que es accionado por esta palanca —comenzó su explicación mientras cogía el objeto para enseñárselo—. La palanca mueve esta varilla, que tensa este muelle y hace que la abrazadera se cierre firmemente. La idea es escurrir la bayeta de la base del mango sin tocarla ni tenerse que agachar.

—¡Muy ingenioso!

—Tengo que seguir trabajando en ello —comentó, encogiéndose de hombros—. Me está costando obtener la tensión adecuada del muelle para que estruje suficientemente la bayeta sin romper la palanca. —Dejó el invento en la mesa.

—¿Y esto qué es? —Camelia señaló la caja metálica que sostenía en las manos.

—Un exprimidor de limones.

Lo miró intrigada.

—No se parece a ninguno de los que he visto hasta ahora. —Lo abrió y vio un cono acanalado de madera rodeado por un anillo con agujeros—. ¿Cómo funciona?

—Se pone medio limón sobre el cono, luego se cierra la tapa y se presiona con fuerza, usando la palanca para ejercer todavía más presión —explicó Simon—. El hueco que hay en la tapa aprieta el limón contra el cono, extrayendo el zumo sin necesidad de girarlo. El zumo cae por los agujeros en la cubeta que hay debajo sin las pepitas ni la pulpa, que se quedan en el anillo superior. Después se extrae este pequeño recipiente y ya tenemos el zumo.

—¡Qué maravilla! ¿Ha pensado en fabricarlo?

Simon cabeceó.

—Lo he hecho para mi familia; siempre intento encontrar formas de aliviarles un poco el trabajo. Me imagino que a la gente le parecería una tontería de aparato.

—Pues yo creo que a la mayoría de las mujeres les encantaría cualquier cosa que aligerara las tareas del hogar —repuso Camelia—. ¿Ha registrado al menos la patente? ¿O la del friegasuelos?

—Si me dedicase a patentar todo lo que se me ocurre, me pasaría la vida tramitando papeles.

—Pero tiene unas doscientas setenta patentes.

—Eso es porque, con la mejor intención, algunos miembros de mi familia decidieron ocuparse de llevar mis dibujos y mis notas sobre esos inventos en concreto, y presentar los documentos y el dinero necesarios a la oficina de patentes. No tengo ni idea de lo que ha sido registrado y lo que no. Y, francamente, tampoco me interesa.

Ella lo miró con incredulidad.

—¿No quiere saber que sus ideas han sido debidamente registradas, para que pueda obtener el reconocimiento merecido?

—Yo no invento cosas para que me sean reconocidas, lady Camelia. Si alguien más quiere hacer suya una de mis ideas, mejorarla e invertir el tiempo y el capital necesario para producirla, por mí no hay problema. Si todos los científicos guardaran sus teorías y descubrimientos como si fuese oro, la ciencia y la tecnología nunca avanzarían.

Levantó la segunda mesa y empezó a amontonar sobre ella más papeles mojados, herramientas y diversos inventos que se habían caído al suelo.

—Y dígame, lady Camelia —dijo mientras escurría el agua de una maraña de alambres—, ¿a qué se debe que me haya escrito todas esas cartas pidiendo verme?

Camelia vaciló. Se había imaginado dirigir su encuentro con el señor Kent desde una sala de estar llena de suntuoso terciopelo, donde pudiese disertar con calma sobre la importancia de la arqueología y la evolución del hombre, tal vez mientras algún criado convenientemente respetuoso le servía un té en un juego de plata. Aunque, dados los numerosos montones de platos grasientos apilados junto al hornillo y en el fregadero que había en el otro lado de la cocina, le había quedado clarísimo que el señor Kent no tenía criados. Pensó en sugerirle que volvería otro día, cuando él no tuviese que ocuparse de devolverle al laboratorio un aire de ordenado, pero desechó la idea de inmediato.

El tiempo no se detenía.

—Estoy muy interesada en su trabajo con los motores de vapor —contestó, agachándose para recoger unos cuantos objetos más del suelo—. He leído uno de sus artículos al respecto en el que exponía los enormes beneficios de la energía de vapor aplicada a las bombas utilizadas para minas de carbón. Su tesis acerca de que la energía de vapor todavía no se utiliza eficazmente me pareció absolutamente fascinante.

Simon no podía creerse que hablara en serio. De todas las posibles explicaciones de su presencia allí, habría jurado que el tema de los motores de vapor y las minas de carbón era el más improbable.

—¿Le interesan los motores de vapor?

—Me interesan en su aplicación al desafío de la excavación y el bombeo —matizó Camelia—. Soy arqueóloga, señor Kent, como mi padre, el difunto Earl de Stamford. Seguro que habrá oído hablar de él.

Sus ojos brillaron de esperanza, y por alguna razón Simon detestaba tener que desilusionarla. Sin embargo, no quiso mentirle.

—Lamentablemente, lady Camelia, no estoy muy familiarizado con el campo de la arqueología y no suelo asistir a la clase de eventos en los que quizás hubiese tenido el placer de conocer a su padre. —Su tono era de disculpa.

Camelia asintió. Supuso que tampoco podía realmente esperar que conociese a su padre. Después de todo lo que había oído decir sobre el señor Kent, saltaba a la vista que pasaba la mayor parte de su tiempo encerrado en su laboratorio.

—Mi padre dedicó su vida al estudio de las riquezas arqueológicas de África en una época en que el mundo está casi exclusivamente interesado en el arte y los objetos de los egipcios, romanos y griegos. Desde un punto de vista científico se tienen muy pocos datos de la historia de los africanos.

—Pues me temo que yo no sé gran cosa sobre África, lady Camelia. Según tengo entendido su población se compone básicamente de tribus nómadas que llevan miles de años viviendo con muchísima sencillez. Nunca se me ha ocurrido que pudiesen tener algo valioso, excepto los diamantes, claro.

—África no tiene la abundancia de edificios antiguos y arte que ha sido descubierto en otros lugares del planeta —concedió Camelia—. Y de ser así, aún no los hemos encontrado. Pero mi padre creía que en África vivieron civilizaciones mucho más antiguas que las existentes en cualquier otra parte del mundo. Cuando Charles Darwin propuso su teoría de que a lo mejor los seres humanos descendían del mono, el mundo entero se burló de él. Sin embargo, lo que eso hizo fue reforzar la convicción de mi padre acerca de la singular relevancia de África en la evolución de la humanidad.

—¿Y todo eso qué tiene que ver con mis motores de vapor?

—Hace veinte años mi padre descubrió un terreno en Suráfrica que presentaba numerosos indicios de que en el pasado había vivido allí una antigua tribu. Compró unas ciento veinte hectáreas y empezó a excavar, hallando muchos objetos apasionantes. Ahora yo continúo la labor de mi padre y necesito su bomba de vapor.

—Pensaba que las excavaciones arqueológicas se realizaban básicamente con una pala, un cubo y un cepillo.

—Y así es, pero excavar en Suráfrica supone un reto constante. Una vez traspasada la primera capa de tierra relativamente blanda, la corteza se vuelve durísima y difícil de romper. Luego está el problema del agua, que se cuela en el agujero a medida que uno se acerca al nivel freático. Y, además, está la estación lluviosa, que puede durar desde diciembre hasta marzo. En este momento mi excavación está completamente inundada, por lo que a mis trabajadores les es imposible continuar.

—Seguro que en Suráfrica habrá bombas de vapor disponibles —sugirió Simon.

—La verdad es que no son fáciles de conseguir.

Camelia procuró hablar con serenidad. No quería que Simon supiese los tremendos obstáculos que se había encontrado al intentar obtener una bomba para su terreno. Si él se enteraba de que le habían saboteado el equipo anterior o de que creía que la De Beers Company había dado orden a las empresas de bombas de que no le alquilaran más maquinaria, tal vez le pareciese demasiado arriesgado suministrarle la única bomba que tenía.

—Las bombas de agua están monopolizadas por la De Beers Mining Company —prosiguió—, y su prioridad, lógicamente, es el suministro de servicios para el bombeo de las minas de diamantes. Debido a eso no puedo comprar ni alquilar una bomba, y mi excavación ha llegado a un punto muerto. Pero tras leer su artículo, me convencí de que su bomba era muy superior a las empleadas actualmente en Suráfrica. Por eso he venido a verlo.

—¿Y qué le hace pensar que mi bomba es mejor?

—En su artículo tacha las turbinas de vapor actuales de extremadamente ineficientes. Propone que se aprovecharía mucha más energía si el vapor pudiese expandirse de forma gradual en lugar de hacerlo de golpe, permitiendo que la turbina se moviese a gran velocidad, lo que, a su vez, haría que la bomba actuase con más fuerza y rapidez. Como una prolongada exposición al agua puede dañar los objetos que excavo y estoy tremendamente ansiosa por hacer progresos en mi trabajo, creo que su nueva bomba de vapor es la mejor solución para extraer el agua de mi terreno.

De modo que era cierto que había leído el artículo, reflexionó Simon. Y lo que era más sorprendente, parecía que lo había entendido. Se pasó las manos por el pelo y echó un vistazo a su alrededor, tratando de recordar dónde había puesto sus notas y dibujos de los motores de vapor. Empezó a rebuscar en varios montones de bocetos que había esparcidos por el suelo, y después se acercó a una de las mesas que no había ido a parar al suelo a consecuencia de la espectacular caída de lady Camelia y continuó buscando.

—¿Por qué ha hecho que este motor agitase el cubo? —inquirió Camelia mientras él buscaba.

—No pretendía que el motor hiciese eso. Se suponía que tenía que hacer girar la hélice que hay en el interior del barreño para que, a su vez, ésta forzase que el agua mojara la ropa. Lamentablemente, no ha funcionado tan bien como yo esperaba.

Camelia miró asombrada el enorme artefacto.

—¿Me está diciendo que esto es una lavadora gigante?

—Es un prototipo —contestó Simon—. Las máquinas actuales utilizan un cubo de madera y una hélice que es accionada por una manivela. Estoy intentando crear una máquina que funcione con energía de vapor para librar a las mujeres del agotador trabajo que supone girar la manivela a mano.

Pese a que su experiencia lavando ropa era limitada, Camelia comprendía, sin duda, que para una mujer a cargo de toda la colada de una casa una máquina de vapor supondría una gran ayuda.

—Es una idea maravillosa.

—Me faltan muchas horas de trabajo —reconoció, lanzando una mirada de indignación a las prendas de ropa empapadas que había esparcidas por la cocina—. Es difícil fabricar un motor de vapor; me está costando obtener una rotación buena y regular. Además, es demasiado grande, y caro. Otra opción es hacerlo con gas, pero muy pocas casas lo tienen. Igual que la electricidad, que aún no llega a la mayoría de las casas. —Comenzó a buscar debajo de un montón de platos sucios, que daba la impresión de que en cualquier momento se le caerían sobre la cabeza—. Aquí está —anunció al tiempo que sacaba un arrugado dibujo de debajo de una sartén.

Camelia se acercó mientras él despejaba un poco una de las mesas e intentaba alisar el papel sumamente arrugado y manchado.

—Un motor de vapor se basa en la premisa de que somete el vapor a una enorme presión, permitiendo que se expanda y cree una fuerza susceptible de ser convertida en movimiento —comenzó Simon—. Utilizando un pistón y un cilindro, se crea el efecto de bombeo, que puede usarse para muchas cosas, incluido el bombeo de agua de minas de carbón y pozos. Lo que he intentado es mejorar la eficacia del motor haciendo que el vapor se expanda en varias fases, por lo que su presión aumenta significativamente.

—¿Y lo ha conseguido?

—He logrado fraccionar el movimiento del vapor e intensificar su presión. Pero, por desgracia, no ha sido suficiente para producir una diferencia sustancial en lo que a la eficacia de la bomba se refiere.

Camelia se llevó un desengaño.

—Pero ¿la bomba que ha construido funciona bastante bien para extraer agua de un hoyo?

—Por supuesto —le aseguró Simon—. Le hice una serie de ajustes para que funcionase mejor de lo que lo hacen la mayoría de las bombas, aunque no fue suficiente para garantizar la fabricación a gran escala. Los materiales que empleé son más caros que los usados habitualmente y se tarda más en montar la máquina, lo que significa que ningún fabricante consideraría que el diseño es económicamente viable.

Camelia pensó que una bomba un tanto perfeccionada era mejor que nada.

—¿Estaría dispuesto a alquilármela?

—Lamentablemente, no hay nada que alquilar. La desmonté casi entera porque necesitaba las piezas para otras cosas.

Ella lo miró fijamente, abatida.

—¿Cuánto tardaría en construir otra?

—Más tiempo del que dispongo ahora mismo —respondió Simon—. En este momento estoy enfrascado en muchísimos proyectos. Además, esa máquina tenía una serie de problemas que, al parecer, no he sabido solucionar.

—Pero eso es lo que debería impulsarle a invertir más tiempo en ella —repuso Camelia—. Como científico, deberían motivarle los desafíos.

—Mire a su alrededor, lady Camelia. ¿Cree honestamente que no tengo suficientes desafíos que requieran mi atención?

—No estoy diciendo que los demás inventos en los que trabaja no sean importantes —le aseguró Camelia—, pero no compare un exprimidor de limones y una lavadora con algo que me ayudará a desenterrar un episodio vital de la historia de la humanidad.

—Eso es muy subjetivo —replicó Simon—. Para la gente que cae rendida en la cama cada noche exhausta por las angustiosas cargas de sus quehaceres diarios, cualquier invento que facilite la ejecución de una tarea supone una mejora en sus vidas. Mejorar potencialmente las vidas de miles de personas me parece mucho más importante que desenterrar unos cuantos huesos descompuestos y reliquias rotas de los páramos africanos.

—Esos huesos descompuestos y esas reliquias nos dan información acerca de quiénes somos y de dónde venimos —protestó Camelia, enfurecida por la forma en que Simon despreciaba su trabajo—. El descubrimiento de nuestra historia tiene una importancia crucial para todos nosotros.

—Me temo que me interesa más dedicar mi tiempo a unos inventos que mejorarán el presente y el futuro. Si bien respeto el campo de la arqueología, lady Camelia, es una profesión que interesa principalmente a una minoría, a unos cuantos académicos privilegiados. No creo que vaya usted a descubrir nada que mejore la vida de miles de personas. Y dado que dispongo de muy poco tiempo y ya estoy embarcado en bastantes más proyectos de los que puedo manejar, me temo que no podré ayudarle. —Empezó a coger más inventos y papeles que había esparcidos por el suelo.

—Le pagaré.

Simon se detuvo y la miró con curiosidad. Su rostro estaba impasible, pero sus manos sujetaban el ridículo con tanta fuerza que en la zona de los nudillos la tela de los guantes estaba tensa. No había duda de que proseguir la labor de su padre significaba mucho para ella.

—¿En serio? ¿Cuánto?

—Mucho —contestó ella—. Generosamente.

—Disculpe si le parezco grosero, pero me temo que tendrá que ser un poco más precisa en su respuesta. ¿Cuánto es con exactitud «generosamente»?

Camelia vaciló. Sus recursos financieros eran realmente escasos. Apenas tenía fondos suficientes en el banco para pagar durante los dos próximos meses al puñado de leales trabajadores que se habían quedado en el terreno. Pero el señor Kent no tenía por qué saberlo. A juzgar por su hogar modesto y escasamente amueblado, y su aparente imposibilidad de contratar a alguien que le ayudara, ya fuera con sus inventos o con la avalancha de ollas sucias y platos grasientos apilados por el hornillo y el fregadero, daba la impresión de que el hombre desaliñado que estaba frente a ella también pasaba por dificultades económicas.

—Señor Kent, si me fabrica una bomba de inmediato, estoy dispuesta a ofrecerle el cinco por ciento de los beneficios que obtenga en los dos próximos años. Supongo que convendrá conmigo en que la cantidad es muy generosa.

Simon frunció las cejas.

—Lo siento, lady Camelia, pero no entiendo qué ha querido decir con eso. ¿De qué beneficios habla exactamente?

—De los que obtenga de lo que sea que encuentre durante la excavación.

—No sabía que hubiese un mercado floreciente de fragmentos de huesos y vasijas rotas.

—Lo hay, si son arqueológicamente relevantes. En cuanto haya estudiado y documentado las piezas, se las venderé al Museo Británico para su colección con la condición de que pueda tener libre acceso a ellas cuando así lo desee.

—Ya veo. ¿Y cuánto han ganado con este proyecto en los últimos cinco años?

—Lo que mi padre y yo ganáramos en el pasado no importa ahora —repuso con firmeza—. Hace seis meses, cuando falleció, mi padre estaba a punto de realizar un descubrimiento sumamente importante. Lamentablemente, la lluvia y las filtraciones de agua han inundado el terreno de manera muy gradual, y mis trabajadores no han podido avanzar gran cosa.

De hecho, la mayoría de ellos estaban convencidos de que había caído una maldición sobre el terreno y habían huido, pero no había por qué compartir ese detalle con él.

—Con la ayuda de su bomba de vapor —prosiguió ella—, podré excavar el terreno cien veces más deprisa de lo que lo haría usando sólo mano de obra para extraer el agua y el barro. Así podré desenterrar, al fin, lo que mi padre pasó tantos años buscando.

—¿Y qué era?

Camelia titubeó. Desde el inicio sus trabajadores habían tenido miedo de lo que ella buscaba, pero tras los accidentes ocurridos el miedo se había convertido en un pánico exacerbado. Claro que Simon Kent era un instruido científico que probablemente no creía en las maldiciones y los espíritus vengativos.

Aun así, cuanto menos supiese mejor.

—Mi padre buscaba objetos pertenecientes a una antigua tribu que habitó en la zona que ocupa nuestro terreno hace unos dos mil años. —Sin duda, eso era cierto, se dijo para sí, aunque no era toda la verdad.

Simon no parecía nada impresionado.

—¿Unos cuantos trozos rotos de unos objetos pertenecientes a una antigua tribu? ¿Nada de cámaras ocultas con oro o diamantes ni antiguas fuerzas misteriosas atrapadas en un cofre con piedras preciosas incrustadas?

—El valor de estas reliquias será enorme. —Camelia se esforzó por controlar su rabia—. Mi padre se pasó los últimos veinte años de su vida a punto de hacer un importante descubrimiento científico, que, sin duda, abrirá la puerta a un área completamente nueva de estudio arqueológico.

—O sea, que a la vista de que usted y su padre hasta ahora aún no han dado con este «significativo descubrimiento», como usted lo llama, lo que me está ofreciendo es esencialmente el cinco por ciento de nada —le espetó Simon. Empezó a recoger la ropa empapada que había esparcida por la cocina y la metió de nuevo en la lavadora—. Le pido disculpas, si le parezco un desagradecido, lady Camelia, pero por realmente tentadora que sea su oferta, me temo que tendré que declinarla.

Camelia lo miró fijamente, desalentada. Simon Kent no era en absoluto como se había esperado. Se había imaginado que era un refinado anciano de ciencias y letras, dominado, como su padre, por una sed insaciable de conocimiento. Creía que el señor Kent valoraría la extraordinaria oportunidad que suponía participar en su exploración, en la que uno de sus inventos sería utilizado para ayudar a que el mundo entendiese mejor sus propios orígenes. Se había autoconvencido de que no sería como el resto de británicos que había conocido a su regreso a Inglaterra, la mayoría de los cuales consideraba, al parecer, que Suráfrica no era más que un polvoriento terreno lleno de maleza habitado por bárbaros, una tierra simplemente a la espera de que saquearan sus diamantes y su oro.

—Está bien, el diez por ciento de los dos próximos años —ofreció Camelia con frialdad mientras él seguía metiendo prendas de ropa en su detestable lavadora. Odiaba necesitar su ayuda con tanta desesperación—. ¿Le parece mejor?

—No se trata únicamente de dinero. —Simon estaba impresionado por su manifiesta determinación. Desde luego su deseo de honrar la labor vital realizada por su padre y de triunfar donde él había fracasado era admirable—. Aunque construyese otra bomba de vapor para usted, lo que como mínimo me llevaría unas cuantas semanas, ¿quién la manejaría una vez llegase en barco a Suráfrica? Ya me ha hablado de los grandes desafíos que plantean la geografía y el clima. La bomba que yo construiría sería diferente de las que se usan actualmente. Y debería adaptarse para afrontar los problemas que, sin duda, surgirían. Habría que enseñar a alguien a manejarla y mantenerla; de lo contrario, acabaría usted cargando con una máquina completamente inútil.

Camelia se dio cuenta de que tenía razón. El único motor de vapor que había conseguido alquilar para su excavación justo tras la muerte de su padre había sufrido un sinfín de averías durante los pocos días que, en realidad, estuvo en funcionamiento. Después se cayó al suelo de forma misteriosa y los engranajes se hicieron añicos, quedando por completo destruida. La empresa que se la había alquilado le exigió que pagase la máquina rota y luego se negó a alquilarle nada más.

La máquina del señor Kent no le serviría de nada a menos que contratase alguien con los conocimientos pertinentes sobre semejante aparato para poderlo hacer funcionar.

—¿Estaría usted dispuesto a venir a Suráfrica y enseñarle a alguien a usarla? Serían sólo una o dos semanas —se apresuró a asegurarle Camelia—. Justo el tiempo necesario para enseñarle cómo va la máquina y que se familiarice con su mantenimiento.

—Es posible dominar su manejo en dos semanas, pero se tardarían semanas e incluso meses en aprender a mantenerla y repararla

—señaló Simon—. Me temo que no tengo ni el tiempo ni las ganas de viajar hasta África para hacer eso; ahora mismo tengo muchos otros proyectos que requieren mi atención.

—Por supuesto que incrementaría mi oferta para compensarle por su tiempo —agregó Camelia—. Aumentaría sus ganancias a un diez por ciento de los beneficios que obtenga durante los próximos cinco años, seguro que eso compensará el tiempo que le pido que invierta.

—Lady Camelia, me parece que no comparto su fascinación por excavar en tierras africanas. Espero que lo comprenda.

Camelia apretó los labios. ¡Menudo desastre! Se había pasado dos semanas estudiando sus artículos en *The Journal of Science and Mechanics* a la vez que le había escrito una carta detrás de otra, pidiéndole educadamente una cita. Durante esos días se había autoconvencido de que podría persuadir al brillante y con fama de excéntrico Simon Kent de que le suministrara la bomba de vapor que con tanta desesperación necesitaba. Dos preciosas semanas perdidas para no conseguir absolutamente nada. Le inundó el pánico.

Clavó los ojos en el grasiento dibujo que había encima de la mesa que había frente a ella.

—¡Claro que lo entiendo! —repuso con tranquilidad—. Espero que pueda disculparme por haber entrado en su casa sin ser anunciada, señor Kent, y gracias por su tiempo. —Se puso el enorme sombrero en la cabeza—. ¡Oh, Dios mío! —exclamó mientras palpaba en vano la parte posterior del mismo—. Creo que he perdido mi pasador de perlas. Debe de habérseme caído al suelo, ¿lo ve en alguna parte?

Simon escudriñó el desorden de cosas que había por el suelo.

—Aquí hay algunas horquillas —constató, agachándose para recoger media docena de pasadores metálicos que había entre el revoltijo—, pero me temo que...

—¡Oh, aquí está! Lo tenía enganchado aquí encima del sombrero. —Se puso el pasador en la enredada melena y avanzó airosa hacia las escalera que conducían a la planta baja.

—La acompañaré a la puerta —se ofreció Simon.

—Eso no será necesario —le aseguró Camelia con indiferencia, subiendo los peldaños tan rápido como le permitían la falda y el polisón húmedos y pesados. Cruzó el vestíbulo a zancadas y abrió la puerta principal—. Espero no haberle estropeado el día entero, señor Kent.

Le dedicó su sonrisa más dulce, luego se volvió, y se dispuso a bajar los escalones de piedra que había hasta la calle.

Simon la observó mientras se alejaba precipitadamente por la acera en dirección a un elegante carruaje negro estacionado, la arrugada falda crujía con fuerza y su melena rubia caía en una cascada de rizos debajo de las mustias rosas de su absurdo sombrero. Se preguntó por qué el cochero no la había esperado con el carruaje justo frente de su puerta. Tal vez le había ordenado que se detuviese un poco más adelante para poder disfrutar de un breve paseo. Fuera por la razón que fuera, su paso era rápido y decidido, y su ridículo con abalorios pendía oscilante de su muñeca enguantada. Los colores malva y añil del atardecer se arremolinaban a su alrededor formando un velo crepuscular y cuando llegó al carruaje, se volvió y se despidió con la mano.

Entonces abrió la puerta del vehículo y se subió a él, tan manifiestamente ansiosa por marcharse que no esperó a que el cochero bajase para ayudarle.

Simon cerró la puerta y permaneció unos instantes de pie en el vestíbulo. La luz plúmbea bañaba la habitación apenas amueblada, proporcionándole un inusual aspecto agobiante y melancólico. Se le ocurrió encender la lámpara de gas que había en la pared, pero decidió no hacerlo. De todas formas, raras veces salía de su laboratorio antes de medianoche y con todo lo que aún quedaba por recoger probablemente estaría ahí abajo hasta el amanecer. Mientras regresaba a la cocina se percató de que sus pantalones estaban mojados y se le pegaban a las piernas, y de que llevaba la camisa empapada y abierta casi hasta la cintura.

«¡Genial!», pensó con ironía. Ahora además de ser etiquetado de ermitaño, distraído y tremendamente excéntrico, podía añadir un calificativo más a la lista: exhibicionista. A lady Camelia no parecía haberle importado su estado de semidesnudez, reflexionó, y de ser así, había disimulado de maravilla su desconcierto. Tal vez el tiempo que había pasado en la selva surafricana le había insensibilizado a los cánones sociales de Inglaterra. Dudaba mucho que sus empleados nativos trabajasen bajo el sol sofocante con una camisa almidonada, chaleco y americana.

Cogió de la mesa su fregona experimental y se dispuso a limpiar el suelo, esforzándose por no pensar en sus ojos verdes del color de la salvia ni en la delicia de su suavidad y calidez durante el instante dolorosamente breve en que la había tocado.

—Disculpe, señora, pero ¿qué está haciendo? —le preguntó el hombre de rostro rollizo que miraba fijamente a Camelia desde el otro lado del carruaje—. ¡Éste no es su coche!

—¿Ah, no? —Con fingida sorpresa, Camelia echó un vistazo al interior de terciopelo granate del carruaje—. Pues, sin duda, se parece al mío, las cortinas son iguales. ¿Está usted seguro de que no se ha subido al coche equivocado?

—Absolutamente —replicó el hombre con obstinación—, acabo de regresar del campo y no me he movido de este asiento en las últimas tres horas. Justo cuando usted ha subido yo me disponía a bajar.

Miró con discreción por la ventanilla y vio que Simon entraba de nuevo en su casa y cerraba la puerta.

—En ese caso le ruego que me disculpe, señor —le dijo, abriendo la puerta—. Le he dicho a mi cochero que me esperase aquí, pero, al parecer, debe de haber estacionado un poco más lejos. Lamento haberle causado molestias. —Salió del vehículo y se apresuró calle abajo, sujetando con fuerza el ridículo.

El corazón le latía con fuerza contra las costillas mientras corría, temerosa de que en cualquier momento el señor Kent descubriese que le había robado su dibujo y fuese tras ella. Una embriagadora mezcla de júbilo y miedo mantenía su respiración jadeante y su paso rápido. Quizá no pudiese contar con la novedosa bomba de vapor del señor Kent, pero tenía un dibujo extremadamente detallado. Ya encontraría a alguien que se la construyese, alguien que compartiera su visión de hacer avanzar el campo de la arqueología. Había más inventores en Londres; hombres interesados en objetivos más nobles que intentar utilizar la energía de vapor para lavar ropa interior o extraer la última gota de zumo de un limón.

Llegó al final de la calle y cruzó, después se deslizó por una callejuela situada detrás de una hilera de casas, en dirección al lugar donde había dejado a Zareb con el carruaje. Su amigo africano había discutido vehementemente con ella cuando le había insistido en que no la dejara delante de casa del señor Kent, pero, al fin, había cedido. No podían permitirse llamar la atención, y debido a su apariencia Zareb fascinaba a la gente dondequiera que fuese.

Cogió el sombrero con una mano y con la otra apretó el ridículo contra su pecho, ignorando lo mucho que le apretaba el corsé y la engorrosa opresión del polisón y la enagua. ¡Qué placer cuando por fin volviese a África y pudiese deshacerse de ambos! Seguro que dentro de mil años los arqueólogos los considerarían instrumentos de tortura.

—¡Hola, preciosa! —Un hombre corpulento apareció de pronto, bloqueándole el paso—. ¿Adónde vamos con tantas prisas?

Antes de que pudiese responder una mano gigantesca le tapó la boca con brusquedad, ahogando la enfurecida protesta de su garganta.

Capítulo 2

—*S*tanley, ¿quieres sujetarla con fuerza para que no chille? —El hombre robusto y bajo que estaba frente a Camelia miraba exasperado al gigante que la había agarrado por la espalda—. No tengo ganas de recibir un puñetazo en el ojo.

—Está bastante asustada, Bert —le explicó Stanley en tono de disculpa mientras intentaba sujetar los agitados brazos de Camelia al tiempo que le seguía tapando la boca—. Creo que tiene miedo.

—¡Pues claro que está asustada, tonto de remate! —le espetó Bert—. ¡Tiene que estarlo! —se apresuró a añadir mientras fruncía amenazadoramente sus oscuras y gruesas cejas al tiempo que se aproximaba a Camelia—. Una dama como ésta no está acostumbrada a tratar con un par de peligrosos asesinos como nosotros, ¿verdad que no, preciosa?

Camelia le propinó una patada en la espinilla con todas sus fuerzas.

—¡Maldita sea! —gritó Bert saltando sobre un pie—. ¡Joder! ¿Has visto eso? Me ha dado una patada justo en la espinilla, tendré suerte si no sangro. —Se agachó para frotarse con cuidado la pierna que le dolía—. ¿No puedes sujetarla mejor, Stanley, o necesitas que lo haga yo?

—Lo siento, Bert —se disculpó Stanley, procurando con valentía mantener a Camelia quieta mientras su enorme sombrero se caía al suelo—. No puedo sujetarle los brazos y taparle la boca, y encima impedirle que mueva los pies. ¿Qué hago, le saco la mano de la boca?

—No, no saques la mano de su boca, maldita cabeza de chorlito. ¿No querrás que se ponga a chillar y se presente aquí medio Londres?

—Tal vez no grite, si le pedimos que no lo haga.

—¡Oh, sí! ¡Qué buena idea! —se burló Bert, que, exasperado, puso los ojos en blanco—. ¡Claro, Stanley! Saca la mano de su boca y pídele por favor a la señora que no chille.

Stanley empezó a retirar la mano de la boca de Camelia.

—¡Para, gusano inútil! —gritó Bert, agitando los brazos como un pollo histérico—. ¡No lo decía en serio!

—Entonces ¿por qué lo has dicho? —inquirió Stanley, confuso.

—Estaba siendo irónico, ya sabes, cuando se expresa una cosa diciendo lo contrario.

Stanley cabeceó perplejo.

—¿Diciendo lo contrario? Entonces ¿cómo sabré cuándo hablas en serio o no?

—¡Dios! Te avisaré, Stanley, ¿de acuerdo?

—Pero ¿lo harás antes o después de decir algo irónico? —insistió Stanley, preocupado—. Porque quiero estar seguro de si hablas en serio o en broma.

—¡Por el amor de...! Te lo diré después, ¿vale? ¿Te parece bien?

—Preferiría que me lo dijeras antes —declaró Stanley—. Así me aseguraré de no hacer lo que me digas, porque en realidad será una broma.

—Muy bien, pues te lo diré antes. Te diré: «Stanley, ahora no me hagas caso porque voy a decir algo irónico», ¿vale?

Stanley sacudió la cabeza, completamente confundido.

—Pero si no quieres que haga algo, entonces ¿por qué lo dices?

—¡Jesús, María y José! ¡Está bien! —Bert tenía los ojos fuera de las órbitas—. No diré nada de nada, ¿de acuerdo? Y ahora, si no es mucha molestia, ¿podemos seguir con lo que estábamos?

—¡Por supuesto, Bert! —exclamó Stanley con amabilidad—. ¿Qué quieres que haga?

—Simplemente sujétala bien para que no pueda volver a darme una patada en la pierna —ordenó Bert mientras le dirigía a Camelia una mirada feroz.

—Pero es que no puedo sujetarle las piernas si no suelto otra cosa —explicó Stanley.

—Entonces rodéala con una pierna, para que no pueda mover los pies.

—Eso no está bien, Bert —le dijo un Stanley sensato—. ¿Por qué no te alejas un poco de ella para que no pueda alcanzarte con el pie?

—Porque quiero esa bolsa que tiene debajo del brazo.

—Ya la cojo yo.

Camelia forcejeó con fuerza, luchando por no despegar el brazo firmemente apretado contra su cuerpo, pero no era un rival para su enorme captor. Manteniendo una manaza sobre su boca, Stanley usó el resto de su enorme brazo para sujetarla con rapidez mientras le quitaba el ridículo de la muñeca y se lo tiraba a Bert.

—Vaya, vaya, ¿a ver qué tenemos aquí? —dijo Bert, chascando la lengua. Extrajo el dibujo arrugado que Camelia había apretujado apresuradamente en su bolsa y lo examinó—. ¡Ajá! Le brillaban los ojos cuando, victorioso, levantó la vista del valioso papel—. Por casualidad no estará este dibujo relacionado con su magnífica excavación en África, ¿verdad, señora? ¿No se lo habrá dado el gilipollas ése amigo suyo, el inventor?

Camelia lo miró con tranquilidad, como si no le importara lo más mínimo que le quitasen o no esa hoja de papel.

—Me lo temía —continuó Bert, que se introdujo el dibujo en el bolsillo—. A ver qué más tenemos aquí... —musitó, escudriñando la bolsa—. ¿Tiene pasta?

—Él no ha dicho nada de trincarle la pasta, Bert —objetó Stanley.

—Tampoco ha dicho que no se la trinquemos —señaló Bert pragmático mientras sacaba del ridículo de Camelia un pequeño monedero de piel y se apresuraba a contar las monedas que había en su interior—. Hemos hecho un gran trabajo y tenemos derecho a una parte del botín; así se hacen los buenos negocios —declaró, metiéndose el monedero en el bolsillo.

—¿Ya hemos terminado? —Stanley ejerció menos fuerza sobre Camelia; ahora que había dejado de forcejear no quería sujetarla más fuerte de lo necesario.

—No del todo. Tengo un mensaje para usted, señora —dijo Bert recalcando las palabras y acercándose a Camelia—. Aléjese de África —susurró mientras sacaba una pistola del abrigo— si no quiere ver cómo la palma el resto de sus magníficos trabajadores. Le aseguro que sobre su terreno ha caído una maldición; lo mejor que puede hacer una dama como usted es mantenerse alejada de él; de lo contrario, usted también la palmará, ¿entendido?

—Disculpen, caballeros. —De pronto, desde el otro extremo de la callejuela, se oyó una voz que arrastraba las palabras—. ¿Alguno de ustedes podría decirme por dónde se va a Blind Pig?

—¡No! —le espetó Bert, mirando ceñudo al borracho que se tambaleaba por la calle—. Y, ahora, ¡lárguese de aquí, jodido borracho!

—Es una taberna —explicó el hombre con voz indistinta, como si ese detalle pudiese ayudarles a orientarle mejor—. Van las mejores prostitutas de esta zona de Londres. Una de ellas es una auténtica joya; la llaman Millie la Magnífica, y no me avergüenza decir que le he entregado mi corazón, mi alma ¡y también la mayor parte de mi dinero! —Hipó con fuerza.

Bert lo apuntó con la pistola.

—Lárguese, pirado, o le agujerearé el culo.

—Disculpen... —El hombre se tambaleó hacia ellos—, creo que voy a vomitar. —Se agachó y apoyó las manos en las rodillas.

—¡Por el amor de Dios! —musitó Bert con una mueca de disgusto mientras el hombre comenzaba a tener horribles arcadas—. ¡Al menos podría hacerlo hacia el otro lado! —protestó bajando la pistola.

—No se encuentra bien, Bert —apuntó Stanley compasivamente—. A lo mejor se ha comido algo en mal estado.

Aprovechando el caos reinante, Camelia profirió lo que esperaba fuese un grito de desvanecimiento convincente y cayó en los brazos de Stanley.

—¿Y ahora qué pasa? —preguntó Bert, alarmado—. ¿Qué demonios le has hecho, Stanley?

—Yo no he hecho nada —se defendió Stanley mientras intentaba torpemente que Camelia no fuese a parar al suelo sucio—. Debe de haberse asustado y se ha desmayado, ¡ya te he dicho que estaba asustada, Bert! Y tú venga a hablar de palmarla. ¡A las señoras no se les habla así!

Doblada como una muñeca de trapo, Camelia sacó la navaja que llevaba enfundada en la bota mientras sus captores discutían acerca de quién era el causante de su desmayo. Una buena puñalada en el muslo de Stanley forzaría al gigante a soltarla. Luego arrancaría la navaja de su pierna y se la tiraría a Bert, haciendo que se le cayese el arma mientras ella huía.

«Uno... dos... tres...»

Una atronadora explosión atravesó el aire, seguida de otras dos. A su alrededor estallaron bolas de fuego.

—¡Socorro! —gritó Bert, corriendo calle abajo tan rápido como sus gruesas y cortas piernas se lo permitían—. ¡Nos están disparando! ¡Venga, Stanley, corre!

—Señora, hay que irse de aquí. —Stanley levantó a Camelia y la protegió con su cuerpo—. ¡Ese borracho se ha vuelto loco!

—¡Bájeme! —Desechó la idea de apuñalarlo al percatarse de que, al parecer, el gigante intentaba salvarla.

—¡Suéltela —ordenó Simon— o le cortaré en pedazos tan pequeños que las ratas se pasarán una semana entera comiéndose los restos! —Lanzó varios petardos más a sus huidizas siluetas, que explosionaron en una bola de fuego roja, verde y naranja.

—¡Maldita sea, esto parece un jodido ejército! —gritó Stanley que protegía a Camelia con su cuerpo mientras avanzaba pesadamente, ajeno al hecho de que ella tenía ahora una navaja en la mano.

—¡Por Dios, Stanley, déjala en el suelo! —instruyó Bert, jadeante—. ¡Es a ella a quien quieren, no a nosotros!

—Intentan salvarme, Stanley —le explicó Camelia tratando de separarse de su enorme pecho—. Déjame en el suelo.

Stanley frunció las cejas, preocupado.

—¿Seguro que se encuentra bien, señora? ¿No volverá a desmayarse?

—Estoy bien —le tranquilizó ella.

—Entonces, de acuerdo. —La plantó bruscamente en el suelo y la sujetó unos instantes hasta que estuvo seguro de que se aguantaba sola.

Otra serie de explosiones tronaron por la callejuela.

—¡Por Dios, Stanley, venga, corre! —chilló Bert.

Complaciente, Stanley corrió a paso largo por la calle para reunirse con su amedrentado compañero.

—¡A por ellos! —gritó Simon con dramatismo mientras alcanzaba a Camelia—. ¡Que no se escapen! —Siguió lanzando petardos hacia Stanley y Bert hasta que sus aterrorizadas siluetas llegaron al extremo de la callejuela y desaparecieron. Finalmente, se volvió a Camelia.

—Señor Kent —dijo jadeando, sorprendida—, ¿qué diablos hace aquí?

Simon la miró fijamente, reparando de inmediato en las manchas negras de su rostro, su despeinada melena sin sombrero, el roto en su vestido, sobre el hombro, y trató de controlar la rabia que sentía. Al llegar a la callejuela y ver a ese monstruo sujetando a Camelia mientras esa bola inmunda la amenazaba, se llenó de una ira distinta a cuantas había conocido hasta entonces. Por suerte, su sensatez habitual hizo que se pusiese a correr como un idiota. Estaba solo, desarmado, y era consciente de que él solo no podía enfrentarse con un gigante como Stanley, sobre todo si el enano de Bert lo apuntaba con una pistola.

Entonces recordó que llevaba unos petardos en el abrigo que se había puesto al salir de casa.

—Pues de pronto se me ha ocurrido, lady Camelia, que el coche en el que se ha subido lleva el escudo de lord Hibbert, que casualmente es uno de mis vecinos. Y me ha sorprendido un poco, sobre todo cuando he vuelto a asomarme y he visto que el carruaje seguía ahí, al parecer, esperando a llevar a lady Hibbert a visitar a una de sus amigas. Lord Hibbert me ha dicho que se ha subido usted por error en su carruaje y que luego ha salido disparada calle abajo; lo que ha despertado mi curiosidad lo suficiente para decidir ir en su busca, sólo para averiguar si, al fin, había logrado dar con su coche. —Enarcó las cejas con expresión burlona.

—Agradezco su preocupación, aunque le aseguro que habría podido lidiar yo sola con esos dos ladrones. —Camelia se levantó el borde de la falta e introdujo la navaja de nuevo en su bota.

—¿Acostumbra a ir con un cuchillo en la bota?

—Londres puede ser una ciudad muy peligrosa —observó—. Ésa es una de las razones por las que mi padre acabó cogiéndole tanta aversión; hay ladrones en todas partes.

—No me ha dado la impresión de que esos tipos fueran unos ladrones comunes.

—¡Claro que lo eran! —insistió Camelia. Como no sabía en qué momento de la escena había llegado Simon, decidió que lo mejor era minimizar el incidente—. Lo único que querían era mi bolsa, ¡y eso se han llevado!

—¿Es ahí donde había escondido el dibujo que me ha robado? —inquirió él con rostro impasible.

—Sólo lo he tomado prestado. Pensé que no le importaría; de todas formas tampoco iba a usarlo. Pretendía devolvérselo.

—¿Cuándo? ¿Después de dárselo a alguien más para que lo copiara y lo utilizara como base para construir su bomba de vapor? Estoy convencido de que la ley dictaminaría que es un robo sacar un dibujo de mi casa sin mi consentimiento, lady Camelia, por mucho que quiera llamarlo de otra manera.

—Pero usted me ha dicho que no le interesaba proteger sus ideas e inventos; que la ciencia y la tecnología no progresarían nunca si los científicos se guardaban para sí sus descubrimientos —replicó Camelia—. Y dado que no disponía de tiempo para invertirlo en esa bomba de vapor, he pensado que no hacía daño a nadie tomando prestado el dibujo sólo temporalmente. Pero me lo han robado, ¡es terrible!

—Por si le sirve de consuelo, la verdad es que no necesito el dibujo; me sé de memoria el diseño de ese motor.

—Pero ¡ahora saben que estoy en Londres para conseguir una bomba de vapor!

—¿Quiénes?

—Esos dos rufianes —se apresuró a contestar. No quería que Simon supiese que estaba siendo vigilada—. Me preocupa que le vendan su invento a algún otro científico, que lo construirá, se llevará el reconocimiento y ganará una fortuna a costa de su esfuerzo.

—Me conmueve su preocupación —declaró Simon con escepticismo—. Lo que no entiendo es por qué sus encantadores amigos, Stanley y Bert, tienen tanto interés en sus movimientos y por qué se sube usted en carruajes que no son suyos, y se escurre por callejuelas oscuras y desiertas con un dibujo robado y una navaja de quince centímetros oculta en su bota. ¿Le espera realmente un coche en algún lugar, lady Camelia, o es sólo otra de sus fascinantes mentiras?

—Mi cochero me espera en Great Russell Street, frente al museo —se sinceró Camelia—. Pensé que lo mejor era que me esperase allí.

—Déjeme adivinar... Le ordenó que estacionara ahí y entró en el museo, fingiendo que estaría en su interior varias horas; una forma perfectamente creíble de pasar la tarde para la hija de un respetado arqueólogo durante su estancia en Londres. Después salió discretamente del museo por otra puerta y anduvo hasta mi casa, creyendo que nadie sospecharía que había abandonado el museo sin usar su vehículo.

—Era un buen plan.

—Supongo que sí, hasta que aparecieron sus amigos Stanley y Bert. Es evidente que no son tan fáciles de engañar como usted pensaba. La cuestión es, ¿por qué tienen tantas ganas de que no regrese a África? ¿Hay algo en su excavación que les fascine especialmente?

—Como le dije, estoy a punto de realizar un descubrimiento muy importante. Hay un montón de arqueólogos por ahí a los que les encantaría quitarme la excavación y obtener el reconocimiento de lo que hallasen en ella.

—No creo que esos tipos fueran arqueólogos precisamente.

—¡Por supuesto que no! No son más que unos ladrones a sueldo de alguien que les ha dado la orden de seguir de cerca mis movimientos e intentar intimidarme.

—No tenía ni idea de que en el campo de la arqueología hubiera tanta rivalidad. ¿Se le ocurre quién puede ser este arqueólogo enemigo?

—No. En principio, a todos los miembros de la Sociedad Arqueológica Británica les parece absurdo que pueda haber nada relevante en Suráfrica, pero yo creo que hay alguno que sí comprende la magnitud del hallazgo que estoy a punto de realizar. Piensan que si logran asustarme, estaré dispuesta a vender mi terreno a cualquier precio al primer comprador que se presente. Y se equivocan. Jamás me iré de África. Y jamás dejaré mi excavación hasta haber desenterrado todas las reliquias que haya por desenterrar.

—Admiro su determinación.

Una pizca de esperanza iluminó los ojos de Camelia.

—¿Quiere eso decir que me ayudará?

—No, estoy tan comprometido con la consecución de mis inventos como usted con encontrar sus reliquias africanas, lady Camelia. Sin embargo, la acompañaré hasta su carruaje. —Zanqueó por la callejuela y recuperó su sombrero.

—No necesito que me acompañe —le informó Camelia con decisión, molesta de que siguiese negándose a ayudarle—. Le aseguro que soy perfectamente capaz de llegar yo sola a mi vehículo; siempre lo hago.

—Concédame ese placer —suplicó Simon mientras le entregaba el sombrero—. ¿No cree que es lo mínimo que puede hacer después de haberme robado el dibujo?

—Usted mismo ha reconocido que no lo necesitaba —Camelia se puso el laxo y sucio sombrero en la cabeza—; que se lo sabía de memoria.

—Entonces deje que la acompañe en agradecimiento por haberla salvado galantemente cuando estaba en apuros —propuso Simon—. Le confieso que mi actuación de borracho enamorado me ha parecido especialmente brillante.

—Agradezco su interés, señor Kent, pero lo cierto es que no necesitaba su ayuda. Tenía la situación controlada.

—Supongo que si llama controlada a estar inmovilizada por un gigante de dos metros de estatura mientras otro individuo amenaza con matarla, apuntándole a la cara con una pistola, entonces sí, admito que tenía la situación absolutamente controlada.

—Estaba a punto de asestarle un navajazo a ese monstruo en el muslo cuando apareció usted tambaleándose por la calle.

—¿En serio? ¿Ha hecho alguna vez algo así?

—He cazado y ayudado a matar animales grandes en un sinfín de ocasiones. Estoy convencida de que podría acuchillar los músculos de la pierna de un hombre sin ningún problema.

—Gracias por la advertencia —dijo Simon ofreciéndole su brazo.

—Disculpe, señor Kent, pero ¿no le preocupa que lo vean prácticamente a medio vestir? Por lo visto ha olvidado ponerse el sombrero y la corbata, y lleva la camisa desabrochada.

—He salido de casa con bastante prisa. —A Simon le hacía gracia su repentino decoro—. Aunque me temo que es habitual en mí salir de casa indebidamente vestido; es una de las consecuencias de estar casi siempre absorto. ¿Le molesta que vaya sin sombrero?

Camelia lo observó mientras se abotonaba la arrugada camisa sobre su musculoso pecho.

—En absoluto —contestó, mirándolo a los ojos con naturalidad—. Estoy acostumbrada a ver hombres sin sombrero.

—De acuerdo; entonces no tendrá inconveniente en que la acompañe hasta su carruaje. —Con la camisa correctamente abrochada hasta el cuello, le ofreció su brazo una vez más.

Ella suspiró.

—Dejaré que me acompañe, si eso le hace sentir mejor, señor Kent. —Posó la mano con suavidad sobre la fina tela de la manga de su abrigo. Su brazo era sorprendentemente duro y el calor penetró su guante de algodón, haciendo que sintiera un cosquilleo en la palma de la mano.

Caminaron en un agradable silencio, cambiando la humedad y la oscuridad de la callejuela por la luz plomiza de las calles. Hombres y mujeres con elegantes trajes y vestidos de noche paseaban a pie y en sus carruajes en dirección a alguna fiesta, cena o al teatro. Camelia sabía que Simon y ella formaban una pareja extraña: ella con su vestido de día penosamente desplanchado, despeinada y con el sombrero ladeado, y Simon con sus pantalones húmedos y abrigo arrugado. La gente les lanzaba miradas reprobadoras, sin duda pensando que no tenían derecho a andar entre la clase alta o, lo que era peor, dando por sentado que planeaban alguna fechoría como robar. Le irritaban sus miradas de censura. Miró a Simon de reojo, preguntándose si también le molestaría cómo llamaban la atención.

Para su sorpresa, su expresión era casi alegre mientras paseaban el uno al lado del otro. O no se daba cuenta del recelo con que los miraba la gente o no le importaba lo más mínimo.

—Había olvidado lo sumamente agradable que puede llegar a ser un paseo al atardecer —comentó—. Tengo que intentar esforzarme por salir un poco más de mi laboratorio.

—¿Cómo ha hecho esas explosiones en la callejuela? —inquirió Camelia con curiosidad.

—He utilizado unos cuantos petardos que había fabricado para entretener a mis hermanos pequeños y me había dejado en los bolsillos del abrigo. Tenía pensado hacerlos estallar la próxima vez que fuese a visitarlos.

—¿Esas enormes bolas de fuego eran simples petardos? Parecían disparos.

—Me gusta que mis petardos hagan mucho ruido y sean espectaculares —le confesó Simon—. Les añado sales metálicas y polvo clorinado para intensificar los colores y hacer que las explosiones sean más vistosas. Mi madre teme que algún día vuele algo por los aires, pero a mis hermanos les parecen geniales.

—¿Cuántos hermanos tiene?

—En total somos nueve, pero sólo hay tres todavía lo bastante pequeños para que les impresione un hermano mayor capaz de fabricar petardos. El resto tienen recuerdos de todos los incendios que estuve a punto de provocar cuando era un adolescente e intentaba averiguar cuánta pólvora se necesitaba para hacer saltar la tapa de una cazuela o ver cuánta luz podía generar una lámpara de aceite con cinco mechas en lugar de una sola.

—¿Y provocó algún incendio?

—Unos cuantos —admitió Simon, encogiéndose de hombros. Desembocaron en la calle del Museo Británico, frente al que había una media docena de carruajes esperando. Había un grupo de niños y adultos apiñados delante de uno de ellos, que se reían y señalaban algo—. Pero, afortunadamente, y pese a que Oliver, nuestro mayordomo, estaba convencido de que lo haría, nunca incendié la casa.

—Ése es mi coche —dijo Camelia señalando el vehículo negro de tamaño mediano en torno al que estaban los niños agrupados.

—¿Qué están mirando esos niños?

—A mi cochero. Suele llamar bastante la atención dondequiera que vaya.

Simon se acercó junto a Camelia al carruaje para ver qué tenía ese hombre que los niños encontraban tan fascinante.

Sentado en el banco del cochero había un africano delgado de unos cincuenta años o más. Su piel era oscura como el café y tenía profundas arrugas tras años de exposición al intenso sol africano. Tenía la mandíbula cuadrada, la frente ancha, los pómulos marcados, pero mejillas ligeramente hundidas, lo que indicaba que en algún momento de su vida la comida había escaseado. Estaba sentado con la espalda recta y la cabeza erguida, mirando al frente, su porte altivo, casi arrogante, revelando una nobleza y fortaleza de espíritu que a Simon le pareció inmensamente convincente. Estaba envuelto en una serie de magníficas túnicas, tejidas con intensos colores escarlata, zafiro y esmeralda. Sobre la cabeza llevaba un sencillo sombrero de piel de alas anchas, que no armonizaba con el resto de su exótico atuendo, pero que era mucho más práctico que los sofisticados sombreros de fieltro que la moda dictaba que debían llevar los caballeros londinenses. Su soberbia piel oscura, sus impresionantes túnicas y extraño sombrero habrían sido más que suficientes para despertar la curiosidad de todos los transeúntes, pero no era ninguna de esas cosas la causante de los gritos y carcajadas del grupo de niños.

Era el mono que subía y bajaba de su cabeza, y les tiraba cerezas.

—Zareb, te pedí que no dejaras salir a Oscar del vehículo —le reprendió Camelia.

—Quería ver a los niños —se defendió Zareb.

—Yo más bien diría que quería darles de comer —musitó Camelia. Alargó los brazos en dirección al mono, que gritó contento de verla y bajó de un salto de la cabeza de Zareb para aterrizar tranquilamente en sus brazos—. En serio, Oscar, si quieres que te lleve conmigo tendrás que aprender a quedarte dentro del carruaje.

Oscar soltó un grito de protesta y rodeó el cuello de Camelia con uno de sus delgados y peludos brazos.

Zareb miró a Camelia con sus ojos de color pasa, reparando rápidamente en su aspecto desaliñado. A continuación miró a Simon fijamente un buen rato, como si tratase de ver más allá de su aspecto igualmente desarreglado. Al fin, centró su atención de nuevo en Camelia.

—¿Podemos volver ya?

—Podemos volver a casa —contestó Camelia, consciente de que Zareb no se refería a eso. Se volvió a Simon.

—Gracias por acompañarme hasta el carruaje, señor Kent, y por haber acudido en mi ayuda. Le pido disculpas por haberle causado tantas molestias y por haber perdido su dibujo.

—No es necesario que se disculpe. —Una vez más había llegado el momento de decir adiós y, de nuevo, Simon estaba curiosamente reacio a despedirse de ella—. ¿Está segura de que estará bien?

—¡Por supuesto! —repuso Camelia, intentando impedir que Oscar le sacase las últimas horquillas de su pelo dorado—. Estaré bien. Si por cualquier motivo cambia de opinión, señor Kent, vivo en Berkeley Square número veintisiete. Me quedaré aquí unas cuantas semanas más antes de regresar a Suráfrica.

Simon titubeó. No estaba muy seguro de cómo debía despedirse de ella. Un caballero le besaría la mano, pero dado que tenía las dos manos ocupadas para evitar que el mono jugara con su pelo, la cosa estaba un tanto difícil.

—Está bien, pues, ya nos veremos, lady Camelia —logró decir, como si creyese que algún día tropezaría con ella por la calle. Le abrió la puerta del carruaje y le ofreció la mano para ayudarle a subir.

Oscar trepó por su brazo y se subió en su cabeza, sobresaltándolo.

—¡Oscar, baja de ahí inmediatamente! —ordenó Camelia.

El animal protestó con insolencia y sacudió la cabeza, agarrándose del pelo de Simon.

—¡Oscar, baja ahora mismo —exclamó Camelia en tono de advertencia— o no te daré galletas de jengibre después de cenar!

El mono le dedicó una descarada sonrisa, provocando las risas de la multitud que seguía aglomerada alrededor del vehículo.

—¡Oscar, baja! —intervino Zareb—. ¡Qué paciencia!

Oscar vaciló, como si estuviese pensando qué hacer. Después le dio unas palmadas a Simon en la cabeza y saltó sobre el gastado terciopelo del asiento del carruaje.

—Lo siento —se disculpó Camelia—. Normalmente no hace eso; suele portarse bastante bien. —No era ni remotamente cierto, pero Simon no tenía por qué saberlo.

—No pasa nada. ¿Siempre lo lleva con usted?

—No siempre, pero me temo que en esta casa se agobia un poco. Está acostumbrado a tener mucha más libertad en África, pero no puedo dejar que pasee solo por Londres. Debería quedarse en el interior del vehículo cuando salimos, pero no le gusta. No está habituado a permanecer encerrado.

—Lo comprendo. —Simon le ayudó a subirse al carruaje y cerró la puerta.

Camelia lo miró esperanzada.

—¿Cree que es posible que reconsidere mi oferta, señor Kent?

Simon titubeó, conmovido por sus implorantes ojos extraordinariamente verdes. Durante unos instantes estuvo tentado de decirle que sí. Aunque, por desgracia, era muy consciente de sus obligaciones. Le había jurado a su hermano Jack, propietario de una floreciente empresa naviera, que dedicaría todo el tiempo posible a desarrollar un motor mejor de propulsión marina. Jack quería que la North Star Shipping presumiese de tener los barcos más rápidos del mundo, y Simon estaba decidido a hacer que eso sucediese. Luego estaba la miríada de inventos en los que estaba trabajando, incluida su lavadora, que tenía que estar lista en sólo seis semanas para mostrarla en la feria de la Sociedad para el Avance Tecnológico Industrial. Por mucho que le disgustase la parte financiera de su profesión, por desgracia había asuntos financieros que no podían ser ignorados. Si bien hasta el momento algunos de sus inventos habían sido fabricados en pequeña escala, eso no había generado suficientes ingresos para que pudiese continuar trabajando.

Aunque quisiese dejarlo todo e irse a África con lady Camelia, simplemente, no podía permitírselo.

—Haré indagaciones para ver si encuentro a alguien que pueda ayudarle —le ofreció Simon—. Estoy convencido de que hay algún fabricante de bombas en Londres dispuesto a alquilarle una y enviársela en barco a Suráfrica.

Camelia asintió, intentando ocultar su decepción. Ya se había puesto discretamente en contacto con todos los fabricantes de bombas que había en Londres, y todos habían rehusado su petición, alegando escasez de maquinaria disponible o que ella no pudiera pagarles. Pero Camelia sabía que no era ése el motivo por el que la rechazaban.

Como proveedores del monopolio que controlaba el mercado de bombas de Suráfrica, habían recibido instrucciones de no suministrarle una bomba a menos que quisieran rescindir sus contratos.

—Gracias, es usted muy amable.

Zareb sacudió las riendas y el carruaje empezó a avanzar. Oscar se levantó de un brinco para gritarle a Simon, lo que provocó más risas entre la multitud todavía apiñada junto al vehículo.

Simon observó cómo el coche se alejaba tranquilamente por la calle antes de torcer y ser engullido por las sombras cada vez más frías de la noche. Al fin, con una extraña sensación de soledad, se volvió y comenzó a andar a paso lento hacia su casa.

Olió el humo antes de verlo.

Volvió la esquina de su calle y vio a un montón de gente arremolinada frente a su casa, contemplando con horror las refulgentes llamas naranjas que bailaban tras las ventanas.

«¡Dios mío!»

Le inundó el pánico. Apenas si oía el eco de las campanas a lo lejos, que indicaba que los caballos que arrastraban las bombas aspirantes del Cuerpo de Bomberos Metropolitano estaban en camino. Se había formado una fila de más o menos veinte hombres que rápidamente se pasaban unos a otros cubos llenos de agua, que el hombre fornido del extremo de la hilera arrojaba con valentía a la casa. Pero el agua salpicaba en vano la fachada sin llegar al humo y las llamas que se extendían por las habitaciones del interior.

—¡Déjenme paso! —gritó Simon, tratando de abrirse paso entre la multitud de espectadores fascinados que bloqueaban la calle llena de humo—. ¡Es mi casa! ¡Déjenme pasar!

—¡Es él! —exclamó alguien—. ¡Es Kent, el inventor! ¡No está dentro de la vivienda!

Atónita, la muchedumbre se disgregó formando un estrecho sendero para que Simon pudiese llegar a su casa.

—Siempre he sabido que acabaría quemando la maldita casa entera —murmuró alguien más cuando él pasó por delante—. Eso pasa por inventar tantas tonterías.

—Pues tendremos suerte si sólo se quema su casa —añadió otro espectador.

—Si el viento empieza a soplar, el fuego se propagará por toda la calle —soltó otra persona—. Miren qué altas son las llamas.

—¡Deberíamos haberlo expulsado del barrio! —gritó furiosa una mujer—. En mi opinión, la ley tendría que prohibir estas cosas.

Simon la ignoró, concentrado en la escena de su casa en llamas. Siempre había sabido que a sus vecinos no les gustaba que un inventor viviese entre ellos; sobre todo un inventor con un pasado no precisamente inmaculado. El calor era ahora más intenso y el aire, denso por el humo y las cenizas. Una irrespirable columna negra salió por la puerta principal abierta, pero el vestíbulo y las escaleras que había tras ésta estaban a oscuras, lo que significaba que las llamas aún no habían llegado hasta allí. Simon se quitó de pronto el abrigo, cubriéndose la cara con él mientras corría hacia las escaleras que comunicaban la calle con la entrada de servicio de la cocina.

—¡No intente entrar! —le advirtió uno de los hombres que ayudaba a pasar cubos de agua—. ¡No vale la pena arriesgarse por un montón de chatarra!

Simon apenas lo oyó mientras miraba por las ventanas y veía cómo se quemaba su laboratorio. Con los ojos entornados debido al bochornoso calor y al humo, vio los restos de casi once años de trabajo esparcidos por el suelo. Todos sus libros y papeles se estaban quemando y todas las mesas, sobre las que había un sinfín de prototipos, proyectos en marcha y más de una ilusión, se habían caído. Su magnífica lavadora, que habría supuesto que en tan sólo un par de meses revolucionaría el sistema de lavado de la ropa, estaba volcada sobre un costado, inservible. El enorme barreño de agua se había salido de su estructura y había caído rodando, dejando que las llamas lamieran la construcción de acero de su motor de vapor.

—Lo lamento, señor, pero será mejor que salga de aquí —dijo una voz—. Es peligroso que esté tan cerca; los cristales podrían estallar en cualquier momento. Ya no puede usted hacer nada.

Simon se volvió y vio a un joven y serio bombero de pie, a sus espaldas. Los caballos habían traído tres bombas y unos treinta bomberos pertrechados empezaron a rociar la casa con agua. Pese a que se movían con rapidez, Simon era consciente de que no había absolutamente ninguna esperanza de que salvasen su casa, excepto tal vez la fachada. Lo único que podían hacer era tratar de impedir que las llamas se propagasen a las casas colindantes.

—¿Ha visto alguna vez un incendio en el que el fuego vuelque mesas y un artefacto que pesa más de doscientos veinticinco kilos?

El bombero lo miró confuso.

—No, señor. No, a menos que se haya producido algún tipo de explosión.

Simon lanzó una última y dolorosa mirada a su laboratorio en ruinas, esforzándose por controlar la impotencia y la rabia que le invadía.

—Yo tampoco.

Capítulo 3

Zareb anduvo despacio hasta el comedor sosteniendo el preciado sobre en su curtida y oscura mano.

El sobre había viajado desde Suráfrica y tenía marcas, manchas y arrugas que ponían de manifiesto su largo y arduo trayecto. Había venido a caballo, en tren y en barco, había viajado casi cuatro semanas surcando el encrespado océano para estar cada vez más cerca de ellos. Lo apretó fuerte, deseando sentir su calor originario. Añoraba las liberadoras caricias del cálido sol africano, que brillaba como un magnífico círculo de oro fundido en contraste con la extensión intensamente azul del cielo. En Londres el cielo solía estar encapotado y un perpetuo velo de repugnante y hediondo humo flotaba en todas partes, como resultado de decenas de miles de lumbres que ardían de la mañana a la noche. Daba la impresión de que las casas estaban construidas unas encima de otras, formando bloques de ladrillo y piedra que a Zareb le recordaban una prisión, y en su interior la gente se recluía en habitaciones oscuras atestadas de gruesas telas y recargados muebles. No había espacio, ni aire ni luz, y por lo que había visto, tampoco había alegría en esta ciudad llamada Londres.

Cuanto antes se llevase a Camelia a casa, mejor.

La encontró sentada frente a la mesa del comedor, con la cabeza inclinada y las cejas fruncidas, concentrada en la carta que estaba escribiendo. Oscar estaba sentado a su lado, en la mesa, mientras comía cacahuetes con avidez y llenaba la mesa y la alfombra de cáscaras rotas. Desde su llegada a Londres, el animal poco podía hacer aparte de comer y meterse en líos. Y Zareb pensó que, si comía, eso al menos significaba que no estaba haciendo ninguna travesura. Aunque esperaba que su pequeño amigo no se empachase o engordase tanto que no pudiese moverse con su habitual agilidad. El turaco unicolor de Camelia, una espectacular y presumida hembra de pájaro llamada Harriet, se había posado sobre el respaldo de una de las sillas del comedor y se contemplaba en el espejo ovalado que Camelia había colgado de la lámpara de araña para que se entretuviese. Cuando Zareb entró, el ave graznó y batió las alas anunciando su presencia.

—Tienes carta, Tisha —le dijo Zareb a Camelia, llamándola por el nombre africano que él le había puesto de pequeña—. Es del señor Trafford. —Hizo una breve pausa para saber si quería saber más.

—¿Y?

—Sopla un viento oscuro. —No se lo habría dicho, si no se lo hubiese preguntado. Le disgustaba agobiarla con más cosas—. Es cuanto percibo.

Camelia asintió. ¡Naturalmente que soplaba un viento oscuro! En su opinión, llevaban meses así, de modo que ¿por qué iba a cambiar hoy? Suspiró y dejó la pluma. Tal vez Zareb se equivocase. La verdad es que no recordaba que se hubiese equivocado nunca, pero en ocasiones lo que decía era lo bastante impreciso para que pudiese hacerse una libre interpretación. Soplaba un viento oscuro. «muy bien», pensó, reprimiendo la ansiedad que le oprimía el pecho. Cogió el sobre que Zareb le dio y lo abrió. «A ver qué me trae hoy este viento.»

—Ha habido otro accidente en la excavación —declaró en voz baja, repasando rápidamente el contenido de la carta del señor Trafford, su capataz—. Han intentado sacar el agua a mano, pero el terreno está inundado y los muros que construimos en el margen sureste se han vuelto inestables. Uno de ellos se derrumbó de pronto, matando a Moswen e hiriendo a otros cuatro hombres. Se han ido nueve trabajadores más.

Dejó la carta encima de la mesa y tragó saliva. Moswen era un buen hombre. Sólo llevaba dos meses trabajando para ella, pero era fuerte y voluntarioso, y le había parecido que se alegraba de verdad cada vez que encontraban una nueva reliquia. Y ahora había muerto por su culpa. Y otros cuatro estaban heridos. El señor Trafford no mencionaba nada acerca de la gravedad de las heridas, pero Camelia suponía que el hundimiento de un muro podía causar daños terribles. Se llevó los dedos al pinchazo que acababa de darle en la sien.

—Hay más —dedujo Zareb. No era una pregunta, sino una afirmación.

Camelia asintió.

—Ahora los trabajadores restantes están aún más convencidos de que hay una maldición sobre el terreno. Le han dicho al señor Trafford que se irán a menos que yo les suba el suelo para compensarles por el peligro que corren ellos, y sus familias por extensión, trabajando en un área maldita. Les ha prometido más dinero para mantenerlos tranquilos hasta que tenga noticias mías. Quiere saber qué debe hacer.

Zareb esperó.

—Le escribiré para decirle que le ofrezca a cada uno un quince por ciento más que les pagaré cuando finalicen sus contratos.

—Eso no les satisfará, Tisha —objetó él en voz baja—. Sólo son hombres y están asustados. Temen morir antes de que terminen sus contratos. Debes darles algo ahora, para demostrarles que tienes fe en ellos. Debes recordarles que su lealtad será recompensada.

—Pero ¿cómo voy a pagarles más ahora, si ni siquiera tengo dinero para pagarles lo que aún les debo?

—El dinero llegará. Está en camino.

—¿Cuándo? ¿Cómo?

—Llegará —insistió Zareb—. Lo obtendrás; lo sé.

Camelia suspiró.

—Agradezco tu confianza en mí, Zareb, pero hasta el momento no he conseguido apalabrar la financiación que necesitamos para continuar el proyecto. Los amigos de la edad de mi padre se han negado a invertir más dinero, porque ahora que él ha fallecido no creen que yo tenga la capacidad de triunfar donde él no lo hizo. Ningún fabricante de bombas de la ciudad ha accedido a suministrarme maquinaria; me dijeron que no era solvente o que no tenían máquinas disponibles, pero yo sé que en realidad es porque la De Brees Company les ha dicho que no negocien conmigo. Mi última esperanza era el señor Kent y también me ha negado su ayuda.

De hecho, su última esperanza había sido el dibujo de Simon, pero incluso ésta se había desvanecido. No conocía a nadie más en Londres que pudiese construir una bomba de vapor y que todavía no hubiese sido contratado por uno de los fabricantes que se negaban a tener tratos con ella. Camelia no le había dicho a Zareb que le había robado un dibujo a Simon; Zareb era un hombre intachable.

Por mucho que quisiese a Camelia y desease su éxito, no aprobaría que para obtenerlo recurriese a un vulgar robo.

—El señor Kent te ha ayudado —repuso Zareb—. Te ayudó en la callejuela.

—No necesitaba su ayuda —protestó Camelia—; tenía la situación bajo control.

Había vuelto al carruaje en tan lamentable estado que no había tenido otra opción que explicarle a Zareb lo sucedido con los dos hombres que el día anterior habían intentado amedrentarla. Le describió el incidente como un simple robo a manos de dos miserables ineptos. Le aseguró que la habían sobresaltado únicamente por no haber sido suficientemente cauta mientras andaba; un error que no volvería a cometer. No podía dejar que Zareb creyese que estaba en peligro. Bastante se preocupaba ya por ella su viejo amigo, que para empezar no la había dejado viajar sola a Inglaterra. No le habría gustado enterarse de que alguien había contratado un par de matones para forzarle a abandonar su excavación.

Londres ya le parecía bastante sucio, incivilizado y atestado de bárbaros.

—El señor Kent volverá —insistió Zareb—. No quiere, pero lo hará.

Camelia lo miró con escepticismo.

—¿Cómo lo sabes?

—Lo sé.

Ella suspiró. Sabía que no podía hacerle más preguntas sin correr el riesgo de insultarlo. Cuando Zareb aseguraba que sabía algo, se aferraba a ello con la tozudez de un león que protege su *kill*.

De repente alguien aporreó la puerta principal, haciendo que Harriet graznase asustada y revoloteara sobre la mesa del comedor. Sobresaltado, Oscar saltó al hombro de Camelia, volcando de paso el tintero.

—¡Oh, no, mi carta! —Cogió rápidamente la carta que había estado escribiendo y observó con desespero cómo las gotitas negras se deslizaban por ella y caían en la rayada superficie de la mesa—. Se ha echado a perder.

Oscar soltó una serie de gritos acusatorios a Harriet y luego apoyó la cara con docilidad en el cuello de Camelia.

—Oscar no está a gusto aquí —comentó Zareb—. Le falta espacio. —Las maravillosas túnicas de colores que llevaba crujieron mientras salía de la habitación para ir a abrir la puerta.

—No pasa nada, Oscar —musitó Camelia, acariciando el lomo del mono arrepentido. Dejó la estropeada carta encima de la mesa, extrajo un arrugado pañuelo de lino de su manga y se puso a absorber enérgicamente la tinta para que no goteara sobre la alfombra—. Ha sido sin querer.

—Ha venido lord Wickham, mi lady —anunció Zareb con solemnidad.

Un hombre joven, alto, guapo, de pelo de color arena y ojos de color miel apareció en el comedor.

—¡Elliott! ¡Cómo me alegro de verte! —Camelia corrió hasta él y cogió ansiosamente sus brazos alargados—. ¡Oh, no! —se lamentó, mirando con horror las huellas negras que sus dedos manchados de tinta habían dejado en la piel de Elliott—. ¡Cuánto lo siento!

—No te preocupes, Camelia. —Elliott sacó enseguida un pañuelo de lino blanco perfectamente doblado del bolsillo de su actual abrigo hecho a medida y se limpió la tinta de las manos lo mejor que pudo, hasta que su piel pasó de ser negra a sólo de color gris sucio—. Ya está, ¿lo ves? Esta vez venía preparado —dijo medio en broma.

Aún agarrado al cuello de Camelia, Oscar le gritó malhumorado.

Elliott frunció las cejas.

—Veo que sigo sin caerle bien a Oscar.

—Lo cierto es que no le cae bien casi nadie —replicó Camelia, tratando de sacarse al animal de encima—. Y aquí aún está peor; todo le resulta extraño.

—Hace muchos años que me conoce, Camelia, tendría que resultarle familiar.

—Bueno, es que me parece que no le gusta pasar la mayor parte del tiempo encerrado en esta casa —continuó Camelia, que hizo una mueca de dolor cuando Oscar le hundió obstinadamente sus pequeños dedos en el hombro—. ¡Ya basta, Oscar! —le reprendió mientras lo apartaba de sí y se lo daba a Zareb—. Vete con Zareb.

Elliott miró a Zareb expectante, esperando a que el criado se ausentase.

Pero Zareb le devolvió tranquilamente la mirada y se quedó donde estaba.

—Quizá podríamos tomar un té, Zareb —sugirió Elliott.

—Gracias, lord Wickham, pero no tengo sed.

Elliott apretó ligeramente los labios.

—No me refería a usted, Zareb, sino a lady Camelia y a mí.

Zareb se volvió a Camelia.

—¿Te apetece un té, Tisha?

Camelia reprimió un suspiro. La tensión entre ambos hombres arrancaba desde que ella tenía trece años, cuando fue por primera vez a Suráfrica para trabajar junto a su padre.

—Sí, Zareb, si no te importa prepararlo, te lo agradecería.

—Muy bien, Tisha. —Zareb se dirigió entonces a Elliott—. ¿Y usted, mi lord, quiere un té también?

Camelia vio que Elliott asentía, manifiestamente satisfecho de que Zareb obedeciese. El pobre no entendía el comportamiento de Zareb, por lo que no había podido darse cuenta de que, en realidad, Zareb acababa de ofrecerle un té a Elliott en calidad de anfitrión en lugar de criado. La diferencia era sutil.

Pero para Zareb era crucial.

—Tendrías que haberme hecho caso y haberlo dejado en África —comentó Elliot cuando Zareb salió del comedor—. Ya te advertí que Londres no era un buen sitio para ese viejo criado. No sabe comportarse.

—Zareb no es mi criado, Elliott —recalcó Camelia—. Era amigo de mi padre y ha dedicado su vida entera a cuidar de mí. Jamás me habría dejado venir sola a Londres.

—Era el criado nativo de tu padre —repuso Elliott con énfasis—. El hecho de que a lo largo de los años tu padre y él establecieran cierta clase de extraña amistad no cambia las cosas. Entiendo que sienta cariño por ti, Camelia, pero no tiene derecho a influir en tus decisiones. No deberías haberlo traído, igual que a ese ridículo mono y, ya puestos, a ese pájaro tampoco. La gente no hace más que hablar y detesto enormemente lo que dicen.

—No me importa lo que la gente diga de mí —confesó Camelia—. No podía dejar a Zareb allí. Y, como no sabía cuánto tiempo estaríamos en Londres y era imposible hacerle entender al pobre Oscar que volveríamos, no tuve más opción que traerlo también. Si lo hubiese dejado en África, habría intentado seguirme y se habría acabado perdiendo.

—¡Por el amor de Dios, Camelia! ¡Es un mono! ¿Cómo diantres va perderse en África?

—Hasta los monos tienen un hogar, Elliott. El hogar de Oscar está con Zareb y conmigo. Si lo hubiéramos dejado allí, se habría sentido abandonado y habría hecho todo lo posible por encontrarnos. —Clavó los ojos en la alfombra y después miró de nuevo a Elliott—. ¿Por qué no vamos a la sala de estar —sugirió con repentino optimismo, agarrándole del brazo— y nos sentamos mientras esperamos el té?

Perplejo, Elliott miró hacia el suelo.

—¡Dios! —exclamó, dando un respingo y alejándose de la serpiente naranja y negra que se deslizaba por su bota—. ¡Camelia, no te acerques, podría ser venenosa!

—Sólo un poco. —Camelia se agachó para coger el animal de ochenta centímetros de largo—. Rupert es una serpiente tigre, por lo que su veneno no es especialmente peligroso para las personas. Supongo que tus botas le han llamado la atención, porque suele estar escondida.

Elliott la miró con incredulidad.

—¡No me digas que también te la has traído de África!

—La verdad es que no pretendía traerla, pero se escondió en uno de mis baúles mientras hacía las maletas. Cuando quise darme cuenta ya estábamos en alta mar. Aunque no me ha ocasionado ningún problema. Siempre y cuando esté bien alimentada y tenga un lugar caliente donde enroscarse, está más que satisfecha.

—Me alegra oír eso —logró decir Elliott, que miraba a la serpiente con recelo.

—¡A ver, Rupert! Quédate aquí con Harriet y pórtate bien —ordenó Camelia mientras dejaba la serpiente de ojos protuberantes sobre el gastado terciopelo de una de las sillas del comedor—. Volveré dentro de un rato y te daré de comer. —Cerró las puertas del comedor al salir y luego condujo a Elliott a la sala de estar, en el piso de arriba.

—Me preocupas, Camelia —empezó a decir a Elliott mientras ella se sentaba en el sofá—. Esto no puede seguir así mucho más tiempo.

—¿El qué?

—No puedes vivir sola en esta casa con esos animales salvajes. La gente habla y no me gusta lo que dice.

—En primer lugar, no vivo sola, vivo con Zareb.

—Lo que de por sí ya es problemático. Como mujer soltera no deberías estar viviendo aquí con un hombre, aunque sea sólo tu criado. No es correcto.

Camelia se abstuvo de repetir que Zareb no era su criado.

—Sea o no sea correcto, éstas son mis circunstancias. Sabes que Zareb ha cuidado de mí desde que era pequeña, Elliott, y me sorprende que creas que es indecoroso el hecho de que siga viviendo conmigo después de todos estos años. Las cosas no han cambiado.

—Tu padre ha muerto, y eso lo cambia todo —insistió Elliott—. Sé que te cuesta entenderlo, Camelia. Te has pasado la mayor parte de tu vida siguiendo a tu padre en sus excavaciones sin una institutriz o dama de compañía que te cuide como Dios manda. Y aunque tu padre quiso complacerte dejando que te quedaras con él y vivieras una vida sin duda inapropiada para una niña de tu edad, ahora que ha fallecido es importante que pienses en tu reputación.

—La única reputación que me interesa son mis logros como arqueóloga. Si la gente quiere hablar de mí, debería hacerlo de mi trabajo y no de con quién vivo o de qué animales me he traído de África. De verdad, no comprendo qué les importan esas cosas.

—Lo que la gente debería hacer y lo que hace en realidad son dos cosas completamente diferentes. Te guste o no, tu reputación como mujer soltera también afecta a tu reputación como arqueóloga. Estás aquí para recaudar más fondos para tu expedición ¿no? Y qué, ¿has tenido éxito?

—Algo he conseguido, pero aún no he terminado.

No quería que Elliott se enterase de las tremendas dificultades que tenía para obtener el dinero necesario para continuar la excavación. Desde que su padre falleció, Elliott había estado intentando persuadir a Camelia de que abandonase el terreno y lo vendiera. Él mismo había estado allí quince años, trabajando al lado de su padre, y aunque su amor por África y su lealtad hacia lord Stamford lo retuvieron en el continente durante años, se fue convenciendo gradualmente de que en ese lugar no había nada valioso. El profundo cariño que Elliott sentía por Camelia le llevaba a protegerla, y Camelia sabía que él no quería ver cómo se gastaba el poco dinero que le había dejado su padre y dedicaba al proyecto a lo mejor muchos años de su vida para fracasar, igual que había hecho su padre.

—¿Cuánto dinero has logrado recaudar? —inquirió él.

—Suficiente para seguir funcionando un tiempo —contestó ella sin precisar. Pero no podrían continuar mucho más tiempo si tenía que pagarle más dinero a sus trabajadores para evitar que se marchasen, aunque no era necesario que Elliott lo supiese—. Pero en breve obtendré más. He pensado en abordar a los socios de la Sociedad Arqueológica Británica en el baile que se celebrará esta misma semana para hablarles de mi excavación. Estoy segura de que en cuanto oigan hablar de las extraordinarias pinturas rupestres que encontramos el pasado mes de octubre estarán ansiosos por darnos su apoyo.

—Las pinturas rupestres no pueden ser trasladadas a un museo británico —recalcó Elliott—. Y a los socios de la sociedad les interesa más financiar empresas que compensen con creces su inversión;

en otras palabras, les interesan los objetos que puedan traer aquí y vender a una colección.

—Estoy convencida de que los encontraremos en cuanto consigamos sacar el agua y seguir excavando.

—¿Has conseguido una bomba?

—La conseguiré.

—¿Has tenido noticias de Trafford?

—He recibido una carta suya esta mañana. Siguen intentando sacar el agua a mano.

—¿Es todo lo que te ha contado?

—Por desgracia, se ha derrumbado un muro y ha matado a uno de los trabajadores; un hombre joven, encantador y muy trabajador llamado Moswen. Cuatro más han resultado heridos.

Elliott sacudió la cabeza con pesar.

—Ahora los demás trabajadores estarán todavía más convencidos de que ha caído una maldición sobre el terreno.

—Cosa que tú y yo sabemos que es absurda. No hay ninguna maldición.

—Da igual lo que tú y yo creamos, Camelia, lo que importa es lo que crean los nativos. Si todos abandonan la excavación, ese terreno no valdrá prácticamente nada —observó con serenidad—. Deberías considerar en serio la oferta de compra de la De Beers Company, Camelia. Teniendo en cuenta que el terreno aún no ha demostrado poseer valor alguno, te han hecho una oferta muy razonable.

—A mí me parece que el terreno posee un valor extraordinario, Elliott.

—Tu padre no encontró un solo diamante en veinte años.

—Mi padre no buscaba diamantes.

—Sólo te digo que, dada tu actual situación financiera, tienes suerte de que la De Beers Company esté interesada en adquirirlo simplemente porque quiera ampliar sus posesiones alrededor de Kimberley.

—Elliott, ya te he dicho que nunca le venderé a De Beers el terreno para que lo acabe destrozando en busca de diamantes, sea el año que viene o dentro de cincuenta años. Ese terreno es una valiosa ventana al pasado y es preciso protegerla. Por eso tengo que volver allí lo antes posible. Cuando estoy yo los trabajadores no tienen tanto miedo; supongo que cuando ven a una mujer blanca dispuesta a excavar, su orgullo masculino les obliga a ser al menos igual de valientes.

—El orgullo no tiene nada que ver con esto. Sé que detestas oír esto, Camelia, pero los kaffirs* te consideran una fuente económica, nada más. Cuando se acabe el dinero, abandonarán la excavación y te quedarás sola.

—Entonces excavaré yo misma —insistió Camelia—; tarde los años que tarde.

—Eres tan tozuda y orgullosa como tu padre.

—Tienes razón, lo soy.

Él suspiró.

—Muy bien, Camelia. Haz lo que quieras. Yo también tenía pensado asistir al baile de la Sociedad Arqueológica, así que te acompañaré.

—Eres muy amable, Elliott, pero no es necesario, de verdad. Zareb me llevará.

—Zareb levantará rumores —repuso Elliott—. Con esas extravagantes túnicas africanas que lleva, cada vez que va a algún sitio la gente se acerca a tu carruaje atraída por su ridículo aspecto. No deberías consentirlo, Camelia, deberías ordenarle que llevase algo más acorde con su condición de criado, al menos durante el tiempo que permanezca aquí.

—La ropa inglesa es para los ingleses.

Camelia y Elliott se volvieron y vieron a Zareb en la puerta. Su rostro estaba impasible, pero sus labios apretados le indicaron a Camelia que había oído que Elliott le había llamado criado.

—Yo no cometo el error de pensar que soy inglés por estar en Inglaterra —intervino Zareb—, de la misma manera que estar en África no lo convierte a usted en africano, señor. —Dejó la bandeja que llevaba encima de la mesa que había delante del sofá—. Tu té, Tisha.

* Kaffir: Término despectivo para designar a los nativos surafricanos. *(N. de la T.)*

—Gracias, Zareb. —Camelia dudaba que Elliott hubiese entendido que Zareb acababa de insultarlo; ni se le pasaba por la cabeza que un blanco quisiese parecerse a un africano.

Oscar saltó sobre la mesa y cogió una galleta de jengibre del plato, tirando al suelo una jarra de leche.

—¡Oh, Oscar! —exclamó Camelia, que cogió al mono en brazos y le secó el líquido de las patas con una servilleta de lino—. ¿No podrías estarte quieto?

Contento de estar en sus brazos, Oscar empezó a devorar su galleta.

—Bueno, yo me tengo que ir, Camelia —le informó Elliott—. Espero que reconsideres mi ofrecimiento de acompañarte al baile.

—Te lo agradezco, Elliott, pero la verdad es que preferiría ir en mi coche —le aseguró Camelia—. Sé que te gustan este tipo de eventos, pero a mí me resultan aburridos y no quisiera que por mi culpa tuvieras que retirarte temprano. Seguro que estarás ansioso por contarles a los socios tu nuevo negocio de importación.

Una pizca de desengaño ensombreció su elegante rostro de facciones marcadas. Aunque le hubiese gustado seguir hablando con ella del tema, Camelia sabía que no lo haría delante de Zareb. Pese a haber pasado muchos años en Suráfrica, Elliott seguía concediendo mucho valor a las normas de la sociedad británica.

No había que discutir delante de los criados. Jamás.

—Muy bien. Nos veremos allí.

Elliott inclinó el cuerpo con la intención de besar la mano de Camelia, pero estaba todavía manchada de tinta y ahora también húmeda debido a las peludas patas de Oscar, que se habían mojado de leche; de modo que optó por un leve y formal movimiento de cabeza y a continuación siguió a Zareb escaleras abajo hasta la puerta principal.

Zareb puso la mano sobre el pesado pomo de cobre y notó que ardía. El calor traspasó la palma de su mano y sus dedos rígidos, que no habían dejado de dolerle desde su llegada a la desagradable humedad de Inglaterra. Estaba a punto de ocurrir algo, pensó. Algo significativo.

Abrió la puerta lentamente.

—Buenas tardes, Zareb —saludó Simon silabeando—. He venido a ver a lady Camelia.

Zareb lo observó con calma, valorando la ira que emanaba de él. Era fuerte, pero no suficientemente intensa para explicar el calor que sentía en la mano. La energía que irradiaba el hombre blanco y desaliñado que estaba frente a él no era atribuible a su furia apenas refrenable. Había otra fuerza que emergía de este inventor de aspecto peculiar, que hablaba como un caballero, pero cuyo atuendo y modales mostraban que era indiferente a la estética de su clase.

—Por supuesto, señor —repuso Zareb abriendo más la puerta—. Pase, por favor.

Simon entró en el vestíbulo.

Elliott le echó un vistazo a su chaqueta y camisa arrugadas, y a sus pantalones y dedujo que se trataba de algún repartidor.

—Disculpe —dijo en tono educado pero inequívocamente condescendiente—, pero los repartos no suelen hacerse por la puerta principal.

Simon lo miró con curiosidad. El hombre que tenía delante era increíblemente guapo e iba impecablemente vestido, dos atributos que por alguna extraña razón sólo sirvieron para irritarle.

—Lo tendré en cuenta la próxima vez que venga a traer algo.

Elliott arqueó las cejas.

—Me debo de haber equivocado. Le pido disculpas. Soy lord Elliott Wickham —se presentó en un intento por arreglar su desliz—, ¿y usted, señor, es...?

—Simon Kent.

Elliott lo miró sorprendido.

—¿El inventor?

En ese momento Oscar, que daba gritos de alegría, apareció dando saltos por el pasillo y se encaramó a Simon, plantando con decisión su pequeño y huesudo trasero sobre su cabeza.

Simon frunció las cejas.

—¡Señor Kent! —Camelia miró a Simon extrañada mientras bajaba las escaleras. Estaba serio, lo que era comprensible, teniendo en cuenta que Oscar le había empezado a revolver el pelo rojizo en una afanosa búsqueda de piojos—. No esperaba verlo tan pronto.

Simon la miró fijamente; durante unos instantes se quedó sin habla. Camelia llevaba un sencillo vestido de día de seda verde pálido que acentuaba el extraordinario color salvia de sus ojos. El vestido se pegaba a las curvas de sus pechos y caderas como la lluvia que cae sobre las flexibles formas de un helecho, y un delicado volante de encaje de color marfil adornaba su provocativo y pronunciado escote. No llevaba polisón, lo que daba a entender que no le gustaba soportar la forzosa incomodidad de los atuendos femeninos cuando no estaba en público, y el cabello con mechas de color miel colgaba suelto, lo que le proporcionaba un aspecto encantadoramente dulce y desaliñado. Su aroma le embriagó una vez más; esa fragancia fresca y veraniega que olía a dulce hierba y a limón. Cuando sus miradas se encontraron y ella lo miró con esos ojos grandes y de un verde transparente, el calor creció en el interior de Simon, haciendo que se excitara y se sintiera extrañamente mareado.

¿Qué demonios le ocurría?

—Tenemos que hablar, lady Camelia —anunció, firmemente decidido a salir de su aturdimiento—. Ahora.

—¿De qué? —inquirió Elliott.

—El señor Kent es inventor, Elliott —le explicó Camelia—. Ayer fui a verlo para discutir un asunto de negocios.

Elliott observó a Simon con interés.

—¿Pretende venderle una bomba a lady Camelia?

Simon lo examinó de nuevo y llegó a la misma conclusión que la vez anterior. Elliott era un magnífico ejemplo del género de hombre conocido como caballero inglés engreído, desde el ángulo patricio de sus cejas enarcadas hasta el tremendo brillo de sus costosas botas marrones de cuero hechas a medida. Simon sintió una brutal e inmediata antipatía hacia él, lo que parecía un tanto injusto, teniendo en cuenta que aparte de haberlo confundido con un repartidor, el hombre no había hecho nada para fomentar su aversión.

—Lo lamento, Wickhip, pero es un asunto que nos concierne a lady Camelia y a mí. —Simon desvió la vista y miró a Camelia.

—Me llamo Wickham —le corrigió Elliott con suavidad—. Y estoy seguro de que, dado que soy uno de sus más antiguos amigos, lady Camelia no tendrá inconveniente en hablar en mi presencia de lo que sea que haya usted venido a hablar aquí.

—Eso lo dudo. —Los ojos azules de Simon lo miraron con dureza, penetrantes, haciendo que Camelia se sintiese violenta y entre dos aguas—. Sin embargo, si insiste...

—Lo cierto es que lord Wickham ya se iba —le interrumpió Camelia.

No podía imaginarse por qué Simon parecía tan enfadado con ella; al fin y al cabo, estaba al tanto de que le había robado el dibujo. Tal vez había roto algo muy importante al caerse contra las mesas de su laboratorio la tarde anterior.

—Nos veremos a lo largo de la semana, Elliott —se despidió ella colocando una mano sobre su brazo y conduciéndolo a la puerta—. Tranquilo, que te informaré de cualquier novedad, ¿de acuerdo?

—Está bien. —Camelia era consciente de la renuencia de Elliott a dejarla con Simon, pero él sabía que no podía imponer su presencia—. Señor Kent —dijo con educado movimiento de cabeza.

—Wicksted.

—Wickham.

—Naturalmente. —A Simon le sorprendía su absurdo deseo de fastidiarlo—. Le pido disculpas.

—Que tenga un buen día, señor. —Zareb acompañó a Elliott a la salida y cerró la puerta.

—Oscar, baja de ahí inmediatamente —ordenó Camelia, que extendió los brazos hacia el mono.

Oscar sonrió y sacudió la cabeza con insolencia.

—¿Siempre es tan efusivo? —preguntó Simon, alargando un brazo para soltar al tozudo mono de su pelo.

—Le ha caído usted bien —comentó Zareb asintiendo—. Y eso es bueno.

—Me siento halagado —repuso Simon con ironía. Al fin, logró sacarse al obstinado sinvergüenza del cuero cabelludo, que empezaba a dolerle, y dejarlo definitivamente en el suelo.

—¿Por qué no subimos a la sala de estar y tomamos un té, señor Kent? —sugirió Camelia.

—Ya está preparado —añadió Zareb, que intentaba persuadirlo—. Y hay galletas de jengibre. Me parece que están bastante buenas; las he hecho esta misma mañana.

Camelia miró a Zareb sorprendida, preguntándose qué diablos le había pasado de repente. No se había mostrado ni remotamente tan hospitalario con el pobre Elliott, y lo conocía desde hacía muchos años. ¿Acaso no percibía la hostilidad que emanaba de Simon?

Simon vaciló. Se había pasado la noche indignado, procurando asimilar el hecho de que se habían ido al traste varios años de trabajo, pero a la vez estaba hambriento; y eso que había ingerido un copioso desayuno a base de avena, salmón ahumado, salchichas y tostadas en la casa que sus padres tenían en la ciudad.

—¿Viene, señor Kent? —le instó Zareb, señalando las puertas abiertas de la sala de estar.

—Muy bien. —Simon siguió a Camelia esforzándose por no fijarse en el suave contoneo de sus caderas.

—Siéntese, por favor —le dijo Camelia señalando una silla desvencijada mientras ella se sentaba en un sofá igualmente desgastado.

—Sí, siéntese y tómese un té. —Sin molestarse en preguntarle cómo lo tomaba, Zareb puso tres cucharadas colmadas de azúcar en una taza, añadió un generoso chorro de leche y luego la llenó de té—. Y una galleta —comentó colocando un plato delante de Simon.

Simon aceptó el té y lanzó una mirada a las pastas oscuras que Zareb le ofrecía.

—Gracias —repuso, cogiendo educadamente una galleta.

—¿Le apetece un poco de pastel de pasas? —inquirió Zareb.

Camelia no lograba entender por qué su viejo amigo se esforzaba tanto por ser simpático con Simon. Desde su llegada a Londres no había hecho semejante despliegue de hospitalidad con nadie. Quizá creyese que Simon había cambiado de idea y estaba dispuesto a ayudarle.

Aunque, a juzgar por la cara de enfadado del señor Kent, a Camelia no le cabía ninguna duda de que no estaba ahí para brindarle su ayuda.

—El pastel de pasas está muy bueno con el té —le informó Zareb—. Voy a buscar un poco. —Salió de la habitación apresuradamente mientras las túnicas crujían en una explosión de intensos colores.

Hubo un tenso y momentáneo silencio.

—No esperaba verlo tan pronto —empezó Camelia con tiento.

—He tenido una noche movida; mi casa se ha incendiado.

Camelia se quedó boquiabierta.

—¡Oh, no! ¿Y se ha quemado todo?

Su sorpresa parecía auténtica, Simon advirtió. Pero no estaba seguro; algunas personas actuaban de maravilla cuando tenían que hacerlo, y algo le decía que lady Camelia entraba en esta categoría.

—Lamentablemente, sí.

—¿Qué provocó el fuego?

—Esperaba que usted pudiese arrojar un poco de luz sobre eso.

Camelia enarcó las cejas, asombrada.

—No creerá que yo he tenido nada que ver.

Simon permaneció callado.

—Le aseguro que mientras estuve en su laboratorio no hice nada que pudiese provocar un incendio. Claro que difícilmente hubiese podido hacerlo, porque usted no me quitó el ojo de encima en todo el rato.

—Pues no debí de vigilarla bastante, teniendo en cuenta que logró robar uno de mis dibujos.

Camelia estaba indignada.

—Yo no incendié su casa, señor Kent —insistió Camelia categóricamente—. ¿Por qué motivo iba a hacer algo semejante?

—Le dejé muy claro que no podía construir su bomba porque tenía muchos otros proyectos que requerían mi atención. Y hoy todos esos proyectos han sido reducidos a escombros, por lo que de pronto mi agenda está vacía. ¿No le parece una extraordinaria coincidencia?

¡Qué extraño!, pensó ella. En Suráfrica se habría culpado de un incidente como ése a los malos espíritus o a la maldición que ella y su padre habían supuestamente atraído a la excavación. O tal vez fuese parte del viento oscuro del que le había hablado Zareb.

Sintió un escalofrío en la espalda.

No creía en las maldiciones, se recordó a sí misma con firmeza. Cuanto ocurría tenía una explicación lógica y científica. Su padre le había enseñado eso desde que era pequeña y era un lema al que se había aferrado a lo largo de los años.

Incluso cuando había deseado con desespero un poco de suerte o el consuelo de algún buen espíritu que velase por ella.

—Lo que encuentro extraordinario, señor Kent, es que un hombre de su aparente inteligencia llegue a una conclusión tan irracional —contestó Camelia con frialdad—. Cuando ayer fui a verlo, lo hice con la esperanza de que estuviese dispuesto a suministrarme una bomba. Pero creo que también le dejé claro que respeto su trabajo, aunque es verdad que me decepcionó que no lo aparcase temporalmente para ayudarme. Como arqueóloga de cierto prestigio en el entorno académico y como empresaria de la que en este momento dependen un montón de hombres para su subsistencia, le aseguro que jamás arriesgaría mi reputación ni el bienestar de quienes dependen de mí para involucrarme en actividades ilegales. Estoy dispuesta a hacer muchas cosas para acelerar mi excavación, pero provocar incendios y destruir propiedades ajenas no está entre ellas.

Se puso de pie con solemnidad, con la espalda completamente recta y la barbilla levantada.

—Ahora que está todo aclarado, le ruego me disculpe, pero tengo una serie de asuntos urgentes que atender. Espero que sepa encontrar la salida.

—Muy bien, pero no se mueva —dijo Simon en voz baja y tensa.

Confundida por la repentina palidez de su rostro y su asustada mirada, Camelia se volvió.

—¡Oh, Rupert! —Soltó un suspiro, cogió a la serpiente de fiero aspecto del sofá y la dejó en la alfombra—. Sé un buen chico y quédate en el comedor. Prometo darte pronto de comer.

Rupert la miró apenado con sus ojos protuberantes y sin párpados, y se enroscó junto a sus pies en una brillante espiral de color naranja y negro.

Simon estaba estupefacto. Respiró hondo y procuró relajarse.

—¿También es suya?

—No la he comprado, si eso es a lo que se refiere. El año pasado me la encontré herida y cuando se curó por lo visto decidió que le gustaba vivir conmigo.

—Ya veo.

Inmensamente aliviado por no tener que reducir a una serpiente de un metro de largo, Simon dejó la taza y la galleta y observó al animal desde una distancia considerable.

—Siempre me han fascinado las serpientes. —Intentó hablar como si la súbita aparición del terrorífico reptil fuese de lo más normal—. Tienen una fuerza y una fluidez de movimientos increíble. ¿Es una serpiente coral?

—No, una tigre.

Simon asintió.

—Sí, debería haberlo sabido por las bandas. Entonces no es tan venenosa.

¡Menudo alivio! Porque, si no recordaba mal, cuando se ponían nerviosas las serpientes tigre podían atacar y pegar un mordisco fatal.

—Cuando era joven estuve un tiempo estudiando las serpientes —continuó—. ¿Qué le llevó a traérsela de viaje?

—Fue ella la que decidió venir. Se metió en uno de mis baúles mientras hacía las maletas. Cuando me di cuenta ya estábamos en el barco.

—De modo que es un polizón. —Si Simon se hubiese encontrado con una serpiente en la maleta, la habría cerrado y habría salido corriendo del camarote, sin importarle llevar la misma ropa durante todo el viaje—. ¿Y Oscar?

—Oscar no hubiese soportado mi ausencia y la de Zareb. Y como era imposible hacerle entender que volvería, no tuve más remedio que traerlo conmigo. También me traje a Harriet, mi turaco unicolor. Supongo que le parecerá ridículo. —Estaba ligeramente a la defensiva—. Por lo visto la mayor parte de la ciudad piensa eso.

—Hay familias de todos los tamaños y formas, lady Camelia. Empezando por la mía. —Siguió observando a Rupert, sin acercarse a la serpiente pero sin alejarse tampoco.

Camelia no dijo nada. Puede que al documentarse sobre Simon se hubiese equivocado con respecto a su edad, pero había logrado reunir unos cuantos datos de su infancia. Por lo visto era un huérfano escocés que había sido adoptado por Haydon y Genevieve Kent, marqueses de Redmond. Pese a que saltaba a la vista que las cosas le habían ido bien, recibiendo una educación excelente y convirtiéndose en un respetado conferenciante sobre un sinfín de temas, Camelia tenía la sensación de que no había salido indemne de su vida anterior; de que durante una parte de su infancia había estado solo y atemorizado.

Como ella muy bien sabía, era posible curar las heridas, pero las cicatrices permanecían para siempre.

—¿Por qué ha venido a verme? —preguntó en voz baja—. ¿De verdad pensaba que mi admiración por todo lo que ha conseguido era fingida? ¿Que soy el tipo de persona que para lograr mis objetivos destruiría egoístamente todo aquello que tanto ha luchado por crear?

Dicho así, sonaba horrible, pensó Simon. Pero si bien la noche antes había considerado esa opción, en el fondo sabía que no era posible. Tuviese los defectos que tuviese, estaba claro que a lady Camelia le gustaba descubrir y preservar, no destruir.

—No.

—Entonces ¿a qué ha venido?

Él siguió con los ojos clavados en Rupert, evitando mirarla. Lo cierto es que no sabía realmente por qué estaba ahí. Se había pasado la noche entera abrumado, presa de la ira y la desesperación. Sabía que podía volver a empezar. Como siempre, Genevieve y Haydon no habían dudado en mostrarle su apoyo. Ya se habían ofrecido a buscarle una nueva casa de alquiler, y Haydon iba a ingresarle dinero en su cuenta bancaria ese día para que pudiese comprar la maquinaria y el equipo preciso para continuar. Había sido un desagradable revés, pero no necesariamente insuperable. Ya no disponía de sus bocetos y dibujos, pero la información seguía grabada en su mente con relativa nitidez. Con mucho trabajo y muchas horas de dedicación podría recuperar lo que le habían arrebatado.

Entonces ¿qué hacía perdiendo el tiempo en casa de Camelia, dejando que un mono le revolviese el pelo y observando cómo se movía una maldita serpiente?

—Supongo que de algún modo intento comprender cómo una vida entera de trabajo puede haber quedado reducida a un amasijo de hierros y cenizas —comentó—. Esto no ha sido un simple accidente, lady Camelia. Quienquiera que incendiase mi laboratorio lo hizo con la intención de destruirlo junto con la casa entera.

—¿Qué le hace pensar eso?

—Cuando volví pude acercarme bastante a la casa para mirar por las ventanas de la cocina. Las mesas que yo había levantado estaban de nuevo volcadas y todo estaba esparcido por el suelo. La lavadora que había construido había sido destruida y su motor estaba volcado sobre un lateral. Debía de pesar unos doscientos veinticinco kilos; es imposible que las llamas lo tirasen al suelo.

—Pero había explosivos en su laboratorio, los que usó para fabricar los petardos —señaló Camelia—. A lo mejor hicieron explosión y el impacto hizo que el motor volcase.

—Esa es la razón por la que nunca guardo más explosivos de los que necesito para fabricar unos cuantos petardos. De joven ya viví unas cuantas experiencias que me enseñaron que el nitrato de potasio es peligroso. Incluso aunque hubiese explosionado mi arsenal de pólvora entero, lo único que se habría producido es una gran detonación y una humareda impresionante. Además, lo curioso es cómo se incendió la casa.

—¿A qué se refiere?

—Cuando llegué, las habitaciones del piso de arriba ardían, igual que mi laboratorio, que como sabe estaba en el sótano. Sin embargo, la planta baja y las escaleras no estaban en llamas, sólo había humo, que debía de haber ascendido por las escaleras de la cocina.

—Pero no tiene sentido —objetó Camelia—. ¿Cómo podían arder las habitaciones, si el incendio se había iniciado en la cocina y aún no había llegado a la escalera?

—Eso mismo pensé yo. La única explicación lógica es que alguien hurgara en mi laboratorio y lo incendiase, y luego decidiese quemar el piso de arriba... O a lo mejor eran dos personas y cada una se ocupó de incendiar un piso, pensando que probablemente el fuego se propagaría al resto de la casa.

—Suponiendo que el incendio haya sido provocado, ¿qué le hace pensar que yo he tenido algo que ver? Podría haber sido un inventor celoso que quisiese destruir todo lo que usted ha conseguido.

—Me halaga que crea que mi trabajo pueda haber atraído a tan devoto admirador. Pero, como ya le he dicho, nunca he ocultado mis ideas ni he llevado un gran control de mis patentes. La idea de que algún rival demente destroce mi laboratorio para ganar tiempo fabricando sus propios inventos me parece bastante improbable.

—Quizá no intentase comprometer su trabajo. Puede que le robase sólo un boceto y luego quemase su laboratorio para tener tiempo para concluir un prototipo, y registrar la patente de lo que le robó.

—En ese caso espero que consiga ajustar la tensión de la fregona; de lo contrario, que se prepare para recibir un montón de quejas.

Camelia lo miró exasperada.

—Yo no le veo la gracia.

—No creo que haya sido obra de un inventor obsesionado, lady Camelia. Mi intuición me dice que usted tiene algo que ver en todo esto. —La miró con seriedad—. ¿Qué querían ayer exactamente esos dos hombres de la callejuela?

Ella se encogió de hombros con indiferencia.

—Ya le dije que probablemente los hubiese contratado algún arqueólogo interesado en ahuyentarme de la excavación.

—Sé lo que me dijo, pero quiero saber la verdad.

Camelia sostuvo su mirada. Simon no le había dado esperanzas, se recordó a sí misma. Sin embargo, mientras nadaba en las profundidades de sus ojos azules grisáceos presintió que su negativa a ayudarle ya no era tan rotunda. Tal como le acababa de decir, todos sus proyectos habían desaparecido en cuestión de horas. Su agenda estaba completamente despejada. Después de todo, a lo mejor podía convencerlo de que le ayudase.

—Ya le he dicho la verdad —insistió ella—. No hay nada más.

Simon supo que mentía. Su rostro estaba inexpresivo, sus ojos verdes del color de la salvia brillaban con una seductora mezcla de determinación femenina y un ligero toque de fragilidad. Era como si se esforzase por evitar que él percibiese la leve esperanza que latía en su pecho, porque su orgullo y su independencia le impedían manifestar cualquier cosa que Simon pudiese interpretar como debilidad. Era una actuación realmente notable, que podría haber convencido a cualquier otro hombre. Pero Simon no era un hombre cualquiera.

Sus años de lucha por sobrevivir como mendigo y ladrón se habían encargado de que no lo fuera.

—He cambiado de opinión, lady Camelia —anunció de pronto—. Le construiré la bomba.

Camelia lo miró sorprendida. No esperaba que cambiase de idea tan rápido.

—¿Por qué? —preguntó con cautela.

Él se encogió de hombros.

—Tardaré años en volver a construir los inventos en los que estaba trabajando. Ahora que me ha recordado los retos que me planteaba el motor de vapor, me imagino que solucionarlos supone un desafío para mí; y éste es tan buen momento para empezar como cualquier otro.

—¿Y vendrá a África conmigo para asegurarse de que la máquina funciona?

—Por supuesto. Incluso me ocuparé de preparar a varios de sus trabajadores para que sean capaces de manejarla cuando yo me haya ido. Siento una gran curiosidad por ver su excavación y averiguar qué tiene que sea tan importante para que esos dos hombres la hayan atacado y amenazado de muerte.

Su tono era ligeramente jocoso y Camelia tuvo claro que se estaba burlando de ella.

—Me ocuparé de comprar los billetes para viajar a Ciudad del Cabo en el próximo barco que salga.

—Eso me parece un poco prematuro. Primero necesito tiempo para construir la máquina.

—Pero eso puede hacerlo en Suráfrica —objetó Camelia—. Puede llevarse todo lo que necesite y montarla allí.

—Por desgracia, no es tan sencillo. Quiero modificar el diseño, lo que significa que algunas piezas funcionarán y otras no. Y necesito estar en Londres; aquí hay un montón de fabricantes de confianza que pueden suministrarme piezas a medida. Necesitaré tiempo.

—¿Cuánto?

—Yo diría que podría crear una bomba eficaz en unas ocho semanas.

A Camelia se le cayó el alma a los pies.

—¡Eso es demasiado tiempo!

—Las reliquias que busca llevan probablemente miles de años enterradas; no creo que les pase nada por seguir ahí abajo unos cuantos meses más.

—Pero tengo que pensar en mis trabajadores —señaló Camelia—. En la actualidad, lo único que pueden hacer es intentar sacar el agua con cubos. Al margen de lo poco que consigan tengo que pagarles por su trabajo y, lamentablemente, mis fondos no son ilimitados. Pagarles dos meses más para que no logren prácticamente nada supone para mí un gran esfuerzo económico.

—Pues envíeles una carta dándoles la orden de que se vayan dos meses a casa —sugirió Simon— y vuelvan cuando lleguemos nosotros con la bomba.

—Esa gente procede de tribus que viven a muchos kilómetros de distancia, en algunos casos a cientos de kilómetros —le explicó Camelia—. Viajan a pie durante semanas o incluso meses para encontrar trabajo y, cuando lo encuentran, pactan quedarse un determinado periodo de tiempo tras el cual están ansiosos por regresar a casa con sus familias. No puedo pedirles que se vayan a casa y luego vuelvan. ¿No podría intentar construir la bomba más deprisa?

—Si trabajo día y noche, y mis proveedores cumplen los plazos, quizá podría tenerla lista en seis semanas.

Camelia lo miró implorante.

—¿Y cree que si trabajase aún más duro lograría acabarla en cuatro?

—Lo veo difícil.

—Pero ¿lo intentará?

Simon suspiró.

—Sí, lo intentaré.

—¡Magnífico! ¿Cuándo empezamos?

—Mañana me pondré a buscar una casa donde pueda montar mi nuevo laboratorio.

—¿Y por qué no se instala aquí? —le ofreció Camelia—. Podría ocupar la sala de estar o el comedor, o incluso los dos sitios, si quisiera. No los utilizamos mucho; raras veces tengo invitados y la verdad es que Zareb y yo preferimos comer abajo en la cocina.

—Es muy generoso por su parte, pero no creo que quiera que sus vecinos cuchicheen porque tiene usted a un extraño deambulando por su casa las veinticuatro horas del día.

—No me preocupa demasiado lo que la gente elija decir sobre mí. A nadie le gusta que viva aquí con mis animales, de modo que dudo que su presencia empeore mucho las cosas.

Simon no sabía si tomarse como un insulto el hecho de que lo hubieran comparado con un mono, un pájaro y una serpiente, o preocuparse de lo aparentemente ajena que era Camelia a lo hirientes que podían ser los rumores de la sociedad londinense.

—Ya encontraré otros sitio donde establecer mi laboratorio —le aseguró él—, pero gracias. En cuanto me haya instalado, tendremos que volver a reunirnos. Necesitaré hablar con usted de muchas cosas durante el proceso de diseño de la bomba. Tal como usted misma ha señalado, el duro entorno africano presenta desafíos únicos.

—Puede recurrir a mí a cualquier hora del día o de la noche. Estoy ansiosa por ayudarle de la forma que sea para que podamos volver a casa lo antes posible.

—Estupendo entonces, que tenga un buen día, lady Camelia. —Avanzó hasta las puertas de la sala de estar, manteniéndose a distancia de Rupert y luego se detuvo—. Sólo una cosa más: hemos olvidado hablar del tema de mi remuneración.

—¡Claro! Le pido disculpas. —Camelia frunció las cejas, fingiendo pensar durante unos instantes—. Si no me equivoco, ayer quedamos en que le daría el cinco por ciento de mis beneficios de los dos próximos años.

—Creo que cuando cejó en su extraordinario empeño por contratarme me había ofrecido el diez por ciento de los próximos cinco años.

Camelia lo miró con frialdad, molesta de que se hubiese acordado.

—Muy bien.

—Pero, por desgracia, eso fue ayer. Desde entonces mis circunstancias han cambiado considerablemente y me veo obligado a fijar mi remuneración en un veinte por ciento de los beneficios que obtenga durante dos años.

—¡No puedo pagarle tanto!

—En realidad, es una ganga. Si es cierto que está a punto de realizar un gran descubrimiento, ganará una fortuna y un veinte por ciento será una cantidad insignificante. Pero si resulta que el terreno no contiene las riquezas que usted prevé o no se pueden desenterrar con éxito en los dos próximos años, habrá obtenido mis servicios y experiencia a cambio de nada; no le pediré el porcentaje de unos cuantos cientos de libras. Entretanto, dedicaré todo mi tiempo y energía a la fabricación de la bomba, y pagaré a los proveedores y el material que necesite. Yo diría que es evidente que el negocio es mucho más arriesgado para mí que para usted.

—Tiene razón, Tisha. —Zareb estaba de pie en la puerta, sujetando algo envuelto con un trapo y con Oscar sentado en uno de sus anchos hombros—. Deberías aceptar.

—Muy bien, pues —concedió Camelia sucintamente. Era un precio exorbitante, pero no estaba en posición de regatear—. Acepto sus condiciones, señor Kent. ¿Quiere que lo pongamos por escrito?

—Me basta con su palabra, lady Camelia. Zareb es testigo.

—Por mí de acuerdo —dijo éste con una sonrisa.

—Vendré a visitarla dentro de unos días, lady Camelia, para que podamos repasar los detalles de mis bocetos. Que tenga una buen día. —Simon se despidió con una leve inclinación de cabeza.

—Tenga, señor Kent. Le he envuelto un trozo de pastel de pasas para que se lo lleve.

—Gracias, Zareb. —Simon pensó que el viejo criado era extraordinariamente atento.

—Ha sido un placer. Lo acompañaré a la puerta.

Camelia observó a Simon mientras seguía a Zareb y a Oscar escaleras abajo hasta la puerta principal. Luego cogió a Rupert del suelo y se sentó en el sofá con la serpiente enroscada en su regazo.

—Cuatro semanas más, Rupert —musitó mientras le acariciaba la escamosa cabeza naranja—. Me dedicaré a recaudar más fondos con los que seguir pagando a los trabajadores y después, al fin, podremos irnos a casa.

Rupert la miró fijamente, disfrutando en silencio de sus suaves caricias.

—Pasarán rápido —le prometió Camelia, pero el comentario iba más dirigido a sí misma que a Rupert—. Ya lo verás. Y ahora, ¿qué tal si bajamos y vemos si puedes comer algo? —Colocó al animal alrededor de sus hombros y se levantó del sofá. Cuatro semanas más viviendo en Londres.

Le parecía una eternidad.

—Ya sale —informó Bert mientras Simon se subía en su carruaje—. Venga, Stanley, andando.

Stanley apareció por detrás de un árbol con un pastel de carne grasiento y picante, que le goteaba por la mano.

—No me he acabado el pastel.

—¡Maldita sea, Stanley! Te he dicho que no lo robaras. ¿Quieres que la vieja que lo ha hecho empiece a dar alaridos o qué?

—Tengo hambre —declaró Stanley con ingenuidad.

—Siempre tienes hambre, pedazo de inútil —le espetó Bert—. Acabas de tragarte un plato de puré de patatas, y desde entonces no has parado de soltar eructos. ¿No puedes dejar de engullir un momento?

—Claro, Bert. —Stanley lo miró avergonzado—. ¿Quieres un poco? Está buenísimo.

Bert echó un vistazo al desmigajado pastel que Stanley tenía en su enorme mano. Como estaba enfadado, estuvo a punto de decir que no y obligar a Stanley a que lo tirase al suelo; al fin y al cabo, ¿cómo iba a aprender el pobre zoquete a distinguir entre lo que estaba bien y lo que no, si no se lo enseñaba él? A veces era peor que un jodido bebé, la verdad fuera dicha. Sin embargo y pese a que Stanley lo había espachurrado entero, el pastel olía bastante bien. Debía de tener buen aspecto, y estar jugoso y calentito cuando lo había robado; y eso que le había dejado más claro que el agua que no lo hiciese.

—¡Dame eso! —susurró Bert—. Un día te trincará la policía, ¿y qué pasará entonces? —dijo mientras se introducía en la boca las migajas del pastel de carne.

Stanley lo miró confuso.

—Que me meterán en el trullo, ¿verdad, Bert?

—Eso es: te encerrarán en el trullo durante Dios sabe cuánto tiempo, ¿y crees que ahí dentro te darán de comer pasteles de salchichas y puré de patatas?

Stanley frunció las cejas, pensativo.

—Tal vez sí. A mucha gente le gustan.

—En el trullo no dan de comer lo que a la gente le gusta —le aclaró Bert, que puso los ojos en blanco—. Te dan papillas compactas como el cemento y sopas agrias sin carne, y el pan está tan seco que al morderlo te rompes los dientes. Te morirías de hambre en menos de una semana, en serio, y yo no podría ayudarte porque también me estaría muriendo, ¿lo entiendes?

Stanley sonrió.

—Sí, Bert, lo entiendo.

Bert lo miró desesperado y convencido de que no había entendido nada. ¿Cómo iba a hacerlo? El pobre cabeza hueca era demasiado idiota para entender cómo funcionaba el mundo. Bert no sabía si había nacido así o si le dieron un puñetazo y perdió la sensatez para siempre. Supuso que daba igual.

Llevaban casi cinco años codo con codo, y durante ese tiempo Bert había hecho todo lo posible para que Stanley tuviese un techo bajo el que dormir la mayoría de las noches y comida que llevarse a la boca la mayoría de los días; lo que no era nada fácil, teniendo en cuenta lo mucho que comía. Era como alimentar a un jodido caballo. Bastaba que Bert tuviese un poco de pasta en el bolsillo para que el estómago de Stanley empezase a rugir. A este paso trabajarían hasta el día del juicio final y seguirían sin nada más que los andrajos que llevaban puestos y una fría salchicha en las manos.

Bert se hartó de paciencia.

—Cuando te diga que no hagas algo, tienes que obedecerme, ¿vale? O sea, que cuando te diga que no robes un pastel, no lo hagas, aunque tu barriga te diga que sí, ¿de acuerdo? —advirtió relamiéndose los dedos.

—De acuerdo, Bert —contestó Stanley deseoso de complacerlo—. No estás enfadado conmigo, ¿verdad?

Bert suspiró.

—No, no estoy enfadado. Sólo quiero que prestes atención a lo que te digo.

Stanley asintió.

—¿Y ahora qué hacemos, Bert? ¿Seguimos ese carruaje?

—Me temo que ya es demasiado tarde. Mientras perdía el tiempo explicándote que tienes que hacerme caso, el jodido carruaje ha desaparecido; y ahora hemos perdido a ese tipo de vista.

—A lo mejor se ha ido a casa —sugirió Stanley.

—¡Oh, sí! ¡Es una gran idea! El único problema es que su casa ha sido reducida a cenizas, de modo que ya no puede ir allí ¿no te parece?

—A esa casa no —aclaró Stanley—, pero sí a la de su padre. El carruaje lleva un elegante escudo, así que lo más probable es que sea de su padre. Deberíamos ir a esa casa a menos que creas que tenemos que quedarnos aquí y observar a esa señora. Lo que tú prefieras, Bert. El inteligente eres tú.

—Es verdad, lo soy. —Bert frunció las cejas, pensativo—. Iremos hacia Bond Street y entraremos en alguna de esas elegantes tiendas para preguntar si saben dónde vive lord Redmond —decidió—. Diremos que tenemos que entregarle un mensaje, pero que nos hemos hecho un lío con las calles. Cuando averigüemos la calle, preguntaremos en un número al azar y así nos contestarán: «No, vive en el número tal», y entonces sabremos adónde ir.

—Es un plan curioso, Bert —comentó Stanley con entusiasmo y sorpresa.

—Lo sé —repuso Bert satisfecho—. Venga, Stanley, vamos. El viejo petardo dijo que nos daría un extra si le dábamos un informe completo la próxima vez que lo veamos. Creo que si continuamos trabajando así durante un tiempo, pronto tendremos suficiente dinero para comprar un piso más grande y puede que también una cama para ti solo.

—¿De verdad? —Stanley no daba crédito—. ¿Con una almohada de plumas?

—Ya veremos —contestó Bert intentando no darle demasiadas esperanzas—. Si impedimos que esa señora vaya a África, ¿quién sabe cuánto podría pagarnos ese viejo chocho? Mientras ella esté aquí habrá que vigilarla, ¿y quién mejor que nosotros para no quitarle el ojo de encima?

—A mí me gusta vigilarla —declaró Stanley alegremente—. La señora pelea con fuerza.

—Pues gracias a ella viviremos mejor —prometió Bert mirando hacia la casa de Camelia con los ojos entornados—; eso siempre y cuando la tengamos controlada.

Capítulo 4

—*E*ntonces pongo la moneda aquí, muevo la mano en el aire, digo la palabra mágica y... ¡la moneda ha desaparecido! —Simon movió los dedos para enseñarle a su embelesado público que no tenía el chelín escondido.

Byron arqueó las cejas confuso.

—Has olvidado decir la palabra mágica.

—En serio, Byron, ¿qué más da si la dice o no? —preguntó Frances, que puso en blanco sus enormes ojos de color zafiro. A sus catorce años empezaba a dejar atrás los últimos vestigios de la infancia y estaba ansiosa por demostrar que ya no era una niña pequeña—. En realidad no es magia, es sólo un truco.

—Pero es un truco muy hábil —declaró una leal Melinda, que no quería que Simon pensase que no valoraban sus gentiles intentos por entretenerlos. Melinda tenía diecisiete años y los mismos elegantes pómulos y brillante cabello cobrizo que lucía su madre. Tenía el porte esbelto y ligeramente coqueto de una adolescente que no tardaría en convertirse en una mujer exquisita—, ¿no te parece, Eunice?

—No veo qué tiene de estupendo meterse una moneda por la manga —comentó Eunice mientras trataba de amasar una harinosa masa de pan—. Preferiría que me ayudarais a preparar las albóndigas de carne, cebolla y beicon —añadió mientras se escondía un mechón de pelo níveo debajo de su sombrero blanco nuevo—. Los señores volverán pronto y todos protestaréis porque tenéis hambre.

—A tu edad me pasaba el día estafando a los ricos y jamás vi un solo penique —se jactó Oliver, cogiendo una cuchara de plata empañada con una mano acartonada mientras la frotaba enérgicamente con un paño ennegrecido—. Claro que tampoco me quedaba esperando a ver si se daban cuenta de que sus bolsillos pesaban menos; por aquel entonces corría como los conejos, así que como mucho lo que notaban era una sacudida de aire en el culo. ¡Eso sí que era magia! —Se rió a carcajadas.

—¿Por qué no les enseñas a los niños cómo convertir una moneda en tres? —sugirió Doreen con su rostro alargado y apergaminado aún más serio mientras pasaba con fuerza el rodillo por unos delgados filetes de ternera—. Al menos eso les serviría de algo.

—¿Te refieres a esto? —Simon puso la mano derecha encima de la mesa de la cocina, con la otra mano se dio unos golpes sobre los nudillos, luego levantó las dos manos y aparecieron tres brillantes chelines.

—¡Genial! —exclamó Byron—. Ahora que aparezcan seis.

—Me temo que tres es mi límite de hoy —confesó Simon—. Tal vez otro día.

—¿Sólo seis? —se mofó Oliver—. Cuando tenía un buen día yo conseguía una docena o más. ¡Eso sí que es magia!

—No, es un robo —observó Doreen con ironía.

—Pero no deja de ser arte y el pequeño Byron parece que tiene talento para ello. —Oliver entornó los ojos y miró al chico con ternura—. ¿Qué tal si después de cenar me pongo el abrigo y jugamos a robar en el jardín? ¿Qué me dices Frances? ¿Y tú, Melinda? La última vez Melinda me birló la tabaquera con tanta sutileza que ni me enteré.

—Sí, y el señor se quedó helado cuando Melinda fue después a darle un abrazo y le quitó su mejor reloj de oro del bolsillo sin que se diese cuenta —recordó Eunice con seriedad.

—Dijo que no entendía por qué todos sus hijos tenían que aprender a ser carteristas para ir por el mundo —añadió Doreen, mientras tiraba los filetes en una sartén.

—Que sepan hacerlo no significa que tengan que usarlo —dijo Oliver filosófico—. Simon es un buen chico, pero si no hubiese sabido robar cuando tuvo que hacerlo, el pobre se habría muerto de hambre; es la pura verdad.

Byron miró a su hermano mayor con admiración.

—¿Es cierto que pasaste hambre, Simon?

—No —le aseguró él—. Oliver es un exagerado.

Byron tenía sólo once años; apenas dos años más de los que tenía Simon cuando Genevieve lo rescató de una apestosa celda de la cárcel de Inveraray. Pero su hermano pequeño había vivido su corta vida en una burbuja de comodidad, privilegios y amor incondicional. Pese a que Genevieve había hecho lo posible por ayudar a sus tres hijos pequeños a comprender que había gente mucho menos afortunada que luchaba a diario por su supervivencia, a sus once años Byron no entendía realmente lo que eso quería decir.

Y Simon tampoco quiso explicárselo.

—Ahora que ya habéis acabado de hacer magia, me gustaría que exprimierais esas naranjas para la crema de naranja. —Con un brusco ademán y la mano llena de harina Eunice señaló el bol de naranjas que había en la encimera que quedaba a sus espaldas—. Hoy hay un postre especial en honor de Simon; sé que es uno de tus favoritos. Melinda, ayúdame a pelar estas patatas para hervir, y tú, Frances, puedes ir cortando esas cebollas de ahí.

—¿Y yo qué hago? —preguntó Byron.

—Tú ven conmigo y saca brillo con el paño a esta tetera de plata —propuso Oliver—. Frota con fuerza hasta que veas tu rostro en ella como en un espejo.

Simon se levantó de la mesa, se quitó la chaqueta y se arremangó las mangas de la camisa.

—Deberías haber visto el exprimidor que te había hecho, Eunice; creo que te habría encantado —dijo mientras cogía un cuchillo y empezaba a partir las naranjas por la mitad—. Se metía media naranja en el aparato y el zumo se obtenía al instante sin tener que hacer fuerza o retorcer la muñeca. Las pepitas quedaban separadas del líquido, se extraía el recipiente y se servía el zumo donde se quisiese.

Eunice lo miró asombrada.

—¿Había un recipiente?

—Uno pequeño con una pequeña boquilla en un lado para que servir fuese más fácil.

—¿Y dónde iban a parar las pepitas? —inquirió Doreen.

—Se quedaban en el colador de la parte superior del recipiente.

Doreen frunció las cejas.

—¿Para siempre?

—No, después había que tirarlas y limpiar el colador.

—¡Es una idea magnífica! —exclamó Oliver, que notaba que a las dos mujeres les resultaba difícil visualizar el invento—. No os imagináis la cantidad de veces que he deseado que existiese una máquina como ésa para no tener que rescatar las pepitas con una cuchara.

—Seguro que era un gran invento, Simon —concluyó Eunice no muy convencida mientras introducía la masa de pan en un bol, y la cubría con un trapo limpio.

—Te haré otro exprimidor, Eunice —prometió Simon, que se disponía a exprimir las naranjas en un sencillo exprimidor de cristal—. Así entenderás por qué es mucho mejor que este cacharro.

—Ese cacharro lo llevo usando desde hace más de veinte años —le informó Eunice—. Y a ti también te funcionaría bien, si te acordaras de rodar las naranjas con fuerza sobre la mesa antes de cortarlas; así el zumo sale más dulce.

Simon cogió la siguiente naranja y la frotó con suavidad contra la mesa.

—Me había olvidado de hacerlo. ¿Y si invento algo que las haga rodar?

—¿Tienes alguna idea para limpiar la plata? —le preguntó Oliver—. Ése sí que es un trabajo que me gustaría que fuese más sencillo.

—Intenté crear una máquina en la que se introducía el objeto de plata y se cubría con pasta de amoníaco. A continuación se giraba una manivela que accionaba unos cepillos redondos para quitar la pasta y sacar brillo a la plata.

—Suena fenomenal —intervino Melinda—. De esta forma a Oliver nunca más le quedarían las manos sucias y negras.

—El problema era que arrancaba casi todo el baño de plata —reconoció Simon—. Me cargué más de dos docenas de tenedores y cucharas antes de darme finalmente por vencido.

Oliver se rió entre dientes.

—No te alteres, chico, pero ¡si no hay baño de plata, ya no hace falta sacarle brillo!

—Hay cosas que es mejor hacer a mano —reflexionó Doreen.

—No te preocupes —le consoló Eunice, asintiendo—, yo estoy muy orgullosa del aparato que me diste para hacer puré de patatas; hace un puré finísimo.

—¿Y qué me decís del batidor de huevos que me regaló la pasada Navidad? —recordó Doreen—. Deja los huevos tan ligeros y esponjosos que da la impresión de que se van a evaporar.

—Estoy convencido de que si le propusieses la idea a algún fabricante, no tardarías en hacerte millonario —especuló Oliver.

—Simon no quiere ser millonario —comentó Genevieve con orgullo al entrar en la cocina—. Lo que quiere es inventar.

Simon alzó la vista y sonrió. Aunque su madre rozaba la cincuentena, aún conservaba la extraordinaria belleza que le había asombrado desde el primer momento en que la vio. Él era un niño harapiento y escuálido de apenas nueve años que llevaba desde los cinco o seis trampeando únicamente gracias a su ingenio y sus todavía más rápidas manos. Cuando lo metieron en la cárcel creyó que su vida había terminado. Era fuerte para su edad, pero tras la detención y la docena de latigazos que le dieron por haber robado, se sintió insignificante, débil y a punto de morir.

Entonces Genevieve apareció en su celda con su brillante pelo cobrizo y esos impresionantes ojos de color marrón chocolate. Se arrodilló junto a él y le acarició con suavidad las mejillas y la frente con el rostro lleno de rabia e inquietud.

Y por primera vez en su vida pensó que, después de todo, quizá Dios no se había olvidado de él.

—Pero seguro que ganará una fortuna igualmente, mami —le dijo Byron seriamente—. Porque si se da golpes en la mano le salen monedas.

—¡Eso sí que me gustaría aprenderlo a mí! —bromeó Haydon reuniéndose con su mujer.

El marqués de Redmond examinó con satisfacción la concurrida y ajetreada cocina. Antes de conocer a Genevieve no había pisado nunca la cocina, ni siquiera de pequeño. Y ahora era uno de sus lugares predilectos.

—Eunice y Doreen, no sé lo que están ustedes preparando, pero huele de maravilla —dijo agradecido mientras levantaba la tapa de la olla que había en el fuego.

—Hoy hay albóndigas con cebollas al jerez, salmón al horno con salsa de alcaparras, patatas con guisantes, espinacas a la crema, y de postre pudín de dátiles con salsa espesa de caramelo y crema de naranja —le explicó Eunice—. Me parece que con eso tendrán todos el estómago lleno hasta mañana.

—Yo estoy ayudando a hacer las patatas —le informó Melinda a su padre.

—Y yo, cortando cebollas —anunció Frances.

—Entonces seguro que la cena estará incluso más deliciosa que habitualmente. ¿Y tú qué haces, Byron?

—Sacar brillo a esta tetera —respondió el niño con seriedad—. ¡A ver si puedes verte en ella!

Haydon cogió la grasienta tetera con las manos.

—¡Desde luego que me veo! —exclamó mientras acariciaba con suavidad el pelo de su hijo—. Bueno, Simon, supongo que te gustará saber que a partir de mañana tendrás un nuevo laboratorio donde seguir trabajando en tus inventos.

Simon lo miró ansioso.

—¿Habéis conseguido alquilar la casa que vimos ayer?

Genevieve sonrió.

—Así es.

—El propietario ha titubeado un poco al enterarse de que era para ti —le contó Haydon—; por lo visto la ciudad entera sabe que tu casa ha ardido en llamas.

Simon ya sabía que el incendio le dificultaría encontrar una casa, razón por la cual le había pedido a Haydon que tramitase el alquiler por él.

—¿Has tenido que ofrecerle más dinero?

—Un poco.

—Lo siento, Haydon. Sea la cantidad que sea, te lo devolveré en cuanto pueda.

—No quiero que te preocupes por el dinero, Simon. Lo que Genevieve y yo queremos es que tengas un sitio donde estés cómodo y puedas concentrarte plenamente en tu trabajo. Sé que perder el laboratorio ha supuesto un serio revés para ti, pero espero que puedas recuperarte pronto.

—Jack me ha dicho que está deseando que fabriques una turbina de vapor más perfeccionada para que la pueda probar en uno de sus barcos —comentó Genevieve—. Está intentando hacer los itinerarios más deprisa y con el motor adecuado su empresa naviera podrá expandir su mercado y cubrir otras rutas que hacen sus competidores.

—Pues el motor de Jack tendrá que esperar un poco —informó Simon—, porque primero tengo que acabar otro proyecto que llevo entre manos.

—¿Te refieres a la lavadora esa de la que me has hablado antes? —preguntó Eunice con curiosidad.

—No, eso también tendrá que esperar. Ha venido a verme lady Camelia Marshall para pedirme que le construya una bomba de vapor.

Oliver arqueó las cejas.

—¿Una bomba para llenar la bañera?

—No, lady Camelia es arqueóloga y necesita una bomba para sacar el agua de la excavación que dirige.

—¿No es la hija de lord Stamford? —inquirió Genevieve.

—¿Has oído hablar de ella?

—Sí, lleva poco tiempo en Londres, pero ya ha llamado bastante la atención.

—Me lo puedo imaginar —replicó Simon con ironía.

—¿Y eso por qué? —quiso saber Eunice, preguntándose si se trataría de algo reprobable.

—Porque es una mujer guapa, inteligente y soltera que va por ahí sola intentando recaudar fondos para su excavación de Suráfrica.

Oliver enarcó sus espesas cejas, perplejo.

—¿Eso es todo?

Doreen soltó una risotada de desdén.

—Eso no es nada comparado con lo que han hecho las mujeres de esta familia. Así que, chicas, no quiero que vosotras también os metáis en líos —añadió con una mirada de advertencia a Melinda y a Frances—. Ya hemos tenido bastante con vuestra madre, Annabelle, Grace y Charlotte —dijo, refiriéndose a sus hermanas mayores.

—Lady Camelia no es conocida únicamente por ir sola a los sitios —observó Genevieve—. Capta la atención porque viaja con un criado africano que va vestido con túnicas muy llamativas y un mono como mascota.

Oliver, que encontraba el asunto divertido, dio unas palmadas sobre su rodilla

—¡A eso se le llama tener valor!

Byron miró a su padre con suspicacia.

—Me dijiste que no podía tener un mono porque la ley lo prohibía.

Haydon le lanzó una mirada de socorro a su mujer.

—Es probable que lady Camelia haya obtenido algún permiso especial —improvisó enseguida Genevieve—, porque el mono estará aquí temporalmente. Seguro que cuando regrese a Suráfrica se lo llevará consigo.

—Seguro que sí —afirmó Simon—, junto con su pájaro y su serpiente.

—¿Puedo tener una serpiente? —le preguntó excitado Byron a su padre.

Haydon se encogió de hombros.

—Pregúntaselo a tu madre.

—No creo que una serpiente sea una gran mascota —objetó Genevieve, que miró a su marido con las cejas fruncidas—. No se puede jugar con ella, y tampoco es cariñosa ni se la puede achuchar.

—Sí que se puede jugar con ella —insistió Byron con obstinación—. Podría construir una enorme torre de cubos de construcción y dejar que la horrible serpiente luchase por salir del castillo. También podría llevarla alrededor del cuello o dejarla en el suelo y jugar al escondite con ella.

—Ya, y luego me la encontraría enroscada en mi cama y yo me moriría del susto —musitó Doreen—. Sería mejor que te comprasen un gato bonito y tranquilo, así se comería los ratones.

—Las serpientes también comen ratones —señaló Byron.

—Me niego a tener una serpiente deslizándose por mi cocina en busca de ratones —le espetó Eunice.

—Vale, muy bien —concedió el muchacho enfadado—. ¿Y qué me decís de un lagarto? Los lagartos no se deslizan.

Oliver se rascó la cabeza.

—No es mala idea.

—¿Dónde has conocido a lady Camelia, Simon? —preguntó Genevieve, procurando cambiar de tema.

—Vino a verme el otro día porque había leído mis artículos sobre los motores de vapor —contestó Simon—. Me dijo que me pagaría si le construía una bomba y yo accedí. Oliver, ¿te importaría llevarme en coche a la casa nueva mañana a primera hora? Me gustaría tener el laboratorio montado lo antes posible.

—Doreen y yo no podremos salir hasta que hayamos recogido el desayuno y dejado la casa arreglada —objetó Eunice—. Si eso te parece demasiado tarde, Ollie, tendrás que volver a buscarnos.

—A las diez como muy tarde estaremos listas y con las maletas hechas —añadió Doreen.

Simon las miró confuso.

—¿Qué maletas?

—¡Ja! No pretenderás limpiar y organizar la casa tú solo, ¿verdad?

—Sois muy amables —se apresuró a decirles Simon—, pero no hace falta que os instaléis allí, en serio. Estoy convencido de que estaréis mucho más cómodos aquí, y Haydon y Genevieve os necesitarán mañana por la noche.

—En realidad, Haydon y yo habíamos pensado volver a Escocia con los niños mañana —le aclaró Genevieve—. Nos hemos quedado unos cuantos días más porque queríamos buscarte una casa. Y dado que Lizzie y Beaton regresarán mañana de visitar a sus respectivas familias —añadió, refiriéndose al ama de llaves y al mayordomo que vivían en la residencia londinense—, Oliver, Eunice y Doreen se han ofrecido muy amablemente a quedarse en Londres contigo para ayudarte a organizar tu nueva casa. —Sonrió con ternura al anciano trío—. Aunque les echemos de menos, tenemos suficiente personal en casa para que las cosas funcionen relativamente bien hasta que ellos vengan.

—Me aseguraré de que comes suficiente, muchacho —soltó Eunice—. Estás en los huesos. Ya es hora de alimentarte con unos deliciosos *haggis** y un buen pudín de tofe.

—Y yo quiero verte dormir en una cama de verdad con sábanas limpias —intervino Doreen— en lugar de quedarte dormido en una silla o encima de la mesa como me he enterado que haces. Además, me ocuparé de que tu ropa esté limpia y planchada; parece que te haya sacudido un vendaval.

—Y yo me aseguraré de que no incendias la casa —concluyó Oliver con sinceridad—. Y cuando se haga de noche, apagaré las lámparas y esconderé las cerillas, ¿me has entendido?

Simon miró a Haydon con impotencia.

—A mí no me mires, ha sido idea de Genevieve.

—Será sólo hasta que estés instalado, Simon —le dijo Genevieve con cariño.

Desde que Simon había llegado a su casa de madrugada varios días antes, Genevieve había estado tremendamente preocupada por él. Pese a que había insistido en que la causa del incendio había sido una vela desatendida y había prometido ser más cauto en el futuro, a Genevieve le daba miedo que volviese a producirse un accidente. Tal vez la próxima vez no tuviese tanta suerte. Sabía que Simon se abstraía de lo que le rodeaba cuando trabajaba, olvidándose a menudo de comer, dormir o incluso de salir a la calle para respirar un poco de aire fresco. Lo encontraba pálido, pálido y un poco nervioso, que era como solía estar cuando trabajaba en alguno de sus inventos. Por mucho que le asegurase que lo prefería así, no le gustaba el hecho de que quisiese vivir solo; Haydon y ella se habían ofrecido a pagarle un criado un montón de veces, al menos para po-

* Haggis: Plato típico escocés a base de asaduras de cordero (pulmón, hígado y corazón) mezclado con cebollas, harina de avena, hierbas y especias, todo ello embutido en una bolsa hecha del estómago del animal y cocido durante varias horas. (*N. de la T.*)

der estar seguros de que había comida en su casa y alguien con quien pudiese hablar ocasionalmente. Pero Simon siempre se negaba e insistía en que no podía trabajar con gente alrededor.

—Eunice, Oliver y Doreen aún no están del todo listos para regresar a Escocia y, de todas formas, tampoco hay mucho que hacer en casa —continuó Genevieve, intentando que pareciese que hacía esto en beneficio del trío—. Así que encuentro bien que se queden contigo un tiempo y te ayuden a organizar tu casa.

—Te lo pasarás bien con nosotros, muchacho —le aseguró Doreen.

—Te prepararé tus platos favoritos —prometió Eunice, colocando una torta recién hecha ante él.

—Y yo evitaré que incendies la casa entera —bromeó Oliver, que le guiñó un ojo.

Simon suspiró.

—¿Os quedaréis sólo hasta que esté todo organizado?

—Por supuesto, chico.

—En cuanto la cocina esté como a mí me gusta y haya conseguido que engordes un poco, me marcharé en el primer tren que salga hacia Inverness —le tranquilizó Eunice.

—Yo también me iré en cuanto te haya lavado y planchado la ropa, y la casa esté limpia —prometió Doreen.

—Muy bien —concedió Simon mientras cogía un trozo de torta y pegaba un mordisco.

—Como mucho serán dos meses.

Simon se atragantó.

—¿Dos meses?

—No te alteres, chico —le calmó Oliver, dándole una fuerte palmada en la espalda—. Te prometo que en un par de días ni siquiera notarás nuestra presencia.

Si alguien más le decía cuánto la admiraba por su dedicación al trabajo, lo estrangularía.

No obstante, Camelia sonrió e hizo todo lo posible por mantenerse serena y comportarse como una dama o al menos por poner la cara que ella creía pondría una dama. De vez en cuando lanzaba una mirada hacia las mujeres que llenaban el sofocante salón de baile en busca de alguna pista acerca de cómo se suponía que debía proceder en este evento tan tremendamente tedioso. Todas las chicas que daban vueltas con elegancia por el salón tenían la misma expresión insustancial; eran como preciosas muñecas de porcelana con los labios pintados dibujando pequeños y tensos arcos. El resto de mujeres solteras, que estaban de pie y en grupos alrededor de la pista de baile, se abanicaban y pestañeaban a los nerviosos jóvenes lo suficientemente valientes como para intentar entablar una conversación con ellas.

Algunas de las chicas daban la impresión de que querían salir de ahí corriendo, y con razón, pensó Camelia. Bastaba mirar el triste surtido de pretendientes de piernas larguiruchas y rostros granulosos que las rodeaban para entenderlo. Un par de torpes bailes, una nauseabunda copa de ponche tibio y un plato de pollo viscoso, y al instante sus madres decidirían que hacían buena pareja.

Se centró de nuevo en la monótona voz de lord Bagley, eternamente agradecida de haber dejado atrás los dieciocho años, cuando algunos amigos de su padre habían tratado de convencerlo de que tenía que encontrarle un marido a Camelia.

Por suerte, su querido padre no consideró que su única hija tuviese que contraer matrimonio nada más alcanzar la mayoría de edad; y dado que Camelia le aseguró que no tenían ningún interés en casarse y que lo que quería era trabajar con él, el tema se zanjó rápidamente.

—...y luego las cargamos en un barco y las enviamos al Museo Británico, donde desde entonces han sido la esencia de su colección de antigüedades griegas —concluyó lord Bagley, pasándose triunfalmente un grueso y enguantado nudillo por el bigote gris amarillento—. En aquella época le dije a tu padre que viniese conmigo, pero siempre fue muy tozudo. Decía que creía que en África había riquezas extraordinarias por descubrir y que él las encontraría. —Se rió entre dientes y sacudió la cabeza como si hubiese algo sumamente gracioso en la devoción que lord Stamford sentía hacia su trabajo en África.

—Y tenía razón. —Camelia aborrecía el desprecio con que lord Bagley hablaba de la labor de su padre.

—Sí, siempre y cuando se refiriese a los diamantes y el oro —convino lord Bagley—. Pero tu padre no se refería a los minerales. La última vez que hablé con él, unos seis meses antes de su muerte, no paró de quejarse de las grandes compañías mineras.

—Decía que destruían la tierra —intervino lord Duffield, un hombre delgado y de aspecto hosco de unos sesenta años, que llevaba el ralo pelo cano peinado sobre su cuero cabelludo lleno de manchas—. Aseguraba que, si no se impedía, acabarían destruyendo África.

—En eso también tenía razón —insistió Camelia—. Dígame, lord Duffield, ¿ha visto alguna vez de primera mano la devastación que produce en la tierra el proceso de extracción de diamantes?

—La industria minera es un negocio sucio —contestó él con indiferencia, recolocándose distraídamente unos cuantos mechones de pelo sueltos—. Me temo que eso es inevitable.

—Me imagino, querida, que convendrá en que gracias a los diamantes África ha sido incluida en el mapa —intervino lord Gilby mientras se acariciaba su exageradamente recortada y estropajosa barba gris.

—África estaba en el mapa millones de años antes de que esa detestable piedra preciosa fuese descubierta junto a las orillas del río Orange hace apenas dieciocho años —repuso Camelia en el mismo tono.

—Sí, pero ¿qué era? —Lord Pendrick frunció el entrecejo de su rostro rollizo y sonrojado por el alcohol—. Una árida y miserable extensión de tierra erosionada y llena de rocas habitada por unos bárbaros desnudos e ignorantes, unas bestias salvajes, y por esos ridículos boers holandeses. A nadie le importó África hasta que se descubrieron los diamantes; era indómita, incivilizada y estaba prácticamente deshabitada.

Lord Duffield asintió vehementemente.

—Estoy completamente de acuerdo.

—Y ahora, gracias a la industria minera se están construyendo vías férreas e instalando telégrafos, se están haciendo ciudades y formando gobiernos. Tengo entendido de que incluso ha llegado la electricidad a Kimberley, donde está el yacimiento más grande.

—Intentan que el lugar se vuelva más o menos civilizado y lo conseguirán siempre y cuando logren que esos salvajes se muevan y trabajen un poco. —Lord Gilby se rió, dejando claro que ése era un reto casi imposible.

—Es difícil que los nativos trabajen; no han recibido la pertinente ética laboral cristiana —reflexionó una pía lady Bagley mientras las abundantes arrugas de su cara prácticamente se tragaban sus diminutos ojos—. Estoy segura de que preferirían pasarse el día entero sentados al sol sin hacer nada.

Camelia apretó los puños dispuesta a decirle al ignorante grupo de arrogantes lo que pensaba de su asquerosa intolerancia. Notó que Elliott se acercaba un poco más a ella, no llegaba a tocarla, pero aun así Camelia sintió su reconfortante presencia; supo que intentaba ayudarle a mantener la calma. A Elliott siempre se le había dado mucho mejor jugar a este juego que a ella o a su padre, y era consciente de ello. Camelia inspiró todo lo hondo que su corsé dolorosamente apretado le permitió y se esforzó por controlar su ira. Si atacaba con dureza a los allí presentes, no conseguiría nada. Lo único que haría sería insultarles y enemistarse con los miembros de la Sociedad Arqueológica Británica, y por tanto perdería cualquier posibilidad de obtener su apoyo.

Si no lograba recaudar más contribuciones, le resultaría imposible hacer realidad el preciado sueño de su padre.

—Suráfrica es un país precioso que en la actualidad vive cambios tremendamente intensos —intervino Elliott con una sonrisa mientras conducía la conversación a un terreno menos conflictivo—. Durante los quince años que estuve trabajando al lado de lord Stamford aprendí a valorar todas sus riquezas, por sencillas que algunas puedan parecer. Lord Stamford estaba convencido de que África encerraba la llave de la historia de la humanidad, y creo que tenía razón.

—La tenía —insistió Camelia—. Demostrarlo será sólo cuestión de tiempo. En la excavación ya hemos desenterrado cientos de reliquias fascinantes cuya antigüedad estimo en miles de años. Y estoy segura de que en los próximos meses encontraremos piezas todavía más importantes.

—¿En serio? —Lord Bagley la miró con curiosidad por encima del borde de su copa de brandy—. ¿Y qué es exactamente eso que está usted a punto de descubrir, lady Camelia?

Camelia abrió la boca para responder, pero se detuvo. Pese a su rostro impasible, los ojos de lord Bagley la miraban con una repentina intensidad que le provocó un escalofrío.

«Aléjese de África si no quiere ver cómo la palma el resto de sus magníficos trabajadores.»

¿Habría sido lord Bagley quien había contratado a esos dos rufianes para amedrentarla?, se preguntó. Desde luego era factible. Lord Bagley era una reconocida arqueólogo con una extensa y notable carrera, pero no era la clase de hombre que dedicaría años de su vida a excavar la tierra sin ninguna garantía de encontrar algo. Su filosofía siempre se había limitado a llevarse lo que ya estaba ahí, incluso aunque eso significase levantar un templo maravillosamente ubicado o arrancar una escultura espléndida para poderla introducir en una caja y enviarla en barco al Museo Británico. Habían pasado muchos años desde el último hallazgo de lord Bagley, reflexionó Camelia. Y a pesar del manifiesto escepticismo respecto al trabajo de su padre, siempre se había mostrado sumamente ansioso por hablar con él de su excavación africana cuando viajaba a Londres.

¿Habría conseguido su padre persuadir a lord Bagley de la extraordinaria importancia de la excavación antes de morir?

—Estoy convencida de que encontraremos más reliquias que revelen lo rica y antigua que es la historia de los africanos —replicó Camelia sin dar detalles y sosteniendo la mirada de lord Bagley—. Quizás haya incluso pruebas que apoyen la teoría del señor Darwin en lo que concierne a la evolución de las especies.

—Pues a mí esta idea de que todos procedemos del mono me parece repugnante y absurda. —Lady Bagley agitó enérgicamente su abanico de plumas de avestruz frente a su delantera cubierta de diamantes mientras concluía—. Todo el mundo sabe que Dios creó al hombre.

—Yo entiendo que el señor Darwin deja abierta la posibilidad de que Dios creara primero al mono y luego lo vigilara en su evolución hasta convertirse en hombre —declaró lord Duffield—. Porque eso duró miles de años.

—¡Es absurdo! —se opuso lady Bagley—. Si lo que Dios quería era que el hombre poblase la Tierra, ¿por qué iba crear primero al mono para luego convertirlo en un ser humano? Dios es omnipotente, algo que demostró al crear a Adán y Eva.

—Hay muchas cosas acerca del origen de nuestra existencia que, simplemente, no entendemos, lady Bagley —señaló Elliott con diplomacia—. Como arqueólogos, nuestra misión es hacernos preguntas y no dejar de buscar para intentar que algunas piezas del puzzle encajen.

—Si tal como asegura el señor Darwin es cierto que la humanidad comenzó en África, mi pregunta es: ¿qué demonios han estado haciendo esos negros estos últimos miles de años? —inquirió lord Gilby.

Lord Bagley asintió mostrando su conformidad.

—¿Por qué no han construido grandes edificios ni espléndidas tumbas, o su arte no es espectacular como el que nos dejaron los antiguos egipcios, los griegos y los romanos? ¿Qué han hecho durante todos estos años?

—Los africanos no tienen necesidad de engrandecerse con la construcción de enormes pirámides y templos —le explicó Camelia procurando ser paciente—. Sus creencias espirituales están ligadas a la tierra y los animales de un modo inextricable; ellos creen que cuando una persona fallece, su espíritu permanece en la tierra que les rodea. No les hacen falta los rituales de enterramiento ni las tumbas. La construcción de viviendas permanentes carece de sentido en una sociedad nómada; la tierra y el clima pueden ser rigurosos y obligar a las tribus a desplazarse cuando aumenta la necesidad de encontrar comida.

—A lo mejor han sido demasiado vagos para construir algo importante —dijo lord Duffield con sarcasmo.

—No son inteligentes —afirmó lord Bagley—, y, en realidad, tampoco es culpa suya. Hay estudios científicos que demuestran que es debido al tamaño de sus cerebros.

—Y dígame, lord Bagley, ¿de qué tamaño cree usted que es su cerebro? —preguntó Camelia mordaz—. Se lo pregunto porque no veo que haya construido nada especialmente notable en toda su vida.

—Camelia... —intervino Elliott en tono de advertencia.

—Para que lo sepa, lady Camelia, soy uno de los principales colaboradores de la colección de antigüedades griegas y romanas del Museo Británico —soltó un ofendido lord Bagley—. Soy el responsable de la instalación de un templo griego entero en el interior del museo, que es ampliamente considerado una de las piezas más importantes de la colección. Mi trabajo en el campo de la arqueología es, como los socios aquí presentes no dudarán en convenir, de suma relevancia.

—Lo que usted hizo en Italia y en Grecia fue arrancar obras de arte y templos magníficos, y llevárselos antes de que nadie intentase detenerlo —replicó Camelia—. ¿Acaso no es eso destrozar lo que otros habían hecho?

Atónito, Elliott se acercó todavía más a ella.

—Lo que lady Camelia trata de decir es...

—Sé lo que lady Camelia intenta decir —le aseguró lord Bagley, con el rostro pétreo, surcado de arrugas y rojo de indignación—. Y debo decir que sus comentarios no sólo me parecen equivocados, sino extremadamente ofensivos.

Camelia abrió la boca para replicar que los comentarios de lord Bagley sobre los africanos le parecían igualmente ofensivos, pero Elliott le apretó la mano, suplicándole que se contuviese.

—¡Que no se diga que lady Camelia no comparte la pasión de su padre por crear debate! —exclamó riéndose con entusiasmo—. A lord Stamford nunca le importó en especial qué bando defendía siempre y cuando desafiase mi punto de vista. Y, por lo que veo, su hija es igual que él, ¿verdad, lady Camelia?

Su cara era una cuidadosamente estudiada máscara de alegría. Camelia notó que detrás de la aparente diversión de sus ojos de color marrón oscuro, Elliott le estaba suplicando que dejase de insultar al anfitrión y le siguiese el juego con la justificación que acababa de dar.

Ella le devolvió la mirada con serenidad, negándose a pedir disculpas por sus comentarios. Aborrecía el soberbio grupito de arrogantes damas y caballeros que le rodeaba y lo completamente convencidos que estaban de su propia superioridad. Tenía ganas de insultarles, de decirles a las claras lo que pensaba de su asquerosa ignorancia e intolerancia.

Sin perder la sonrisa, Elliott la miró arqueando las cejas, expectante.

«Discúlpate», le ordenó en silencio. «Ahora.»

Se sintió totalmente impotente al percatarse de que necesitaba la ayuda de esta gente. Sin su capital o su apoyo, aunque se lo diesen de mala gana, no podía continuar su trabajo. Era así de sencillo.

Y así de exasperante.

—Soy como mi padre —musitó Camelia, procurando fingir cierto arrepentimiento— y a veces me dejo llevar por el acaloramiento y supongo que me extralimito. —Contempló a los presentes con indiferencia.

Hubo en breve y tenso silencio.

—Tranquila, querida, no es necesario que se disculpe —le aseguró lord Bagley.

«Bien, porque no me estoy disculpando», pensó mirando a Lord Bagley inocentemente.

—Está claro que las mujeres se comportan de otra manera en Suráfrica —añadió lady Balgey como si quisiese hallarle alguna explicación al ultrajante comportamiento de Camelia—. Supongo que será debido a que es un país todavía joven; no me imagino viviendo en un lugar tan cálido y salvaje.

«No duraría ni un día allí. El sol la marchitaría o sería devorada por una fiera salvaje», dijo Camelia para sus adentros mientras sonreía, disfrutando perversamente del pensamiento.

Malinterpretando la naturaleza de la sonrisa de Camelia, lady Bagley hizo lo propio.

—Si nos disculpan, le he prometido a lady Camelia enseñarle los jardines —anunció Elliott, ansioso por llevarse a Camelia de ahí ahora que había cierta calma—. Tengo entendido que son sencillamente magníficos.

—¡Oh, desde luego que lo son! —exclamó lady Bagley con entusiasmo—. Dicen que nuestro jardín de rosas es uno de los más bonitos de Londres.

—En ese caso, estoy deseando que lady Camelia lo vea. —Elliott le ofreció un brazo, que ella aceptó—. Con su permiso. —Inclinó la cabeza levemente y alejó a Camelia rápidamente del lugar.

—El joven Wickham se va a llevar una sorpresa, si se piensa que logrará domarla —comentó lord Bagley cuando se fueron.

—No pasa nada porque la chica se muestre un poco temperamental —repuso lord Duffield comprensivo—, aunque sus argumentos son ridículos.

—Una cosa es ser temperamental, pero lady Camelia se ha convertido en una completa salvaje —se impacientó lady Bagley, que se abanicó enérgicamente—. Su padre nunca debió consentir que se fuese a vivir a África con él tras el fallecimiento de su madre. Debería haberla dejado en Inglaterra, al cargo de algunos familiares, y después haberle buscado un marido nada más cumplir la mayoría de edad. No es normal que una mujer joven y soltera trabaje en una excavación en medio de África rodeada de animales peligrosos y nativos desnudos.

—No seguirá ahí mucho más tiempo —le aseguró su marido—. Afirma que está a punto de descubrir algo importante, pero todo el mundo sabe que lo único importante que puede encontrarse en África son oro y diamantes. A menos que encuentre minerales, y rápido, se verá obligada a abandonar el disparatado sueño de su padre.

—¿Cómo ha conseguido aguantar tanto tiempo? —inquirió lord Pendrick.

—Stamford le dejó una herencia modesta, además de bastantes deudas —explicó lord Gilby—. Algunos miembros de la sociedad le han perdonado generosamente sus préstamos; otros incluso le han estado dando dinero estos últimos meses, por respeto a la memoria de su padre. Pero, por desgracia, me temo que su espíritu caritativo va en descenso.

—Es bien sabido que lady Camelia ha tenido problemas en la excavación, aunque no le guste reconocerlo. —lord Duffield se acarició el extremo de la barba mientras añadía—: Varios de sus trabajadores han muerto en accidentes laborales y muchos han huido. Por lo que sé, a consecuencia de las lluvias el terreno se ha inundado de agua y no logra sacarla. Los nativos creen que ha caído una maldición sobre el lugar.

—Los nativos siempre han creído en las maldiciones —se mofó lord Bagley con impaciencia—, forma parte de su ignorancia. Si yo hubiese dejado de excavar cada vez que alguien me hablaba de alguna estúpida maldición, jamás habría descubierto nada.

—Tienes razón, querido —convino su mujer—. Pero supongo que estarás de acuerdo conmigo en que en el caso de una mujer es distinto. Lady Camelia debería abandonar la excavación inmediatamente.

—Seguro que Wickham está rezando para que ella entre pronto en razón y venda el terreno —señaló lord Pendrick.

—Por lo visto la De Beers Company le ha hecho una oferta, aunque no sé para qué demonios quieren ese terreno —dijo lord Duffield cabeceando—, porque no han encontrado ni una sola chispa.

—Están intentando consolidar sus posesiones en los alrededores de Kimberley —especuló lord Gilby—. Mientras la zona sea suya nadie más podrá hacer nada ahí.

—Tal vez el terreno ahora no valga nada, pero ¡quién sabe dentro de treinta o cuarenta años! —añadió lord Pendrick—. Me imagino que la De Beers Company piensa que, aunque no se hayan encontrado diamantes, el lugar podrá destinarse algún día a la agricultura o la construcción de casas.

Lord Bagley se echó a reír.

—¡Eso sí que es una inversión a largo plazo! Desde luego yo no metería dinero en algo que tenga tan pocas posibilidades de dar beneficios. Yo preferiría sacar alguna rentabilidad antes de ser demasiado viejo para disfrutarla.

—Espero que lady Camelia recupere pronto la sensatez, antes de que se arruine del todo —deseó lady Bagley.

—No tardará en dar su brazo a torcer, querida. Haya o no caído una maldición sobre el terreno, si no puede pagar a sus trabajadores, tendrá que vender. —Lord Bagley hizo una pausa para tomar un sorbo de coñac antes de añadir enigmáticamente—: Tan sencillo como eso.

—No deberías haberle hablado así a lord Bagley, Camelia —la reprendió Elliott mientras la conducía por una senda de gravilla de color crema—. Le has ofendido.

—Lo merecía —replicó Camelia acaloradamente—. Todos ellos lo merecían. Me repugnan los comentarios que hacen sobre los africanos. ¿En serio creías que me quedaría callada escuchando lo que decían?

—Sé que te cuesta, Camelia, pero tienes que aprender que a veces es mejor callar —advirtió Elliott—. Por mucho que los desafíes no cambiarán de opinión; sólo conseguirás insultarles y que se muestren reacios a ayudarte. Y dado que necesitas su ayuda, deberías vigilar tu comportamiento.

—Su ayuda no me importa tanto como para tener que escuchar cómo denigran a una raza entera de gente que en un solo día trabaja más que la mayoría de los que están en ese salón en un año entero.

Elliott suspiró.

—¿Has apalabrado ya alguna contribución esta noche?

—Lord Cadwell me ha comentado que estaría dispuesto a darme un poco de dinero. Fue un buen amigo de mi padre hace muchos años.

—¿Te ha dicho cuánto?

—No, pero estoy segura de que será una cantidad generosa. Me ha parecido que estaba muy interesado mientras le hablaba de los últimos huesos que hemos encontrado y, por supuesto, está ansioso por saber más cosas de las pinturas rupestres.

—¿Alguien más?

—De momento, no.

Él la miró con severa resignación.

—La noche no ha terminado aún, Elliott.

—No, Camelia, aún no ha terminado, pero supongo que te habrás dado cuenta de que por parte de la Sociedad Arqueológica hay una acusada negativa a continuar apoyando el trabajo de tu padre.

—Lo que están es un poco renuentes a darle el dinero a una mujer —matizó Camelia—. Tengo que convencerles de que es irrelevante el hecho de que yo sea mujer, lo que importa es la excavación en sí.

—Es más que eso, Camelia, y lo sabes. Incluso a tu padre le costó persuadir a la gente de que invirtiera en su labor. A pesar de su entusiasmo y dedicación nunca descubrió nada de gran significación.

—Esta vez es diferente. Lo de Pumulani será importante.

—Eso es imposible saberlo con certeza, Camelia. Antes de su muerte tu padre y yo trabajamos juntos en Pumulani durante quince años, y tú llevas seis meses trabajando allí sin descanso. Todo lo que hemos encontrado son algunos huesos y collares, unas cuantas herramientas primitivas y las pinturas rupestres, que, si bien son interesantes, difícilmente constituyen un gran hallazgo arqueológico. —Y viendo que Camelia estaba a punto de protestar, añadió enseguida—: Al menos en opinión de la Sociedad Arqueológica.

—Hay más cosas ahí, Elliott —insistió Camelia—. Sé que te desanimaste cuando mi padre murió y que por eso decidiste montar un negocio de exportación. Y no te culpo.

—No me fui de África únicamente porque estuviese desanimado, Camelia —objetó Elliott—. Tú sabes mejor que nadie que me encantaba vivir y trabajar en Pumulani, al margen de lo mucho o lo poco que desenterrábamos. Me fui a África por elección propia, en contra de la voluntad de toda mi familia, porque amaba la arqueología y porque creía en tu padre, y quería aprender de él. Los años que pasé allí fueron increíbles. Por desgracia, tras el fallecimiento de mi padre he tenido que asumir otras responsabilidades; responsabilidades que, simplemente, no puedo afrontar sin una fuente de ingresos constante. Nuestras vidas han cambiado, Camelia. —Le rodeó los hombros con un brazo mientras paseaban—. Y, aunque sea difícil, debemos aceptar esos cambios y seguir adelante.

—Creo realmente que en Pumulani hay algo vital esperando a ser descubierto, Elliott —le dijo Camelia con seriedad—. Si aguanto un poco más, lo encontraré.

—Lo mejor que podrías encontrar son diamantes —señaló—. Así la De Beers Company te ofrecería incluso más dinero por el terreno del que te ha ofrecido. Resulta que está intentando adquirir los máximos terrenos posibles alrededor del yacimiento de Kimberley para proteger sus intereses. —Hizo un breve alto antes de añadir en voz baja—: Deberías plantearte seriamente su oferta.

—Jamás venderé el terreno ni a la De Beers Company ni a ninguna otra compañía minera —afirmó Camelia—. Ese lugar es una valiosa conexión arqueológica con el pasado, y debe ser protegido y conservado. No consentiré que nadie empiece a excavarlo y dinamitarlo hasta convertirlo en un enorme y horrible pozo, como los espantosos agujeros que han hecho en Kimberley.

—Pero ¿y si no hay nada más en ese terreno? —repuso Elliott—. Sé que tu padre estaba convencido de que allí hay una enorme cámara mortuoria, pero no hay ninguna prueba que evidencie que realmente exista esa cámara y, aunque así sea, es probable que sólo contenga unos cuantos huesos descompuestos y conchas rotas. No vale la pena arruinarse la vida por un hallazgo como ése, Camelia. —Se acercó a ella y su voz se volvió un susurro—: No vale la pena que desperdicies la oportunidad de tener un verdadero hogar, con un marido y unos hijos, aquí, en Inglaterra.

—Inglaterra no es mi hogar —objetó Camelia. Habían llegado a una bonita glorieta del jardín, y Camelia notó que tenía una espesa pared verde a sus espaldas—, es África.

—Pero Inglaterra también podría serlo —insistió Elliott persuasivo y en voz baja—. Sé que no te sientes cómoda aquí, pero acabaría gustándote. Y te prometo que, si me dejaras, haría cuanto estuviese en mis manos para hacerte feliz. —Colocó las manos sobre sus hombros y la atrajo hacia sí—. Desde que nos conocemos, no te había visto nunca tan triste, Camelia, y me duele verte así. Lo único que quiero es que seas feliz, como lo eras cuando te traía un libro nuevo de Ciudad del Cabo o un estilete especial que veías por primera vez.

Camelia le dedicó una melancólica sonrisa.

—No es tan sencillo, Elliott. No soy la niña despreocupada de antes, que podía pasarse horas distraída con un libro o un estilete nuevos, aunque me los regalases tú. Soy una arqueóloga a cargo de una excavación inundada en medio de Suráfrica, con docenas de trabajadores que dependen de mí para su subsistencia y un montón de deudas que trato de que no se coman cuanto poseo.

—Entonces deja que te ayude a salir de este embrollo —le suplicó Elliott—. Sé que cuando tomas una decisión detestas abandonar antes de llegar al final; siempre has sido así y te admiro por ello, pero me duele ver lo que sufres para perseguir el sueño de tu padre.

—También es mi sueño, Elliott —le recordó Camelia—. Mi padre y yo compartíamos el mismo sueño.

—Tu padre era hombre, aunque odies oír esto, su caso era distinto. No te puedes pasar la vida viviendo en tiendas de campaña inmundas y llenas de polvo en medio de la nada, rodeada de docenas de nativos, y escarbando la tierra en busca de huesos y herramientas de piedra. Tu sitio está aquí, en Londres, en una magnífica casa, educando a tus hijos y siendo una buena anfitriona para la flor y nata de la sociedad británica.

—Me temo que a la flor y nata británica no le gustaría ser mi invitada —replicó ella—. Lo único que les serviría es una copiosa cena a base de antílope asado y pudín de plátano, me pondría a defender que el hombre viene del mono y, mientras, Oscar, Harriet y Rupert se dedicarían a saltar, volar y escurrirse por encima y debajo de la mesa del comedor. ¡Dudo que nadie quisiese volver a mi casa después de eso! —exclamó riéndose.

—Pues cometerían una estupidez. —Elliott alargó el brazo y apartó un rizo rebelde de su mejilla.

Camelia lo miró confusa. Él dejó los dedos sobre su mejilla, el tacto era suave, pero poseía una determinación masculina que jamás había detectado en él. En ese instante supo que algo había entre ellos, sosegadamente, pero con absoluta certeza.

Sin dejar de mirarla a los ojos, Elliott empezó a inclinar la cabeza hacia la suya.

—Tú me perteneces, Camelia. —Sus labios se rozaban cuando él concluyó con voz ronca—: Siempre has sido mía.

Camelia se quedó helada, no podía respirar y su corazón latía con fuerza como una pájaro atrapado que aletea contra la firmemente encorsetada jaula de sus costillas. Elliott apretó los labios contra su boca, calientes, decididos y secos. Tenía las manos sobre sus hombros, la sujetaba con ternura pero con determinación. A ella le pareció un beso casto, incluso cuando él aumentó ligeramente la presión de los labios en un intento por obtener algún tipo de reacción.

Le atravesó un remolino de emociones. Elliott era un viejo y querido amigo, que había formado parte de su vida desde que tenía trece años. Desde que llegó a África, guapo y con sólo veintiún años, Camelia lo había adorado. Lleno de energía, inteligencia y determinación, Elliott le pareció admirablemente independiente y valiente;

un hijo de un vizconde, que había tenido la desfachatez de contrariar los deseos de su padre y que había dejado Inglaterra para dedicarse a lo que amaba: la arqueología. Durante años había ardido en su totalmente inexperto corazón una intensa llama de deseo inocente y admiración. Incluso en algún momento dado había fantaseado con la idea de casarse con él. Pero Camelia ya no era una niña pequeña. Era una mujer, y sus sentimientos hacia Elliott hacía tiempo que se habían convertido en una afectuosa y agradable amistad. Elliott era parte de su familia. Sentía un gran cariño por él, pero no era suya. No era de nadie.

¿En serio creía que dejaría África, se casaría con él y viviría en Inglaterra?

El beso más enérgico e intenso.

De repente, el aire de la noche se había vuelto denso y cálido, tan sofocante como el del salón de baile. Londres era así. Elliott la encerraría en una casa oscura, polvorienta y atiborrada de terciopelo para que criase a los niños, dirigiese al servicio y tomase decisiones sobre temas ridículos e insoportables como la tapicería, los menús y el vestuario. Jamás le dejaría volver a África, a excepción, tal vez, de una corta visita cada varios años, pero cuando tuviesen hijos probablemente acabaría incluso con eso. No lo aguantaría, pensó, sintiendo que le faltaba oxígeno. No sabía nada de niños, de moda ni de cómo se recibía, aunque se conocía bastante para saber que se marchitaría y moriría si la obligaban a quedarse en Inglaterra y desempeñar el rol de esposa. Puso las manos sobre el pecho de Elliott para intentar apartarlo, pero éste malinterpretó el gesto y la atrajo más hacía su cuerpo mientras abría la boca para darle un beso más profundo.

—Lamento la interrupción —dijo alguien en voz baja y levemente burlona—. No me había dado cuenta de que estaban ocupados.

Sobresaltada, Camelia se apartó de Elliott tambaleándose hacia atrás y vio a Simon, que la contemplaba con aparente regodeo.

—Señor Kent —logró decir sin aliento, procurando en todo momento no dar la imagen de la mujer que acaba de recibir un beso romántico.

Simon la observó, reparó en el vestido escarlata que le envolvía y dejaba al descubierto la incitante piel marfileña de sus hombros. Por la columna de su cuello y sobre su pálido escote caían mechones rebeldes de su cabello dorado por el sol, y se preguntó si Camelia lograba alguna vez sujetarse bien el pelo con horquillas o si había algo especial en esos sedosos mechones que, simplemente, se negaban a obedecer. Su boca era una abochornada línea de color coral, los labios estaban rosados pero no hinchados, dando a entender que lo que sea que hubiese sucedido entre ella y Wickham no había durado mucho rato.

Aunque no entendía el porqué, sintió pensar que los había interrumpido; al fin y al cabo, Lady Camelia era una mujer adulta y, sin duda, estaba en su derecho de tomar sus propias decisiones acerca de a quién besaba y a quién no. Sin embargo, la esperanza que le había impulsado a correr a verla al baile de la Sociedad Arqueológica se había desvanecido, dejándolo desilusionado y un tanto irritado.

—¿Qué demonios hace aquí, Kent? —inquirió Elliott, molesto porque su momento a solas con Camelia se había ido al traste.

—Tengo que enseñarle unos dibujos, lady Camelia —anunció Simon sin dejar de mirarla—. Supuse que querría verlos lo antes posible.

Camelia también lo miró, paralizada. Un poco sorprendida por no haberlo notado hasta ahora, cayó en la cuenta de que Simon era más alto que Elliott. Llevaba un arrugado abrigo de día, chaleco y camisa, y pese a que se había puesto una corbata alrededor del cuello, ésta estaba medio suelta y torcida, como si se la hubiese puesto a toda prisa en el último momento para completar su desarreglado atuendo. Las ondas despeinadas de su pelo cobrizo se rizaban ligeramente al chocar con sus hombros, que a Camelia le parecieron mucho más anchos que antes, y si bien le dio la impresión de que el corte y la tela de sus pantalones eran buenos, hacía mucho tiempo que habían perdido el efecto del planchado que pudieran haber experimentado. Sus manos fuertes y alargadas estaban sin guantes y generosamente manchadas de tinta, lo que indicaba que se había pasado horas trabajando en el montón de papeles que sujetaba, parte de la cual había penetrado en los puños blancos de su camisa. La tranquilidad y una gran confianza en sí mismo emanaban de él mientras estaba ahí de pie, mirándola fijamente, lo que, teniendo en cuenta su inapropiado y desaliñado atuendo, no dejaba de ser curioso. Estaba claro que a Simon Kent no le preocupaba mucho lo que los demás pensasen de él.

—No puede irrumpir aquí sólo porque quiere ver a lady Camelia —protestó Elliott de manera sucinta—; para esta fiesta se precisa invitación.

—¡Oh! Seguro que la tenía en alguna parte —repuso Simon, encogiéndose de hombros—. La debí de perder en el incendio. Supongo que se habrá enterado de que mi casa ardió en llamas hace unos cuantos días.

—Pero no lleva la ropa adecuada —señaló Elliott, que en ese momento nada podía importarle menos que los problemas de Kent—. Los invitados tienen que ir vestidos de etiqueta.

—Lo lamento, Wickhip, pero me temo que no tengo tiempo para quedarme a bailar —replicó Simon con amabilidad—. Sólo necesito hablar un momento con lady Camelia y luego dejaré que retomen lo que sea que estuviesen haciendo.

—No estábamos haciendo nada —se apresuró a asegurarle Camelia, abochornada pero profundamente agradecida de que Simon hubiese llegado en el instante oportuno—. ¿Qué es lo que quería consultarme?

La luz de la luna caía sobre ella como un velo plateado, que volvía su piel dorada por el sol en la más pálida de las sedas. Sus ojos eran como dos chispeantes lagos verdes y aunque se esforzaba por fingir calma, Simon pudo percibir que el deseo hervía en las profundidades de color verdeceledón.

«¿Qué demonios haces con un gallito idiota y presumido como Wickham con el fuego que arde en tu interior?», se preguntó.

Notó que estaba avergonzada, algo comprensible teniendo en cuenta que los había sorprendido en tan inoportuno momento; lo que no podía entender era qué hacía en brazos de Wickham. Aunque soso y sin ser nada del otro mundo, supuso que el vizconde era bastante guapo; el tipo de belleza masculina estandarizada que había visto inmortalizada en cuadros y esculturas en un sinfín de ocasiones. Indudablemente, Simon comprendía que la mayoría de las mujeres encontrasen atractivo a lord Wickham, con su pelo de color arena, sus elegantes rasgos marcados y su ropa impecablemente planchada y absolutamente a la moda. Sólo que Camelia no era como la mayoría de las mujeres. Era una mujer de una curiosidad y determinación únicas, que había dedicado su vida a observar el mundo que le rodeaba y es probable que a analizar y valorar hasta los detalles más infinitesimales.

¿Realmente no veía que debajo de su atuendo rigurosamente hecho a medida y sus botas esmeradamente lustradas lord Wickham era un idiota arrogante y engreído?

—He hecho una serie de bocetos para su bomba, lady Camelia. —Prescindiendo de Wickham, Simon se acercó a un banco de piedra sobre el que colocó una serie de arrugados papeles—. Tengo más o menos pensado cómo habrá que adaptarla, pero necesito saber más cosas sobre la densidad del suelo que se mezcla con el agua, la cantidad y tamaño de las rocas que podemos encontrarnos y la disponibilidad de combustible para la bomba...

—Kent, me veo obligado a protestar —le interrumpió Elliott—. Lady Camelia está aquí para disfrutar de un evento social y no para tener una especie de reunión de negocios con usted. Es totalmente inapropiado.

—Disculpe, Wickhip...

—Wickham —le corrigió Elliott con frialdad.

—Como prefiera —concedió Simon—. Lady Camelia y yo somos socios en un proyecto arqueológico y sé que para ella el tiempo es de suma importancia. Además, me aseguró que podía hablar con ella de cualquier asunto o problema que surgiese a cualquier hora del día o de la noche.

—Dudo que se refiriese a que la abordase en una fiesta privada y la arrinconase en un jardín —replicó Elliott.

—A mí me ha parecido que ya estaba arrinconada.

—Le dije al señor Kent que podía venir a verme cuando quisiese —se apresuró a intervenir Camelia al ver la crispada mandíbula de Elliott.

Éste se volvió y la miró con incredulidad.

—Una cosa es que te vaya a ver a casa, Camelia, pero que te venga a buscar a una fiesta para hablar de negocios es completamente inadecuado.

—Sí, tiene razón —convino Simon, recogiendo con descuido sus arrugados bocetos—. Lo mejor será que me marche.

—¿Por qué es inadecuado, Elliott? —preguntó Camelia, repentinamente molesta por la insistencia de su amigo.

—En primer lugar, el señor Kent no tiene invitación...

—En realidad, creo que la tenía, es más, estoy casi seguro de ello —se defendió Simon, rascándose la cabeza—. Me temo que soy un poco desastroso con esa clase de cosas. No sólo con las invitaciones, ya me entiende, sino con las citas y la correspondencia en general. Lady Camelia puede atestiguarlo.

—No veo qué importancia tiene que haya sido o no invitado, Elliott —continuó Camelia—, dado que no ha venido aquí a disfrutar de la fiesta, sino a hablar conmigo de un asunto de negocios.

—Pero ¡es que eso no está bien, Camelia! —insistió Elliott—. No está bien visto hablar de negocios en un acto social.

—¿Y a qué he venido yo, Elliott? —le recordó Camelia—. A mí no me parece que esté mal, sobre todo cuando a los hombres les encanta discutir temas de negocios prácticamente en todos los actos sociales a los que asisten. ¿O lo dices porque soy mujer y consideras que no tengo el mismo derecho?

—Yo no he dicho eso —objetó Elliott, dándose cuenta de que le había hecho enfadar.

—No —concedió Simon, que asintió con la cabeza—, lo que ha dicho concretamente es que usted no debería hablar de negocios —le aclaró a Camelia con seriedad—. Seguro que piensa que otras mujeres sí pueden hacer lo que les plazca, ¿me equivoco, Wickhop?

—Me llamo Wickham —repitió Elliott con los dientes apretados.

—Como veo que te parece tan indecoroso que hable aquí de trabajo, quizá lo mejor será que me vaya. —Camelia se volvió hacia Simon—. ¿Por qué no viene a mi casa, señor Kent? Allí podremos seguir hablando sin correr el riesgo de ofender a nadie.

—Me parece una idea excelente —declaró Simon con entusiasmo—. La seguiré en mi carruaje. Bueno, Wickhop, ahora ya no ofenderemos a nadie.

—No hablarás en serio, Camelia. —Elliott la miró como si pensase que se había vuelto loca—. Es casi media noche.

—Gracias por su interés, Wickhop, pero no estoy cansado lo más mínimo —le aseguró Simon alegremente.

—No me refería a eso —le espetó Elliott—. Camelia, no deberías recibir en casa al señor Kent en plena noche.

—No viene como invitado, Elliott; viene a hablar de negocios.

—Aun así, es impropio.

—Lo siento, Elliott, pero si me pasara la vida intentando observar las aparentemente infinitas normas británicas de lo que es apropiado para las mujeres y lo que no, estoy segura de que nunca haría nada.

—En ese caso, te acompañaré.

—Eres muy amable, pero ni se me ocurriría obligarte a abandonar el baile; deberías aprovechar el tiempo. Hablaré contigo dentro de unos días para informarte de cómo están las cosas.

—De verdad, Camelia, insisto...

—Y yo insisto en que te quedes, Elliott —repuso Camelia con énfasis—. Aprovecharás mejor el tiempo si consigues que alguien quiera invertir en tu nuevo negocio. A lo mejor hasta acabas concediendo un par de bailes; la música es maravillosa. Estoy convencida de que hay un montón de jovencitas a las que les encantaría tener la oportunidad de bailar contigo —concluyó, dedicándole una dulce sonrisa.

Elliott la miró resignado. No podía acompañarla a la fuerza.

—¿Nos vamos, lady Camelia? —Simon le ofreció galante su brazo.

Al fin aliviada, Camelia puso una mano sobre la tremendamente arrugada manga de su camisa.

El calor le atravesó la mano y recorrió su brazo, haciéndole hundir los dedos en el brazo de Simon.

—¿Va todo bien? —le preguntó él con las cejas fruncidas.

De pronto se le ocurrió que tal vez no fuese lo más acertado que Camelia abandonase el baile con él; a fin de cuentas, estaba totalmente seguro de que no había sido invitado. Pese a que no acostumbraba a importarle lo que la gente pensara de él o de su forma de vestir, le repugnaba la idea de que los invitados de lord Bagley pudieran hacer comentarios despreciativos de Camelia por su culpa.

—Si lo prefiere, puedo salir por mi cuenta —sugirió— y encontrarme con usted junto a su carruaje.

—No será necesario —le aseguró Camelia, consciente de que él intentaba protegerla de las miradas curiosas que, sin duda, atraerían en el interior del salón de baile. Si la veían marcharse con el probablemente no invitado e inadecuadamente vestido Simon Kent, darían que hablar durante días. Le dedicó una decidida sonrisa antes de concluir—: He entrado por la puerta principal y no veo razón alguna por la que no podamos salir por la misma puerta.

Simon esbozó una sonrisa. Estaba claro que a Camelia no le asustaban los escándalos. De hecho, por lo que había constatado hasta el momento, nada parecía asustarle. Se le pasó por la cabeza si todavía llevaría ese peligroso puñal entre las abundantes capas de su asombrosamente sencillo vestido de noche.

—Como desee, lady Camelia. Buenas noches, Wickhip —añadió con una leve inclinación de cabeza dirigida a Elliott—. Espero que tenga una placentera noche.

Con acusada impotencia Elliott observó cómo Camelia volvía sobre sus pasos por la senda marfileña del brazo de su inventor cabeza hueca y ridículamente desaliñado.

Era un hombre paciente, se recordó a sí mismo con optimismo.

Toda gran recompensa requería su tiempo.

Capítulo 5

Algo iba mal.

En algunas ocasiones era un engorro tener el poder de percibir las cosas mientras que otros ignoraban las fuerzas que se movían a su alrededor. Era una carga que soportaba con estoica resignación, igual que lo había hecho su madre y anteriormente la madre de su madre.

Durante generaciones en su familia se había dado por sentado que ese poder era exclusivo de las mujeres; hasta donde cualquiera de sus miembros podía recordar, sólo en las mujeres había recaído lo que su madre le había asegurado que era sencillamente un don. Pero el día en que, al fin, ésta admitió que el poder no residía en ninguna de sus trece hermanas, sino que únicamente hervía en su hijo, Zareb sintió que se le helaba el corazón. Las mujeres estaban acostumbradas al dolor, el desengaño y la alegría, le había dicho su madre, lo que las hacía más aptas para soportar el considerable peso que suponía sentir las cosas antes de que sucediesen. Para aguantarlo debería ser más fuerte que el león más poderoso y más sabio que el chamán más anciano. Por aquel entonces Zareb era un niño, un orgulloso descendiente del gran Waitimu, uno de los guerreros más importantes que la tribu había tenido. La arrogancia juvenil le permitió no albergar duda alguna de que tenía la fuerza y la sabiduría suficientes para soportar su don sin problemas.

Pero se había equivocado.

—Iré a abrir la casa y a encender las lámparas, Tisha —le anunció a Camelia mientras se apresuraba a bajar del asiento del cochero del carruaje.

—Eso es una tontería, Zareb; podemos entrar todos juntos —protestó Camelia—. No me importa que la casa esté a oscuras.

—El señor Kent es nuestro invitado y no debería entrar en una casa en penumbra. —Zareb intentó que pareciese que lo único que intentaba era observar el código de conducta británico—. Tardaré un momento.

—Razón por la cual es absurdo que nosotros dos nos quedemos aquí dentro esperando en lugar de entrar juntos en casa —objetó Camelia—. Estoy segura de que al señor Kent no le da miedo la oscuridad.

—Por mí no hay problema siempre y cuando la serpiente no se me acerque —bromeó Simon, que apareció junto a Zareb—. No me apetece demasiado la idea de encontrármela de pronto en mi cabeza. —Se dispuso a abrir la puerta de Camelia.

Pero Zareb le puso su curtida mano sobre el brazo, obligándole a detenerse.

Simon frunció las cejas.

—¿Ocurre algo, Zareb?

El calor penetró la mano de Zareb al entrar en contacto con la manga de la camisa del inventor blanco. La dejó ahí unos instantes para asegurarse.

Quizá sus sentidos se equivocasen, pensó, confundido por el calor que latía en su interior. El inventor blanco lo miró con curiosidad, con sus ojos azules desmesuradamente abiertos, aunque no parecía molesto por el hecho de que Zareb se hubiese tomado la libertad de tocarlo, como se habría mostrado lord Wickham. Estaba todo bien, decidió Zareb, procurando mitigar la inquietud que momentos antes se había apoderado de él. Había oscuridad, pero también luz.

Deseó que la luz fuese bastante fuerte para contrarrestar lo que se avecinaba.

—Yo lo haré —declaró con modesta dignidad al tiempo que agarraba la manilla de la puerta del carruaje. Y luego, tal vez porque quería dejarle claro al inventor blanco que sólo a él le correspondía velar por Camelia, añadió con solemnidad—: Es mi deber.

Abrió la puerta y le ofreció la mano a Camelia, ayudándola a bajar del vehículo. La sostuvo unos segundos más de lo necesario, sus dedos largos y de color café rodeaban protectores la pequeña y enguantada palma de la mano de Tisha.

—¿Va todo bien, Zareb? —Camelia lo miró extrañada.

—No es nada —la tranquilizó con la esperanza de que así fuese—. Entremos.

Deseó seguir sujetando su mano hasta que llegasen a la casa, como había hecho cuando ella era pequeña, pero comprendía que ya no procedía. Se la soltó a regañadientes, pensando que se agarraría del brazo del inventor blanco, pero no fue así.

Y, en cierto modo, eso le hizo sentir un poco mejor.

—¡Qué raro! —musitó Camelia mientras subían las escaleras que conducían a la puerta principal—. La puerta está entreabierta.

Zareb se colocó delante de ella, impidiéndole el paso.

—Espera.

Escudriñó rápidamente las ventanas de la fachada delantera en busca de cualquier indicio de luz o movimiento detrás de las cortinas echadas. No vio nada y, sin embargo, la puerta estaba abierta un dedo.

Zareb estaba convencido de que la había cerrado con llave.

—No parece que la hayan forzado —comentó Simon al examinar la cerradura y el marco de la puerta—. A lo mejor no la cerró bien y el viento la ha abierto.

—La puerta estaba cerrada —repuso Zareb con tranquilidad—. Y no hace viento.

A Camelia se le encogió el corazón. Había dejado a Oscar, a Rupert y a Harriet solos en casa. Rodeó a Zareb y entró en casa corriendo.

—¡Tisha, espera! —chilló Zareb, que corrió tras ella—. ¡No sabemos lo que nos podemos encontrar!

—¡Oscar! —Camelia avanzaba a tientas por el vestíbulo, tratando de ver a través de las sombras—. Oscar, ¿dónde estás?

—Espera un poco, Tisha —le instó Zareb, que manoseaba torpemente la mecha de la lámpara—. Estate quieta hasta que haya un poco de luz. —Su voz era extrañamente firme; el mismo tono que a veces había usado cuando ella era pequeña y hacía algo peligroso o de manera impulsiva.

Camelia aguardó ansiosa mientras Zareb conseguía con paciencia encender una mecha. Un delgado velo de luz naranja bañó la habitación, que aumentó cuando introdujo la mecha en la lámpara y giró la llave.

—¡Dios mío! —exclamó Camelia. Entró lentamente en el despacho de su padre.

El escritorio y las sillas estaban volcados, y su gastada tapicería de cuero había sido brutalmente acuchillada, por lo que parte del seco y polvoriento relleno de cerdas grises de caballo había caído sobre la descolorida alfombra. Asimismo habían tirado al suelo la librería y una pequeña mesa auxiliar, que después habían sido golpeadas con un hacha hasta reducirlas a astillas. Todos los óleos de su padre, los extraordinarios bocetos de antiguas edificaciones y los mapas habían sido arrancados de las paredes y separados de sus marcos. Irreemplazables aparatos, máscaras y esculturas reunidas durante sus múltiples viajes, que ahora yacían hechos añicos en el suelo. Y sus adorados libros, que Camelia había conservado apilados por toda la habitación exactamente como él los había dejado en su última visita a Londres, habían sido desgajados y esparcidos por todo el despacho.

Se quedó inmóvil unos instantes, contemplando los destrozos y repentinamente sobrecogida y desesperada.

Y después se volvió con brusquedad y se dirigió hacia el oscuro comedor.

Zareb la siguió de cerca con la lámpara en la mano. La luz cobriza iluminó la mesa del comedor y las sillas despedazadas, así como la alacena volcada. Un mar blanquiazul de platos de porcelana, tazas y copas de cristal hechos añicos cubrían la alfombra. Camelia reparó en las diversas plumas grises que había esparcidas por la habitación.

—¡Harriet! —En su voz había pánico—. ¡Rupert! ¿Dónde estáis?

—Dudo que estén aquí abajo. —Simon se esforzaba por controlar la ira que hervía en su interior mientras inspeccionaba los destrozos causados en el comedor. Le tendió la mano a Camelia—. Vamos, Camelia —le dijo con suavidad y manifiesta calma—, seguramente estarán arriba.

Aturdida, asintió y le cogió de la mano. Sus fuertes dedos rodearon los suyos, calientes, firmes y reconfortantes.

—Seguro que sí —repitió ella, que intentaba aminorar los violentos latidos de su corazón—. Probablemente se hayan asustado y hayan subido arriba a esconderse.

Dejó a sus espaldas el destrozado comedor y siguió a Zareb escaleras arriba sin soltar la mano de Simon.

—Ya puedes salir, Oscar —advirtió Zareb—. Ya ha pasado todo, pequeño.

—Estoy aquí, Oscar —añadió Camelia nerviosa—. No hay nada que temer.

El miedo se apoderó de Simon a medida que subían lentamente las escaleras. No se oía ningún ruido de los pisos superiores, donde estaban la sala de estar y los dormitorios, pero la luz de la lámpara que llevaba Zareb revelaba que no habían tenido más suerte que la planta baja. Quienquiera que fuese el autor de todo esto, lo había hecho a conciencia. Debía de haber sabido que Camelia salía esa noche y se había tomado su tiempo para ir de habitación en habitación rompiendo, acuchillando y destrozando. Simon se preguntó si habrían encontrado lo que sea que buscasen.

En ese momento, lo único que realmente le importaba era que Camelia recuperase a sus queridos animales.

—¡Oscar! —chilló Camelia tratando de que no se le quebrase la voz mientras inspeccionaba su arruinada sala de estar. Sobre la alfombra detectó más plumas grises de Harriet—. ¡Harriet! —Soltó súbitamente la mano de Simon y subió corriendo al último piso.

—¡Tisha, espera! —Zareb fue tras ella con la máxima rapidez que le permitían sus voluminosas túnicas—. ¡No subas sin mí!

Ignorándolo, Camelia corrió por el pasillo y abrió la puerta de su habitación. Se encontró una silenciosa oscuridad.

—¿Oscar? —susurró con un hilo de voz.

Una pequeña y oscura silueta chilló aliviada y se abalanzó sobre ella, chocando con sus piernas. Camelia soltó un grito mientras cogía a Oscar del suelo y lo abrazaba contra su pecho.

—¿Estás bien, Oscar? —Se apresuró a palparle la cabeza, los brazos y las piernas para ver si estaba herido—. ¿Te han hecho daño?

Contento, Oscar emitió unos cuantos sonidos y se acurrucó contra ella mientras con sus pequeños brazos le rodeaba el cuello con fuerza.

—Hemos encontrado a Harriet —declaró Zareb, que apareció en la puerta con el pájaro de Camelia sobre su hombro—. Ha perdido muchas plumas, pero, por lo demás, no está herida. Aunque no creo que le guste mirarse en el espejo hasta que le vuelvan a crecer.

Camelia alargó un brazo y Harriet no dudó en abandonar a Zareb para volar hacia ella.

—¡Oh, Harriet! ¡Sigues siendo una preciosidad! —dijo Camelia con ternura, acariciando el suave pecho gris del pájaro—. Esconderemos todos los espejos hasta que te hayan vuelto a crecer las plumas —declaró, poniéndose a Harriet sobre el hombro—. Ahora sólo falta Rupert.

Simon enarcó las cejas.

—¿Es mi imaginación o está debajo de ese montón de ropa que se mueve?

Camelia miró en dirección a las prendas de ropa que se habían caído de su armario volcado y que avanzaban a paso lento.

—¡Rupert! —gritó feliz, agachándose para desenterrar al animal cubierto de satén y seda—. ¡Qué buena idea has tenido escondiéndote entre mi ropa!

Rupert la miró con sus ojos protuberantes y vidriosos, y luego le sacó la delgada lengua.

Camelia cogió al reptil del suelo y lo besó con cariño en la fría y suave cabeza.

Simon la miró, atónito. La expresión de tremenda angustia de su rostro había desaparecido, dando paso a un alivio absoluto. Estas extrañas criaturas africanas lo eran todo para ella, reflexionó, inexplicablemente conmovido por la constatación. Una horrible serpiente naranja y negra, un mono travieso y desobediente y un exótico pájaro aparentemente neurótico. Esos animales, y Zareb, eran la única familia de Camelia.

Tragó saliva, sintiendo un gran alivio al comprobar que quienquiera que hubiese irrumpido y destrozado la casa no había logrado hacer daño a ninguno de sus animales.

—Tenemos que salir de aquí, Tisha —le instó Zareb de repente mientras gesticulaba hacia la puerta—. Ya tenemos a los animales, podemos irnos.

El acuciante tono de voz de Zareb era casi imperceptible. Tan imperceptible que a cualquiera podría haberle pasado desapercibido, pero Camelia conocía y quería a Zareb desde hacía demasiados años para no darse cuenta. Confusa, se volvió, y supo que su amigo intentaba protegerla de algo.

Entonces miró hacia la cama.

—Acércame la lámpara, Zareb —pidió en voz baja.

—Deberíamos revisar el resto de las habitaciones, Tisha —insistió Zareb para alejarla del lugar—. Aquí no hay nada...

—Acércame la lámpara —repitió ella mientras avanzaba despacio hacia su cama. Y a continuación, consciente de que lo único que él quería era protegerla, añadió con suavidad—: Por favor.

A regañadientes, Zareb se aproximó a Camelia con la lámpara en la mano.

Un ardiente resplandor iluminó el puñal que había clavado en su almohadón.

Era el arma favorita de su padre, pensó Camelia, un grueso puñal fabricado por un miembro de la tribu San, también llamados Bushmen por los blancos de Suráfrica. Era un bello ejemplo de excepcional artesanía, con su grueso mango de hierro repujado, soldado a una cuchilla tremendamente afilada de pulidísimo acero. No era una antigüedad, pero era una magnífica obra de artesanía de gran equilibrio; un arma impresionante para aquel que quisiese utilizarla como tal. Se le ocurrió que era imposible que quienquiera que la hubiese descolgado de su gancho, encima de la chimenea del despacho de su padre, para clavar una nota en su almohadón, supiese que un chamán había transmitido al puñal poderes oscuros.

Lo miró con fijeza, tratando de controlar el miedo que sentía. No creía en las maldiciones sobrenaturales, se recordó tajante. Aun así, tenía frío, como si a su alrededor soplase de pronto un viento helado.

—¡Menudo puñal! —observó Oliver alegremente desde la puerta—. Ese pobre cojín no ha podido ni rechistar.

Simon suspiró.

—Lady Camelia, permítame que le presente a Oliver, que supuestamente me esperaba fuera, en mi carruaje. Oliver, estos son lady Camelia y Zareb.

—Encantado de conocerlos. —Oliver los saludó con un movimiento de su nívea cabeza—. Y no me regañes por haber venido a ver qué sucede aquí. ¡Por el amor de San Columbano! —continuó diciéndole a Simon con seriedad—. Si lo único que veo es una luz que se va moviendo por toda la casa como un fantasma, cuando habéis tenido tiempo suficiente para que se prendiera la casa entera... con luz, me refiero —corrigió rápidamente mientras le lanzaba una mirada tranquilizadora a Camelia—. Me imagino que se habrá enterado de que el chico incendió su casa la otra noche, aunque ha sido la primera vez que un experimento se le ha ido de las manos; no quiero que piense que acostumbra a hacer esta clase de cosas. Claro que en cierta ocasión estuvo a punto de quemar la casa de miss Amelia con una bomba de humo —comentó, rascándose la cabeza—, pero no fue intencionado. De joven se pasaba el día haciendo volar la tapa de algo o introduciendo demasiadas mechas en una botella para luego hacerlas arder. Nos decía que sólo intentaba buscar un sistema de iluminación mejor. —Soltó una carcajada y concluyó con contundencia—: ¡Estábamos convencidos de que cualquier día nos despertaríamos entre llamas!

—Oliver, yo no tengo la culpa del incendio de la otra noche —intervino Simon, deseoso de poner fin a las confesiones del anciano. No creía que fuese precisamente un buen momento para obsequiar a Camelia con historias de travesuras infantiles—. No se lo he contado a Haydon y Genevieve porque no quiero preocuparles, pero alguien quemó mi laboratorio a propósito. Es más, yo diría que fueron las mismas personas que esta noche han destrozado la casa de lady Camelia.

—Pues no es obra de unos ladrones profesionales, eso te lo aseguro —reflexionó Oliver mientras miraba tranquilamente la habitación—. Yo mismo fui un ladrón —les explicó orgulloso a Camelia y a Zareb— y jamás dejé una casa tan desordenada. ¿Para qué morder la mano que te da de comer? —Frunció las cejas y terminó furioso—: Esto lo han hecho unos vulgares aficionados, y si alguna vez les echo el guante, ¡los moleré a palos!

De algún modo, a Camelia le tranquilizó la indignación del menudo y anciano escocés.

—Gracias, Oliver. —No sabía muy bien qué pensar de él, con su tupido cabello blanco y por la forma en que se jactaba de haber sido un ladrón. Simon le había comentado que era su cochero, pero Camelia supo con certeza que, en realidad, era mucho más que eso—. Es usted muy amable.

Oliver le sonrió y después levantó las cejas.

—¿Se ha dado cuenta de que lleva un animal alrededor del cuello?

—Es Rupert —le aclaró Simon—. La serpiente de lady Camelia.

—¿Y la tiene como una mascota? —Oliver miró a Rupert con recelo—. ¿No debería estar encerrada?

—Me temo que a Rupert no le haría mucha gracia que lo encerrase —contestó Camelia—. Está muy acostumbrado a moverse con libertad.

—La nota, Tisha. —Zareb señaló el papel atravesado con el puñal—. ¿Qué dice la nota?

Camelia arrancó lentamente el arma del cojín y a continuación acercó la nota a la lámpara que sostenía Zareb. Esforzándose para que no le temblara la voz, leyó en voz alta:

—«Que mueran aquellos que alteran la paz de Pumulani.»

—¿Qué es Poo Moo Lanee? —inquirió Oliver.

—Es el nombre africano de la zona surafricana donde está mi excavación arqueológica —respondió Camelia—. En las lenguas nguni significa «descanso» o «lugar de descanso». Hace aproximadamente cien años fue ocupada por una familia de boers holandeses, que construyeron una granja. Mi padre le compró las tierras al nieto del propietario original y empezó a excavarlas hace veinte años. Murió hace seis meses y desde entonces yo he continuado su labor.

—Pues me da la impresión de que alguien quiere que se largue de ahí.

—Mi padre creía que bajo esas tierras se esconde un hallazgo arqueológico de suma importancia —prosiguió Camelia—. Durante estos años hemos encontrado numerosas reliquias que indican que en el pasado vivió allí una próspera comunidad, teoría que apoyan una serie de extraordinarias pinturas rupestres. En mi opinión, debe de haber algunos arqueólogos que quieren ahuyentarme y obligarme a abandonar la excavación. Supongo que pensarán que, si me rindo, podrán comprar el terreno por una porción de su valor y excavar ellos mismos.

Oliver frunció las cejas.

—¿Me está diciendo que ésta no es la primera vez que la amedrentan?

—No.

—¿Qué más han hecho? —quiso saber Simon.

—Unas cuantas cosas —confesó Camelia quitándole importancia al asunto—, pero eso da igual. Quieren asustarme y no lo conseguirán. Ese terreno es mío y seguiré excavando hasta que dé con lo que mi padre buscaba.

—¿Y qué buscaba?

—Pruebas de una civilización antigua.

Oliver se rascó la mandíbula pensativo.

—Demasiado alboroto para un puñado de huesos rotos.

—Sí, es cierto. —Simon miró a Camelia fijamente.

—Es normal que piensen eso, porque no han dedicado sus vidas a la arqueología —admitió ella—. Pero es de suma importancia para aquellos que viven toda su vida con la esperanza de realizar un solo descubrimiento de significación histórica.

—Debemos irnos de aquí, Tisha —advirtió Zareb con expresión adusta—. Ahora.

—No podemos irnos, Zareb —replicó Camelia—. El señor Kent todavía no ha podido terminar la bomba.

—No me refiero a volver a África esta misma noche —precisó Zareb—, sino a que en esta casa ya no estarás a salvo. Debemos irnos.

Camelia cabeceó.

126

—Ésta es la casa de mi padre y no pienso dejar que un par de miserables me intimiden. Ordenaremos todo y nos quedaremos.

—¡Eso es una chica valiente! —Oliver miró a Simon con aprobación—. Las ovejas mojadas no se encogen, se sacuden el agua.

—A las ovejas se las mata, Oliver —musitó Simon.

—Bueno, a veces sí —concedió Oliver con reserva—. Sólo intentaba ser positivo.

—Y se lo agradezco, Oliver —le aseguró Camelia—. Ésta no es la primera vez que alguien trata de apartarme de mi camino y supongo que tampoco será la última; pero no se saldrán con la suya.

—Lo que yo digo, ¡una chica valiente! —Oliver le sonrió—. No importa la fiereza del perro al que haya que enfrentarse, lo que importa es luchar.

—Lady Camelia no es un perro —objetó Zareb—. La han amenazado con el puñal de su padre; un arma a la que un gran chamán dotó con poderes oscuros. No puede permanecer aquí más tiempo. Debemos abandonar esta casa hoy mismo.

—¿Ha dicho con poderes oscuros? —Oliver arqueó las cejas y se rascó la cabeza—. Eso ya es harina de otro costal.

—Pero no podemos irnos esta noche —protestó Camelia—. No tenemos adónde ir.

—Podrían venir a casa —ofreció Oliver amablemente.

Simon no daba crédito.

—No creo que sea una buena idea...

—¿Por qué no? Hay espacio de sobras para todos ellos, aunque no será fácil que Eunice se avenga a tener una serpiente deslizándose por la casa. No le hacen mucha gracia los reptiles.

—Rupert puede quedarse en la habitación de lady Camelia —se apresuró a sugerir Zareb—. No creo que le importe.

—Pero a Oscar y a Harriet no puedo dejarlos todo el día encerrados en una habitación —objetó Camelia—. Necesitan espacio para moverse; será mejor que nos quedemos aquí.

—Bueno, no creo que Eunice y Doreen tengan ningún problema con eso siempre y cuando se comporten, y no alboroten demasiado —comentó Oliver.

—Yo me ocuparé de que se porten bien —aseguró Zareb antes de que Camelia pudiese decir nada—; les daré de comer y limpiaré lo que manchen. Eunice y Doreen ni siquiera notarán su presencia.

—Muy bien, pues ya está todo solucionado —concluyó Oliver contento.

—Sigo pensando que no es una buena idea —insistió Simon una vez más.

—No tema por la reputación de la chica —le dijo Oliver a Zareb, prescindiendo de Simon—. Eunice y Doreen están más que acostumbradas a vigilar a las señoritas de casa; llevan años haciéndolo.

—El único honor que cuenta es el que arde en el interior del corazón —declaró Zareb con solemnidad—. El honor de lady Camelia está a salvo vaya adonde vaya.

—Por supuesto, eso no hacía falta ni mencionarlo —coincidió Oliver—. Pero me refería a que seremos tantos que siempre habrá alguien para asegurarse de que lady Camelia está bien. Le diré una cosa: si los desgraciados que han entrado aquí esta noche intentan irrumpir en mi casa, les daré una patada en su maldito culo...

—Gracias, Oliver, estoy seguro de que lady Camelia agradece tus ganas de ayudar —le interrumpió Simon—. Sin embargo, no acabo de ver claro que ésta sea la mejor solución...

—Pero ¡si tú tendrás espacio más que suficiente para dedicarte a todos tus inventos! —exclamó Oliver—. Y no creo que lady Camelia se lleve mucho equipaje.

—Solamente un poco de ropa —concretó Zareb—. Y yo no necesito una habitación, puedo dormir en cualquier parte.

—¿Lo ves? Todo arreglado. —Oliver le dedicó una sonrisa a Camelia—. Joven, vaya a coger lo que necesite que Zareb y yo lo bajaremos al carruaje.

Camelia miró a Simon indecisa.

En realidad, ésta última agresión le había conmocionado. Cuanto había en la casa de su padre había sido brutalmente destrozado y ella no había podido hacer nada para impedirlo, aunque lo más importante era que sus animales no estaban heridos, pensó. Pero ¿qué pasaría la próxima vez que Zareb y ella saliesen, y Oscar, Harriet y

Rupert se quedaran solos en casa? Si quienquiera que intentaba intimidarla acababa por hacerle daño a alguno de ellos, jamás se lo perdonaría a sí misma.

—¿Estás de acuerdo con esto, Simon? —Odiaba el hecho de que él se viese obligado a aceptar su presencia y la de sus animales. Pero la visión del puñal de su padre clavado en el cojín le inquietaba más de lo que quería reconocer—. Será por poco tiempo.

Simon suspiró. Oliver y Zareb tenían razón. Camelia no estaría a salvo en esa casa. Él no creía en los hechizos maléficos, pero estaba claro que alguien se había propuesto intimidarla para que abandonase la excavación.

Quizá la próxima vez no se limitasen a destrozar muebles.

—Me encantará teneros a ti, a Zareb, a Oscar y a Harriet —dijo al fin.

Camelia asintió y luego frunció el entrecejo.

—¿Y qué pasa con Rupert?

Simon miró con recelo la serpiente que Camelia llevaba alrededor del cuello.

—Rupert también puede venir —concedió a regañadientes— si me prometes encerrarlo en tu habitación. No quiero que Eunice grite horrorizada cada vez que tropiece con él. —Evitó mencionar que a él tampoco le gustaba especialmente la idea de toparse con esa horrible criatura en plena madrugada.

—No creo que le importe mucho quedarse en mi cuarto —dijo Camelia acariciando con ternura a la serpiente—. Pero ¿estás seguro de que no te molestará que Oscar y Harriet se paseen por ahí?

—¡Pues claro que no, jovencita! —exclamó Oliver sin dudarlo—. Darán un poco de vida a la casa.

Camelia miró a Simon.

—¿Simon?

Sus penetrantes ojos no estaban iluminados más que por la débil luz dorada de la lámpara de Zareb, pero Simon pudo ver el miedo en ellos. Camelia era fuerte y decidida; sin embargo, era evidente que este último incidente le había afectado profundamente. El terror se había apoderado de ella mientras buscaba a sus animales por la casa. Le había dicho a Simon que no creía en las maldiciones; y es posible que fuese verdad.

Pero aun así no había duda de que ver el puñal de su padre clavado en un cojín había disipado parte de su valor.

—Estoy convencido de que Harriet y Oscar no supondrán ningún problema en absoluto —mintió.

—¿Lo ve, jovencita? —Oliver sonrió—. ¿Y ahora qué le parece si recoge sus cosas y nos marchamos?

—Oliver y yo comprobaremos que todas las puertas y ventanas están cerradas mientras Zareb y tú hacéis las maletas. Cuando hayáis terminado, avisadnos. —Simon se volvió y salió de la habitación.

—Será mejor que les expliques a Eunice y a Doreen lo del mono y la serpiente —susurró Oliver al bajar las escaleras—, porque no creo que vayan a dar saltos de alegría.

—Dado que la idea ha sido básicamente tuya, Oliver —repuso Simon con tranquilidad—, dejaré que seas tú quien se lo diga.

—Vamos, chico, te conozco lo suficiente como para saber que no habrías dejado a esa chica en la estacada rodeada de puñales clavados en cojines y hechizos malignos. Lo único que yo he hecho es ayudarte a tomar la decisión de invitarle a casa.

—No es una mascota, Oliver.

—Tienes razón, es una chica muy valiente, y bastante guapa también. Me recuerda a la señora cuando era joven —concedió Oliver riéndose entre dientes—. Cuando se conozcan congeniarán enseguida.

—No se conocerán. Voy a trabajar día y noche para tener lista la bomba dentro de unas cuantas semanas y así poder acompañar a lady Camelia a África lo antes posible.

—¿Has dicho África? Nunca me habría imaginado que iría a África; me pregunto si hará tanto calor como dicen.

—Y no vendrás, Oliver.

—Supongo que el viaje será largo, incluso en uno de los barcos más rápidos que tenga Jack —comentó Oliver sin hacer caso a Simon—. Tendremos que decirle a Eunice que prepare un montón de galletas.

—Oliver...

—¡Menudo desastre han hecho aquí! —Oliver miró con solemnidad las reliquias hechas añicos del despacho—. Pero incluso en un nido caído puedes encontrar un huevo —añadió alegremente.

—Creo que quien ha destrozado la casa lo ha hecho a conciencia —opinó Simon recorriendo el suelo con la mirada.

—Por suerte a ella no le han hecho daño, ¿verdad?

—Verdad.

—Pues ahí tienes el huevo entero. —Sonrió, se fue al comedor a revisar las ventanas y dejó a Simon contemplando los escombros que le rodeaban.

Capítulo 6

A Camelia se le encogió el corazón cuando, al fin, el carruaje se detuvo.

Igual que la mayoría de las casas londinenses, la nueva casa de Simon era estrecha y alta, en un intento por aprovechar al máximo el escaso terreno disponible que había. Cuando era pequeña creía que todas las viviendas se construían así, excepto la destartalada finca familiar. Su madre nunca tuvo mucho interés en esa casa ruinosa y llena de corrientes de aire, con sus paredes desmoronadas y su tejado de incesantes goteras. Lady Stamford siempre había preferido las luces y el bullicio de Londres a ser secuestrada durante semanas en medio del campo, como solía decir. Dado que el padre de Camelia estaba constantemente de viaje en alguna de sus expediciones, su madre elegía quedarse en la ciudad, donde ocupaba el tiempo yendo de compras, al teatro o viéndose con sus amigas.

A Camelia le encantaban las raras ocasiones en que su padre regresaba a casa e insistía en que se fueran al campo a pasar varias semanas. Disfrutaba tumbándose sobre la hierba de un prado y contemplando el cielo mientras el sol le calentaba la piel, y el suave susurro del viento se colaba entre los árboles. Incluso la casa le gustaba, con ese olor a viejo y a musgo que impregnaba todas las habitaciones, las descoloridas tapicerías y desvencijados muebles que habían sido testigos de las vidas de varias generaciones. Todos los rincones estaban atestados de reliquias que su padre había coleccionado durante sus viajes; algunas eran antiguas y bastante valiosas, otras, en cambio, eran simplemente objetos corrientes y ordinarios que le habían parecido bonitos o interesantes. Extasiada, Camelia escuchaba cómo le contaba una historia maravillosa para cada pieza: cómo había estado a punto de morir para conseguirla o a qué personaje tremendamente miserable o pintoresco se lo había comprado. Durante el relato la animaba a acariciar con los dedos la reliquia para que sintiese su calor, su esencia, sus secretos.

Lo mejor de todo era cuando su padre aparecía en casa con una nueva arma. A su padre le encantaban las armas, no por el daño que podían causar, sino porque le fascinaba el hecho de que prácticamente en todas las civilizaciones los artesanos trabajaban para hacerlas tan hermosas como fatales. Le daba a Camelia afilados puñales, pesadas lanzas y espadas, y escudos de labrada ornamentación, y le pedía que los cogiese y comprobase cuánto pesaban. Algunas veces, si lograba convencerlo, le dejaba sacarlas al jardín y manejarlas. Entonces su padre se colocaba cerca de ella mientras le enseñaba a coger bien una espada, a tirar una lanza o un puñal, con su enorme y bronceada mano rodeando firmemente la suya, pequeña y suave, y su ronca voz resonando con oculta satisfacción al tiempo que hacía las demostraciones.

Cierto día su madre los sorprendió cuando Camelia se disponía a lanzar un puñal contra un árbol. La cuchilla se le escurrió y le hizo un profundo corte en la palma de la mano, produciéndole un brillante río de sangre que se deslizó por su brazo. Al borde de la histeria, lady Stamford agarró a Camelia y la condujo rápidamente a casa mientras acusaba a su marido furiosa de haber estado a punto de matar a su única hija. En vida de su madre, a Camelia se le prohibió volver a tocar un arma.

Sentada, se removió incómoda dentro de su vestido de noche de arrugada seda y crinolina, repentinamente consciente de la tirantez de la funda que le sujetaba el puñal en la pantorrilla.

—Vamos, Tisha —dijo Zareb, abriendo la puerta del carruaje y ofreciéndole su mano.

—Gracias, Zareb.

Al coger su mano se sintió un poco mejor. Aunque intentaba que no trasluciera, le había conmocionado profundamente ver su casa destrozada, y los libros y los objetos más valiosos de su padre hechos añicos. Sólo eran cosas, se recordó para serenarse, pero el hecho de que algunas de ellas fueran reliquias excepcionales le entristeció.

Lo que más le irritaba era que alguien hubiese conseguido sacarla del único lugar de todo Londres en el que al menos se sentía como en casa.

—¿Por qué no llevas la jaula de Harriet? Yo llevaré a Oscar y a Rupert.

—Quizá deberíamos dejarlos aquí un momento —sugirió Zareb—, hasta que el señor Kent advierta a Eunice y a Doreen de su existencia.

—Después de lo mal que lo ha pasado, dudo mucho que Oscar quiera quedarse en el carruaje sin mí —objetó Camelia mientras Oscar se abrazaba a ella con fuerza—. Y me temo que, si se enfada, Harriet y Rupert se asustarán. Es mejor que entremos todos juntos.

—Como quieras. —Zareb cogió a Harriet, a la que habían encerrado en una jaula durante el trayecto.

Simon esperó a que Camelia y Zareb se reunieran con él en el sendero de entrada a su casa recién alquilada. Hacían una extraña pareja: ella con su vestido de noche de color escarlata y él con sus espectaculares y vistosas túnicas, acompañados de un mono, un pájaro y un cesto con una serpiente. Sin embargo, emanaba de ellos una extraordinaria dignidad mientras se acercaban a Simon y a Oliver.

—Oiga, joven, ¿por qué no deja que lleve yo la cesta? —se ofreció Oliver, que se apresuró hacia Camelia mientras Simon abría la puerta—. Ya tiene bastante con ese mono agarrado a su cuello.

—Gracias, Oliver —dijo ella con una sonrisa—. Es usted muy amable.

—¡Ya estamos en casa! —anunció Simon abriendo la puerta.

—¡Menudas horas de llegar! —Seguida de Doreen, Eunice cruzó corriendo la puerta que conducía a la cocina—. Ya estábamos a punto de avisar a la policía... ¡por San Columbano! ¡Esa chica lleva una bestia peluda alrededor del cuello!

—Es Oscar —repuso Oliver alegremente—. Y estos son lady Camelia, Zareb, y en esa jaula está Harriet.

—Supongo que encantada de conocerlos. —Doreen miró a Oscar con cautela—. ¿Muerde?

—Sólo manzanas —le aseguró Zareb—. A las personas, no.

—Lady Camelia y Zareb han tenido un percance en su casa esta noche —explicó Simon— y se quedarán un tiempo con nosotros hasta que vuelvan a Suráfrica.

Eunice los miró sorprendida.

—¿Qué tipo de percance?

—Unos desgraciados han entrado en casa de lady Camelia estando ella fuera y la han destrozado —contestó Oliver—. Han clavado un puñal en un almohadón con una nota que decía cosas horribles... Como coja a esos malditos cobardes, ¡les daré una paliza que jamás olvidarán!

Eunice miró a Camelia con compasión.

—Tranquila, joven, aquí estará a salvo.

—Estos ladrones de hoy en día ya no tienen dignidad —continuó Oliver enfadado—. Todo lo arreglan con pistolas y burdas amenazas, ¡que me expliquen dónde está el honor en eso!

—Lo que ha ocurrido en casa de lady Camelia no es obra de unos vulgares ladrones —señaló Simon—. Su intención era amedrentarla.

—Eso todavía es peor. ¡Serán miserables! —Doreen golpeó su huesudo puño contra la palma de la otra mano mientras proseguía indignada—. ¡Como se les ocurra aparecer por aquí les propinaré un sartenazo en la cabeza y les meteré una escoba por el culo antes de que puedan darse cuenta!

—Espero que las autoridades los encuentren antes de que averigüen que lady Camelia está aquí —declaró Simon—. Ahora me acercaré a comisaría para poner una denuncia.

Camelia lo miró asustada.

—La policía no tiene que enterarse de esto.

—¿Por qué demonios no?

—Si las autoridades investigan, saldrá en los periódicos, lo que significa que los miembros de la Sociedad Arqueológica se harán eco de ello. Los pocos socios que han accedido, a regañadientes, a darme su apoyo financiero se preocuparán y para protegerme me retirarán su apoyo. —Cabeceó con rotundidad—. No quiero que nadie sepa que han irrumpido en mi casa ni que me han amenazado.

—Si no damos el parte a la policía será imposible encontrar a los responsables de esto —advirtió Simon.

—De cualquier forma, a mí me da la impresión de que tampoco sería fácil —intervino Oliver—, a menos que se dediquen a irrumpir en otras casas destrozando cuanto encuentren a su paso.

—Al margen de lo que haga o deje de hacer la policía, los autores de los hechos serán encontrados a su debido tiempo —observó Zareb.

—Bueno, pues si la chica no quiere que se entere la poli, todos callados —decidió Doreen—. No alborotes la colmena si no quieres que te piquen las abejas.

Camelia sonrió.

—Gracias por comprenderlo, Doreen. Espero que no molestemos demasiado. —Igual que Oliver, estaba claro que esas dos mujeres eran para Simon mucho más que unas simples criadas, y eso le gustaba.

Tal vez así entenderían mejor su relación con Zareb.

—No molestan en absoluto —se apresuró a asegurarle Eunice—. La casa es grande para nosostros cuatro; hay espacio de sobras.

—¿Por qué no llevas este cesto mientras Zareb y yo vamos al carruaje a buscar el resto de las cosas? —le sugirió Oliver a Eunice—. Así Doreen y tú podréis acompañar a lady Camelia a su habitación, y ayudarle a instalarse.

—He pensado que estará más cómoda en el cuarto empapelado en verde —comentó Eunice mientras cogía el cesto—. No es nada del otro mundo, pero está limpio y, si lo desea, puedo traerle... ¡Dios mío! —chilló al ver a Rupert asomado a la superficie—. ¡Socorro!

Lanzó el cesto por los aires y se abalanzó contra Oliver, aplastándole la cara con sus grandes pechos. Camelia y Simon corrieron a rescatar el cesto, en cuyo interior había ahora un reacio pasajero. De pronto, la serpiente salió disparada del cesto y Simon cogió el cesto mientras Camelia se lanzaba sobre Rupert.

En ese momento Oscar decidió que se había cansado de estar con Camelia y, gritando como un loco, saltó sobre la cabeza de Doreen. Camelia perdió el equilibrio y cayó encima de Simon. Ambos fueron a parar al suelo y el cesto se fue rodando mientras Doreen chillaba, tratando de deshacerse del mono.

—¡Te cogí! —exclamó Zareb triunfalmente al recuperar a Rupert.

—¡Socorro! —gritaba Doreen, que se tambaleaba por el vestíbulo—. ¡Sacadme esta bestia salvaje de encima!

—¡Oscar, baja de ahí! —ordenó Zareb.

Oscar saltó contento de la inestable cabeza de Doreen al firme hombro de Zareb.

—No puedo respirar. —La voz de Oliver estaba amortiguada por los voluminosos pechos de Eunice.

—¡Oh, Ollie! —exclamó mientras le soltaba—. ¡Pensé que me moría!

Simon miró a Camelia, echada encima de él y con las piernas enroscadas en las suyas.

—¿Estás bien?

Camelia estaba perpleja. De repente había tomado plena conciencia de que Simon era muy alto, observación que no dejaba de ser extraña, teniendo en cuenta que estaban los dos tendidos sobre el suelo. Pero de alguna manera Simon había suavizado la caída protegiéndola por completo con su cuerpo, con todo su pecho y sus hombros, y sus largas, delgadas y musculosas piernas. Ella se estremeció y se fundió en los tibios contornos de su cuerpo, encajando en su silueta de granito. Era maravilloso estar echada sobre él. Su corazón latió con fuerza y sus sentidos se encendieron mientras analizaba cada uno de los rasgos de Simon. Olía a un aromático jabón y a algo más, un delicioso y misterioso olor masculino que le hizo desear apoyar la mejilla en su hombro para embriagarse con su aroma. Su pecho subía y bajaba debajo de ella, su respiración era profunda y constante, y si se quedaba inmóvil, podía sentir los latidos del corazón de Simon contra los suyos.

Camelia notó el calor por todo su cuerpo, en sus pechos, su estómago y entre sus piernas; una sensación confusa y embriagadora que le hizo sentirse extrañamente débil y excitada mientras se perdía en la ahumada, penetrante e insondable mirada de Simon.

—Creo que la chica se ha hecho daño —dijo Oliver frunciendo sus blancas cejas—. No se mueve.

Camelia suspiró y con un ruido sordo se apartó de Simon rodando por el suelo.

—Estoy bien.

—Deja que te ayude, Tisha —se ofreció Zareb—. Estás sonrojada, ¿seguro que te encuentras bien?

—Me he quedado sin aliento, eso es todo. —Aturdida, se apresuró a alisar las arrugas de su vestido.

—Supongo que no pretenderéis que esa cosa escurridiza se quede en esta casa —comentó Eunice, que miraba a Rupert con desaprobación.

—Siento mucho que Rupert la haya asustado, Eunice —se disculpó rápidamente Camelia—. Debería haber llevado yo el cesto, pero le aseguro que no había ningún peligro. El veneno de Rupert no es nocivo para las personas.

—Sea o no peligrosa, me niego a que vaya suelta por casa dándome sustos de muerte.

—No te los dará —quiso tranquilizarla Simon—. Rupert permanecerá encerrado en la habitación de lady Camelia; ni siquiera sabrás que está aquí, ¿verdad, Camelia?

—Sí. —En realidad, Camelia había tenido la esperanza de que Rupert se familiarizase gradualmente con los miembros de la casa y acabara no importándoles que paseara a sus anchas durante su estancia en ella.

—¿Y qué me dices del mono flacucho? —inquirió Doreen mientras se frotaba el cuero cabelludo, que le escocía—. ¿Se quedará también en la habitación de la chica?

—Por desgracia, Oscar necesita un poco más de espacio —explicó Simon al notar la angustia que sentía Camelia nada más pensar en encerrar a Oscar—. Pero estoy seguro de que en cuanto se haya acostumbrado a su nuevo entorno ni siquiera notaréis su presencia.

—Difícil lo veo —murmuró Doreen, mirando indignada a Oscar.

El mono le enseñó la dentadura dedicándole una amplia y burlona sonrisa.

—¡Bicho descarado!

—Por lo menos el pájaro se quedará en la jaula —intervino Oliver en un intento por decir algo positivo—. Además, es bastante bonito.

—La verdad es que Harriet sólo utiliza la jaula para viajar y dormir —aclaró Camelia—. Durante el día necesita volar y estirar un poco las alas.

—Cosa para la que, sin duda, encontrará espacio suficiente en la habitación de lady Camelia —añadió Simon al percatarse de que a Eunice y a Doreen no les gustaba especialmente la idea de que la casa se convirtiera en un zoo.

—Bueno, ahora que todo se ha solucionado, ¿qué tal si le enseñamos a lady Camelia su habitación? —propuso Oliver—. La chica ha tenido una noche dura y seguro que estará deseosa de acostarse.

—¡Claro que sí, pobrecita! —Eunice chascó la lengua, de pronto recuperada del susto—. Usted suba por aquí, que Doreen y yo la acomodaremos lo mejor que podamos; Oliver se ocupará de su amigo, el señor Zareb.

«Señor Zareb.» Nada más oír esas dos palabras, Camelia perdonó al instante a Eunice por no gustarle Rupert. Desde su llegada a Londres, casi todas las personas con las que Camelia había tropezado habían tratado a Zareb con diversos grados de recelo y condescendencia. Si bien el racismo también estaba extendido en Suráfrica, el padre de Camelia siempre se había asegurado de que en su excavación todo el mundo fuese tratado con igualdad y respeto, al margen del color de su piel. Naturalmente, durante casi toda su vida Zareb había sufrido el desdén de los blancos en lugares como Ciudad del Cabo y Kimberley, pero en África él formaba parte de una población de millones de personas, por lo que no atraía constantemente una atención indeseada. En Inglaterra, Zareb no podía evitar destacar, y nadie dudaba en dar por sentado que era una especie de criado de categoría inferior. Únicamente por su color, la mayoría de los ingleses se sentían al instante superiores a él. Pero Eunice se había referido a Zareb como al amigo de Camelia y había sido muy educada al concederle el título de «señor»; sólo por eso, Camelia haría cuanto estuviese en su mano para mantener a sus animales fuera del alcance de la vista de Eunice, al menos hasta que ésta entendiese que eran absolutamente inofensivos.

—Yo me quedaré esta noche con los animales, Tisha —declaró Zareb, que quería facilitarle las cosas a Eunice y a Doreen mientras acomodaban a Camelia en su cuarto—. No te preocupes.

—Para usted también tenemos una estupenda habitación —le anunció Oliver a Zareb mientras cogía la jaula de Harriet—. Si me sigue, lo acompañaré.

Zareb le dedicó una inclinación de cabeza a su nuevo amigo.

—Gracias, Oliver.

Simon observó cómo la curiosa comitiva subía las escaleras con Oscar sentado, cual pequeño rey peludo, en el trono de la cabeza de Zareb.

Después Simon se volvió y se dirigió a su estudio, sintiéndose extrañamente desconcertado y desesperado por echar un trago.

Algo había cambiado.

En realidad, se había quedado corto, pensó Simon apenado mientras miraba fijamente el líquido ámbar de su vaso. Desde que había conocido a Camelia un incendio había quemado su casa, destrozando cuanto tenía y, lo que era peor, todos los inventos en los que estaba trabajando; luego, sin saber cómo, lo habían engatusado para que dejase que Oliver, Eunice y Doreen se fuesen a vivir con él, erradicando por completo el silencio y la tranquilidad que, sin duda, necesitaba para trabajar. Y justo cuando creía que su casa y su vida no podían ser más ruidosas ni estar más atestadas de gente, Oliver había decidido invitar a Camelia y a Zareb con su séquito de animales salvajes; lo de séquito era una exageración, admitió, pero no del todo, teniendo en cuenta la propensión al conflicto que presentaban un mono, un pájaro y una serpiente.

Tomó un sorbo de brandy y contempló los arrugados bocetos que tenía esparcidos por la mesa, intentando concentrarse en la bomba de vapor que pretendía diseñar. El reto estaba en lograr que el vapor se expandiese de forma gradual con la ayuda de una serie de cámaras. Quizás aumentando el número de cámaras y haciéndolas más pequeñas...

—Perdona, pensé que no había nadie más despierto.

Alzó la vista y vio a Camelia de pie en la puerta de su estudio. Llevaba un camisón de seda de color marfil, cuyo cuello estaba adornado con una tira de exquisito encaje. Se había envuelto de cualquier manera los hombros con la colcha de la cama, pero este improvisado chal no hacía sino acentuar la delicadeza de su silueta. Su melena dorada colgaba suelta sobre sus hombros y por su espalda, un resplandor de oro a la luz de color albaricoque de la lámpara. Simon la miró fijamente, fascinado. Sus ojos descendieron lentamente desde el elegante pómulo de su mejilla por el contorno sutil de su cuello y el encantador hoyo latiente de la base de su garganta, y siguieron descendiendo hasta las sensuales colinas de sus pechos. Se descubrió a sí mismo recordando cómo se había sentido al tenerla tumbada sobre él hacía sólo unas horas; puro ardor femenino y suavidad, sus delgadas piernas enroscadas en las suyas, su cuerpo, que se movía y presionaba contra el suyo mientras lo miraba fijamente con esos magníficos ojos verdes del color de la salvia.

El deseo se apoderó de él, con intensidad y ardor, absolutamente arrollador.

—¿Está todo en orden? —preguntó Simon, que al levantarse de golpe de la mesa volcó su vaso.

«Contrólate», dijo para sí buscando torpemente un pañuelo al tiempo que el brandy empapaba sus bocetos. Al no encontrarlo, decidió coger los dibujos y sacudirlos, por lo que el líquido salpicó toda la superficie de la mesa.

«¡Por el amor de Dios! ¿Se puede saber qué te pasa?»

—¿Te gusta tu habitación? —añadió apurado mientras los papeles que llevaba en la mano seguían goteando.

Camelia lo miró vacilante, extrañada por su aparente aturdimiento.

—Sí, me gusta, gracias.

Se fijó en que aún llevaba la misma camisa de hilo arrugada y los mismos pantalones oscuros, pero se había quitado la chaqueta y la corbata, y se había desabotonado el cuello insinuando su musculoso pecho. Su pelo cobrizo estaba despeinado y una sombra canosa oscurecía su mandíbula, haciendo que su aspecto fuese incluso más desaliñado que habitualmente. En ese momento volvió a recordarle a un guerrero escocés, con su imponente silueta y sus anchos hombros, y sus penetrantes ojos extraordinariamente azules; aunque era ridículo y lo sabía. Simon Kent era un reservado intelectual y científico que se pasaba la vida encerrado en un laboratorio, tratando de perfeccionar nuevas maneras de lavar la ropa, fregar el suelo y transformar el vapor en energía. Difícilmente sería el tipo de hombre que se lanzaría con valentía a la batalla esgrimiendo una pesada espada.

Más bien lo que haría sería lanzarle al enemigo unos inofensivos petardos con la esperanza de que su color y estruendo lo ahuyentase.

—¿Tienes hambre? —Como su mesa era ahora un completo desastre, empezó a colocar torpemente los bocetos empapados en el suelo para que se secasen—. Si quieres, podemos bajar a la cocina y cenar algo.

—No, gracias. Eunice y Doreen han sido muy amables y antes me han subido una bandeja a mi habitación. Me han dicho que también le llevarían una a Zareb, lo que ha sido todo un detalle por su parte. Zareb no está acostumbrado a que lo traten con tanta cortesía lejos de su hogar, especialmente aquí, en Londres.

—Para bien o para mal, Eunice, Oliver y Doreen siempre han tratado a todo el mundo igual. No les impresionan los títulos ni el dinero, ni siquiera el color de la piel de la gente. Lo único que les importa es el interior.

—Zareb también es así —afirmó Camelia, sentándose en la silla que había frente a la mesa de Simon—. Creo que está contento de haber encontrado, al fin, a personas que ven el mundo como él. Me temo que empezaba a pensar que todos los ingleses eran unos arrogantes y unos estúpidos.

Simon sonrió.

—En realidad, somos escoceses, pero yo no me atrevería a condenar a toda la población inglesa basándome sólo en la experiencia de Zareb. Tal vez no haya dado con la gente adecuada.

—Tal vez. —Camelia subió los pies y los escondió debajo de las piernas. No había podido dormirse en la agradable cama que Doreen y Eunice le habían preparado. Pese a su determinación de ser fuerte, ver la casa de su padre y sus valiosas posesiones destrozadas le había afectado profundamente. Lo peor de todo era que habían usado su puñal para clavar esa repugnante nota en un cojín; aunque ella no creía en las maldiciones, se recordó con firmeza.

Aun así, le inquietaba la obstinación mostrada por Zareb al insistir en que debían marcharse.

—¿Cómo conociste a Oliver, Eunice y Doreen? —preguntó, cubriéndose todo el cuerpo con la colcha.

—Mi madre se los llevó a casa cuando salieron de la cárcel —explicó Simon—; aunque nunca los trató como a unos criados. En aquella época tenía que cuidar de varios niños que había rescatado de la cárcel y necesitaba ayuda desesperadamente, así que Eunice, Oliver y Doreen pasaron a formar parte de la familia y desde entonces han estado en casa.

—¿Cuántos niños acogió lady Redmond?

—Contándome a mí, somos seis —respondió Simon con resignación mientras se sentaba de nuevo frente a su mesa—. Con la minuciosa investigación que has hecho sobre mi pasado, supongo que ya sabrás que es así como pasé a formar parte de la familia Kent.

—Mi interés en tu pasado estaba puramente centrado en tus logros como científico e inventor —repuso Camelia—. Alguien me había comentado que lord y lady Redmond te habían adoptado, pero lo cierto es que no le presté atención. Lo único que me importaba era que eras un brillante científico que yo pensaba que podría ayudarme a sacar agua de mi excavación.

La miró durante un buen rato y ella le devolvió la mirada con naturalidad y sincera tranquilidad.

Decía la verdad, pensó, maravillado ante algo tan sencillo como sorprendente.

Hasta donde podía recordar, Simon se había sentido avergonzado de su pasado, aunque no tanto como su hermano Jack. Jack se había visto obligado a sobrevivir en las calles de Inveraray hasta que tuvo casi quince años. Durante todo ese tiempo la violencia y la maldad levantaron un muro a su alrededor, que sólo el cariño y el amor de su mujer, Amelia, consiguieron, finalmente, derrumbar. Pero hasta que Genevieve encontró a Simon acurrucado en el suelo de una celda a los nueve años de edad, también tuvo que arreglárselas solo. No guardaba ningún recuerdo de su padre biológico y los que tenía de su madre eran vagos. Durante muchos años se formó en la mente una inocente imagen infantil de ella: una mujer guapa, de pelo castaño y de grandes ojos grises, que lo abrazaba con fuerza por las noches y le acariciaba la cara con suavidad.

Después de que Genevieve se lo llevara a casa y en cuanto, por fin, pudo empezar a dormir sabiendo que estaría a salvo hasta la mañana siguiente, sus recuerdos dieron un giro de ciento ochenta grados. La mujer que invadía sus sueños nocturnos era sucia y malhablada, su aliento apestaba a ginebra y sus mugrientos puños le pegaban hasta dejarlo encogido en el suelo. Entonces se despertaba sobresaltado, con el corazón latiéndole, la boca seca y temblando sin parar.

Y a continuación bajaba de su nueva y cómoda cama, y se acurrucaba en el suelo suplicándole a Dios que por la mañana sus sábanas empapadas de orina estuviesen secas para que Genevieve no se enterase de su terrible secreto y lo echase de casa.

—¿Estás bien? —Camelia lo miró preocupada, preguntándose qué sombras habrían de pronto oscurecido su mirada.

—Sí —afirmó enseguida—, estoy bien.

Evitando su mirada, empezó a secar el brandy derramado en la mesa con la manga de la camisa. Sabía que Camelia lo estaba mirando y se preguntó si ella habría percibido su estado de ánimo. No quería que Camelia supiese de la existencia de ese chico vagabundo, acobardado y ladrón. Por algún motivo que no alcanzaba a comprender, quería que ella pensase que era mejor de lo que en realidad era; quería que lo viese como un hombre fuerte, seguro de sí mismo y capaz de resolver problemas. Un científico brillante, tal como ella había dicho exageradamente. Bueno, quizá no fuese brillante, rectificó, pero al menos era bastante educado e inteligente. Un hombre capaz de ayudarle cuando lo necesitaba, fuese ahuyentando a los dos ladrones que habían intentado agredirla u ofreciéndole cobijo cuando ya no estaba a salvo en su propia casa. Un hombre que controlaba perfectamente tanto sus emociones como su vida. Lo que no era tan peculiar, dijo para sus adentros; al fin y al cabo, ella dependía de su ayuda. Y si bien siempre se había prestado a ayudar a su familia, no recordaba una sola ocasión en que una mujer hubiese recurrido a él para pedirle ayuda.

Claro que tampoco había conocido a muchas mujeres.

—¿Podrías servirme una copa de brandy? —preguntó de pronto Camelia.

—Naturalmente —contestó Simon, volviendo a la realidad—. Disculpa que no te haya ofrecido una copa hasta ahora. Si lo prefieres, también hay jerez.

—La verdad es que el jerez no me gusta mucho. Lo encuentro demasiado dulce... Supongo que te parecerá bastante inusual que una mujer prefiera el brandy al jerez.

—Yo diría que echar un trago de brandy no es nada comparado con el hecho de que viajas con un mono en el carruaje y una serpiente en la maleta —replicó él en tono burlón mientras le daba el vaso.

Camelia tomó un sorbo y suspiró.

—Supongo que en Londres la gente piensa que soy algo excéntrica.

—¿Te importa lo que piensen de ti?

Ella se encogió de hombros.

—No mucho.

—Bien, porque en ese caso no dejarás que la opinión de los demás te influya a la hora de decidir por dónde quieres conducir tu vida. No hay muchas mujeres tan valientes.

—Elliott considera que es un disparate. Cree que soy una ingenua y que, en realidad, no entiendo cómo funciona el mundo que me rodea; por eso está tan ansioso por protegerme.

—¿Es eso lo que intentaba hacer cuando os sorprendí en el jardín? —inquirió Simon con ironía—. ¿Protegerte?

—En cierto modo, sí. —Camelia clavó los ojos en el fondo de su copa, avergonzada por el hecho de que Simon la hubiese visto en tan ridícula situación—. Elliott quiere casarse conmigo —añadió incómoda.

¡Así que ése era el objetivo de Wickham! Simon supuso que debería sentirse aliviado porque, por lo menos, las intenciones de ese estúpido eran honorables. Pero, aunque ignoraba el motivo, la idea de que Wickham se casase con Camelia le parecía una completa equivocación. Wickham trataría de enjaularla y Camelia era un ser demasiado maravilloso para que ese necio y arrogante le cortase las alas.

—¿Y tú qué quieres, Camelia?

—Yo quiero volver a África a seguir excavando.

—Algo me dice que a Elliott no acaba de gustarle esa idea.

—Yo creo que está algo confuso —reconoció Camelia—. Elliott vino a Suráfrica justo después de licenciarse en Oxford, porque quería trabajar con mi padre. En aquel entonces sólo tenía veintiún años y estaba lleno de la vitalidad y el idealismo de la juventud. Mi padre lo protegió y le enseñó todo lo que sabía de la profesión. Pero a medida que fueron pasando los años, creo que a Elliott le decepcionó bastante que mi padre no le hubiese proporcionado ni un solo hallazgo importante.

—En otras palabras, que se había pensado que el campo de la arqueología sería más lucrativo de lo que resultó ser.

—Elliott valora mucho más el reconocimiento de sus logros que el dinero —matizó Camelia, deseosa de defenderlo—. Hace dos años, cuando su padre murió, heredó su título y las pertenencias que éste tenía aquí, en Inglaterra, que no son pocas. Pero Elliott quiere que lo conozcan por sus propias conquistas, y con razón; por eso se ha volcado en montar un negocio en la ciudad.

—Y quiere que abandones la excavación y te instales en Londres con él.

—Le preocupa mi bienestar —explicó Camelia—. Teme que esté malgastando mi tiempo y mi dinero en una excavación que tal vez esté agotada, pero eso no significa que no me apoye. Elliott y yo somos grandes amigos desde que yo era pequeña. Vino a África en contra de la voluntad de su familia, porque admiraba a mi padre y su labor, y con el paso del tiempo su relación fue muy estrecha, la verdad es que eran como padre e hijo. Aparte de Zareb, Elliott es lo más cercano que tengo a una familia. Siempre hará lo posible por ayudarme, por eso quiere casarse conmigo. —Tomó un sorbo de brandy y soltó un suspiro—. Elliott me tiene un gran cariño, pero hasta cierto punto también se siente responsable de mí, sobre todo ahora que mi padre ha fallecido. Supongo que piensa que mi padre quería que él cuidase de mí y por eso está dispuesto a casarse conmigo, aunque sabe que sería una esposa horrible.

¿En serio era tan ingenua que no entendía por qué Wickham quería casarse con ella?, se preguntó Simon. Al observarla allí sentada en una silla, hecha un ovillo mientras bebía brandy, decidió que a lo mejor sí lo era. Camelia era una mujer inteligente e independiente de veintiocho años, pero Simon tuvo la sensación de que su experiencia con los hombres era escasa. No le daba la impresión de que fuese consciente de su extraordinaria belleza, así como de la natural y espontánea sensualidad que emanaba constantemente de ella. Hasta cierto punto es probable que Wickham valorase la perspicacia de Camelia y su devoción por el trabajo de su padre, por mucho que le hubiese desilusionado que ella no accediese a abandonar la excavación en cuanto él decidió que había sido un fracaso. Camelia era tan exquisita y magnífica como cualquiera de las reliquias que Elliott hubiese podido desear descubrir, pensó Simon. Posiblemente él la consideraba el premio final a todos esos años que había pasado en tierras africanas.

Por lo menos a Wickham no le faltaba inteligencia para entender lo especial que era Camelia, si bien no acabase de comprender que estaba destinada a mucho más que a ser la mujer de un atildado vizconde.

—Cuando se entere de lo que ha pasado esta noche en tu casa, no le hará ninguna gracia —comentó Simon—. Porque me imagino que no le has contado lo de tu encuentro en la callejuela con esos dos ladrones, ¿verdad?

Ella sacudió la cabeza.

—Creo que es mejor que no sepa algunas cosas; tiene tendencia a alterarse, y eso no sirve de gran ayuda.

—En cuanto se dé cuenta de que no estás en tu casa, no tardará mucho en venir aquí a buscarte. Dudo que le parezca buena idea que estés instalada aquí conmigo.

—Cuando se lo explique, lo entenderá.

—¿Qué tiene que entender? ¿Que alguien ha amenazado con matarte si vuelves a la excavación? ¿No crees que hará todo lo posible para convencerte de que no regreses allí?

—Nadie me sacará de Pumulani —afirmó Camelia con énfasis—. El sueño de mi padre era excavar ese terreno como es debido, documentar minuciosamente sus reliquias y trasladarlas a un museo para su conservación. Me prometí a mí misma llevar a término su sueño y no pararé hasta que lo haya hecho.

Sus ojos del color de la salvia brillaban con una mezcla de obstinación y determinación. Simon se percató de que cuando se enfadaba se oscurecían un poco, adquiriendo la variación de verdes de un bosque.

—Lo de Pumulani no lo haces realmente por ti, ¿verdad, Camelia? —observó Simon con tranquilidad—. Lo haces para asegurar el legado de tu padre.

—Su legado ya está asegurado. —Hablaba con orgullo, pero se había puesto ligeramente a la defensiva dándole a entender que era muy consciente de que la cúpula arqueológica no compartía su convicción—. Era un gran hombre y un destacado arqueólogo, que escogió ir en contra de los convencionalismos imperantes en su campo y trabajar en un continente donde, por falta de visión o de valor, ninguno de sus colegas quiso hacerlo. Durante los años que pasó en Suráfrica encontró un sinfín de importantes reliquias, pinturas rupestres y tumbas, que ponían de relieve lo extremadamente inteligentes, capaces y hábiles que eran las tribus que habían habitado esas tierras desde tiempos inmemoriales. No excavó la tierra con la esperanza de obtener fama o veneración, aunque, sin duda, habría agradecido el respeto y el apoyo de sus colegas. Tampoco consagró su vida al continente africano porque pretendiese hacerse rico. Mi padre era un explorador; para él, el propio viaje era una recompensa. Y yo quiero seguir su viaje.

—¿Durante cuánto tiempo?

—Durante el resto de mi vida.

—No creo que la bomba dure tanto —bromeó Simon. Y añadió con expresión más seria—: Tenía entendido que estabas a punto de realizar un importante descubrimiento en Pumulani.

—Y así es, pero sea lo que sea lo que descubra tardaré años en desenterrarlo, y cuando haya terminado buscaré otro lugar de África donde excavar. Llevo la arqueología en la sangre, Simon, igual que mi padre. Mi primera excavación la viví con diez años. Desde el instante en que tuve un cubo en una mano y un pequeño pico en la otra supe que era lo único a lo que me quería dedicar.

—Deduzco entonces que tu madre compartía la pasión de tu padre por explorar África.

Camelia suspiró.

—Por desgracia, mi madre no conocía nada de África. Le parecía un lugar cálido, sucio e incivilizado que le robaba a su marido durante varios meses seguidos cada vez. Mi madre era hija de un vizconde y la educaron para ser una buena dama inglesa apropiadamente frágil. Creo que en algunas ocasiones no podía evitar decepcionarse conmigo, porque se daba cuenta de que me parecía mucho más a mi padre que a ella.

—Si tanto detestaba África, ¿por qué te dejó ir allí?

—No lo hizo. Murió cuando yo tenía diez años, y mi padre regresó a Londres sin saber muy bien qué hacer conmigo. Le supliqué que me llevase a África con él, y accedió.

—Pues debió de costarte mucho el cambio. Dejar tu casa y cuanto te rodeaba para irte a un país desconocido.

—La pérdida de mi madre fue una tragedia, pero irme a vivir con mi padre fue fácil. En realidad, me daba igual adónde me llevase siempre y cuando estuviésemos juntos.

Pensativo, Simon permaneció unos instantes en silencio.

—¿Y cuándo apareció Zareb en tu vida?

—Zareb y mi padre eran amigos mucho antes de que yo fuese a África. El día que llegamos en barco a Ciudad del Cabo, Zareb estaba allí para recibirnos. Alargó el brazo, me acarició la mejilla y susurró unas cuantas palabras que no entendí. Entonces se agachó, me miró directamente a los ojos y me dijo que siempre me protegería. —Se echó a reír—. Debo reconocer que por aquel entonces me daba un poco de miedo, con esas extraordinarias túnicas, su piel tibia y oscura y esa intensa manera de mirarme. En Inglaterra no había conocido a nadie como él. Pero Zareb cumplió su palabra.

Permaneció a mi lado y cuidó de mí con más celo que mis propios padres o ninguna de las institutrices que había tenido. Solía decirme que yo era un regalo de los espíritus y que por eso debía cuidarme tanto. Creo que fue su modo de hacerme sentir parte de África. En ese momento lo único que yo quería era estar a toda costa con mi padre.

Allí sentada, envuelta en la colcha con desenfado y con la enmarañada melena de color miel que caía sobre sus hombros, Simon pudo imaginarse perfectamente a la niña asustada pero decidida que debía de haber sido antaño. Su padre amaba África y ella quería a su padre, y quería estar con él, sobre todo tras la muerte de su madre. Ahora que lord Stamford también había fallecido, Camelia estaba resuelta a continuar su trabajo. Y no sólo porque quisiera asegurar su legado, como Simon había pensado, aunque, sin duda, eso era un factor que había que tener en cuenta.

Camelia necesitaba seguir excavando en Pumulani, porque eso le hacía sentirse más cerca del hombre al que tanto había idolatrado.

—Si tienes la intención de estar el resto de tu vida excavando en África, ¿qué pasará con Wickham?

—En realidad, Elliott no quiere casarse conmigo —afirmó Camelia—. Siente la obligación de cuidar de mí por la estrecha relación que nos une desde hace un montón de años y porque quería a mi padre. Lo que de verdad quiere es casarse con la percepción de lo que cree que yo podría llegar ser, si consiguiese hacerme entrar en razón y que fuese más parecida a las demás mujeres.

—¿Estás segura de lo que dices?

—Sí, lo que ocurre es que aún no se ha dado cuenta. Pero creo que lo entenderá mejor ahora que ha visto lo mal que he encajado en esta ciudad. Estaba bastante enfadado conmigo por la manera en que le he hablado a lord Bagley esta noche. Y, honestamente, no creo que fuese una buena esposa para ningún hombre —continuó con irreverencia, sin que tampoco pareciese muy molesta por ello—. No sé cómo se lleva una casa, ni hacer de anfitriona ni educar niños, y soy absolutamente incapaz de morderme la lengua cuando alguien dice o hace algo que considero insultante u ofensivo. No puedo estar encerrada en una casa más de un par de meses; necesito estar al aire libre, trabajando. Y, luego, por supuesto, están Zareb y mis animales, que siempre van conmigo. —Al concluir sus ojos se iluminaron, alegres—. ¡Dudo que muchos hombres considerasen atractivo mi equipaje!

Tenía toda la razón, admitió Simon. La mayoría de los hombres pensarían que una mujer tenaz, que se pasaba el día desenterrando huesos en África mientras paseaba por ahí con sus animales exóticos, no era una candidata a esposa especialmente atractiva. Pero eso era lo que hacía que fuese tan fascinante. Camelia vivía su vida a sus anchas, con sus propios objetivos y principios. No le interesaba lo más mínimo lo que los demás pensasen de ella, excepto en lo que concernía a sus logros en el campo de la arqueología. Y estaba entregada en cuerpo y alma a honrar el trabajo de su difunto padre, persiguiendo su sueño hasta el final al margen de los sacrificios y riesgos que ello implicase.

Simon tomó otro sorbo de brandy, conmovido y hechizado por ella. ¿Por qué demonios Wickham era incapaz de quererla tal y como era en lugar de intentar que se convirtiese en algo que jamás sería?

—Bueno, será mejor que te deje trabajar —dijo Camelia levantándose de la silla—; al fin y al cabo, cuanto antes acabes la bomba antes podremos irnos a Suráfrica.

Simon se puso de pie. Camelia tenía razón; debería volver al trabajo. Sin embargo, ya no le apetecía la idea de seguir enclaustrado en su estudio, leyendo detenidamente sus apuntes y dibujos hasta el amanecer.

—Lo echas mucho de menos, ¿verdad? —le preguntó mientras caminaba con ella hacia la puerta.

—Estoy ansiosa por reanudar la excavación.

—No me refería a la excavación; hablaba de Suráfrica.

Ella asintió.

—Sí.

—¿Cómo es todo aquello?

—Es... el paraíso —se limitó a contestar—. Es un lugar de contrastes brutales, pero magníficos. El cabo está rodeado por la franja de océano más azul, transparente y tibia que jamás te hayas podido imaginar; cuando el sol se pone es como si miles de estrellas se hubiesen caído del cielo y bailasen sobre las olas. Alrededor de Ciudad del Cabo hay árboles y plantas de toda la gama de verdes imaginables, que dan la fruta más dulce que nunca hayas probado. Y al caminar algo suave te acaricia la mejilla y desordena tu pelo, es tan suave que al principio casi ni se nota hasta que, finalmente, caes en la cuenta de que es la limpia brisa del océano, que roza tu piel. Y luego, si viajas al interior, la tierra se vuelve más cálida, seca e inhóspita, pero todavía es más maravillosa. La tierra te rodea como un mar infinito verde y dorado, salpicado de fuertes arbustos y matorrales a los que no les importa estar meses sin oler la lluvia. Hay montañas antiguas y enormes que se prolongan hasta el cielo e intentan tocar el sol cada mañana para luego transformarse en serrados e imponentes picos negros cuando por las noches el cielo se oscurece y la luna se eleva en lo alto. Y cuando estás a solas debajo de esa brillante luna nacarada y escuchas los latidos de tu corazón y tu respiración mientras la tierra se va quedando dormida, no hay ningún lugar del planeta en el que pudieras encontrar mayor belleza.

La colcha que envolvía sus hombros había resbalado ligeramente, como si Camelia visualizase la cálida caricia de esa brisa africana en su piel. Durante unos instantes se produjo un silencio perfecto entre ellos mientras ella lo miraba seria tratando de transmitirle lo que uno sentía debajo de la luna de África.

Aturdido, Simon la miró fijamente. Nunca había estado debajo de la luna africana, pero estaba convencido de que era comparable a la extraordinaria belleza de Camelia, de pie frente a él. Lo había hechizado, decidió, pese a que su mente de absoluto científico sabía que eso era imposible. Pero debía ser así, porque de algún modo lo había hechizado hasta el punto que ya no recordaba con exactitud quién era. La maraña de recuerdos del pasado y las necesidades futuras lógicas e inexorables de pronto se habían desvanecido, existiendo sólo ese momento, con Camelia de pie delante de él, enfundada en su sencillo camisón y cubierta con una descolorida colcha, y sus ojos brillando al recordar un mundo que amaba y añoraba desde lo más profundo de su ser.

Ella lo atraía hacia sí, lo notaba con la misma certeza con la que podía sentir cuanto acababa de describirle: la sedosa brisa que le rozaba la piel, la fragancia de flores exóticas flotando a su alrededor y la imponente quietud de la noche africana. Se inclinó hacia Camelia, acortando el espacio que había entre ellos, creyendo que estaba a punto de perder la razón y, curiosamente, sin importarle.

Un beso nada más, se dijo para sus adentros con fervor sin dejar de mirarla a los ojos mientras apoyaba los labios sobre su boca. Ella se quedó completamente inmóvil, no abrió la boca pero tampoco se apartó de él. El aire de su nariz acarició su áspera mejilla, cálido y suave como la brisa del océano de la que hablaba, y el aroma del sol y de los prados inundó sus sentidos hasta que ya no supo si era de día o de noche, si estaba en Londres o en África. Entonces Camelia suspiró, abriendo levemente la boca, invitación que a Simon le pareció desgarradoramente tímida, cándida y maravillosa. Camelia no era suya; lo supo con certeza mientras le pasaba la lengua por sus aterciopelados y dulces labios con sabor a brandy, despacio, con suavidad, jurándose a sí mismo que pararía enseguida.

Un beso nada más. Sólo uno y tendría bastante. Después dejaría que se marchara, que cruzase el océano hasta África, donde podría vivir con la libertad que tan desesperadamente ansiaba, entre sus misteriosas reliquias y animales salvajes, y mares llenos de estrellas bailarinas.

Camelia se quedó helada, plenamente consciente de la tibia lengua de Simon, de la suave aspereza de su piel contra su mejilla, de la intensa promesa del cuerpo marmóreo que estaba frente a ella. La pasión la recorrió por dentro, ardiente y urgente, completamente distinto al pánico que había sentido cuando Elliott le había besado hacía unas horas. En este momento estaba tensa, y se sentía extraña y derretida como si su cuerpo se hubiese despertado de repente de un profundo sueño y ahora ardiese de pasión. Permaneció inmóvil, sus músculos tensos ante lo que se avecinaba, su cuerpo entero presa de un desconocido e inquietante deseo. Esto era desear a un hombre, pensó aturdida, asustada y paralizada por las intensas sensaciones que experimentaba.

Y entonces, con la misma rapidez con la que había comenzado, Simon empezó a alejarse de ella, interrumpiendo el ardiente contacto de sus labios y dejándola sola y perdida.

Camelia emitió un gemido gutural, alargó los brazos y atrajo a Simon hacia ella una vez más, besándole con fuerza en la boca. Entreabrió los labios y deslizó la lengua titubeante en el oscuro y dulce misterio con sabor a brandy de su boca. La colcha que llevaba sobre los hombros se le cayó al suelo; ahora sólo le cubría el delgado velo del camisón. Se pegó más a su cuerpo caliente, desesperada por sentir su ardor y la dureza marmórea de su cuerpo contra el suyo mientras, inexperta, enroscaba su lengua a la de Simon con el único anhelo de estar cada vez más y más cerca de él hasta que entre ellos no hubiese nada salvo este maravilloso y extraordinario deseo.

Una honda pasión floreció en el interior de Camelia, tierna, dolorosa y atemorizante, que abrió la puerta a un frágil anhelo que en algunas ocasiones había sentido, aunque sin acabar de entenderlo. Pero mientras rodeaba con fuerza los anchos hombros de Simon lo único que importaba era que no dejase de abrazarla, de tocarla o de besarla. Algo había cambiado en su interior y pese a que no lo comprendía, sabía con absoluta certeza que no quería que acabase.

Simon la abrazó con más fuerza, los últimos vestigios de cordura que le quedaban protestaban en vano recordándole que aquello no estaba bien, que no debería tocarla, que no tenía derecho a acariciarla con sus manos y su boca de esta manera. Pero su cuerpo ardía del deseo más apremiante que jamás había conocido, y no podía reunir la sensatez suficiente para analizar correctamente por qué motivo exactamente no debía probar con su lengua la rosa tibieza de la deliciosa boca de Camelia o deslizar las manos por las suaves curvas de sus hombros, su cintura y sus caderas. Ella soltó un gemido y se pegó a él hasta que sus sensuales muslos rozaron la dureza de Simon.

Él también gimió y puso las manos debajo de sus nalgas mientras presionaba su cuerpo contra el de ella, con la mente embriagada con el aroma a limón de Camelia, la intensa y ardiente humedad de su boca y la increíble sensación que suponía notar su esbelta silueta moviéndose ansiosa contra él. Simon no era un hombre dado a la pasión, sin embargo, en ese momento su deseo era tal que creía que no podría soportarlo. Nada importaba salvo que Camelia lo deseaba, podía sentirlo en su desesperado tacto y en el dulce ardor de su beso, y podía oírlo en los hechizantes gemidos que salían de su garganta.

Y él también la deseaba con una intensidad ilógica, desconcertante, y total y absolutamente irrefrenable.

De modo que la devoró con su boca mientras la cogía en brazos, acunándola posesivo. Cerró la puerta del estudio de una patada y a continuación la tumbó en el pequeño sofá que había contra la pared. Separó los labios de su boca y empezó a regalarle una lluvia de hambrientos besos por la mejilla bronceada, la elegante curva de su mandíbula y la cavidad de la base de su garganta, que latía salvajemente. Su camisón traslúcido se escurrió hacia abajo mientras él seguía descendiendo hasta que sus labios llegaron a la pálida seda de sus bellos pechos. Colocó la lengua sobre un pezón coralino, cerró la boca sobre él y chupó con fuerza un buen rato hasta que éste despertó y se endureció. Lo soltó para darle la misma atención al otro pecho, que lamió, chupó y besó mientras las manos recorrían nerviosas las curvas y llanos del precioso cuerpo de Camelia.

Camelia cerró los ojos y enredó los dedos en los desordenados rizos cobrizos del cabello de Simon, presionándolo contra su pecho, que él acariciaba con la boca. El camisón, que estaba ahora a la altura de la cintura, caía en cascada hasta el suelo dejando su piel desnuda en contacto con el tibio aire nocturno. En algún lugar recóndito de su mente era vagamente consciente de que no estaba bien que Simon la besara y la tocara así, pero no lograba comprender el motivo; al fin y al cabo, ya no era una niña tímida a la que unos padres protectores reservasen pura a la espera de un interesante contrato matrimonial.

Era una mujer adulta e independiente de veintiocho años, que había dejado atrás hacía tiempo cualquier idea infantil de un matrimonio romántico. Desde los diez años África había sido su hogar y en la vida a la que su padre la había habituado no había cabida para un marido que pretendiese que su existencia girase únicamente alrededor de sus necesidades. Esta situación le había proporcionado una gran libertad, pero también momentos de absoluta soledad, sobre todo desde el fallecimiento de su padre.

Desechó el pensamiento y se concentró en las sensaciones que le producía tener el rostro de Simon enterrado en el valle que había entre sus pechos, y el reguero de besos que le daba por el liso vientre y que le empujaba el camisón cada vez más abajo. Siguió descendiendo, la aspereza de la mandíbula de Simon rascó ligeramente su ardiente piel, vertió el aliento tibio y reconfortante en el hoyo de su ombligo, en su pronunciada cadera y el marfileño terciopelo de su muslo. Su camisón continuó cayendo gradualmente hasta que el aliento de Simon tanteó el sedoso y anhelante triángulo escondido entre sus piernas.

Se quedó inmóvil, repentinamente vacilante, pero antes de que pudiese protestar le besó allí, con suavidad y atrevimiento mientras le acariciaba con las manos en un incesante descenso. Entonces introdujo en ella la punta de la lengua, y un placer puro y auténtico recorrió su cuerpo entero.

Gritó atemorizada y se puso rígida, pensando que debería apartarlo, pero Simon se anticipó a su súbito recato y le agarró de las muñecas, sujetándolas suavemente junto a su cuerpo mientras seguía lamiendo la oscura y ardiente piscina que acababa de descubrir. Lamió hacia arriba y hacia abajo, moviendo la lengua entre los lisos labios rosas de la vulva, saboreándola y probándola hasta que sus huesos empezaron a derretirse y su carne ardió. El placer le inundó, misterioso, impactante e intenso, llevándose consigo cualquier pensamiento recatado o de control. Si quería, podía decirle que parase, seguro que sí, aunque, en cierto modo, el asombroso descubrimiento de que, en realidad, no quería que lo hiciese erradicó los últimos vestigios de sus escasas reticencias.

Camelia suspiró y se hundió en el sofá, sintiendo el calor de África en su piel, pese a que la noche era fría, y el aire de sus llanuras, pese a que estaba en una pequeña casa londinense. Ahora el placer latía en su interior, pero venía de la mano de una especie de inquietud que no alcanzaba a comprender. Comenzó a agitarse y moverse debajo de la tierna embestida de Simon, excitada y, sin embargo, levemente insatisfecha mientras su cuerpo empezaba a estirarse en buscar de algo más. Abrió más los muslos, invitándole a saborearla en profundidad, sin importarle ya si él la consideraba frívola o casquivana. Simon gimió y la chupó con mayor intensidad, reclamando conocer los secretos más íntimos de su cuerpo, y después introdujo un dedo en ella y empujó, al principio despacio y luego más deprisa, llenándola y vaciándola mientras con la boca y la lengua dibujaba círculos sobre su vulva.

Camelia jadeó, sus pechos subían y bajaban mientras, con desesperación, trataba de llenar sus pulmones de aire, pero por alguna razón no había aire suficiente y su cuerpo se tensó al esforzarse por llenar el horrible vacío que crecía ahora en su interior. Este deseo era nuevo para ella, pero ignoraba qué era lo que quería. Simon siguió embistiéndola con las manos y los dedos, devorándola mientras sus dedos entraban y salían de ella, impulsándola a continuar persiguiendo lo que sea que él intentaba darle. Ella se removió y se arqueó, se sentía ardiente, derretida y extraña, y su respiración aún era jadeante, como súplicas en medio del quedo aire nocturno.

«Por favor, por favor, por favor», suplicó en silencio, sin saber por qué suplicaba; lo único que sabía que era que no quería que Simon se detuviese, se alejase de ella ni la abandonase cuando tanto lo necesitaba. El placer que le proporcionaban las deliciosas embestidas de Simon era cada vez mayor y más hondo; su boca y sus manos le acariciaban ardientes y la saboreaban mientras la hacían suya. Se estaba entregando a él, se estaba entregando a la misteriosa pasión que él le mostraba, y si estaba cometiendo un error, ya era demasiado tarde. El placer seguía creciendo, traspasaba su ser y creyó que no podría soportarlo, pero sí pudo, cada vez más, hasta que finalmente no podía respirar, moverse ni pensar. Y, de repente, se quedó helada y su cuerpo entero disfrutó de una deliciosa explosión de placer y felicidad. Soltó un grito ronco y desesperado, y Simon la sujetó con fuerza mientras se sucedían los rápidos espasmos del orgasmo, que la liberaron de cualquier tensión conocida hasta que no hubo nada excepto Simon y ella, y la arrolladora pasión que los unía.

Simon se abrazó unos segundos a Camelia, embriagándose con su suave ardor y aroma mientras el corazón le latía con tal violencia que estaba convencido que se le romperían las costillas. Y entonces se levantó y se quitó rápidamente las gastadas botas, la camisa y los pantalones llenos de arrugas y se quedó desnudo frente a ella, su piel bronceada a la luz de la lámpara. Fascinada, Camelia lo miró fijamente con sus ojos de color verdeceledón, pero Simon no detectó en ellos ni una pizca de sorpresa o miedo. No, Camelia había pasado la mayor parte de su vida en la selva africana, donde sin duda habría visto a cientos de hombres desnudos o semidesnudos, que vivían sus vidas orgullosamente indiferentes a los dictámenes de la castidad victoriana. Su mirada resuelta sólo sirvió para que aumentara el deseo que ya hervía en Simon; cualquier duda o reparo que hubiese podido albergar acerca del deseo de poseerla se había desintegrado al comprobar la intensidad de la pasión sincera y pura de Camelia. Ella lo deseaba tanto como él a ella.

Más allá de eso, no había nada.

De modo que se echó encima de ella, cubriéndola con el ardor de su cuerpo marmóreo, y pese a la excitación experimentada en cada uno de sus sentidos, se esforzó para no penetrarla enseguida. Camelia suspiró y lo rodeó con los brazos, recibiéndolo y envolviéndolo en su suavidad y su tibieza mientras la humedad de color miel que había entre sus muslos le rozaba como una tentadora promesa. Apretó la mandíbula, procurando controlarse y recuperar al menos suficiente cordura para poder entrar en ella lentamente.

Era la mujer más maravillosa que había conocido, no sólo por su belleza, sino por la profunda e inquebrantable determinación que hervía en ella. Camelia tenía algo salvaje que le parecía exquisito; era un espíritu exótico, desconcertante y magnífico. Era perfectamente consciente de que su hogar no estaba en Londres, pero de pronto la idea de que volviese a su amada África y se alejase de él le resultaba insoportable. Ella no le pertenecía y al darse cuenta de ello sintió un gran vacío. La penetró, despacio, con cuidado, abrazándola con fuerza mientras la miraba con fijeza a los ojos, perdido en las brillantes profundidades de esos impresionantes ojos verdes del color de la salvia.

«Quédate conmigo», suplicó para sus adentros, consciente de que eso jamás sucedería, de que Camelia jamás querría vivir atada a nadie ni encarcelada. «Conmigo estarás a salvo», juró con fervor, embistiéndola con más fuerza, pensando que quizá pudiese hacerle entender así lo que nunca podría expresar con palabras. Pero ella no buscaba seguridad, se lo había dejado muy claro al negarse a abandonar la excavación del terreno que tanto amaba pese al serio peligro que ello conllevaba. Camelia suspiró y empezó a agitarse debajo de él al notar que Simon estaba distraído. Entonces se quedó inmóvil. Estaba perdiendo la razón, ahora se daba cuenta, él, que durante tantos años se había regido por la preponderancia de la razón sobre la pasión. Se estaba entregando a ella y no podía evitarlo; Camelia ya había conquistado su cuerpo, su corazón y su alma.

Reculó levemente en un intento por recuperar un poco su voluntad, un poco de control que por lo menos le permitiese templar sus emociones dentro de lo posible. Y entonces ella le abrazó con fuerza, levantó las caderas, disipando las pocas dudas que aún tenía, y lo atrajo hacia sí con exquisito ardor. Simon gimió de placer y desesperación, y se hundió en ella tanto como pudo mientras le daba un profundo beso que la ató a él, aunque fuese por unos segundos.

Camelia se quedó petrificada, sobresaltada por la repentina y aguda punzada que le dio.

—Tranquila, mi amor —susurró Simon, que procuró no moverse en absoluto—. Abrázame fuerte y el dolor pasará enseguida.

Esperaba desesperadamente que así fuese. Teniendo en cuenta que hasta el momento su experiencia con vírgenes era nula, no estaba del todo seguro.

Camelia enterró el rostro en su cuello, relajándose al calor del cuerpo protector de Simon, relajándose con los tiernos besos que éste depositaba ahora sobre su frente, mejillas y boca, y su suave movimiento mientras lentamente empezaba a agitarse dentro de ella. Se centró en el caliente mármol de su espalda, que recorrió con los dedos descubriendo la masculina estructura de sus hombros, costillas y columna para a continuación deslizar las palmas de las manos hasta acariciarle las musculosas colinas de sus nalgas. El deseo se despertó en ella de nuevo, primero despacio y luego más deprisa, disipando su miedo mientras su cuerpo se estremecía, se tensaba y se erguía para poseerlo. Simon le dio un profundo beso sin detener sus embestidas suaves y lentas, que la llenaban y la vaciaban. Colocó una mano en la unión de sus cuerpos y le prodigó caricias allí, excitándola hasta que volvió a arder de deseo. Camelia empezó a moverse con él, al mismo ritmo que él, y después lo abrazó con más fuerza y se movió más deprisa, atrayéndolo más hacia sí con cada ardiente embestida.

Simon estaba perdiendo la razón. Tenía que ser así, porque en ese momento no podía pensar en nada excepto en la insoportable tortura de su deseo. Quería permanecer así para siempre, unido a ella, atado a ella, perdido en ella. Ahora era consciente de que le había entregado parte de su ser a Camelia, aunque no estaba seguro de si ella se lo había robado o él se lo había dado voluntariamente. Lo único que sabía era que no importaba nada salvo ese momento, el maravilloso abrazo de Camelia, el aroma de las praderas soleadas y de frutas exóticas que le rodeaba, la llamada de África y el canto del corazón de Camelia. Supo que ella no le pertenecía, y sintió que se desgarraba por dentro. La embistió una y otra vez, intentando atarla a él, intentando hacerle entender que sí le pertenecía, por ilógico o imposible que eso fuera. Pensó que necesitaba más tiempo, que debía ir más despacio. Necesitaba que el fuego que ardía entre ambos durase para que ella pudiese entenderlo. Pero no quedaba tiempo, Camelia se movía a su ritmo, susurrando pequeñas y frenéticas súplicas mientras le incitaba a que fuera más y más rápido. Simon luchó por dominar su deseo, pero era como intentar impedir que una ola rompiese contra una orilla rocosa. De repente, Camelia se incorporó y le besó con fervor mientras su sedoso y ardiente cuerpo lo apresaba con firmeza. Él soltó un gemido, un grito de éxtasis y desesperación, y la penetró con fuerza. La sujetó y le dio un intenso beso mientras se entregaba a ella, se sentía a punto de morir, pero por algún motivo le daba exactamente igual.

Camelia estaba tumbada debajo de Simon y notaba los fuertes latidos de su corazón contra el suyo propio. Cerró los ojos y se imaginó que los rayos del sol africano caían sobre ellos, unos rayos calientes, limpios y suaves. Ya no tenía el frío habitual que había sentido desde que llegase a Londres. Suspiró y atrajo a Simon hacia sí, escuchando sus jadeos.

No estaba preparada para lo que acababa de suceder entre ambos.

Hacía tiempo que había decidido que nunca se casaría y por lo tanto su concepto de intimidad entre un hombre y una mujer se había quedado simplemente en eso: un mero concepto. Había conocido los pormenores del acto años antes cuando su padre y ella tropezaron con dos leones, que estaban apareándose. Pese el bochorno sentido, su padre respondió a sus preguntas con su característica sinceridad pragmática; al fin y al cabo, era un hombre culto y de ciencia, que no veía ninguna utilidad en que su hija siguiese ignorando un tema que, teóricamente, algún día necesitaría conocer. Después de aquello Camelia se interesó sobremanera en las burlas de las nativas que de vez en cuando acompañaban a sus maridos a Pumulani. Gracias a ellas supo que el acto en sí no era desagradable, algo que ya se había imaginado al presenciar el apareamiento de los dos leones, pero que su objetivo era principalmente la procreación. Y dado que Camelia no se veía a sí misma casada y con hijos, desechó el tema.

Ahora se había dado cuenta de que había muchas cosas que no sabía.

Cuando su cuerpo fue enfriándose gradualmente, empezó el miedo. ¿Y si había empezado a gestarse un niño en su vientre? No había sitio en su vida para los hijos. Necesitaba ser libre para excavar su terreno, para trabajar durante largos y calurosos días prácticamente en medio de la nada. Un hijo le haría engordar y cuando hubiese nacido, la necesitaría y absorbería todo su tiempo. No podía permitirlo; debía mantener su libertad para ser fiel a la promesa que le había hecho a su padre, una promesa que sabía que tardaría meses e incluso años en cumplir.

Apartó a Simon y bajó del sofá de un salto, recogiendo su camisón del suelo.

—Tengo que irme —anunció mientras se ponía rápidamente por la cabeza el camisón de cuello de encaje. Recuperó la colcha y se la puso sobre los hombros en un intento por levantar el muro que ahora necesitaba que hubiese entre ellos.

Simon la miró confundido, sin saber qué decir. ¿Qué demonios iba a decirle? ¿Que lo sentía? ¿Que lamentaba haberla tocado? ¿Que a pesar de que lo que acababa de suceder entre ellos era lo más maravilloso que le había pasado nunca, se arrepentía de ello?

Decir algo semejante no haría sino quitarle importancia a lo ocurrido y entristecerla a ella; y se negaba a hacer eso.

—Camelia... —susurró mientras se ponía de pie.

—Lo siento —le interrumpió ella, retrocediendo para evitar el aturdimiento que le producía su preciosa silueta desnuda. ¡Dios! Pero ¿qué había hecho? Posiblemente acababa de estropear su relación con el único hombre que se había ofrecido a ayudarle en su excavación. Bueno, lo cierto es que no se había ofrecido, pero ahora eso era lo de menos. Necesitaba su ayuda con urgencia y si ahora él se desdecía y la echaba de su casa, se agotaría el dinero y jamás encontraría la tumba—. No era mi intención que pasase esto, pero ha pasado, y me temo que ya no podemos dar marcha atrás, aunque estoy convencida de que si pudiésemos hacerlo, los dos lo haríamos sin dudarlo —le espetó disculpándose.

Simon la miró con incredulidad. Ahora sí que se había quedado sin habla.

—Lo mejor que podemos hacer, dadas las circunstancias, es reconocer que esto ha sido un error, un momento... digamos, que de locura total y absoluta —continuó Camelia ansiosa por disminuir el daño que le había hecho—. Supongo que no suelen ocurrirte este tipo de cosas, pero Zareb dice que de vez en cuando las estrellas se alinean de tal forma que la gente hace cosas que, de lo contrario, jamás haría, y aunque no creo demasiado en los mitos y las supersticiones, quizá deberíamos convenir en que en este caso concreto eso es, probablemente, lo que ha ocurrido; que las estrellas se han alineado de alguna forma extraña provocando que hayamos actuado como lo hemos hecho. Pero te aseguro que no volverá a ocurrir, te doy mi palabra.

Camelia deseaba con todas sus fuerzas que él dijese algo, casi tanto como deseaba que se pusiese los pantalones.

—No te preocupes por mí —añadió nerviosa, esforzándose por no apartar los ojos de su rostro—. Te garantizo que en adelante no tendré ningún problema en absoluto para controlarme debidamente en lo referente a tu persona. —Lo miró con seriedad, preguntándose si habría logrado convencerlo.

Simon estaba completamente perdido, pensó, estaba atónito y, por qué no decirlo, también un poco ofendido. Sabía que Camelia podía reaccionar de diversas maneras, pero lo que desde luego no se había imaginado era que saltaría del sofá y pronunciaría un discurso sobre Zareb, las estrellas y el autocontrol, como si creyese que le había obligado a hacer algo en contra de su maldita voluntad.

—Me asombra tu aparente determinación, Camelia —musitó con frialdad mientras recogía sus pantalones del suelo—. Pero supongo que eso es lo que siempre te ha diferenciado del resto de las mujeres, tu extraordinaria determinación.

—Entonces ¿no me echarás de tu casa?

Él la miró sorprendido.

Camelia sujetaba los bordes de la descolorida colcha con tanta fuerza que sus nudillos se habían vuelto blancos. Entonces Simon comprendió. Lo que a Camelia le aterraba era que después de lo ocurrido entre ellos, él decidiese echarla de su casa. Supuso que no tenía ningún otro sitio adónde ir en Londres (excepto a casa de Wickham, naturalmente) y le gustó constatar que Camelia prefería estar con él, aunque eso implicase que las estrellas tuviesen que realinearse.

—¡Pues claro que no! —contestó con rotundidad—. ¿Qué te ha hecho pensar eso?

Ella lo miró insegura.

—¿Y construirás la bomba de vapor y vendrás a África conmigo para enseñarles a mis hombres cómo funciona?

Simon se puso los pantalones y se los abrochó. Ahora que estaba al menos parcialmente vestido se sentía un poco menos vulnerable.

—Sí.

El alivio inundó a Camelia, que se relajó y dejó de apretar la colcha con tanta fuerza.

—De acuerdo, pues, muy bien —dijo—. En ese caso, te dejo para que puedas seguir trabajando. —Abrió la puerta y añadió—: Buenas noches.

Simon la observó mientras salía silenciosamente del estudio y cerraba la puerta tras ella.

Y luego se acercó a su mesa y se sirvió una generosa copa completamente convencido de que esa noche no podría reanudar el trabajo.

Capítulo 7

—¿*D*ónde está el fuego, chico? —inquirió Oliver malhumorado al abrir la puerta.

Elliott lo miró confuso.

—¿Qué fuego?

—El que le hace a usted aporrear la puerta como si estuviésemos todos a punto de quedar reducidos a cenizas como no salgamos de aquí corriendo —replicó Oliver con sequedad.

—Vengo a ver al señor Kent —le informó Elliott, que decidió ignorar el sarcasmo del anciano—. Dígale que lord Wickham desea hablar con él.

—No quiere que se le interrumpa —objetó Oliver como si tal cosa—. Está trabajando en uno de sus inventos y cuando está concentrado no le gusta que lo molesten.

—Se trata de un asunto muy importante —insistió Elliott.

Oliver le lanzó una recelosa mirada.

—Tendrá que ser más concreto.

—Se trata del paradero de lady Camelia Marshall —argumentó Elliott, perplejo por el hecho de estar justificando su presencia ante un criado. Éste aún era más insolente que Zareb. Por lo menos el africano hacía algún esfuerzo para fingir cierta deferencia delante de él—. Seguro que si le dice esto, querrá hablar conmigo.

Oliver se rascó la cabeza pensativo.

—Si quiere saber el paradero de lady Camelia, ¿por qué no habla directamente con ella? Yo creo que eso es más sencillo que tener que molestar al señor Kent.

—Porque no sé dónde está —explicó Elliott con paciencia—. Y ahora, si es tan amable de anunciarle al señor Kent que estoy aquí...

—¡Vuelve aquí, bestia insolente —chilló una voz furiosa desde el piso de arriba— o me haré un sombrero con tu asquerosa piel!

Oscar bajó las escaleras dando saltos con unas braguitas de franela rojas ondeando alegremente tras él. Vio a Elliott en la puerta principal y soltó un grito, que él no supo con seguridad si era de alegría o irritación. El mono huidizo se abalanzó sobre él y se encaramó a su hombro, colocando las braguitas sobre su cabeza cual vistosa bandera escarlata.

—¡Te trituraré y haré unos *haggis* contigo! —advirtió Eunice furiosa y resoplando mientras bajaba las escaleras—. Pero antes te arrancaré ese roñoso pelo y lo usaré para limpiarme los zapatos, ¡bestia... San Columbano! —Presa de la vergüenza su arrugado rostro se volvió casi tan rojo como sus braguitas cuando vio que éstas estaban sobre la cabeza de Elliott.

—Disculpe, señora. —Con la mayor dignidad posible, Elliott se sacó las braguitas de la cabeza—. Creo que esto es suyo.

—No son mías —protestó Eunice mientras se apresuraba a introducir la deformada bandera roja en el bolsillo de su delantal—. Me disponía a lavar la ropa de una señora que vive en esta misma calle cuando esa mala bestia ha entrado y me las ha robado —explicó Eunice mirando indignada a Oscar.

—¿Qué señora? —inquirió Oliver arqueando las cejas.

—¿Está lady Camelia aquí? —quiso saber Elliot, que intentaba ahora deshacerse del mono, agarrado firmemente a su hombro.

—Una *señora* —dijo Eunice, lanzándole a Oliver una mirada de advertencia—. No la conoces, Ollie.

—No sabía que le hacías la colada a otras personas, Eunice —repuso Oliver, todavía confundido—. ¡No será porque aquí falte trabajo con la chica y todos sus animales salvajes correteando por la casa!

—¿Está aquí lady Camelia Marshall? —repitió Elliott mientras seguía peleándose con Oscar, que por lo visto había decidido que en ese momento su hombro era más seguro que cualquier otro lugar.

—¡Elliott! —Camelia apareció por la puerta que conducía a la cocina con Harriet encima del hombro—. No esperaba verte aquí.

Elliott la miró fijamente, desconcertado por su sencillo vestido de día y por el hecho de que había salido de lo que dedujo que era la cocina con su ridículo pájaro sobre el hombro.

—He ido a verte a casa, pero las cortinas estaban echadas y Zareb no me abría la puerta —explicó—. La primera vez me imaginé que habías salido, pero hoy he tropezado con tu cartero y me ha dicho que no ha podido entregarte el correo en toda la semana. Naturalmente, me he empezado a preocupar pensando que te había ocurrido algo. Y como la última vez que te vi la semana pasada te fuiste del baile de la Sociedad Arqueológica con Kent, he pensado que tal vez él supiese alguna cosa; por eso he venido aquí. —Al fin, logró sacarse a Oscar del hombro y dejar bruscamente al mono travieso en el suelo—. ¿Debo inferir entonces que te has instalado aquí, Camelia? —Lo preguntó con suavidad, pero estaba claro que la posibilidad no le hacía ninguna gracia.

—Será por poco tiempo —le aseguró ella—. He tenido ciertos problemas en casa de mi padre y Simon, el señor Kent, fue tan amable de invitarnos a todos; así que aquí estamos.

Elliott arqueó las cejas.

—¿Qué clase de problemas?

—Detalles sin importancia que me dificultaban bastante la estancia en casa —contestó Camelia quitándole gravedad al asunto. No quería que Elliott se enterase de que habían entrado en su casa y la habían amenazado. Si Elliott sabía que ella corría cualquier tipo de peligro, insistiría en cuidar de ella, y eso era lo que no quería—. Nada preocupante.

—El tejado tenía unas goteras tremendas —intervino Oliver, tratando de echarle una mano a Camelia—. Aquello parecía un colador gigante, ¡hasta las patatas se podrían haber lavado ahí debajo!

Elliott lo miró con recelo.

—No ha llovido en las últimas dos semanas.

—¡Exacto! Lo que significa que está a punto de caer una buena —repuso Oliver sin titubear—. No podíamos dejar a la chica sola en esas condiciones.

—Camelia, ¿qué ocurre realmente?

—Ya te he dicho que hay ciertos problemas en casa —insistió Camelia—. Cuando se hayan solucionado, Zareb y yo volveremos...

—¡*Socorro*! —Se oyó gritar una voz procedente de la cocina—. *¡Me está persiguiendo!*

—¡Dios mío, están atacando a alguien! —Elliott se quitó el sombrero y corrió hacia la puerta de la cocina.

—Tisha, ¿has visto a Rupert? —preguntó Zareb desde el rellano de arriba.

Camelia se mordió el labio.

—Creo que está en la cocina con Doreen. Lord Wickham va ahora a ver qué pasa.

—Buenas tardes, lord Wickham —saludó Zareb con simpatía—. Si encuentra a Rupert, ¿sería tan amable de subírmelo?

Elliott se detuvo en seco.

—¿Se refiere a la serpiente?

—¡*Socorro*! —Doreen apareció como un rayo por la puerta de la cocina, con el pelo blanco despeinado por debajo de su gorro de hilo y una pesada sartén negra en la mano—. ¡Casi me muerde, de verdad! —protestó furiosa—. Si vuelvo a verlo en los hornillos, ¡le aplastaré la cabeza con la sartén y lo freiré para cenar!

—¡Oh, Doreen, cuánto lo siento! —se disculpó Camelia—. Juraría que esta vez he cerrado la puerta de mi habitación.

—Y así ha sido, Tisha —le aseguró Zareb—. Yo mismo lo he comprobado.

Oscar se subió al pasamanos de la escalera y se rió.

—Oscar, lo que has hecho está muy mal —le reprendió Camelia—. Sabes que a Doreen y a Eunice no les gusta que Rupert se deslice por la casa; se ponen nerviosas.

—No pienso entrar en esa cocina hasta que alguien saque de ahí a ese escurridizo bicho y lo encierre como es debido —declaró Doreen inflexible—. ¡Ya estoy harta de encontrármelo metido en los armarios y las ollas! ¡Me da unos sustos de muerte!

—A Rupert le gusta la cocina porque es el lugar de la casa donde hace más calor —explicó Camelia en tono de disculpa—. Me temo que no está acostumbrado a la fría humedad de Londres; le gusta mucho más el calor de África.

—El calor del más allá es lo que le enseñaré como no deje de asustarme —advirtió Doreen con dureza—. Y ahora le agradecería, señor, que sacara a esa bestia de mi cocina —dijo mirando a Elliott expectante.

Elliott retrocedió unos cuantos pasos.

—Seguro que Zareb será más persuasivo que yo para la lograr que salga.

—¿Qué demonios sucede aquí? —gritó Simon malhumorado mientras abría las puertas del comedor—. Es imposible trabajar con tanto alboroto... ¡Ah, hola, Wickhop! ¿Qué le trae por aquí?

—Es Wickham —le recordó Elliott tenso—. Y he venido para preguntarle si sabía el paradero de lady Camelia.

—Ahí la tiene —repuso Simon inclinando la cabeza hacia ella—. ¿Puedo hacer algo más por usted?

—Elliott se ha preocupado al ver que Zareb y yo no estábamos en casa —se apresuró a aclarar Camelia, esforzándose por aparentar que entre ella y Simon había una relación absolutamente normal.

Durante la semana transcurrida desde su extraordinaria noche de pasión, Camelia había hecho lo posible por esquivar a Simon. Lo que había sido bastante sencillo, teniendo en cuenta que éste se había pasado día y noche encerrado en el comedor, donde había establecido su nuevo laboratorio. Eunice y Doreen le habían llevado bandejas con comida y bebida cada cierto tiempo, y en algunas ocasiones había podido oír a Oliver decirle con dureza que ya era suficiente y que tenía que acostarse. Aunque Camelia dudaba que Simon hubiese seguido el consejo de Oliver, porque las puertas del comedor habían permanecido cerradas las veinticuatro horas del día y había escuchado a Simon martilleando, golpeando y hablando en voz alta; de modo que, si había dormido, no debía de haberlo hecho más de un par de horas seguidas y seguramente encima de la mesa o en el suelo.

Al reparar en su desaliñado aspecto Camelia se preocupó. Tenía cercos oscuros debajo de los ojos y la piel pálida y arrugada a causa de haber pasado demasiados días sin ver la luz del sol, sin que le diera el aire fresco y sin hacer ningún ejercicio físico. El cabello sedoso en el que, con tanta pasión, había enredado sus dedos era ahora una maraña cobriza y una barba castaña rojiza de una semana oscurecía la elegante línea de su mandíbula, proporcionándole un aspecto ligeramente peligroso, casi salvaje.

—Y le hemos explicado que me he instalado aquí unos cuantos días hasta que me hayan arreglado el tejado de la casa —terminó en un tono fingidamente alegre.

Simon frunció las cejas, confundido.

—¿El tejado?

—Sí, hombre, el que tiene tantas goteras que parece un colador —intervino enseguida Oliver—. Le he dicho al señor Wickham que se avecina una gran tormenta y que por eso lady Camelia está con nosotros.

—Ya veo.

—¿Qué tal si hablamos un momento a solas, Camelia? —sugirió Elliott, molesto por el hecho de que, al parecer, todos lo considerasen un completo idiota—. Me gustaría discutir un par de cosas contigo.

—¿De qué se trata? —Pese a que Camelia agradecía el deseo de Elliott de hablar a solas con ella, el recuerdo del beso que le había dado en el jardín le hacía mantener una actitud de reserva. No tenía precisamente ganas de volver a hablar de matrimonio.

—Es sobre tu excavación, Camelia —concretó Elliott—. Es importante que hablamos de esto en otra parte.

Camelia miró a Zareb expectante.

—El viento oscuro continúa, Tisha —declaró Zareb con expresión grave—. No podemos luchar contra algo que no vemos.

Camelia asintió, intentando reprimir el miedo que sintió en su interior.

—Subamos a la sala de estar, Elliott. Allí podremos hablar.

—Les traeré un poco de té —se ofreció Doreen.

—La acompaño, Doreen. —Las llamativas túnicas de Zareb crujieron sonoramente mientras bajaba las escaleras—. Sacaré a Rupert de su escondite para que no vuelva a asustarla.

—Naturalmente, señor Zareb —repuso Doreen con una sonrisa—. Es usted muy amable.

—Quizá podrías llevarte también a Harriet, Zareb —propuso Camelia mientras le daba el pájaro.

—¿Quieres que te acompañe, Camelia? —inquirió Simon.

La miró fijamente. Un súbito temor había ensombrecido su mirada cuando Zareb había mencionado el viento oscuro. Simon notó que a Camelia le daba miedo lo que Wickham pudiera decirle. Por rara que se hubiese vuelto su relación durante esa última semana, quería que ella supiese que, si lo necesitaba, seguía estando ahí para apoyarle.

Camelia miró a Simon sorprendida. Su penetrante mirada azul diluyó las máscaras de protección que tanto se había afanado en construirse durante toda la semana. Una oleada de ardor recorrió su cuerpo, calentando su sangre y provocándole escalofríos en la piel al recordar su tacto.

—No, gracias —logró contestar—. Estoy bien.

Por supuesto, era una absoluta mentira; no estaba nada bien. Le aturdía el efecto que Simon causaba en ella, aunque sólo la mirase; y tenía miedo de lo que sea que Elliott fuese a decirle. Pero no quería que Simon lo supiese. Necesitaba que pensase lo que los demás pensaban: que era una mujer fuerte, capaz y de una inquebrantable determinación. Si manifestaba el más mínimo atisbo de debilidad, tal vez reconsiderase el pacto que habían hecho y se negase a hacer la bomba. Y sin la bomba la excavación seguiría llena de agua.

Así que a menos que sacase pronto el agua de ahí y encontrase la tumba de cuya existencia su padre estaba absolutamente convencido, los últimos inversores con los que aún contaba le retirarían su apoyo, dejándola con un montón de deudas y un trozo de tierra yerma, que no podría permitirse seguir excavando por su cuenta.

Entonces, para no arruinarse del todo, se vería obligada a vender el terreno.

—De acuerdo. —Simon se volvió de golpe, entró en el comedor y cerró las puertas.

—Por aquí, joven —dijo Oliver señalando las escaleras—. Los acompañaré a la sala de estar mientras Doreen y Eunice preparan el té.

Sacando pecho para lo que sea que Elliott estuviese a punto de decirle, Camelia siguió a Oliver escaleras arriba y entró en la sala de estar modestamente decorada. Se sentó en el raído sofá de terciopelo verde esmeralda y entrelazó las manos nerviosa. Elliott anduvo de un lado a otro de la habitación hasta que Oliver se marchó. Al fin, él y Camelia estaban solos.

—¿Por qué estás aquí en realidad, Camelia? —le preguntó—. Y, por favor, no vuelvas a contarme esa estupidez de las goteras. Pensaba que con la estrecha amistad que nos une desde hace tantos años tendrías al menos suficiente confianza en mí para decirme la verdad.

Parecía dolido y Camelia se sintió culpable, insignificante y avergonzada. Elliott tenía razón, dijo para sí. Había sido el protegido de su padre, su socio y gran amigo casi desde que Camelia era una niña, tiempo durante el cual había demostrado su lealtad y cariño tanto hacia ella como hacia lord Stamford en un sinfín de ocasiones. Elliott haría cualquier cosa por ella; incluso se casaría con ella para protegerla.

No merecía que Camelia le mintiese.

—Lo lamento, Elliott —se disculpó—. Tienes razón. Lo cierto es que he venido aquí porque alguien irrumpió en mi casa la semana pasada y la destrozó entera, rompiendo la mayoría de antigüedades y objetos valiosos que mi padre coleccionaba. Fue en la noche del baile de la Sociedad Arqueológica. Simon entró conmigo en casa y cuando vio lo que había ocurrido, insistió muy amablemente en que me instalase aquí.

—¡Dios mío! —Elliott la miraba con preocupación—. ¿Ya ha investigado la policía? ¿Tienen a algún sospechoso?

—No he acudido a la policía.

Elliott la miró atónito.

—Y ¿por qué demonios no lo has hecho?

—Por desgracia, no ha sido un simple robo. Yo diría que no se llevaron nada. Creo que quien entró en casa lo hizo con la intención de asustarme, no para robar nada.

—¿Qué te hace pensar que alguien quería asustarte?

—Hicieron todo añicos, Elliott. Es como si hubiesen querido romper absolutamente todo cuanto me importa.

—Tal vez hayan sido unos jóvenes borrachos, que pensaron que sería divertido destrozar una casa —aventuró Elliott.

Camelia permaneció callada.

—¿Hay algo más, Camelia?

Ella confesó a regañadientes:

—Dejaron una nota.

—¿Qué clase de nota?

—Una nota en la que me advertían que no continuase excavando.

Elliott frunció la boca.

—Pero ¿qué ponía exactamente?

Camelia se encogió de hombros.

—No lo recuerdo.

Él se arrodilló frente a ella y le cogió de las manos, obligándole a mirarlo a los ojos.

—Dímelo, Camelia.

Suspirando, dijo:

—Ponía algo sobre que mueran aquellos que alteran la paz de Pumulani.

—¿Que mueran...? —preguntó indignado—. ¿Estás segura de que aparecía la palabra muerte?

—Quizá fuese otra cosa —concedió Camelia, preocupada por haber hablado demasiado—; no me acuerdo bien.

—Hay que avisar a la policía ahora mismo —decidió mientras se ponía de pie—. No me puedo creer que hayas dejado pasar una semana; y no me puedo creer que el estúpido de Kent no te haya insistido en que des parte a la policía. Si hubiese estado yo contigo esa noche... ¡maldita sea! ¡Me habría asegurado de que las autoridades se presentasen en tu casa y empezasen a buscar a los desgraciados que hicieron esto!

—No quiero que la policía lo sepa —protestó Camelia—. Si se lleva a cabo una investigación, los periódicos se harán eco y todos los miembros de la Sociedad Arqueológica Británica se enterarán. Y entonces los pocos socios que han accedido a regañadientes a darme su apoyo financiero se preocuparán por mí, y retirarán el dinero con la intención de protegerme. Además, cuestionarán la viabilidad de la excavación en sí y echarán por tierra la posibilidad de que pueda ayudarme cualquier otra persona.

—Son científicos, Camelia —replicó Elliott—. El rumor de una maldición no les amedrentará.

—Eso no lo sabemos con seguridad, Elliott. Yo no creo que todos los arqueólogos sean tan escépticos como dicen, por mucho que aseguren que no creen en las maldiciones. Tú y yo sabemos que a lo largo de la historia son muchos los hombres que en distintas partes del mundo han muerto en extrañas circunstancias mientras desenterraban tumbas sagradas y tesoros. En mi opinión, a todos nos preocupa en un momento dado estar desenterrando algo que sería mejor dejar donde está.

—No me puedo creer que esas palabras salgan de tus labios, Camelia.

—Lo sé. —Paseó los dedos por el desgastado terciopelo del brazo del sofá y esbozó una forzada sonrisa—. No me está sentando muy bien la estancia en Londres. A veces me siento perdida, aquí... como si no supiese quién soy.

—Te has ido de tu casa tras sufrir un brutal contratiempo, abandonando todos tus recuerdos para instalarte en casa de un completo desconocido —comentó mientras se sentaba a su lado—. Podrías haber venido conmigo, Camelia —le reprendió con suavidad, cogiendo una de sus manos entre las suyas—. Me sorprende que no me pidieras que te fuese a buscar de inmediato. Pero ahora estoy aquí y esperaré mientras recoges tus cosas; puedes incluso traerte a Zareb y tus animales. —Y concluyó con cierta resignación—: Supongo que tendré que acabarme acostumbrando a ellos.

Camelia lo miró desconcertada.

—Yo no he dicho que quisiese ir a tu casa, Elliott —aclaró—. Es Londres lo que se me hace extraño, no esta casa. La verdad es que aquí todo el mundo es muy simpático con nosotros, siempre y cuando Rupert no asuste a Doreen más de una vez al día y se le pongan los pelos de punta. También debo reconocer que Oscar atormenta bastante a la querida Eunice, pero creo que en su fuero interno se gustan. Eunice siempre amenaza con convertirlo en un trapo para sacar brillo, pero a la hora de comer es la primera que le prepara un plato lleno de cosas deliciosas. Me preocupa un poco que al volver a África tenga antojos de tortas y pudín de tofe espeso.

Elliott no daba crédito.

—No hablarás en serio, Camelia. ¡No puedes quedarte aquí!

—¿Por qué no?

—En primer lugar debes pensar en tu reputación... por mucho que sea un tema que prefieras ignorar —insistió al ver que Camelia estaba a punto de protestar—. Todo el mundo opina, y supongo que tú también te habrás dado cuenta, que Kent está un poco loco; basta con fijarse en cómo va vestido y en lo solo que está siempre. ¡Por Dios! No se afeita ni se peina. Parece haber salido de un manicomio.

—Se pasa día y noche trabajando en la construcción de mi bomba de vapor, Elliott —señaló Camelia, que salió en defensa de Simon—. Creo que su capacidad para concentrarse en sus inventos y abstraerse de todo lo demás no demuestra sino su extraordinaria dedicación y disciplina.

—Lo que demuestra es su obsesión anormal por las cosas —replicó Elliott—. No hay que olvidar el hecho de que tuvo un pasado muy oscuro. ¡Por Dios! Pero ¡si lady Redmond lo encontró en una cochambrosa celda de una cárcel de Escocia! ¡Lo encarcelaron por robar!

—No era más que un niño, Elliott.

—Tenía casi quince años, Camelia, era prácticamente un hombre; especialmente tratándose de un ladronzuelo que se había pasado la vida en la calle. Todo el mundo sabe que tiene un pronto violento y peligroso; por lo visto estando en prisión pegó a un carcelero con tanta fuerza que el pobre hombre jamás pudo volver a andar bien.

—El que pegó a un carcelero fue mi hermano Jack —dijo alguien recalcando las palabras con voz grave e indiferente—. Yo me limité a vomitar encima de sus botas.

Camelia levantó la vista y vio a Simon de pie en la puerta, apoyado con naturalidad en el marco. Tenía los brazos, sucios de grasa, cruzados delante del pecho y las manchas de tinta de sus dedos habían ensuciado las tremendas arrugas de su camisa. Su semblante era relajado, como si no le importara lo más mínimo haberlos sorprendido en su sala de estar cuchicheando acerca de los sórdidos detalles de su pasado. Pero sus ojos azules habían adquirido el color plomizo del cielo justo antes de una tormenta veraniega. Había ira en ellos, aunque Camelia detectó también vulnerabilidad.

La misma vulnerabilidad aguda que había observado en su mirada la noche que fue a verlo a su estudio.

—Te ruego que nos perdones, Simon —se apresuró a disculparse Camelia—. No deberíamos estar hablando de tu pasado.

Simon se encogió de hombros.

—Me da igual que habléis o no de mi pasado. —Era mentira, pero se negaba a que Wickham creyese que había conseguido ofenderlo—. Como lo veo tan interesado, Wickhip, me parece que debería cuando menos aclararle unos cuantos puntos a tener en cuenta. En primer lugar, lady Redmond me sacó de la cárcel cuando tenía nueve años, no quince. Me encarcelaron por colarme en una casa de campo y devorar un cesto de manzanas y una botella de alcohol; puede que fuese whisky, pero como por aquel entonces no estaba muy versado en bebidas alcohólicas, no estoy seguro. Sí recuerdo que las manzanas estaban podridas y tenían un sabor horrible, pero llevaba más de tres días sin comer y no me importó demasiado. El alcohol me dejó completamente ido, razón por la cual seguía ahí cuando los propietarios regresaron a su casa. Me metieron en la cárcel de Inveraray, donde no tardé en vomitar todo encima de las botas del carcelero, con lo que no me gané precisamente su simpatía. Recibí doce latigazos y me condenaron a treinta días de cárcel seguidos de cinco años en un reformatorio. Lady Redmond vino a la cárcel al cabo de unas tres semanas y sobornó al alcaide para que me soltase, prometiendo responder por mí durante todo el tiempo que durase la condena. ¿Hay algo más que quiera saber?

Camelia lo miró fijamente, incapaz de articular palabra. En ese instante comprendió con absoluta claridad hasta qué punto a Simon le atormentaba todavía su pasado, aunque no sabía con certeza si era porque las desagradables heridas de ese pasado jamás se habían curado o porque el mundo que le rodeaba no le permitía olvidar.

—Discúlpeme, señor Kent —dijo Elliott, rompiendo el tenso silencio—. Como sabe, lo único que me preocupa es lady Camelia y su reputación.

Simon ladeó levemente la cabeza.

—Naturalmente.

—Y yo le he asegurado a Elliott que no necesito que me proteja —añadió Camelia en un intento por disipar la tensión que se respiraba en la habitación.

—Me parece que no acabas de entender lo poderoso que es el chismorreo en Londres —insistió Elliott—. Pero Kent seguro que lo entiende, ¿verdad?

—Procuro no prestar atención a eso, Wickhip —declaró Simon, que fingió una indiferencia absoluta—. Tengo muchas otras cosas en qué pensar.

—En ese caso déjeme que alabe su habilidad para desoírlos; por desgracia, lady Camelia es una mujer y no puede permitirse el lujo de ignorar lo que se dice de ella.

—Tonterías, Elliott —protestó ella—. Sabes muy bien que nunca me ha importado lo que le gente pueda decir de mí.

—Eso era en Suráfrica; aquí las cosas son diferentes.

—Pero es que no tengo intención de quedarme aquí. En cuanto Simon termine de construir la bomba zarparemos hacia casa.

—Da igual; los próximos dos meses que pases aquí, deberías esforzarte para evitar que hablen mal de ti y hagan cometarios.

—En realidad, nos iremos a Suráfrica dentro de muy pocos días —anunció Simon.

Camelia lo miró sorprendida.

—¿En serio?

Él asintió.

La mirada de Camelia se iluminó de pura felicidad. Simon la miró totalmente fascinado. Había estado esa última semana trabajando como un loco, sin dormir más de una o dos horas seguidas y parando sólo los minutos necesarios para comer y beber lo que Oliver, Eunice y Doreen amablemente le habían traído a intervalos que intuía regulares. Y todo porque estaba decidido a construirle a Camelia su bomba de vapor. Se había dicho a sí mismo que cuanto antes regresase ella a África y reanudase su excavación, antes podría él volver a Inglaterra y continuar con su maldita vida. Pero ahora, al verla ahí de pie, con esa alegría que le contagiaba como si fuese una gigantesca y reconfortante ola, se dio cuenta de que, por más que le hubiese gustado creerlo, su principal motivación no había sido apartar a Camelia de su vida. Lo que quería era que dejase de añorar tanto África.

Y la única forma de conseguirlo era hacer la bomba y llevarla a su hogar.

—¿Está diciendo que ha logrado construir una bomba de vapor en tan sólo un par de semanas? —preguntó Elliott con incredulidad.

—No está del todo acabada —reconoció Simon, encogiéndose de hombros—, pero el viaje en barco a África durará más de tres semanas y luego tardaremos días en llegar a Pumulani en tren y en carro; acabaré de montar y ajustar la bomba durante el viaje.

—¡Qué maravilla! —Camelia se levantó de un brinco para ir a abrazar a Simon, pero se detuvo en seco—. Es realmente maravilloso —repitió mientras lo miraba con fijeza—. Gracias por trabajar tan duro.

—¡Vaya, qué buenas noticias! —Elliott hizo lo posible por mostrar entusiasmo al tiempo que se levantaba lentamente del sofá.

Simon se relamió con la situación. Sabía que Wickham estaba desesperado por retener a Camelia en Londres; al fin y al cabo, era donde él estaba intentando establecer su nuevo negocio y su nueva vida. Y quería a Camelia a su lado, revoloteando tranquila y sumisamente a su lado. Sería un poco difícil cortejarla y convencerle de que se casara con él, si ella estaba excavando felizmente la tierra a varios miles de kilómetros.

—Camelia, quizá deberías reconsiderar la idea de instalarte en mi casa al menos hasta que puedas regresar a Ciudad del Cabo —sugirió Elliott—. Están mi madre y mis tres hermanas, y tendrás una dama de compañía como Dios manda. Creo que el entorno será mucho mejor que el que el señor Kent con tanta amabilidad te ha ofrecido aquí. No creo que quieras seguir abusando de su confianza.

—Camelia no ha abusado de mi confianza en ningún momento —le aseguró Simon, que procuró que la expresión de su rostro fuera creíble—. De hecho, ni siquiera he notado su presencia. Sin embargo, si prefiere trasladarse a su casa, depende, naturalmente, de ella.

Camelia lo miró sorprendida. El rostro de Simon era de absoluta indiferencia, como si no le importase un ápice que se quedase en su casa o no. Pero una sombra cubría el azul claro de sus ojos, enmascarando cualquier emoción que hirviese en su interior.

Lo observó unos instantes, la palidez de su cara, las ojeras negras que tenía debajo de los ojos, la desaliñada maraña cobriza de su cabello originalmente largo. Este hombre había llegado a la extenuación porque le había construido la bomba que ella con tanta desesperación necesitaba. Era su socio en la excavación, y por lo tanto tenía un interés económico en ayudarle para que regresase a África a completar su misión. También estaba el hecho de que hasta que le entregase la bomba y enseñase a sus hombres a manejarla, Simon no podría continuar con sus otros inventos. Sin embargo, algo le decía a Camelia que no era ésa la razón por la que se había encerrado en el comedor a trabajar afanosamente durante la última semana.

—Es mejor que me quede aquí, Elliott —repuso Camelia de pronto.

Elliott no daba crédito.

—¿Por qué?

—Porque así estaré disponible por si Simon me necesita.

—¿Para qué?

—Para preguntarme alguna cosa —contestó Camelia lanzando una mirada a Simon—. Ya sabes, sobre la bomba.

—¡Ah..., sí, la bomba! —Simon asintió—. Siempre surgen dudas acerca de la bomba, Wickhip; me temo que es inevitable.

—Muy bien, pues, como no hay forma de convencerte de que vengas a casa conmigo, Camelia, no te entretendré más. Pero antes de irme, te daré una cosa. —Introdujo la mano en el bolsillo de su abrigo y extrajo un sobre sucio y manoseado—. Por lo visto el cartero lleva varios días intentando entregártelo. Al ver que era de Trafford he pensado que era importante y le he persuadido de que me lo dé a mí, asegurándole que te lo entregaría enseguida.

Camelia alargó el brazo y cogió el sobre de Elliott con disgusto. No había olvidado ni mucho menos la advertencia de Zareb.

«No podemos luchar contra algo que no vemos.»

Con el corazón latiéndole, abrió el sobre y echó un rápido vistazo a la carta que contenía.

Simon vio que Camelia se ponía pálida.

—¿Qué ocurre, Camelia?

—Ha habido otro accidente en la excavación —musitó—. Una explosión.

—¿Qué quiere decir una explosión? —inquirió Elliott—. Nunca hemos usado explosivos.

—Pues, al parecer, alguien lo ha hecho. Sucedió de noche, mientras la mayoría de los trabajadores dormía. Uno de los hombres que hacía guardia murió. Los demás están convencidos de que la explosión tiene que ver con la maldición. Unos diez hombres abandonaron la excavación esa misma noche y el señor Trafford asegura que cada día se va alguno; creen que estoy demasiado lejos para seguirlos protegiendo de la maldición.

Simon frunció el ceño.

—¿Qué maldición?

—Los nativos creen que ha caído una maldición sobre Pumulani —explicó Camelia a regañadientes—. Eso quiere decir que cada vez que pasa algo, sea debido al mal tiempo o a un derrumbamiento, culpan de ello a las fuerzas malignas, cuando en realidad en una excavación arqueológica es normal que ocurran esas cosas.

—A mí no me parece normal que una explosión mate a un hombre —comentó Simon—. ¿Ha habido más accidentes?

—En una excavación siempre hay accidentes. Lamentablemente, forma parte del trabajo.

—Y supongo que los nativos no piensan lo mismo.

—Me temo que es un poco más complicado que eso —intervino Elliott—. Hay quien cree que en el terreno donde lord Stamford decidió excavar están las antiguas tumbas de una tribu que se asentó allí hace cientos o quizás incluso miles de años —dijo—. Hará unos sesenta años se instaló en la zona una familia de boers, que cultivó la tierra durante apenas dos generaciones. Tuvieron problemas; la tierra era árida la mayor parte del año, lo que hacía prácticamente imposible cosechar, y el ganado enfermaba y moría en los campos. Los nativos decidieron que era debido a una maldición. Y cuando el padre de Camelia se presentó allí y les propuso a los boers comprar el terreno, la familia no dudó en vender.

—¿Y por qué lord Stamford estaba tan interesado en ese terreno? —inquirió Simon.

—Mi padre había estado trabajando en una excavación en la que descubrió una serie de extraordinarias pinturas rupestres —explicó Camelia—. Pinturas que retrataban una sociedad tribal muy activa que, obviamente, estuvo muchos años en la zona. Al hablar con los ancianos de una tribu cercana se enteró de que esa antigua tribu practicaba complejos rituales de enterramiento, y de que se creía que los reyes de la misma habían sido enterrados en un lugar determinado; el lugar en cuestión era la granja de esa familia de boers.

—¿Te refieres a que ahí hay una tumba?

—No como las que hay en Egipto o en China —matizó Camelia—. Los africanos no suelen construir grandes estructuras donde enterrar a sus muertos; pero los ancianos hablaron de una «Tumba de los Reyes», dando a entender que había un montón de reyes enterrados en el mismo sitio junto con los objetos que necesitaban para el más allá.

—¿Qué clase de objetos?

—Normalmente son objetos muy sencillos. Debería haber joyas hechas con cáscaras, piedras, conchas de tortuga, piedras agujereadas y en algunas ocasiones cáscaras de huevo de avestruz convertidas en recipientes.

—Pero eso no son reliquias valiosas.

—Lo son desde un punto de vista arqueológico —defendió Camelia—. Nos ayudan a entender las vidas y creencias de esas antiguas tribus.

—Y me imagino que también serán valiosas para los nativos de la zona, que tal vez no comprendan tu deseo de desenterrarlas.

—Yo sólo quiero desenterrarlas para que puedan ser estudiadas y conservadas en lugar de que los elementos las destruyan.

—Estoy de acuerdo, pero es posible que haya algunos nativos que consideren que es mejor dejar esos objetos donde están. ¿Y si fueran ellos los autores de la explosión?

—No, imposible.

—Porque siempre hablas de que hay algún arqueólogo rival que intenta ahuyentarte de la excavación para poder desenterrar él esos huesos y huevos de avestruz.

—A mí me parece mucho más probable.

—¿Por qué?

—En primer lugar, los nativos ni siquiera sabrían cómo contactar con un par de ladrones que viven al otro lado del océano, en Londres, para que destrozaran mi casa y me intimidaran. Y en segundo lugar, jamás utilizarían explosivos, porque lo que quieren es conservar las tumbas y no correr el riesgo de que sean destruidas.

—Razonable argumentación —convino Simon—. ¿Y usted qué opina de todo esto, Wickham?

—Para mí lo de menos es el autor de los hechos —declaró Elliott con rotundidad—. Los nativos creen que ahí hay una tumba enterrada por los dioses y que son los propios dioses quienes los están castigando por intentar desenterrarla. Yo no creo en las maldiciones, pero me preocupa la seguridad de Camelia, sobre todo después del ataque que ha sufrido en su casa y de que la hayan amenazado.

—Elliott considera que debería abandonar la excavación y vender el terreno al precio que me ofrezcan —añadió Camelia—, cosa que no haré, jamás.

—¿Y a quién cree que debería venderle Camelia el terreno? —le preguntó Simon a Elliott—. Si este misterioso rival se presenta ante ella diciendo que quiere comprarlo, estoy convencido de que se aferrará aún más a él y continuará excavando.

—De eso puedes estar seguro —se apresuro a afirmar Camelia, que le lanzó a Elliott una suplicante mirada.

No quería que Simon supiese que la De Beers Company le había hecho una oferta para comprar Pumulani. Si Simon se enteraba de que la compañía de diamantes estaba interesada en su terreno, aunque no se había encontrado un solo diamante en él, tal vez se pusiese de parte de Elliott y dijese que lo mejor era vender y seguir con su vida. Entonces se ahorraría el arduo trabajo de terminar la bomba y realizar el pesado viaje a África, que desde el principio se negó a hacer.

—A lo mejor hay otras posibilidades —apuntó Elliott sin precisar, respetando el deseo de Camelia de no revelar ningún tipo de información sobre la oferta de la De Beers Company—. Por desgracia, Camelia ha preferido no tenerlas en cuenta, y eso a pesar de que cada día que pasa es más difícil seguir excavando. Yo dediqué muchos años de mi vida a excavar en Pumulani y doy fe de que no hay ninguna prueba tangible de que la tumba exista, aparte de los delirios de unos cuantos ancianos de la tribu kaffir, que probablemente nos desprecien y, de todas formas, nos hayan mentido.

—Nosotros no mentiríamos para ver cómo excavan la tierra, lord Wickham. —Zareb apareció en la sala de estar llevando una gran bandeja de plata con el té y Oscar sentado majestuosamente en su hombro—. Los africanos respetamos mucho a la tierra para hacer algo así.

—No me refería a usted, Zareb —corrigió Elliott—. Me refería a los nativos que convencieron a lord Stamford de que excavase allí.

—Lord Stamford tomó la decisión solo —replicó Zareb—. El señor no era un hombre que se dejase convencer de nada en lo que él mismo no creyese realmente.

—Las grandes convicciones empiezan en uno mismo —observó Oliver, que entró con un plato lleno de tortas y queso. Harriet se había posado elegantemente sobre su hombro, mirando a su alrededor como una reina que desaprueba ligeramente lo que ve.

—Y la carne se cocina mejor a fuego lento —añadió Eunice, que iba detrás de Oliver con unas galletas de jengibre.

—Conseguir un sueño a veces requiere tiempo. —Doreen fue la última en entrar, llevando un plato con trozos de pastel—. Si lady Camelia no ha encontrado lo que sea que su padre buscaba, a lo mejor es que la carne aún no está a punto.

—Bueno, ahora que Simon ya casi ha acabado de construir la bomba para extraer el agua de la excavación y que falta poco para volver a casa, estoy segura de que avanzaremos a pasos agigantados —declaró Camelia esperanzada.

La expresión de Zareb era cautelosa.

—¿Nos vamos a casa, Tisha?

Camelia le sonrió. Sabía que Zareb estaba tan ansioso como ella por volver a África.

—Nos iremos dentro de una semana, Zareb.

—¿Ha dicho una semana? —Oliver frunció las cejas, pensativo—. El tiempo justo para comprarme unos pantalones y un par de botas nuevas.

—Tú no vas a venir, Oliver —le espetó Simon.

—Vamos, chico, no pensarás que la señora dejará que vayas solo a la selva africana sin nadie que cuide de ti —objetó Oliver—. No has salido de Gran Bretaña en toda tu vida.

—Tú tampoco —repuso Simon.

—Por eso será una gran aventura para ambos —concluyó Oliver alegremente mientras frotaba sus agarrotadas manos—. Además, el sol me irá muy bien para el dolor de huesos.

—Más bien te freirá como un bistec de ternera —predijo Eunice.

—Y te pondrás más rojo que una langosta —añadió Doreen.

—No sufran por Oliver —las tranquilizó Zareb—. Le daré unas cuantas túnicas y un buen sombrero, y estará completamente protegido.

—¿Qué? ¿Lo veis? El señor Zareb me equipará como es debido y seguro que a ti también, chico, así no se te quemará esa piel lechosa que tienes.

—Estaré bien, Oliver. —A Simon no le gustaba que calificasen su piel de «lechosa» delante de Camelia—. Y repito, tú no vendrás.

—Estaba pensando que deberíamos ir en uno de los barcos de Jack —continuó Oliver sin prestarle atención—. Seguro que tiene uno que va hasta África.

—A lo mejor hasta va con vosotros —sugirió Eunice—. A mí me tranquilizaría saber que cruzáis el océano con nuestro Jack dirigiendo la expedición.

—¿Se refiere a tu hermano Jack? —inquirió Camelia.

Elliott abrió los ojos desmesuradamente.

—¿El que le dio una paliza al carcelero?

—Sí, y es el propietario de una gran flota de barcos —contestó Oliver orgulloso—. Supongo que habrá oído hablar de la North Star Shipping.

Camelia lo miró con incredulidad.

—¿La pequeña empresa naviera que hace un par de años absorbió la Great Atlantic Steamship Company?

—Ésa misma. —Oliver estaba encantado de ver a Camelia sorprendida—. Nuestro Jack es el dueño y es el mejor marinero que encontrará en el océano Atlántico, o en cualquier otro. Si nos lleva a África, llegaremos todos sanos y salvos.

—Avisaré al jefe de oficina para decirle que nos gustaría viajar en uno de sus barcos —decidió Simon—. No sé exactamente dónde está Jack ahora, tampoco es necesario que gobierne él mismo el barco; estoy convencido de que cualquiera de sus tripulaciones es buena.

—Pero Jack gobernaría el barco con suavidad —señaló Eunice—, lo que os iría bien a los dos, que nunca habéis estado más de una hora en el agua.

—Lo superaré, Eunice.

—Yo también —añadió Oliver.

—¡Oh, sí, claro! Como aquella vez que os fuisteis los dos a dar una vuelta en barco por el lago con Charlotte y Annabelle, y media hora después las chicas tuvieron que traeros de vuelta. Estaban mareados como una cuba, y Ollie me suplicó que le envenenase para acabar con su tormento.

—Comí algo que me sentó mal —explicó Oliver en tono defensivo.

—Si insinúas que mi comida te sentó mal, a partir de ahora te harás tú la cena —advirtió Eunice.

—Lo que te sentó mal fue el lago —insistió Doreen—. Con tanto meneo y tantas sacudidas me extraña que llegaseis a tierra firme sin vomitar.

—Por si acaso os daré un poco de mi remedio especial para el mareo —dijo Eunice—. Si os lo tomáis en cuanto empecéis a encontraros mal, impedirá que echéis las entrañas.

—Me parece magnífico, Eunice —afirmó Camelia—. El viaje a África será largo y aunque yo nunca he tenido problemas, el océano a veces puede ser muy bravo.

—Muy bien, pues todo aclarado —concluyó Oliver con una sonrisa—. Marchando cuatro billetes a África en el primer barco de Jack que zarpe.

—Serán cinco.

Camelia miró a Elliott sorprendida.

—No estarás pensando en venir con nosotros, Elliott. ¿No crees que es mucho más importante que te quedes en Londres para ocuparte de tu negocio?

—Para mí no hay nada más importante que tu seguridad, Camelia —contestó él con seriedad—. Has tomado la decisión de continuar excavando, y yo iré a ayudarte. Mi negocio puede esperar hasta que regrese.

Simon miró a Elliott con curiosidad. Al parecer, Wickham era bastante astuto para darse cuenta de que cuando Camelia se pusiese a desenterrar fragmentos de huesos en su excavación prácticamente se olvidaría de él. Y estaba claro que eso no le hacía ninguna gracia. Aun así, a Simon no dejaba de asombrarle que Elliott tuviese la capacidad y la disposición de abandonar su incipiente negocio de importación de un día para otro e irse a pasar varios meses a África. Daba la impresión de que su lealtad a Camelia era mucho más profunda que su preocupación por sus asuntos de negocios. Quizás Elliott abrigaba la tenue esperanza de que, después de todo, la Tumba de los Reyes existiese, y quería estar al lado de Camelia en caso de que lograse encontrarla. Simon intuía que a Elliott no le gustaría nada que otra persona descubriese lo que él no había conseguido desenterrar tras muchos años de trabajo.

Sea por la razón que fuere, el hecho de que Elliott viajase con ellos avivó el recelo de Simon y le produjo cierta irritación.

—De acuerdo, entonces, cinco billetes. —Oliver miró a Oscar, que había bajado del hombro de Zareb y ahora devoraba las galletas de jengibre—. Se me ocurre que tal vez no deberíamos decirle nada a Jack de los animales. No sé si le gustará la idea de que deambulen por su barco.

—No tendrá por qué preocuparse —le aseguró Camelia—. Me aseguraré de que Oscar, Rupert y Harriet se queden en mi camarote durante la mayor parte del viaje.

—Decídselo cuando ya hayáis embarcado —sugirió Eunice—. Jack es muy especial en lo referente a sus barcos y puede que no le apetezca tener a un mono comiendo de su plato o a una serpiente husmeando en sus cazuelas.

—No se altere, jovencita —dijo Oliver al notar que a Camelia le disgustaba que sus animales no fueran bienvenidos—. Jack ha dado la vuelta al mundo un montón de veces y ha visto cosas que ni siquiera podemos imaginarnos. Dudo que le molesten un pequeño mono, una serpiente escuálida y un pájaro que ha perdido varias de sus plumas.

—Bien, todo arreglado. Iré a escribirle una carta al señor Trafford para avisarle de que vamos para allá. Si sale en el correo de hoy, el señor Trafford sabrá que llegamos al menos con unos cuantos días de antelación. Le encantará saber que, por fin, tenemos una bomba para sacar el agua de la excavación. La maldición no podrá asustar a una máquina.

Oliver arqueó las cejas.

—¿Qué maldición?

—Nada importante, Oliver, no hay de qué preocuparse.

Oliver miró expectante a Zareb.

—No se altere, Oliver —dijo Zareb en un torpe intento por utilizar una de las expresiones de éste—. Le prepararé un poderoso amuleto para protegerlo de cualquier espíritu maligno.

Oliver no parecía convencido.

—¿Por qué no le hace también otro al chico? —propuso mientras señalaba a Simon.

—No será necesario, Zareb. No creo en las maldiciones. —Simon hizo una mueca de dolor cuando Harriet aterrizó de pronto en su hombro batiendo sus alas grises.

Zareb lo observó unos instantes, analizando el hecho de que Harriet hubiese elegido ese momento concreto para volar hasta él.

—Es posible que no necesite un amuleto —concedió—, pero le haré uno de todas formas; ya lo llevaré yo.

—Ya puestos, ¿podría hacerme uno a mí también? —preguntó Doreen—. Así evitaría que esa peligrosa serpiente se me acercase.

—Rupert no es peligroso, Doreen —protestó Camelia—. Le cae bien.

—Vale, entonces hágame un amuleto para no caerle tan bien. O eso o lo frío en la sartén.

—Le haré un amuleto para que Rupert no se le acerque, Doreen —ofreció Zareb—. Pero le advierto que es posible que le cueste llevarlo debido a su olor.

Doreen se encogió de hombros.

—Pues lo colgaré encima de la puerta de la cocina.

—Lamento tener que interrumpirles —se disculpó Camelia—, pero debo escribir la carta para el señor Trafford.

—Y yo será mejor que empiece a preparar las medicinas que necesitaréis —decidió Eunice—. Creo que os irá bien tener a mano un jarabe de violetas para purgar vuestras barrigas de vez en cuando. No quiero ni imaginarme lo que comeréis allí.

—Preferiría que nos dieses algo para mantener la comida en el estómago en lugar de devolverla —apuntó Oliver.

—Os preparé las dos cosas —resolvió Eunice—. Sólo por si acaso.

—Yo también tengo numerosos asuntos que atender antes de partir —anunció Elliott.

—Será un placer acompañarlo a la puerta, señor —repuso Oliver amablemente, abriendo el desfile.

Simon observó cómo la pequeña comitiva abandonaba la sala de estar y se dirigía ruidosamente hacia las escaleras.

Después se sentó en el sofá y miró fijamente a Oscar, que engullía felizmente las olvidadas galletas de jengibre.

—¡Para ya de comer o le diré a Eunice que fuiste tú el que tiró sus enaguas buenas por la ventana! —ordenó Simon alargando el brazo mientras Oscar cogía con avidez la última galleta.

Oscar protestó con insolencia.

—No te gustará convertirte en un trapo para sacar brillo —le advirtió Simon—. El abrillantador que usa Eunice huele realmente mal.

Oscar se detuvo, pensativo y luego, a regañadientes, le dio la codiciada galleta a Simon.

—Chico listo —dijo Simon a punto de morder la galleta.

Sobre su hombro, Harriet graznó con fuerza en señal de protesta.

—Te cedo las tortas, Harriet. —Simon cogió una y se la ofreció al pájaro—. También son muy buenas.

Harriet agarró la torta con el pico y, enfadada, la tiró al suelo sin dudarlo.

—De acuerdo —concedió él—. Pero solamente te daré la mitad. —Partió la galleta en dos trozos y le dio uno a Harriet.

Se reclinó de nuevo, mordió su media galleta y suspiró. Tras treinta y cinco años sin aventurarse más allá de Inverness o Londres estaba a punto de cruzar el océano y adentrarse en las zonas más recónditas de África para encontrar una tumba sobre la que, al parecer, había caído una maldición.

En ese momento sólo se le ocurría rezar por dos cosas. La primera, porque la bomba que acababa de construir funcionase.

La segunda, porque sobreviviese al maldito viaje.

SEGUNDA PARTE

El viento oscuro

Capítulo 8

Camelia se agarró a la gruesa barandilla de hierro e inspiró profundamente, dejando que la rociada fría y negra del océano le arrancara la suciedad y la agitación londinense.

Llevaban sólo tres días de las tres semanas que duraría el viaje, pero ya se sentía mejor de lo que se había sentido en meses. El aire del océano era fresco y puro, no como el de Londres, denso debido al hedor de los humeantes fuegos, los perfumes fuertes, el estiércol almacenado y las alcantarillas. Ignoraba cómo había logrado aguantar tanto tiempo sin que sus pulmones enfermaran de forma terrible. Aunque no habían llegado aún a la costa de Marruecos, ya podía sentir la llamada de África a través de los oscuros kilómetros de olas salpicadas de estrellas.

«Ven a casa, Camelia», le susurraba cada vez que las aguas bravas y agitadas golpeaban el casco del barco. «Ven a casa.» Cerró los ojos y se inclinó más hacia delante, sintiéndose libre, sin miedo y cautelosamente esperanzada.

Por fin regresaba a casa.

Unos tres meses antes, al partir de Ciudad del Cabo en dirección a Inglaterra, Zareb estaba preocupado por la posibilidad de que tal vez nunca volviesen. Le había advertido a Camelia de que Londres era un lugar indómito y peligroso, donde el espíritu podía perderse para siempre. Camelia había desechado sus miedos considerándolos propios de un africano de edad temeroso de un mundo que desconocía; un mundo donde, tal como ya le había avisado a Zareb, quizá tuviese que hacer frente incluso a más prejuicios de los que había tenido que soportar en su tierra natal. ¿Cómo no iba a tener miedo de viajar a un sitio como ése un hombre bueno, honorable e inteligente como Zareb, nacido en el seno de una de las tribus más poderosas del Cabo?

Pero se había equivocado. Camelia no había perdido su espíritu en Londres; ni mucho menos. Los fastuosos bailes y fiestas a los que había acudido palidecían al lado del terrible anhelo que sentía por la serena belleza del cielo nocturno africano. Los altos y churriguerescos edificios y las estrechas y atestadas calles le habían hecho sentirse atrapada, como si le faltase oxígeno. Y esos días interminables redactando cartas para suplicarle a algún inversor potencial que la recibiese, o esas aburridas conferencias y fiestas a las que había asistido con la esperanza de obtener una promesa económica o de una bomba le habían dejado vacía y frustrada, con la sensación de que no estaba consiguiendo nada en absoluto. Su padre tenía razón, pensó mientras se asomaba todavía más al mar.

Cuando removía la tierra era realmente feliz.

—Preferiría que no te asomaras tanto al agua —dijo una voz grave—. No tengo muchas ganas de darme un chapuzón a estas horas.

Camelia se volvió y vio a Jack, el hermano de Simon, que la observaba desde las sombras. Estaba apoyado con indiferencia en un mástil, con los brazos cruzados delante del pecho; su relajada postura le recordó muchísimo a la que a menudo adquiría Simon. Aunque cualquier semejanza acababa ahí.

Jack Kent debía de ser un par o tres centímetros más alto que Simon y su bello rostro tenía arrugas y estaba curtido debido a los años que se había pasado de pie en una cubierta, de cara al viento y al sol, mientras gobernaba sus barcos por el océano. Su pelo, del color de la madera bien encerada, tenía unos cuantos mechones dorados aclarados por el sol y sus ojos eran de un gris acerado que a Camelia le recordaron la reluciente hoja de un puñal. Tenía treinta y ocho años, sólo tres más que Simon, pero había visto tanto mundo que parecía mucho más maduro. Posó su mirada en la delgada cicatriz blanca que serpenteaba por el anguloso contorno de su mejilla izquierda y recordó que Simon le había comentado que Jack tenía casi quince años cuando, al fin, lady Redmond lo rescató de la celda de una cárcel en Inveraray.

Intuyó que esos años de soledad y lucha por la supervivencia habían sido extremadamente duros.

—Me encanta sentir el océano, y su aroma —repuso Camelia, retrocediendo un poco—. Hace que me sienta libre.

—Lo entiendo perfectamente —le aseguró Jack—. Sin embargo, creo que Simon se enfadaría bastante conmigo si dejara que te cayeras por la borda.

—¿Dónde está?

—En la sala de máquinas. Está intentando construir un motor de vapor más eficiente que los actuales para incrementar la propulsión de mis barcos. Dice que se le ha ocurrido una idea en la que empezará a trabajar en cuanto vuelva de África.

—Eso significa que ya se encuentra mejor.

—Sí, supongo que sí. Por lo visto ya se le ha pasado el mareo.

—O eso o que el medicamento de Eunice le ha hecho echarlo todo —intervino Oliver, que acompañado de Zareb se reunió con ellos en la cubierta—. Pobre muchacho; por un momento pensé que le pediría a Jack que virase y lo llevase de vuelta a Londres. Tenía miedo de pasarse todo el viaje mareado como una cuba.

—No se habría encontrado tan mal si me hubiese dejado practicar mi ceremonia de curación —insistió Zareb—. Pero, por desgracia, no logré convencerle.

—No debería haber salido de su camarote —comentó Camelia—. Si está débil, no debería intentar trabajar todavía.

—¡Ay, preciosa! —exclamó Oliver—. El chico es feliz cuando está lleno de grasa de arriba abajo y rodeado de metal.

Jack asintió.

—Recuerdo que la primera vez que fuimos a la finca de Haydon, Simon estaba fascinado con todos los relojes que había allí. De modo que los desarmó uno por uno y los intentó montar otra vez para ver si sabía cómo funcionaban. Pero, por alguna razón, al acabar de montarlos siempre sobraban unas cuantas piezas.

—Durante casi un año entero hubo relojes sonando en casa a cualquier hora del día y de la noche —continuó Oliver riéndose—. Finalmente, el señor los cogió todos y los envió a un famoso relojero de Inverness, ¡que estuvo otro año entero tratando de que volviesen a funcionar como Dios manda!

Camelia sonrió. No le costaba nada imaginarse a Simon de pequeño, dedicándose a desmontar cuanto sus manos tocaban.

—¿Consiguió averiguar cómo se fabrica un reloj?

—Al final, Haydon contrató al relojero para que viniese a la finca y le enseñase a Simon cómo funcionaban tanto los relojes de pared como los de bolsillo —contestó Jack—. Al cabo de una semana el hombre dijo que Simon tenía un talento increíble y que debería plantearse ser relojero.

—Pero, para entonces, al chico ya habían dejado de interesarle los relojes —añadió Oliver, cabeceando—. Había decidido construir otras máquinas a partir del mecanismo de los relojes; máquinas más grandes.

—¿Como cuál? —inquirió Camelia.

—Un día, Eunice y Doreen les pidieron a Simon y a su hermano Jaime que lavaran los platos de la cena, y a Simon se le metió en la cabeza la idea de que lo mejor era que fuese una máquina la que los lavara —explicó Oliver—. Así que amontonó platos y vasos en un viejo barreño de madera con agua jabonosa, y fijó un gran dispositivo que había construido encima del cubo. Cuando Eunice y Doreen regresaron a la cocina un poco después, se encontraron a Jaime moviendo una manivela que hacía que el barreño se sacudiera con bastante fuerza mientras Simon le instaba a que la girase más deprisa para que los platos se lavasen antes.

—Estaba tremendamente decepcionado cuando Eunice empezó a sacar de la máquina trozos de platos rotos y la cristalería hecha añicos —prosiguió Jack con ironía—. Después de aquello no tuvo más remedio que revisar su invento.

Camelia sonrió.

—Pero nunca dejó de inventar cosas.

—No podía; lo llevaba en la sangre de la misma manera que Jack lleva el mar en la sangre —repuso Oliver—. El señor y Genevieve contrataron los mejores tutores y todos coincidieron en que el chico poseía una inteligencia fuera de lo común, incluso aquel que se despidió del empleo después de que Simon hiciese volar accidentalmente su escritorio por los aires. —Se dio unas palmadas en la rodilla divertido—. Le chamuscó las cejas al pobre hombre; su hermana Annabelle tuvo que dibujárselas con un corcho quemado antes de salir a la calle. Cuando por fin Simon se marchó a la universidad a todos nos dio miedo que la incendiase sin querer.

—¿Y lo hizo? —inquirió Zareb.

—Sólo quemé un laboratorio de ciencias. —Simon apareció en la cubierta con Oscar cómodamente sentado en su hombro—. De todas formas, había que reformarlo.

La suave luz de la luna le iluminó mientras se acercaba. Llevaba una sencilla camisa blanca, pantalones oscuros y un holgado abrigo hecho a medida. Le pareció más delgado en la oscura noche y, durante los últimos días de indisposición, su piel se había vuelto aún más pálida. Camelia se sintió un tanto culpable; antes de embarcar en el *Independence* había estado trabajando día y noche en la bomba, y se había agotado. No podía dejar de pensar que el débil estado de Simon había contribuido a que enfermase en cuanto el enorme barco de vapor de Jack zarpó de Londres. Se encontraría mejor al llegar a África, decidió mientras observaba cómo Oscar buscaba cariñosamente piojos en su enredado pelo cobrizo. Cuando estuviera de nuevo en tierra firme, y el cálido sol africano y el viento le acariciaran la piel, se repondría enseguida.

—Jack y Oliver nos estaban contando algunas de tus travesuras de niño —explicó Camelia con una sonrisa—. Por lo visto ya por aquel entonces intentabas mejorar las cosas.

—Siempre he sentido curiosidad por saber cómo funcionan las cosas —replicó Simon, intentando apartar las fisgonas pezuñas de Oscar de su pelo—. Si entiendes cómo funciona algo, puedes concentrarte en tratar de mejorarlo.

—Aunque hay cosas que no necesitan mejorarse —observó Oliver.

—¿Como qué?

—Como este cielo. —Oliver miró hacia lo alto—. Todas esas estrellas llevan ahí miles de años y seguirán miles de años más. No hay nada que mejorar, sólo hay que disfrutarlo.

Simon levantó la vista y frunció las cejas.

—Para estudiar las estrellas necesitamos máquinas y las máquinas siempre pueden perfeccionarse. Algún día inventaré un telescopio mejor, que permita observar los planetas con más claridad.

—¿Para qué quieres ver los planetas? ¿No tienes suficiente con todas las estrellas que hay? —preguntó Oliver con impaciencia.

—Me gustaría ver qué hay más allá de las estrellas.

—¿Por qué?

—Porque me intriga lo que pueda haber ahí arriba. Quiero conocer lo que no puedo ver fácilmente.

—¿Y nunca has pensado que puede haber cosas que no tienes por qué ver?

Simon se encogió de hombros.

—Si hay algo que no tengo que ver, supongo que no podré verlo.

—Después de ver los planetas, querrás ver a Dios y Él mismo te dirá: «Jovencito, ya está bien, no seas indiscreto».

—Cuando Dios me diga eso, miraré hacia otra parte, Oliver —repuso Simon tranquilo—. Aún quedan muchas cosas por descubrir.

—Buenas noches a todos. —Elliott subió de la cubierta inferior—. Camelia, ¿no crees que es un poco tarde para que estés aquí fuera? El aire es frío.

—Estoy bien, Elliott —le aseguró Camelia—. Sólo estábamos disfrutando de este maravilloso cielo nocturno.

—¿Qué tal va nuestro rumbo, capitán Kent? —quiso saber Elliot, que no se molestó en mirar al cielo—. ¿Navegamos según el calendario previsto?

—Estos últimos días hemos navegado a buen ritmo —contestó Jack—, pero se avecina mal tiempo y es probable que mañana y pasado haya que aminorar la marcha. Espero que después podamos volver a navegar más deprisa.

—¿Has dicho mal tiempo? —se mofó Oliver—. ¡Pero si el cielo está completamente despejado!

—Hay nubarrones al sureste.

—¿No te estarás refiriendo a ese punto oscuro de ahí? —le espetó Oliver—. Pero ¡si eso no es más que una pequeña nube que ha perdido a su madre?

—Pues su madre está justo detrás —replicó Jack, divertido con la analogía de Oliver—. Y su padre también.

—El capitán tiene razón. —Zareb miró a lo lejos con los ojos entornados—. Se avecina tormenta. Lo presiento.

—Tal vez deberíamos navegar más deprisa —sugirió Camelia— e intentar esquivarla antes de que se desate.

—Lamentablemente, con el rumbo que llevamos lo único que conseguiríamos es acercarnos a ella aún más rápido —le explicó Jack—. No se preocupe, el *Independence* ya ha hecho frente a un montón de tormentas.

—Quizá tu barco esté acostumbrado a ellas, pero el estómago de tu hermano no es tan fuerte —declaró Oliver, señalando a Simon con un movimiento de cabeza—. Si se pasa tres días más con la cabeza metida en un cubo, cuando llegue a Ciudad del Cabo se habrá convertido en un pellejo.

—Sí, no se ha encontrado muy bien desde que zarpamos, ¿verdad, Kent? —preguntó Elliott con cierto tono de superioridad—. Supongo que no está acostumbrado a viajar en barco.

—Estoy bien. —De hecho, Simon estaba hecho un trapo, pero no tenía por qué compartir eso con Wickham. Le irritaba que, al parecer, a nadie más le hubiese afectado el infernal vaivén del barco, mientras él había estado padeciendo miserablemente en la estrecha cama de su camarote.

—Eso espero, porque en Pumulani necesitará todas sus fuerzas.

—No se preocupe por mí, Wickhip —comentó Simon—. He tenido unos cuantos días para acostumbrarme al balanceo del barco y estoy disfrutando bastante del viaje. Si me disculpan, debo volver al trabajo. Los veré a todos por la mañana. Buenas noches.

Se volvió y se dirigió a su camarote silbando alegremente.

Odiaba el maldito océano.

Ése era su único pensamiento mientras, tumbado en su cama, se asía con desesperación a los bordes del colchón. Gracias a Dios, sus náuseas se habían suavizado, pero la tormenta anunciada por Jack había hecho que el mar se enfureciese. Como resultado de ello, el *Independence* había empezado a balancearse incluso más que antes y aproximadamente cada minuto las entrañas de Simon bajaban con violencia desde su garganta hasta las rodillas y viceversa.

¿Cómo podía la gente soportar un vaivén tan brusco y angustioso?, se preguntó furioso. ¿Y cómo era físicamente posible que un enorme barco de vapor de hierro pudiese ser movido con tanta violencia como si fuese un simple y maldito corcho?

«Si consigo sobrevivir a este estúpido viaje, no volveré a subirme a un barco en toda mi vida.» Vio con impotencia cómo su jofaina de metal y su jarra se deslizaban por el palanganero y aterrizaban ruidosamente en el suelo. «No, hasta que construya uno que no se balancee como si fuera de juguete.»

Tragó con dificultad y cerró los ojos, lo que sólo sirvió para empeorar las cosas. Los abrió de nuevo y miró el escritorio fijamente, intentando fijar la vista en el montón de libros y dibujos que había dejado encima. Tal vez debería levantarse e intentar trabajar. Quizá eso le ayudaría a no pensar en el movimiento. Sus libros empezaron a deslizarse lentamente de un extremo de la mesa a otro. Clavó la vista en ellos mientras se desplazaban de un lado a otro, incapaz de decidir si era peor mirarlos y ser consciente del tremendo vaivén del barco o simplemente cerrar los ojos y notar el movimiento. Al final, los libros se cayeron del escritorio, seguidos de su pluma y su tintero.

Sin duda, era peor la primera opción.

Cerró los ojos y procuró anular cualquier sensación. Se planteó subir a la cubierta, pensando que tal vez el aire fresco y la rociada del océano le reanimarían un poco. Además, si acababa devolviendo, era mucho más fácil apoyarse en la barandilla y vomitar sobre las miserables aguas que tanto le estaban haciendo padecer. Pero la idea de salir de la oscilante cama, arrastrarse por el inestable pasillo y subir por el balanceante tramo de escaleras requería un esfuerzo físico muy superior al que podía realizar. De modo que se limitó a permanecer tumbado, agarrándose con fuerza al colchón mientras sopesaba las consecuencias de ingerir otra dosis del asqueroso elixir estomacal de Eunice. Si el océano no acababa con él, el elixir de Eunice seguro que lo haría.

Y en ese momento esa posibilidad resultaba enormemente tentadora.

Pero de pronto alguien llamó a la puerta interrumpiendo su desdicha.

—¡Señor Kent! Soy Zareb, ¡por favor, venga enseguida!

Sin saber cómo, Simon logró levantarse de la cama, tambalearse hasta la puerta y abrirla.

Zareb estaba en el pasillo con el pánico reflejado en la mirada.

—Se está muriendo, señor Kent —susurró Zareb con voz temblorosa—. Ha llegado el viento oscuro y no puedo ahuyentarlo.

Presa del miedo, Simon olvidó su propio malestar.

—¿Qué quiere decir que se está muriendo?

—El viento oscuro —repitió Zareb, convencido de que Simon sabría de qué hablaba—. Al fin la ha encontrado. He intentado evitarlo, pero es demasiado fuerte. ¡Acompáñeme!

El africano de edad se volvió y voló por el pasillo; sus vistosas y coloridas túnicas ondeaban tras él como el plumaje de un pájaro exótico. Simon lo siguió corriendo.

Una espesa y acre nube de humo emergió del camarote de Camelia cuando Zareb abrió la puerta.

—¡*Fuego*! —gritó Simon, casi sin poder respirar mientras se precipitaba al camarote inundado de humo—. ¡*Camelia*!

—No, no es fuego —se apresuró a asegurarle Zareb, que entró tras él—. Estoy intentando ahuyentar los malos espíritus.

Simon parpadeó debido a la acre neblina. Camelia estaba echada en el suelo, acurrucada y tiritando, vestida sólo con un camisón y rodeada de unos protectores Oscar, Harriet y Rupert. Un velo gris espesaba el aire del camarote tenuemente iluminado, envolviéndolos a todos con su nauseabundo hedor dulce. A su alrededor había dibujado un círculo de arena y junto a su cabeza, brazos, piernas y pies había dispuestos media docena de recipientes humeantes, de cada uno de los cuales emanaba una sofocante niebla. Cuando entró Simon, Camelia intentó levantar la cabeza, pero no logró llegar a la palangana porque su cuerpo entero se retorcía con la arcada más feroz que había visto jamás.

Corrió junto a ella, se arrodilló para apartarle con suavidad el pelo de la cara y le sujetó la cabeza mientras vomitaba.

—Tranquila, Camelia. —Le habló con voz seria y grave procurando aparentar una calma que no sentía. Cuando por fin sus arcadas se suavizaron, la acunó en sus brazos, consternado por la espectral palidez de su piel.

—Me estoy muriendo —gimoteó Camelia con un hilo de voz apenas audible con el rugido del barco.

—No te estás muriendo —repuso Simon con firmeza—. Si yo puedo sobrevivir a este horror de viaje, Camelia, tú también puedes —le dijo mientras la cogía en brazos.

—Déjela donde está —protestó Zareb—. ¡Necesita protegerse de la maldición!

—Lo que necesita es estar tumbada en su cama —le espetó Simon, llevándola hasta la cama y echándola con cuidado sobre ella.

—Pero la cama está apoyada en el suelo y entonces no podré dibujar un círculo de protección alrededor de ella.

—El círculo de protección no sirve de nada, Zareb —argumentó Simon mientras tapaba a Camelia con las mantas—. ¡Mírela, está congelada!

—¿Dónde está el fuego, muchacho? —Oliver irrumpió en el camarote, sacudiendo sus delgados brazos y tosiendo—. ¡Por el amor de San Columbano! ¡Esto apesta!

—Estoy intentando ahuyentar los malos espíritus. —Zareb acercó a Camelia los recipientes de hierbas humeantes.

—Yo más bien diría que lo que hace es ahuyentar el poco oxígeno que queda —comentó Oliver con voz ronca.

—¡Camelia! —Elliott entró a toda prisa en el camarote y espantado miró fijamente a Camelia, que yacía débil y pálida en su cama—. ¡Dios mío, Zareb! —logró exclamar pese a la sofocante neblina—. Pero ¿qué le ha hecho?

—Han sido los espíritus malignos. —Con afligida expresión, colocó los humeantes recipientes de hierbas alrededor de la cama de

Camelia—. La han seguido a través del océano y ahora se la quieren llevar.

—¿De qué demonios está hablando? —Horrorizado, Elliott vio cómo Camelia volvía la cabeza a un lado y vomitaba en la palangana que Simon sostenía. Estaba pálida—. ¡Jesús! ¿Qué le pasa?

—Es la maldición —insistió Zareb a punto de echarse a llorar—. El viento oscuro la ha encontrado.

—¿Se puede saber qué pasa aquí? —inquirió Jack, que apareció en la puerta vestido sólo con unos pantalones—. ¿Se ha quemado algo?

—¡Necesitamos un médico! —suplicó Elliott—. ¡Ahora!

—No hay ningún médico a bordo. —Jack se aproximó a la cama de Camelia.

—Esto es indignante. ¿Cómo demonios es posible que en un barco no haya un médico a bordo?

—¿Cuánto tiempo lleva así? —le preguntó Jack a Simon, ignorando a Elliott y fijándose en los pálidos labios de Camelia, que castañeteaban, y en su cérea piel.

—No lo sé; acabo de llegar y me la he encontrado así. —Simon alargó el brazo para coger una toalla del lavabo y le enjugó la boca con cuidado. Después le preguntó a su hermano con voz grave y tensa—: ¿Tú qué crees que le pasa?

—Lo más seguro seguro es que alguno de sus asquerosos y malditos animales le haya contagiado una horrible enfermedad. —Elliott miró furioso a Oscar, Harriet y Rupert—. A lo mejor le ha mordido esa maldita serpiente, ¡y eso que le advertí que no la dejara suelta!

Rupert se irguió y le enseñó a Elliott la lengua amenazadoramente.

—Los espíritus malignos no se manifiestan a través de los animales —objetó Zareb, que acercó a la cama de Camelia otro recipiente humeante—. Tienen suficiente poder para entrar en un cuerpo por sí mismos.

—Deme eso, Zareb. —Jack cogió el cuenco, abrió la ventanilla y lo arrojó al agitado océano—. Oliver, por favor, ¿podrías pasarme el resto de recipientes?

—¡No, capitán! —exclamó Zareb mientras sujetaba dos de ellos con firmeza—. ¡Debemos luchar contra el espíritu maligno desde el interior del camarote!

—Lo único maligno que hay en este camarote es el hedor y el humo que usted ha producido —repuso Jack mientras tiraba otro cuenco por la ventanilla—. Si yo apenas puedo respirar y no me encuentro mal, no quiero ni imaginarme el efecto que este aire venenoso está produciendo en lady Camelia —dijo al tiempo que arrojaba otro recipiente humeante al mar.

—Se está enfrentando a un poder oscuro que usted no comprende —protestó Zareb—. ¡La maldición que ha caído sobre Pumulani es muy poderosa!

—Puede que no sepa mucho de poderes oscuros, pero reconozco un caso grave de mareo nada más verlo —replicó Jack, cogiendo otro recipiente que le había dado Oliver y lanzándolo a la tormenta—. ¡Y sé con toda seguridad que obligarle a respirar ese asqueroso humo cuando no para de vomitar no le ayudará en absoluto!

Simon lo miró confuso.

—¿Mareo?

—Imposible. —Zareb sacudió la cabeza enérgicamente—. Tisha nunca se marea.

—Para todo hay una primera vez —soltó Jack.

Oliver se rascó la cabeza, perplejo.

—¿Cómo puede ser que la chica esté mareada, si durante los tres primeros días de viaje se ha encontrado bien?

—En las últimas cuatro horas el mar se ha embravecido. ¿No has notado lo mucho que se mueve el barco?

—A mí no me ha parecido que se moviese más que antes —contestó Simon con pesar.

—Pensaba que era el trago de wkisky que me he tomado después de cenar —comentó Oliver.

—Yo que tú no bebería más, Oliver; de lo contrario, tendrás la sensación de que el barco se bambolea todavía más —advirtió Jack, que le pasó a Oliver la palangana—. ¿Te importaría aclararla e ir a pedirle a Will, el joven grumete, que me consiga dos cubos limpios, unas cuantas toallas, una jarra de agua para beber, una cuchara y un par más de mantas? Zareb, es preciso que esté toda la noche junto a lady Camelia y que la vigile bien. Probablemente seguirá encontrándose mal hasta que esté tan cansada que sólo pueda dormir. Procure que beba un poco de agua a sorbos de la cuchara, pero más o menos cada diez minutos, si no volverá a vomitar. Si empeora o le sube la fiebre, avíseme de inmediato, ¿de acuerdo?

Zareb asintió lentamente, esforzándose por centrar los ojos en el rostro de Jack mientras el camarote se inclinaba y se balanceaba.

Y entonces, de repente, se tapó la boca con la mano y huyó del dormitorio para no devolver delante de todos.

—Iré con él para comprobar que se encuentra bien —dijo Oliver, súbitamente ansioso por subir a la cubierta—. No creo que esta noche le sirva de mucha ayuda a la chica.

Jack suspiró y miró expectante a Elliott y a Simon.

—Yo cuidaré de ella —anunció Simon.

—No, lo haré *yo* —insistió Elliott—. Hace muchos años que conozco a Camelia; mi relación con ella es mucho más estrecha que la suya, Kent.

—Está bien —concedió Jack—. Lo dicho, Wickham, es importante que beba un poco de agua, pero despacio. En cuanto deje de vomitar, intente que beba un poco de té de jengibre. Mañana, si Camelia tiene fuerzas suficientes para incorporarse, podrá comer una galleta de soda troceada y si el estómago aguanta, entonces podrá tomar... ¿Me escucha, Wickham?

—Por supuesto que le escucho —afirmó Elliott, luchando por mirar a Jack mientras el camarote se bamboleaba de un lado a otro. Pegó bien los pies al suelo en un intento por buscar un poco de estabilidad—. Decía algo de unas galletas de soda y... —Alargó el brazo y se apoyó en la pared para no caerse.

—¿Está usted bien, Wickhip? —Simon frunció las cejas—. Está completamente pálido...

—Estoy bien —contestó Elliott, que tragó con dificultad—. Entonces, le tengo que dar galletas y té... —Hizo una pausa con cara de horror.

Después salió volando del camarote y apenas llegó al pasillo se puso a vomitar.

—¡Maldita sea! —Jack se volvió para mirar a su hermano—. ¿Tú te encuentras bien o también estás a punto de devolver?

—Puedo cuidar de ella perfectamente —aseguró Simon.

—De acuerdo. Lo más importante es que esté lo más abrigada y cómoda posible, e intenta que beba un poco de agua. El aire del camarote es ahora más fresco y menos denso, pero creo que habría que sacar esos animales de aquí para que esté más tranquila. Los llevaré a tu camarote. —Miró a Rupert con cautela—. Pensándolo bien, será mejor que cojas tú a la serpiente; yo cogeré a los otros dos.

Harriet voló hasta el hombro de Simon y graznó con fuerza al ver que Jack se aproximaba a ella. Entonces Jack se volvió a Oscar, que trepó por el cuerpo de Simon, plantándose encima de su cabeza. Rupert permaneció donde estaba, con el cuerpo erguido y arqueado listo para el ataque.

Cuando Oscar se agarró del cabello de Simon, éste hizo una mueca de dolor.

—Tal vez deberíamos dejar que se quedaran aquí.

Jack miró a su hermano extrañado.

—No sabía que te gustasen los animales.

—Y no me gustan —declaró Simon mientras procuraba que Harriet no hundiese sus patas en su hombro—, pero por alguna razón ellos no se han dado por aludidos.

—Aquí tiene lo que ha pedido, capitán. —Un chico soñoliento de unos doce años entró en el camarote con un montón de mantas, toallas, cubos y agua—. Creo que lord Wickham no se encuentra muy bien; lo acabo de ver intentando llegar a su camarote y estaba pálido... ¡Mierda, una serpiente!

—Así es, Will —constató Jack—. Es de lady Camelia. Deja las cosas encima de esa mesa.

—¿Muerde? —preguntó Will temeroso, sin avanzar.

—Yo no le he visto morder a nadie. —Como no había conseguido que Harriet se moviera de su hombro, Simon intentó ahora sacar al tozudo de Oscar de su cabeza—. Y aunque lo hiciera, sus mordiscos no son venenosos para los humanos.

—¿Por qué lady Camelia no la mete en una jaula? —inquirió Will, que se acercó lentamente a la mesa manteniéndose lo más alejado que pudo de Rupert.

—Porque no es partidaria de las jaulas.

—Admirable filosofía —observó Jack—. A mí tampoco me convencen. ¡Venga, Will! Subiremos a la cubierta para ver cómo va todo. Si la tormenta se desata, tendremos más cosas de qué preocuparnos que de unos cuantos pasajeros mareados.

—¿Qué quiere decir «si se desata»? —quiso saber Simon mientras cogía la jarra de agua, que estaba a punto de caerse—. ¿No estamos ya en plena tormenta?

—¿Llamas a esto una tormenta? Esto no es nada. Tú espera a que el barco empiece a ladearse como si fuese a volcar, ¡y entonces sí que te sentirás realmente vivo!

Simon abrazó contra su pecho la oscilante jarra de agua y gimió.

—¿Sabe Amelia lo excéntrico que eres en todo lo relativo al mar? —le preguntó, refiriéndose a la mujer de Jack.

—Amelia sabe todo sobre mí y por alguna razón que desconozco me quiere igualmente. —Jack le dedicó una sonrisa a su hermano, cuyo aspecto en ese momento era ridículo con un mono sobre su cabeza, un pájaro encima de su hombro y una serpiente, que se deslizaba por sus pies—. Lo que me lleva a pensar que hay una esperanza para todos los que nos hemos descarriado, Simon. —Lanzó una mirada a Camelia, que estaba silenciosamente tumbada en su cama—. Ya no tiene tantas arcadas, y eso es bueno. No le des agua todavía, sólo mantenla abrigada. Volveré dentro de un rato para ver cómo se encuentra. —Se marchó con Will y cerró la puerta al salir.

Simon se quedó en el centro del camarote, observando cómo los baúles de Camelia y la silla del pequeño escritorio se desplazaban por el suelo. Rupert se apartó de en medio culebreando mientras de un salto Oscar se refugiaba sobre el escritorio, que estaba sujeto al suelo. Harriet batió las alas y se agarró con más fuerza al hombro de Simon.

—Consideradlo una aventura —sugirió al tiempo que detenía la díscola silla—. Algo que podréis contarles a todos los demás monos, pájaros y serpientes cuando lleguéis a casa.

Oscar arqueó las cejas y cabeceó enérgicamente.

—Sí, supongo que tienes razón; no se lo creerían. Te aseguro que yo tampoco lo haría si alguien me lo contase. —Colocó la silla con decisión junto a la cama de Camelia y se sentó. Después puso agua fresca en la jofaina, mojó y escurrió una toalla, y empezó a humedecerle la cara con suavidad.

Estaba pálida, debajo de sus ojos se le habían formado ojeras moradas y sus labios eran una tensa raya, como si estuviese aún luchando contra las náuseas que le sacudían. Mientras le mojaba despacio la cara y la nuca le inundó una desconocida necesidad de protección. Dejó la toalla en la jofaina y puso una mano sobre la frente de Camelia para saber si tenía fiebre. Tenía la piel fría. Recordó que Jack le había aconsejado que estuviese abrigada y se levantó para coger las mantas que el joven Will había dejado bruscamente en el suelo del camarote.

Cuando regresó a su lado, Camelia lo estaba mirando.

—Me has dejado sola —susurró. Daba la impresión de que le costaba articular las palabras, como si hablar requiriese un gran esfuerzo.

—Ha sido sólo un momento. He ido a buscar unas mantas. —Las extendió sobre su cuerpo.

—Me estoy muriendo, Simon —dijo en voz baja—. Lo siento.

—No te estás muriendo, Camelia. Sé que lo que digo no te parecerá especialmente reconfortante, porque acabo de pasar por una experiencia similar a la tuya, pero no te vas a morir.

Ella arrugó la frente, tratando de comprender lo que Simon le decía.

—¿No me estoy muriendo?

—No.

—Pero Zareb ha dicho que ha llegado el viento oscuro.

—Tenía entendido que no creías en las maldiciones. —Habló en tono ligeramente burlón mientras se sentaba junto a ella y se disponía a recolocar las sábanas y las mantas más a su gusto.

—Y no creo en ellas. —Lo miró fijamente con los ojos nublados por la desesperación—. Pero tengo la sensación de que me voy a morir.

Simon alargó el brazo y le acarició con ternura la fría y sedosa mejilla.

—Está oscuro, Camelia, y sin duda sopla el viento ahí fuera. Y el viento ha agitado el océano, por eso el barco sube y baja como una pelota. Si tú estás mareada, tendrías que ver al pobre Wickham. —Se mofó con una sonrisa—. Debe de estar apoyado en la barandilla pensando en tirarse al mar y poner fin a su misera vida.

—¿Y Zareb?

—Por desgracia, también se encuentra mal. Me parece que Oliver está con él.

—La culpa es mía —declaró con tristeza.

—No creo que se te pueda responsabilizar del mal tiempo, Camelia.

—Estáis aquí por mi culpa.

—Estamos aquí porque así lo hemos querido —le corrigió Simon—, que es muy distinto.

Camelia cerró los ojos, demasiado cansada para seguir discutiendo.

Él permaneció un largo rato sentado a su lado, contemplando la lasitud de su pálido y bello rostro mientras el dormitorio se bamboleaba y sus baúles se movían de un lado a otro. Pensó en lo pequeña y frágil que se la veía ahí tumbada, imagen que tanto contrastaba con la mujer decidida y joven que había irrumpido en su laboratorio sin ser anunciada, y que le había insistido en que le construyese una bomba de agua. Había cruzado este mismo océano antes de aparecer en su vida. Ahora, por fin, regresaría a la tierra que tanto amaba. Ningún viento oscuro, maldición o amenaza de muerte lograría evitar que volviese a África, su hogar. Volvería a su excavación, sacaría el agua y reanudaría el trabajo, y descubriría la antigua tumba con la que su padre había soñado o moriría en el intento. Si algo sabía de Camelia era que nunca se rendía.

Luchaba con el corazón de un guerrero.

Ahora respiraba más profundamente y los pliegues de su frente se habían suavizado; al fin, las náuseas se habían mitigado. Simon pensó que tal vez fuese un buen momento para ir a buscar el té de jengibre que Jack le había mencionado. Cuando Camelia se despertara, debería animarla a beber un poco; también le traería unas cuantas galletas, por si después tenía hambre. Se levantó y la arropó con las mantas para que en su ausencia no pasase frío.

—No me dejes —musitó ella. Con las embestidas del océano contra el *Independence* su voz apenas era audible.

—No te dejo, sólo voy a buscarte un poco de té —le dijo mientras le apartaba de la frente un mechón de pelo dorado.

Camelia frunció las cejas y buscó su mano, que rodeó débilmente con los dedos.

—No me dejes —repitió, esta vez más despacio, como si estuviese empeñada en hacerse entender—. Por favor.

Simon miró con fijeza la palidez de sus largos dedos, que se agarraban con desesperación a los suyos. Tenía la mano pequeña y suave al tacto, como los aterciopelados pétalos de una flor. Recordó cómo esa mano le había acariciado, cómo le había tocado y presionado hasta que se creyó enloquecer. Esa noche había tenido la sensación de que se había entregado a ella, de que había perdido una parte profunda e íntima de su ser que ya nunca podría recuperar, por mucho que lo intentase. Y lo había intentado durante las semanas siguientes. Había hecho lo posible para esquivarla, para concentrarse en su trabajo, en los detalles de la organización del viaje y, en esos últimos días, en el inmenso desafío que suponía sobrevivir en este maldito y miserable barco.

Pero mientras sostenía su mano, se sintió nuevamente perdido. «No me dejes.» Se refería sólo a ese momento, porque estaba enferma, se sentía vulnerable y tenía miedo. Sin embargo, las palabras de algún modo se abrieron paso hasta los más recónditos rincones de su alma, y se sintió unido a ella de una forma incomprensible. Camelia le había robado una parte de su ser; ahora lo entendía. No lo había hecho intencionadamente, pero eso apenas importaba. Le había robado un trozo de su corazón y de su alma, trozos que ella se quedaría cuando, por fin, él abandonase África y regresase a casa.

Sabía que nunca le convencería de que volviese a Londres con él. Su lugar estaba en África, con sus montañas bañadas por el sol, sus animales salvajes y sus misteriosos fragmentos de huesos y cáscaras. No se podía comparar con una vida banal junto a un antiguo ladrón olvidadizo y despistado, en una casa llena de gente de una calle lluviosa y tiznada de Londres.

Y, a diferencia de Elliott, Camelia le importaba demasiado a Simon como para intentar que viviese una vida con la que jamás sería feliz.

—No te dejaré, Camelia —susurró, volviéndose a sentar en la silla.

Ella le apretó la mano con debilidad, luego suspiró y volvió la cabeza, y finalmente se quedó dormida.

Y Simon se quedó sentado, mirándola, con la mano unida a la suya, protegiéndola del viento oscuro mientras su corazón empezaba a desgarrarse.

Capítulo 9

—Se coge el estómago, se limpia la sangre y después se deja diez horas en agua fría con sal. Así las asaduras quedan bien saladas.

Zareb miró a Oliver confundido.

—¿Qué son las asaduras?

—Las entrañas de la oveja —explicó Oliver, sumergiendo una bolsa cruda del estómago del animal en un recipiente con agua—. El corazón, el hígado, los pulmones y la tráquea.

Zareb titubeó.

—¿La tráquea?

—Se pone más por la textura que le da que por el sabor. —Oliver agitó el estómago en el agua sanguinolenta con la misma naturalidad que si estuviera lavando un par de calcetines—. Me gustan los *haggis* bien fuertes, con un buen pellizco de pimienta negra y pimienta inglesa.

—¿Y las asaduras se ponen dentro de la bolsa y después se condimentan?

—Primero se hierven hasta que estén tiernas —continuó Oliver— y luego se cortan bien, en trozos no demasiado finos, porque esto no es un pudín. Después se mezclan con harina de avena tostada, una buena taza de sebo, unas cuantas cebollas troceadas y las especias, y se introduce todo en la bolsa del estómago, que se cose.

—¿Y la bolsa se come cruda? —Zareb parecía asqueado.

—No, se hierve —contestó Oliver—. Se hierve en agua durante tres horas a fuego lento. Después se sirve caliente con un montón de whisky y puré de patatas. —Extrajo el resplandeciente estómago del agua ensangrentada y lo introdujo en otro recipiente con agua salada—. Le aseguro que no hay nada comparado con un buen plato de *haggis*. ¡Le sentará de maravilla! Le saldrá pelo en el pecho.

Zareb abrió los ojos desmesuradamente.

—¿Le saldrá a Tisha pelo en el pecho?

—Es una forma de hablar —le aseguró Oliver, que se limpió las manos con un trapo—. No hay ninguna chica escocesa que tenga pelos en el pecho y eso que empiezan a comer *haggis* prácticamente en cuanto aprenden a coger una cuchara.

—No le haga caso, Zareb —advirtió Simon con la cabeza inclinada sobre la tabla que usaba a modo de mesa para hacer sus dibujos—. Es bastante improbable que Oliver haya podido verle realmente el pecho a todas las escocesas.

—¡Oye, cierra el pico! —le reprendió Oliver.

—Los khoikhoi, pastores y cosechadores nómadas que habitan gran parte de la antigua Provincia del Cabo, sólo comen carne de oveja cuando sacrifican animales para un ritual —comentó Zareb, nada convencido con el *haggis* de Oliver—, pero la mayoría usamos las vacas y las ovejas únicamente para obtener leche.

—¿Y qué clase de carne comen? —inquirió Oliver con interés.

—Lo que cazamos: cebras, rinocerontes, antílopes, búfalos... La carne de avestruz es muy buena y también comemos algunos insectos. Debería probarlos durante su estancia allí, son realmente sabrosos.

Oliver arqueó las cejas.

—¿Qué clase de insectos?

—Pues hay varios tipos: termitas, saltamontes y gusanos *mopane*. Hay muchos que son excelentes y muy digestivos.

—¡No sé si me atreveré a probarlos! —Oliver se rió entre dientes y arrojó el agua ensangrentada del recipiente por la borda.

—Cuando lleguemos al campamento de Pumulani, le preparé algunos —insistió Zareb—. Le gustarán, ya lo verá.

—¿Qué es lo que verá? —preguntó Camelia, que apareció en la cubierta seguida de Oscar.

—Zareb está intentando convencer a Oliver de que coma insectos cuando esté en África —le explicó Simon, levantándose de su improvisado asiento de madera al verla acercarse.

Habían pasado dos semanas desde aquella terrible noche en que Camelia empezara a sentirse mal y su recuperación había sido lenta. Simon la había cuidado durante casi cuatro días, que Zareb, Oliver y Elliott habían pasado gimiendo con impotencia en el interior de sus respectivos camarotes. Durante ese tiempo Simon no se había movido de su lado, tratando de animarla para que bebiese agua a sorbos, comiese galletas y pan, y sujetando la palangana cuando su cuerpo rechazaba lo poco que había ingerido.

Jack le había asegurado que era absolutamente normal que la indisposición durase tantos días, pero aun así Simon se había preocupado. Cada vez que había ido a ver a Zareb para llevarle un poco de agua y algunas galletas, éste había insistido en que la maldición era la causante de la enfermedad y en que necesitaba poner más recipientes humeantes en el camarote de Camelia para protegerla. Simon le había asegurado que el lamentable estado de todos ellos no era debido a la maldición, pero no hubo forma de persuadir a Zareb, que le ordenó embadurnar a Camelia con *buchu*, una aromática planta africana, para protegerla y se enfadó muchísimo cuando Simon le dio un no por respuesta.

A los cuatro días lo peor ya había pasado, pero la indisposición dejó huellas en ella. Mientras que los hombres, aparentemente, recobraron las fuerzas en pocos días, Camelia estaba muy débil, envuelta en un cansancio del que no acababa de recuperarse. Las ojeras moradas que tenía debajo de los ojos se negaban a diluirse y su piel había perdido su maravilloso lustre dorado. Todo el rato tenía frío y acabó llevando un chal sobre los hombros incluso cuando brillaba el sol y hacía calor. La ropa bailaba sobre su esbelta silueta y aunque todavía hablaba de la excavación y de lo que tenía planeado para cuando, al fin, llegasen, a Simon le preocupaba que en su estado actual tuviese dificultades para aguantar las exigencias físicas de su trabajo.

—¿Qué tal te encuentras, Tisha? —le preguntó Zareb con las cejas fruncidas.

—Estoy bien, Zareb —contestó Camelia—. Hoy me encuentro mucho mejor.

—Voy a preparar un plato especial para que engorde un poco y le crezca el pelo en el pecho. Bueno, es una forma de hablar. —Oliver le lanzó a Simon una mirada de advertencia.

—¿Qué es?

—Un buen *haggis* picante —le contestó con orgullo—. Acabo de poner el estómago en remojo y esta noche estará relleno, cocinado y listo para comer.

Camelia contempló cautelosa el estómago amarillo del recipiente.

—Creo que no lo he probado nunca.

—Está hecho a base de tráquea y pulmones —advirtió Zareb mirándola con complicidad— mezclados con grasa animal.

—Suena peor de lo que es en realidad —intervino Simon, preguntándose si al ver el estómago de oveja Camelia se marearía—. Pero, si no te apetece, no tienes por qué comerlo.

Oliver miró a Simon perplejo.

—¿Y por qué no iba a querer comerlo? A cualquier mujer que esté acostumbrada a comer insectos y gusanos no puede darle miedo una pequeña bolsa de un buen *haggis* escocés.

—La verdad es que yo nunca he comido ni insectos ni gusanos —confesó Camelia—. Y aunque no dudo de que el *haggis* que cocina es una delicia, Oliver, ahora mismo no tengo mucha hambre.

—Espere a verlo servido en un plato con una buena ración de puré de patatas untado con mantequilla. Creerá que ha muerto e ido directa al cielo.

—Y si no lo estarás deseando —soltó Simon.

Camelia observó el reluciente estómago crudo y tragó saliva intentando reprimir las náuseas que empezaba a sentir.

—¿El estómago también se come o sólo el interior?

—No te preocupes, Camelia. Si no te gusta, Simon, Oliver y yo nos comeremos tu parte en un santiamén —la tranquilizó un Jack sonriente que acababa de aparecer en la cubierta—. Cuando éramos pequeños nos encantaban los *haggis* que preparaba Eunice.

—Sí, y eso que cuando llegaron a casa de la señora estaban en los huesos —comentó Oliver—. Apestaban y estaban muertos de hambre; podría habérselos llevado un soplo de viento. Entonces los alimentamos a base de *haggis*, patatas, guisos y pudines, ¡y ya ve lo fortachones que están!

—Hubiese lo que hubiese para comer, Simon siempre tenía más hambre —explicó Jack, que divertido le lanzó una mirada a su hermano pequeño—. Diez minutos después del desayuno ya quería comer y justo después de comer le preguntaba a Eunice cuánto faltaba para el té. Y cuando merendábamos pactaba con alguno de nosotros para que le diéramos una de nuestras galletas o bollos a cambio de otra cosa.

—Eunice y yo no podíamos creernos que un chico tan menudo pudiese comer tanto, así que llegamos a la conclusión de que se guardaba la comida envuelta en una servilleta para más tarde —añadió Oliver—. Es lo que hacían sus hermanas Annabelle, Grace y Charlotte cuando llegaron a casa; no acababan de creerse que al cabo de sólo unas cuantas horas volverían a ver comida encima de la mesa. Pero cada vez que lo comprobábamos, la servilleta de Simon estaba vacía. Entonces Doreen sospechó que escondía la comida por la casa, pero jamás encontró una mísera miga de pan. Así que no nos quedó más remedio que aceptar que el chico era un pozo sin fondo y que por mucho que lo intentáramos ¡nunca se saciaba! —Oliver se dio unas palmadas en la rodilla y se rió.

Camelia vio que Simon sonreía mientras Oliver y Jack contaban la historia. Iba vestido con su habitual camisa blanca arrugada y sus pantalones oscuros, arremangado con descuido hasta los codos y con el cuello desabrochado. Por alguna razón, su informal atuendo encajaba perfectamente en la soleada cubierta del barco, si bien no se ajustaba a los cánones de la vestimenta apropiada que había que llevar en público. La brisa marina jugueteaba con las ondas cobrizas de su cabello, que en el transcurso del viaje se había aclarado, y lucía un saludable bronceado. Parecía de lo más relajado ahí de pie, rodeado de sus dibujos, del mar, el sol y el aire fresco, mientras su hermano y su viejo amigo bromeaban sobre su juventud.

Los primeros días de viaje había estado preocupada por él, porque se encontraba tan mal que no se había atrevido a salir de su camarote. Pero no sólo se había repuesto totalmente de sus mareos, sino que además estaba más fuerte y tenía más energía que nunca. En Londres, Simon pasaba la mayor parte del tiempo encerrado, pensó Camelia, siempre oculto detrás de montañas de libros y papeles, y docenas de inventos. Cuando trabajaba en algo a menudo perdía la noción del tiempo, en ocasiones durante días, como le había ocurrido cuando ella se coló en su laboratorio. Seguro que hasta que Eunice, Doreen y Oliver se instalaron a vivir con él, más de una vez se había olvidado de comer. Sin embargo, ahora se le veía increíblemente fuerte, guapo y relajado.

—Te sienta bien tomar el aire —le dijo mientras se acercaba a él.

—Me sienta bien desde que el mar se ha calmado. —Simon apartó a un lado los dibujos y señaló la tabla de madera—. ¿Te apetece sentarte?

—Gracias. —Al sentarse, ella se ajustó el chal sobre los hombros y contempló la infinita extensión de mar espumoso—. Es bonito, ¿verdad?

Sin dejar de mirar a Camelia, Simon contestó:

—Sí.

—Creo que nos estamos acercando a la costa —observó Camelia, levantando la cara para recibir los agradables rayos del sol.

—¿Cómo lo sabes?

—Lo presiento. Sé que no suena muy científico, pero lo cierto es que no tengo otra explicación.

—Muchos descubrimientos científicos empiezan con un simple presentimiento —le aseguró Simon—. A veces la intuición es lo único en lo que podemos confiar. ¿Y qué sientes?

Ella cerró los ojos, embriagándose del sedante calor del sol, del aroma del océano y de la extraordinaria sensación que le producía el suave vaivén del barco, que la acercaba más y más a su hogar.

—Tengo más calor —contestó, disfrutando de los cálidos rayos del sol—, y el aire es más dulce, no sé, no es tan salado como en alta mar. Pero sobre todo lo que siento es que mi corazón late más despacio. En África me siento más calmada que en ninguna otra parte. Es como si cuando por fin estoy en casa, no pudiese pasarme nada malo. —Abrió los ojos y su mirada encontró la de Simon.

—Todavía sopla un viento oscuro, Tisha —intervino Zareb con solemnidad—. Créeme.

—Siempre sopla un viento oscuro. —Camelia se envolvió mejor con el chal y miró fijamente al horizonte—. Si sigue ahí cuando lleguemos a Pumulani, le haré frente, Zareb, como siempre he hecho.

—Tal vez en esta ocasión sea diferente, Camelia —dijo Elliott, haciendo acto de presencia.

A diferencia de Simon, Elliott se había propuesto vestir con elegancia en todo momento durante el viaje. Esa mañana había elegido unos impecables pantalones grises oscuros, un chaleco a rayas amarillas y de color crema y un magnífico abrigo marengo hecho a medida. Como era propio de todo caballero, también llevaba unos guantes blancos y un sombrero de fieltro gris.

—Con la cantidad de accidentes que se han producido en la excavación —continuó—, es posible que al llegar nos encontremos que todos los nativos se han marchado.

—Muchos hombres se han quedado porque querían y respetaban a mi padre, Elliott —señaló Camelia—. No se asustarán fácilmente.

—No, pero si sigue habiendo accidentes...

—Si se producen más accidentes y se marchan todos, seguiré excavando yo sola —insistió ella con obstinación—. Ya sabes que mi padre siempre decía que no se puede descubrir nada a menos que uno ponga el corazón en lo que hace, Elliott. Y mi corazón está en Pumulani.

—Un corazón valiente puede con lo que le echen —dijo Oliver reflexivo y con aprobación—. Puede que yo esté viejo, pero si me necesita, aún puedo coger una pala y excavar.

—Gracias, Oliver. —Camelia le sonrió cariñosamente—. Aunque no creo que lleguemos a ese extremo. No a todos los trabajadores les asusta la idea de una maldición.

—¿Por qué no le hace a cada trabajador uno de sus amuletos especiales? —le preguntó Oliver a Zareb—. Los que nos dio al chico a mí nos han ido de maravilla.

—A mí no me pareció que el mío funcionara cuando estaba enfermo —recalcó Simon.

Oliver frunció las cejas.

—No te has muerto, ¿verdad?

—No.

—Entonces, ¿de qué te quejas?

—Habría preferido no ponerme enfermo.

—Pues haberte quedado en casa —le dijo Jack divertido—. El que viaja en barco se marea, Simon, al menos hasta que se acostumbra.

—No todos los trabajadores pertenecen a los pueblos khoikhoi; son de muchas tribus distintas —le aclaró Zareb a Oliver—. Tienen sus propios métodos para luchar contra los malos espíritus y prefieren hacerse sus propios amuletos.

Oliver se rascó la cabeza.

—Sí, supongo que es lógico. En Escocia hay por lo menos doce formas distintas de combatir la brujería.

—¡Mirad! —Camelia corrió emocionada hasta la barandilla; su corazón latía con fuerza—. ¡Tierra!

—¿Está segura, joven? —Oliver aguzó la vista hacia el horizonte—. Yo no veo nada.

—Sí, estoy segura —insistió Camelia, señalando—. No se ve muy bien, pero donde termina el océano hay una delgada franja de tierra gris. ¡Estoy segura de que es tierra! —Se volvió y miró a Jack con expresión casi suplicante—. ¿Verdad que sí?

Jack sonrió.

—Así es. Estamos acercándonos a la costa. Según mis cálculos dentro de unas horas deberíamos atracar en Ciudad del Cabo, eso siempre y cuando el mar esté tranquilo y el viento estable.

Simon observó fascinado la alegre sonrisa que iluminó el rostro de Camelia. Con un nudo en la garganta, miró de nuevo hacia la apenas visible franja de tierra. El chal con el que se había envuelto durante las últimas dos semanas se deslizó por sus hombros al inclinarse hacia el viento en un intento por estar más cerca de la imperceptible costa esmeralda. Sintió la imperiosa necesidad de estar junto a ella, de abrazar su dulce silueta y notar el estremecimiento de su cuerpo contra el suyo, de sentir la presión de sus deliciosas curvas mientras permanecían los dos de pie contemplando cómo los rayos del sol cubrían las cálidas olas turquesas de África con miles de puntos centelleantes. De forma repentina e inesperada, el deseo se apoderó de él, calentando su sangre y tensando sus extremidades hasta que no pudo pensar en otra cosa salvo en el exquisito recuerdo de embestir a Camelia, embriagado con la fragancia que olía a verano y a flores silvestres mientras la abrazaba con fuerza y, poco a poco, la hacía suya.

Respiró hondo tratando de recuperar el control.

¿Qué demonios le ocurría?

—¿Unas horas? —Oliver miró a Jack exasperado—. ¿Y qué pasa con mi *haggis*?

—Tranquilo, Oliver. Cuando lleguemos a Ciudad del Cabo, iré a comprar los billetes para ir a Kimberley y el primer tren no saldrá por lo menos hasta mañana por la mañana —le dijo Camelia al constatar su decepción—. Habrá tiempo más que suficiente para acabar de preparar el *haggis* y comerlo.

—De acuerdo. —Visiblemente aliviado, dio unas suaves palmadas sobre el viscoso estómago en remojo y concluyó animado—: Porque sería un crimen desperdiciar unas deliciosas asaduras de oveja.

—¡Dios! ¿Por qué no me matas y acabamos con esto? —gimió Bert, asomado a la barandilla del *Sea Star*.

—Dice el capitán que te sentirás mejor dentro de un par de días, Bert —le dijo Stanley alegremente.

—Dentro de una hora estaré fiambre como un arenque —repuso Bert, agarrándose como podía a la barandilla—. ¡Joder! Preferiría que Dios me llevara consigo de una vez.

—No hables así, Bert. —Stanley pegó un mordisco de la enorme lengua adobada que tenía en la mano antes de añadir—: No creo que a Dios le guste.

—¿Y a quién coño le importa lo que le guste a Dios? —inquirió Bert malhumorado—. Si quiere que me muera, que lo haga de una vez. ¡Maldito inútil! ¿Me has entendido? —gruñó.

—Estás enfadado porque llevas mucho rato con dolor de barriga —contestó Stanley compasivamente.

—Me estoy muriendo —insistió Bert—. No llegaré a África. Tendrás que tirarme por la borda y los malditos peces me devorarán.

—Quizá si comieras algo, te encontrarías un poco mejor. ¿Quieres probar esta lengua en adobo? —le preguntó, poniéndole delante de la cara la tira gris de carne avinagrada.

—Aparta eso, ¡pedazo de inútil! —le espetó Bert, que golpeó a Stanley en la mano—. ¿Quieres matarme o qué?

—Lo siento, Bert. —Avergonzado, Stanley bajó los ojos y los clavó en sus gastadas botas—. No quería hacerte enfadar.

Bert notó una punzada de culpabilidad, lo que le hizo sentir aún más desdichado. Odiaba cuando Stanley se ponía así, con sus enormes hombros inclinados hacia delante y la barbilla entrecana gacha hacia el maldito pecho. Stanley no tenía la culpa de que Dios hubiese decidido darle al pobre mentecato un cerebro de bebé. Si, finalmente, la palmaba y se iba al cielo, tendría unas palabras con Dios al respecto. ¿Para qué quería tanto poder si no podía arreglarle el cerebro a Stanley para que el pobre mentecato pudiese al menos valerse por sí mismo?

—No te preocupes, Stanley —lo tranquilizó Bert—. Es que estoy un poco harto de estar mareado, eso es todo.

Stanley levantó la cabeza con cautela.

—¿No estás enfadado conmigo?

—No, no estoy enfadado contigo. —Suspiró—. Estoy cansado de encontrarme mal, nada más.

—Cuando lleguemos a África te encontrarás mejor. Lo que necesitas es pisar tierra firme.

—Pero queda por lo menos una semana para que lleguemos a África —observó Bert con pesar—. Y una vez hayamos llegado, tendremos que ir al sitio ése que el viejo chocho nos ha dicho que vayamos; a Poomoolanee. Seguramente estará en medio de la maldita jungla, donde las moscas serán del tamaño de los murciélagos y habrá animales salvajes escondidos detrás de los árboles. Si Dios quiere que siga con vida sólo para que algún tigre me devore, prefiero que me mate ahora y así acabar de una vez con esto.

Stanley se puso pálido.

—¿En serio son las moscas tan grandes como los murciélagos?

—No creo que todas —concedió Bert. No serviría de nada asustar a Stanley. Ya había sido bastante difícil convencer a su amigo de que se subiese al barco. ¡Qué injusto era que después de haberle suplicado, discutido y ordenado que embarcase, Stanley pareciese estar disfrutando del viaje mientras él sufría tantísimo! Debía de ser otra jodida broma de Dios, pensó con acritud. Toda su vida había sido así.

—Seguro que no será tan terrible; de lo contrario, lady Camelia no viajaría hasta allí —añadió—. Al fin y al cabo, es una mujer.

—Sí, supongo que tienes razón, Bert —afirmó Stanley, que pegó un gran mordisco a la lengua adobada—. Aunque a mí me da que no es como la mayoría de las mujeres.

—¿Y tú cómo lo sabes, si las únicas mujeres que has visto son las putas y las rameras del barrio obrero de Seven Dials?

—He conocido a más mujeres —insistió Stanley—. A veces voy a Mayfair y las veo pasear con sus parejas o subidas en sus elegantes carruajes. Parecen muñecas; da la impresión de que si las coges demasiado fuerte se van a romper. Pero ninguna es como lady Camelia; ésa los tiene bien puestos y, además, es muy lista.

—Si fuese lista, se habría quedado en Londres, que es lo que tendría que haber hecho en lugar de obligarnos a perseguirla por el maldito océano —comentó Bert con amargura—. Ahora estaríamos bien situados, viviendo en un bonito pisito de Cheapside, comiendo cada día un bistec y pudín de riñones con ginebra, y durmiendo en una cama con sábanas limpias por las noches.

—Todo llegará, Bert, ya lo verás. Aún falta un poco, pero llegará.

—Si aquel jodido capitán hubiese accedido a llevarnos en su barco, a estas alturas estaríamos a punto de llegar. Cuanto antes lleguemos antes liquidaremos el trabajo y podremos volver a casa.

—Tranquilo, Bert. El dandi ése dijo que si llegábamos unos cuantos días después que ella, no pasaba nada; que de ahí no se movería.

—Ese bribón debería habernos pagado lo que hemos hecho en lugar de hacernos viajar hasta la maldita África —repuso Bert malhumorado—. Hemos hecho todo lo que nos dijo que hiciéramos y aun así ella no se amilanó. ¿Cómo íbamos a saber que no se asustaría después de ver su casa destrozada?

—A eso me refería cuando he dicho que no es como el resto de las mujeres —dijo Stanley sonriendo—. Es muy valiente.

—Cuando lleguemos a la maldita excavación de Poomoolanee, se arrepentirá de no haberse quedado en Londres. —La expresión de Bert se ensombreció antes de que concluyera—: No le quedará mucho valor cuando hayamos acabado con ella, te lo prometo.

TERCERA PARTE

El resplandor de las llamas

Capítulo 10

Simon se apeó del tren con Oscar felizmente sentado en su hombro y miró a su alrededor con asombro.

—¿Cómo es posible que haya electricidad aquí, en medio de la nada —inquirió mientras señalaba el cableado que se extendía entre las farolas y las casas—, si ni siquiera había en Ciudad del Cabo?

—Kimberley ha crecido gracias a las minas de diamantes —le explicó Camelia, colocando la jaula de Harriet encima de sus baúles—. Hace quince años aquí no había más que tierra y toscas cabañas. Entonces, de la noche a la mañana, algunas personas empezaron a enriquecerse y quisieron que se construyesen casas en condiciones y tiendas con luz eléctrica.

—Ése ha sido uno de los aspectos positivos de las minas —señaló Elliott—. Ha convertido una tierra desolada y deshabitada en una ciudad moderna y productiva.

—Aquí vivía gente, Elliott.

—Unas cuantas familias de boers y un puñado de tribus nómadas medio muertas de hambre. Si no se llegan a descubrir los diamantes, nadie habría conocido ni se habría preocupado por esta parte de África, excepto tu padre, claro —se apresuró a añadir al ver el habitual destello de irritación en los ojos de Camelia.

—Y los nativos que vivían aquí.

Elliott soltó un suspiro. ¿Desde cuándo Camelia y él discutían por absolutamente todo?, se preguntó cansado. Al parecer, y pese a sus tremendos esfuerzos por mostrarle su apoyo, estaban casi todo el rato en desacuerdo. Ella siempre había tenido su propia opinión respecto a todo y nunca eludía el debate. Su naturaleza apasionada era parte de lo que al principio le había hecho a Elliott sentirse atraído por ella; sin embargo, después, le hubiese gustado que empezara a ver las cosas de otra manera.

Su vida habría sido infinitamente más fácil si Camelia se hubiese desencantado de Pumulani a la vez que él.

—Sea como sea, los diamantes harán que Suráfrica sea un país rico —insistió Elliott, consciente de que ella rebatiría ese punto.

—No, los que se enriquecerán serán los blancos que envían a otros hombres bajo tierra —le corrigió Zareb—. Los africanos que se arrastran en la oscuridad para encontrar los diamantes se quedarán con las migajas.

—Pero eso no es justo —observó Oliver, encargado de llevar el cesto en cuyo interior estaba Rupert—. ¿Por qué los nativos no delimitan un trozo de su tierra y buscan sus propios diamantes?

—Porque no les dejan —contestó Camelia—. Al principio, algunos nativos reclamaron sus derechos, hubo reclamaciones de los griquas, los coloreds del Cabo, una tribu mestiza seminómada, pero a los propietarios europeos eso no les hizo gracia y al cabo de unos años se aprobó una ley que prohibía a los nativos y hombres de color obtener licencias para excavar.

—O sea, que los nativos solamente pueden trabajar para los blancos sin la posibilidad de beneficiarse de lo que encuentren en su propia tierra. —Simon sacudió la cabeza asombrado por lo injusto del tema—. No me extraña que les parezca injusto.

—Cobran por su trabajo —objetó Elliott—. La mayoría proceden de tribus que se mueren de hambre y para ellos trabajar en las minas es un regalo del cielo, porque cuando vuelven con su gente tienen dinero para comprar rifles de caza, munición, arados y hacer una oferta a otra familia para concertar una boda. Las minas les han dado la oportunidad de ser independientes económicamente. Ahora tienen dinero para adquirir cosas, mientras que antes sólo podían intercambiar pieles de animales y unas cuantas armas primitivas.

—Las pieles de animales abrigan y nos protegen del sol, y las armas nos pueden salvar la vida —señaló Zareb con tranquilidad—. Son cosas útiles para quien las lleva. En cambio, las monedas carecen de valor hasta que se intercambian por otra cosa; y los africanos reciben muy pocas monedas.

—Debes de estar cansada, Camelia —comentó Elliott, cambiando de tema—. Tendríamos que ir al hotel y pedir unas cuantas habitaciones para pasar la noche.

Camelia cabeceó.

—No quiero pasar la noche aquí. Si nadie tiene inconveniente, me gustaría continuar hasta Pumulani.

Elliott la miró con incredulidad.

—Son más de las siete de la tarde y nos hemos pasado el día entero metidos en ese tren sofocante. Seguro que estarán todos exhaustos. Lo mejor sería dormir aquí y que mañana por la mañana fuéramos a la excavación.

Camelia se dio cuenta de que Elliott tenía razón, pero por algún motivo no podía soportar la idea de permanecer allí. Odiaba Kimberley. Tal vez a Simon y a Oliver les pareciese una ciudad razonablemente próspera, con luz eléctrica y un hotel decente (ambos rasgos bienvenidos después de estar casi tres semanas en un barco y doce horas dentro de un tren), pero Kimberley había sido construida con el sudor y la sangre de los nativos que trabajaban como esclavos en las minas. Para Camelia era otro eslabón de la larga cadena con que se había atado a los africanos. Además, como debido a la excesiva oferta, el mercado de diamantes había caído en picado arrastrando consigo a las fortunas recientes, en los últimos tiempos se habían suicidado varios inversores blancos. La desesperación y la avaricia habían vuelto el aire irrespirable.

No podría soportar estar ahí un segundo más de lo necesario.

Simon estudió a Camelia atentamente. La fatiga se reflejaba en su rostro, pero percibió su absoluta renuencia a pasar la noche en Kimberley. A pesar de que la idea de tomar un baño caliente y dormir en una cama de verdad le resultaba de lo más tentador, apoyaría a Camelia.

—¿A qué distancia estamos de Pumulani? —quiso saber.

Ella lo miró esperanzada.

—Sólo a unas dos horas.

—O menos —añadió Zareb—. Por la noche el aire es más fresco. Los caballos podrán ir más deprisa sin tener que parar tanto.

Elliott sacudió la cabeza.

—No me gusta la idea de viajar sin luz.

—Pero no oscurecerá por lo menos hasta dentro de una hora —observó Zareb.

—¿Y qué pasará después?

—Conozco el camino, lord Wickham —le aseguró Zareb con tranquilidad—. No necesito luz para llegar a Pumulani. Las estrellas me guiarán. Si lady Camelia quiere que vayamos ahora, yo la llevaré. Usted puede ir con el señor Kent y con Oliver por la mañana.

Simon se encogió de hombros.

—A mí me apetece ir esta noche. ¿Y a ti, Oliver?

—No sé si será por lo cálido que es el aire africano —respondió Oliver alegremente, entrelazando sus deformadas manos—, pero yo estoy más despierto que nunca.

—De acuerdo, pues. Nosotros iremos con Camelia y usted, Wickham, puede venir mañana a lo largo del día, después de descansar, que seguro que lo necesitará, ¿le parece bien?

—Si todos quieren continuar el viaje, iré con ustedes. —Se negaba a dejar que pareciese que Kent tenía más aguante que él—. Además, necesitarán mi protección, a menos, por supuesto, que Kent sepa cómo disparar un rifle —añadió enarcando las cejas.

—Pues no, Wickham, no he disparado un rifle en toda mi vida —reconoció Simon sin problemas—. Pero estoy convencido de que, en caso de necesidad, sabría desenvolverme. Creo que sólo hay que apuntar hacia donde uno quiere y luego disparar el gatillo ¿no?

—Me temo que es un poco más complicado que eso...

—Yo te enseñaré —se ofreció Camelia.

Elliott hizo una mueca de disgusto. Incitar a Camelia a que pasase tiempo con Simon para enseñarle a disparar no había sido precisamente su intención.

Oliver frunció sus blancas cejas.

—¿Cómo es posible que una preciosa joven como usted sepa cómo disparar un rifle?

—En África es necesario saber manejar un arma —contestó Camelia—. Mi padre me enseñó a disparar a los quince años.

Oliver se rascó la cabeza, pensativo.

—¿Y de qué hay que protegerse?

—La zona que atravesaremos está plagada de animales salvajes —explicó Elliott— que siempre están hambrientos.

—¿Eso es todo? —se burló Oliver—. Entonces no hará falta que se preocupe por mí, joven. Puedo lanzar un puñal con la rapidez y la precisión de una bala.

—¿Y qué me dice de usted, Kent? ¿Sabe lanzar un puñal?

Simon le rascó la cabeza a Oscar.

—Sabré hacerlo en caso de necesidad.

—Simon puede darle a un árbol desde una distancia de veinte pasos —comentó Oliver con orgullo—. Yo mismo le enseñé cuando no era más que un crío, ¡y se aficionó como las pulgas a los perros!

—Estupendo, será útil, si nos vemos amenazados por un árbol —replicó Elliott con frialdad.

—Muy bien, todo arreglado. —Ahora que la decisión estaba tomada, Camelia estaba ansiosa por proseguir el viaje—. Zareb, ¿te importaría ir a las caballerizas a buscar nuestro carro y nuestras armas, y cargar todas las cosas mientras yo me acerco a la tienda y compro algunas provisiones?

—Por supuesto que no, Tisha —dijo Zareb con una inclinación de cabeza—. Ahora mismo voy.

—Yo iré contigo, Camelia, así te ayudaré —se ofreció Simon.

—Y Rupert, Harriet y yo nos quedaremos aquí vigilando el equipaje hasta que Zareb traiga el carro. —Oliver se sentó lentamente en una enorme maleta frente a la pequeña montaña de baúles y el motor de vapor envuelto en lona que habían sido descargados sobre el andén del tren—. Si quieres, deja también a Oscar con nosotros.

Oscar sacudió la cabeza y se abrazó con fuerza al cuello de Simon.

—Creo que Oscar quiere estar conmigo —repuso Simon intentando que el mono le soltara—. ¿Qué hace usted, Wickham?

—Voy a ver si me compro un caballo —contestó Elliott—. El carro irá muy cargado y prefiero viajar por mi cuenta.

—Buena idea. —Camelia sabía que a Elliott no le gustaba viajar en carro. Además, con el espacio que ocuparían el equipaje, las provisiones y la preciada bomba de Simon, sería mejor que fuese a caballo—. Nos veremos aquí dentro de una hora para cargar el carro y salir hacia Pumulani.

Todo saldría bien.

En eso trataba de pensar mientras viajaba apoyada en el duro saco de trigo molido que usaba a modo de silla improvisada. El carro no tenía más que un banco para el conductor y un pasajero, que ocupaban Zareb y Oliver; Elliott se había comprado una preciosa montura negra en las caballerizas. Por desgracia, el animal tenía tanta energía como fuerza tenía el pobre Elliott, que se pasó gran parte del trayecto galopando de un lado a otro para intentar controlar al imparable caballo. Camelia dudaba que Elliott tuviese tiempo suficiente para llegar a una entente con el animal antes de que, al fin, él se cansase de Pumulani y decidiese regresar.

A pesar de su insistencia para acompañarla a África, Camelia sabía que, en realidad, Elliott no quería estar ahí. Había venido únicamente por ella. Y a ella le había conmovido sobremanera que él hubiese renunciado a las numerosas obligaciones que tenía en Londres para volver con ella a Pumulani. Durante años Elliott la había cuidado como un hermano mayor, haciéndole pequeños regalos, intentando hacerla sonreír, escuchándola cuando ella había necesitado hablar con alguien que no fuese su padre o Zareb. Camelia había crecido queriendo a Elliott por su carácter serio, paciente y pragmático, quizá porque era completamente opuesto al suyo. Cuando a la muerte de su padre, él le había anunciado que dejaba la arqueología para embarcarse en un negocio de exportación en Inglaterra, ella se había sentido decepcionada, aunque no la cogió del todo por sorpresa. Elliott era inteligente y ambicioso; tenía derecho a perseguir un objetivo en el que creyese que tenía mayores posibilidades de éxito. Fue al intentar convencerla con ahínco de que vendiera el terreno heredado de su padre y se marchase con él a Inglaterra cuando se dio cuenta de que apenas la comprendía. Su padre había soñado toda su vida con el descubrimiento de la Tumba de los Reyes.

Y Camelia estaba decidida a hacer ese sueño realidad, no sólo por el amor que sentía hacia su padre, sino por su amor por África y su gente. Conmemorando el pasado, Camelia tenía la esperanza de ayudar al mundo a entender la riqueza de la historia y la cultura africanas. Tal vez entonces su gente recuperaría parte de la dignidad que otros tanto se esforzaban por arruinar.

—Ahora lo siento.

Camelia miró a Simon confusa. Estaba en el fondo del carro apoyado en un enorme cesto de boniatos, con los pies tranquilamente colocados encima de un saco de arroz y los brazos cruzados sobre el pecho. Parecía de lo más cómodo, a pesar del traqueteo del carro y de que el cesto en el que se apoyaba se le estaba clavando en la espalda. Por lo visto Simon estaba dotado de una capacidad única para adaptarse al entorno, incluso cuando éste estaba lejos de ser hospitalario.

Camelia se preguntó si también habría gozado de esa habilidad en la cárcel o si la habría desarrollado a raíz de su estancia en prisión.

—¿El qué? —inquirió ella.

—Lo que intentaste describirme aquella noche que nos encontramos en mi estudio. —La miró con sus penetrantes ojos azules mientras añadía en voz baja y ligeramente burlona—: Te acuerdas de aquella noche, ¿verdad, Camelia?

Una oleada de excitación recorrió su cuerpo. Por supuesto que se acordaba de aquella noche. Recordaba cada detalle de la misma como si hubiese sucedido hacía un instante, y eso a pesar de las numerosas noches que se había pasado en vela tratando de extirpar el recuerdo de su mente. Había sido un momento de locura, dijo para sí, convencida de que si pensaba en esos términos, nunca más volvería a ocurrir. Pero, al parecer, su cuerpo no entendía la decisión de su mente, especialmente ahora que se había recuperado de sus mareos. Un dulce calor inundó su cuerpo mientras Simon seguía mirándola con fijeza, haciendo que su sangre se alborotara y el deseo se asomara a su piel en forma de cosquilleo.

—Sí, me acuerdo. —Se concentró en alisar las irremediables arrugas de su falda para intentar fingir cierta formalidad—. Intenté describirte cómo es Suráfrica.

—Exacto. —Las comisuras de sus labios se elevaron levemente. Simon encontraba una arrogante satisfacción en el efecto que el recuerdo obraba en ella—. Me hablaste de la sensación que produce la brisa contra la piel, de las impresionantes montañas negras y la brillante luna nacarada. Pensé que había sentido todo esto a través de tus palabras, pero me equivoqué. —Simon observó cómo el rubor coralino de sus mejillas y su cuello descendía hasta la piel pálida de sus clavículas antes de concluir con un susurro—: Lo cierto es que es uno de los lugares más paradisíacos de la Tierra.

Una bala cruzó el aire justo encima de su cabeza.

—¡*Al suelo*! —gritó Simon al tiempo que se lanzaba sobre ella.

Otro disparo sacudió la penumbra que les rodeaba, y luego otro más. Oscar chilló, bajó de un salto del hombro de Zareb y se escondió debajo de la lona que cubría la bomba de Simon.

—¡Simon, déjame moverme! —ordenó Camelia forcejeando—. ¡Necesito coger mi rifle!

—Pero ¿qué pasa aquí? —preguntó Oliver contrariado mientras sacaba el puñal que llevaba en la bota—. ¡En nombre de San Columbano! ¿Por qué nos disparan?

—¡Agáchense! —Elliott detuvo el caballo junto al carro y apuntó su rifle hacia la oscuridad.

—No dispare, lord Wickham. —Zareb no se había movido de su sitio—. Las balas no van dirigidas a nosotros.

—¿Cómo que no van dirigidas a nosotros? ¿A quién demonios van dirigidas entonces?

—A nosotros, no —repitió Zareb, insistente—. Pero si mata a alguien, entonces sí que nos dispararán.

—¡No creerá que voy a quedarme aquí sentado mientras me disparan...!

—Escuche. —Oliver frunció las cejas y aguzó el oído—. Los diparos han cesado.

Zareb asintió.

—Sí. Sólo querían advertirnos de que estaban aquí. Todo está en orden.

—Ya no hace falta que me protejas, Simon. —Camelia lo empujó, aturdida por la manera en que su cuerpo ansioso se había fundido con su musculosa silueta—. Zareb ha dicho que está todo en orden.

—Lo lamento, pero no acabo de entender cómo puede estar todo en orden cuando han estado a punto de matarnos —musitó Simon con frialdad y sin apartarse de Camelia—. ¿Cómo sabe Zareb que no se están acercando para tener mejor puntería?

—Porque lo sabe. Si Zareb dice que todo está bien, es que lo está.

—¿Cómo puedes estar tan segura?

—Porque Zareb siempre peca de un exceso de proteccionismo —contestó Camelia—. Si dice que estamos a salvo, yo le creo.

Simon la miró con escepticismo y continuó cubriéndola con su cuerpo.

—Soy Zareb, hijo de Waitimu —anunció Zareb con solemnidad poniéndose de pie—. Me dirijo a Pumulani con unos amigos. Venimos en son de paz.

Reinó un breve silencio sepulcral.

—¡Bienvenido a casa, Zareb! —exclamó de pronto una voz llena de entusiasmo—. ¡La espera ha sido larga!

Simon echó un vistazo por el lateral del carro y vio que dos nativos negros emergían de la oscuridad y ahora eran iluminados por la luz de la luna. Iban tapados sólo con pieles de leopardo y de antílope, y plumas soberbias de grulla y de avestruz ondeaban en sus hombros y cinturas. Sus pulseras de marfil contrastaban con sus negros y musculosos brazos, y gruesos collares de cuentas hechos de huesos y cáscaras relucían sobre sus pechos. Cada uno de ellos llevaba un imponente puñal enfundado en la pantorrilla y un enorme rifle cruzado sobre el pecho.

—Badrani, Senwe, me alegro de volveros a ver. —Zareb sonrió mientras bajaba del carro—. He traído a lady Camelia de vuelta, como os prometí. —Miró en dirección a Camelia, que seguía forcejeando para liberarse del abrazo protector de Simon—. Ya puede soltarla, señor Kent. No hay ningún peligro.

—Gracias por haber protegido Pumulani tan bien, Badrani y Senwe —dijo Camelia, que se puso de pie en el carro—. Me alegro de verlos.

—Bienvenida a casa, lady Camelia. —Badrani inclinó la cabeza respetuosamente. Era un guapo joven que debía de rozar la treintena, alto y fuerte, con una angulosa mandíbula que indicaba determinación—. Y usted también, lord Wickham —añadió al reconocer a Elliott.

—Estamos encantados de tenerla otra vez entre nosotros, lady Camelia. —Senwe era más joven y más bajo que Badrani, pero los musculosos contornos de su pecho y brazos dejaban entrever que no era menos fuerte—. Teníamos miedo de que no volviera.

—Nada hubiese podido evitar mi regreso a Pumulani —les aseguró Camelia—. Nos acompaña un poderoso profesor que puede ayudarnos a solucionar todos los problemas que hemos tenido. Les presento al señor Kent. —Señaló a Simon, que se puso de pie con Oscar agarrado a su hombro.

Badrani y Senwe lo miraron fijamente con los ojos muy abiertos.

—Es un placer conocerlos. —Simon se preguntó por qué parecían tan atónitos. Decidió que lo de «poderoso profesor» les había desconcertado.

—¡Su pelo es del color del fuego! —Badrani se volvió a Zareb asombrado—. ¿Tiene poderes especiales?

—Sí —afirmó Zareb con solemnidad—. Poderes buenos.

—No exactamente. —Simon no quería que los nativos pensasen que tenía poderes especiales sólo porque era pelirrojo.

La expresión de Senwe enseguida se ensombreció.

—¿No son buenos sus poderes? —preguntó apuntando a Simon con el rifle.

—No, quiero decir, sí, bueno, he venido a ayudarles, pero no tengo ningún poder especial —se apresuró a aclarar Simon. Nervioso, Oscar saltó de sus brazos para irse con Zareb—. Soy inventor.

Los dos nativos lo miraron estupefactos.

—El señor Kent ha venido para combatir la maldición —explicó Zareb—. Traerá otra vez la buena suerte a Pumulani.

—Lo intentaré —matizó Simon, deseoso de controlar sus expectativas.

—Si Zareb lo dice, así será. —Senwe seguía mirando con incredulidad el cabello de Simon.

—Y éste es Oliver —continuó Zareb—. Viene de un país lejano llamado Escocia y es un buen amigo.

—Encantado de conocerlos, jóvenes. —Al constatar, aliviado, que los nativos de extraño aspecto no iban a disparar a Simon, Oliver bajó el puñal—. ¿Han oído hablar de Escocia?

Senwe y Badrani sacudieron sus cabezas.

—Es un lugar maravilloso, aunque no hace tanto calor como aquí, en África. Les invito a venir a verlo cuando quieran.

—Gracias. —Badrani inclinó la cabeza con solemnidad para agradecer la invitación—. Los acompañaremos hasta Pumulani. Los hombres estarán encantados de que, al fin, lady Camelia haya vuelto. Tenían miedo de que el viento oscuro se la hubiese llevado para siempre.

—¿A cuánto estamos de Pumulani? —inquirió Simon.

—Está justo al pie de esa montaña. —Badrani señaló la puntiaguda cima hacia la que se habían dirigido desde que salieran de Kimberley—. Si se fija bien, verá el resplandor de las hogueras. Las llamas sirven para ahuyentar los espíritus malignos.

Camelia miró fijamente el suave fulgor naranja que había al pie de la montaña.

—Ya casi hemos llegado. —La excitación floreció en su interior y se sintió mejor de lo que se había sentido desde hacía meses.

Casi había llegado a casa.

—La conduciremos hasta ahí, lady Camelia —anunció Senwe—. Pero tenga cuidado; los espíritus están muy enfadados desde que se marchó. ¿Lleva el rifle encima?

—Sí. —Se agachó y cogió el arma, que estaba en un extremo del carro—. Pero a partir de ahora todo irá bien, Senwe. —Nada podía empañar la emoción que sentía al volver, finalmente, a la excavación—. Ya lo verá.

—Aun así, tenga cuidado —insistió Badrani—. Vayan todos con cuidado.

Camelia asintió, agradecida por su preocupación.

—Gracias, lo tendremos en cuenta.

Se sentó de nuevo en el saco y clavó los ojos en las espirales aza-franadas que relucían en el pie de la montaña, sintiéndose cada vez más fuerte y llena a medida que se aproximaban lentamente a las re-fulgentes hogueras de Pumulani.

Capítulo 11

—¡*L*ady Camelia ha vuelto! —anunció Senwe contento al llegar al silencioso campamento.

Los gritos de alegría inundaron la noche tranquila. Entusiasmados, los nativos empezaron a salir de sus tiendas dispuestas alrededor del campamento, sonriendo y agitando sus brazos en señal de bienvenida. La mayoría iban vestidos con pieles de animales, plumas y cuentas, pero Simon se fijó en que algunos también llevaban pantalones gastados, un abrigo raído o un chaleco. Se agolparon alrededor del carro, chillando y cantando emocionados. Simon se puso de pie, le ofreció la mano a Camelia y le ayudó a apearse del carro.

Entonces los nativos soltaron un grito de sorpresa al que siguió el silencio.

—Éste es el señor Kent, un poderoso profesor que ha venido desde Inglaterra —declaró Camelia, señalando a Simon—. Nos ayudará a combatir las fuerzas que tanto nos han dificultado la excavación en Pumulani.

—¿Es necesario que uses la palabra poderoso? —susurró Simon, que dedicó una tensa sonrisa a los cautelosos nativos—. No sé si sirve de mucho.

—Es preciso que confíen en ti, y tu pelo les pone nerviosos.

—¡Su cabello es como el fuego! —exclamó uno de los hombres, señalando temeroso a Simon.

—¿Entiendes a qué me refiero? —Camelia sonrió y cogió a Simon de la mano en un intento por demostrar que era inofensivo—. Nunca habían visto algo parecido.

—¡Genial! De habérmelo dicho, habría hecho algo al respecto.

—¿Cómo qué?

—Me habría afeitado la cabeza.

—No creo que estar completamente calvo debajo del sol africano hubiese sido muy práctico. Además, el vello de los brazos, las piernas y el pecho seguiría siendo pelirrojo...

—Me halaga que te acuerdes.

—Y dudo que hubieses estado dispuesto a afeitarte el cuerpo entero —concluyó Camelia inquieta, reprimiendo el impulso de soltarle la mano—, porque cuando vuelve a crecer pica bastante.

—Tu preocupación es conmovedora.

—El cabello del señor Kent es sólo un indicio de su gran poder —anunció Zareb con solemnidad, de pie frente a la multitud—. En su interior arde un fuego abrasador y puro, que devolverá a los espíritus malignos de Pumulani al lugar donde pertenecen.

—¡Oh, por el amor de Dios! ¡No es más que pelo! —Cansado y molesto por la atención centrada alrededor de Simon, Elliott bajó de un salto de su anárquico caballo—. ¿Dónde demonios está Trafford?

—¡Estoy aquí, lord Wickham! —Un robusto hombretón emergió de una de las tiendas, abrochándose con torpeza los botones de su abrigo lleno de manchas mientras avanzaba entre la multitud de trabajadores.

—¡Bienvenida a casa, lady Camelia! —exclamó pasándose rápidamente los dedos por su rizado cabello entrecano. A juzgar por su curtida piel y su arrugado rostro, que indicaban una vida llena de aventuras y desafíos, Simon dedujo que tendría unos cuarenta y cinco años—. Me alegra que por fin haya vuelto. Los hombres la han echado mucho de menos, servidor incluido.

—Gracias, señor Trafford. —Camelia le dedicó una cálida sonrisa y bajó del carro—. Simon, éste es Lloyd Trafford, el capataz de la excavación. Señor Trafford, le presento a Simon Kent, el afamado inventor, y a su fiel socio y amigo, Oliver. El señor Kent nos ha construido una bomba de vapor que utilizaremos para poder extraer toda el agua de la excavación y Oliver ha venido a ayudarnos.

—Encantado de conocerlos a los dos —dijo Lloyd, dándoles la mano—. Esperábamos ansiosos su llegada.

—¿En serio? Bueno, en ese caso nos aseguraremos de no decepcionarlos. —Saltaba a la vista que Oliver estaba disfrutando enormemente con la atención que les dispensaban.

—Debe de estar cansada después de un viaje tan largo —continuó Lloyd—. Los acompañaré a sus tiendas; no son lujosas, pero están relativamente limpias. Si tienen hambre, en un momento les prepararán un poco de comida, aunque me temo que nuestra dieta se basa en carne de antílope y de cebra.

—Hemos traído cereales y hortalizas frescas —comentó Camelia—. Seguro que a los hombres les encantará complementar su dieta con eso.

—Entonces descarguemos el carro. —Lloyd les hizo un gesto a los nativos, que rápidamente empezaron a bajar los pesados sacos, cestos y cajas llenas de deliciosa comida y provisiones.

—Badrani y Senwe, ¿les importaría hacerme el favor de llevar a mi tienda la jaula de Harriet y ese cesto de ahí? —pidió Camelia—. Dentro está Rupert.

—¡*Tengan cuidado con eso*! —chilló Simon cuando varios hombres levantaron con torpeza la bomba envuelta en lona.

Boquiabiertos y petrificados, a los hombres estuvo a punto de caérseles la bomba al suelo.

—Chico, ¡no les grites así! —sugirió Oliver—. Entre que eres pelirrojo y todo lo demás, me parece que les has dado un susto de muerte.

—Disculpen. Por favor, tengan cuidado —suplicó Simon inquieto, intentando aparentar tranquilidad—. No es nada peligroso, pero les pido que lo trasladen con cuidado, eso es todo.

Los hombres lo miraron nerviosos y asintieron. Titubeando, agarraron mejor la bomba y empezaron a moverla con energía.

—Lleven la bomba a la tienda del señor Kent —ordenó Camelia.

—Pueden dejarla fuera —comentó Simon—. Dudo que esta noche haga nada salvo dormir.

—Aun así, la bomba estará más segura contigo —insistió Camelia—. ¿Por qué no vamos todos al comedor y bebemos algo, y de paso me cuenta qué tal están las cosas, señor Trafford? Estoy ansiosa por obtener un informe completo.

—Muy bien, lady Camelia —contestó Lloyd.

Condujo a la pequeña comitiva entre el laberinto de gruesas tiendas de lona hasta que, finalmente, llegaron al comedor. En su interior, protegidas de los elementos africanos, había una mesa de considerables dimensiones y sillas para trabajar y comer.

—Me temo que hemos avanzado muy poco desde que se fue a Inglaterra —informó Lloyd con seriedad mientras Senwe y Badrani servían una sencilla comida a base de carne de antílope desecada, galletas duras de trigo, plátanos cocidos al vapor y agua—. Hemos intentado sacar el agua a mano, pero, por desgracia, no es un método práctico para un terreno tan grande. Ha caído tanta agua durante la estación lluviosa que la verdad es que la excavación casi se ha convertido en un pequeño lago. Después se sucedieron los accidentes y los hombres empezaron a marcharse, lo que implicaba que había menos manos para una tarea que ya era difícil con el número de trabajadores que había antes.

—¿Cuántos hombres hay ahora? —inquirió Camelia.

—La última vez que hice el recuento había treinta y ocho, pero fue a la hora de cenar —contestó Lloyd—. Y cada mañana descubro que uno o dos hombres han cogido sus cosas y se han ido.

—¿Y cuántos hombres le harían falta? —preguntó Oliver.

—Cuando lord Stamford empezó a trabajar aquí teníamos más de doscientos —le explicó Lloyd—. Dadas las dimensiones del terreno, era suficiente para mantener un ritmo de excavación constante; pero treinta y ocho es un número realmente escaso.

Elliott arrugó la frente.

—Esos nativos habían firmado un contrato. ¿Cómo pudo dejar que se marcharan, Trafford?

—¿Y cómo iba a evitarlo, señor? —replicó Lloyd—. Esto es una excavación arqueológica, no una cárcel. Si los hombres deciden abandonar, pierden su derecho de remuneración; ésa es nuestra única arma. Por desgracia, con todos los accidentes que han ocurrido, los nativos creen que ha caído una maldición sobre la excavación. Para muchos el dinero ya no basta para retenerlos aquí. Incluso creen que las lluvias las enviaron los espíritus para inundar el terreno e impedir que excaváramos.

—Eso es absurdo —protestó Camelia—. Cada año llueve muchísimo durante la estación de las lluvias; seguro que se habrán dado cuenta.

—Eso no importa, Tisha —dijo Zareb con tranquilidad—. Un hombre asustado ve las cosas de otra manera. Para ellos la lluvia es parte de la maldición. No hay dinero suficiente capaz de convencer a aquellos que tienen realmente miedo de quedarse.

—Si de verdad pretendes continuar excavando, Camelia, no puedes permitirte perder más hombres. —La expresión de Elliott era severa—. Tendrás que idear un sistema mejor para controlar a los trabajadores.

—Mi padre nunca creyó en confinar a los nativos, Elliott, y yo tampoco —repuso Camelia con obstinación—. Los hombres que deciden trabajar para mí son empleados, no prisioneros.

Simon la miró confuso.

—¿Qué quiere decir confinar?

—Es un sistema que desarrollaron las compañías mineras hace varios años para hacer frente a los problemas de robos y deserciones —explicó Elliott—. Consiste únicamente en amurallar el recinto donde viven los nativos mientras duren sus contratos, que suelen ser de tres meses. Se construyen barracas en el recinto en las que duermen y comen, y se dispone un acceso de las viviendas a la mina. De este modo los nativos no pueden robar los diamantes que encuentren y huir con ellos, ni marcharse antes de que sus contratos finalicen.

Oliver frunció el ceño.

—¿Y si esconden los diamantes hasta que terminen sus contratos y luego se los llevan?

—Se les registra.

—De la forma más humillante que se pueda imaginar —añadió Camelia indignada.

Elliott suspiró.

—Sí, pero lamentablemente es necesario hacerlo.

—Es terrible privar a un hombre de su libertad, lo sé —comentó Oliver con seriedad—, pero es mucho peor quitarle su libertad cuando no ha hecho nada malo.

—Los hombres que están aquí le son leales a lady Camelia —insistió Zareb—. No hace falta encerrarlos como a animales y tratarlos como a esclavos.

—En cuanto vean la bomba de Simon en funcionamiento, se darán cuenta de que la lluvia no es consecuencia de ninguna maldición —agregó Camelia—. La bomba hará el trabajo de cincuenta hombres o más, lo que significa que podremos avanzar a buen ritmo pese al escaso número de trabajadores. —Miró a Simon esperanzada.

—Aún está por ver si la bomba funcionará bien. —Aunque agradecía la fe que ella tenía en sus capacidades, Simon no quería que Camelia tuviese demasiadas expectativas—. No puedo prometer nada hasta que la haya puesto en marcha y sepa qué tipo de ajustes necesita.

—Entonces, será mejor que nos vayamos a dormir —sugirió Camelia, que se levantó de la silla—. Empezaremos a trabajar a primera hora de la mañana.

Oliver reprimió un hondo suspiro y se desperezó.

—Dormiré un poco y mañana estaré fresco como una rosa y listo para trabajar.

—Me temo que su cama no será tan cómoda como a lo que está acostumbrado, Oliver. Espero que eso no le impida dormir.

—Puedo dormir en casi cualquier sitio, jovencita, igual que Simon —le aseguró Oliver—. Cuando se ha vivido en la calle y se ha estado en la cárcel, uno aprende a conformarse con lo que hay.

Los ojos de Badrani se abrieron desmesuradamente.

—¿Ha estado en la cárcel?

Oliver se encogió de hombros.

—Un par de veces.

—¿Qué delito cometió? —Senwe también miraba a Oliver con especial interés.

—Ratear.

Los dos hombres lo miraron atónitos.

—Robé —les aclaró Oliver—. Era uno de los mejores ladrones del condado de Argyll, y aún lo sería, si quisiera. Estas viejas manos pueden birlar un reloj en un periquete y apuesto a que no hay puerta en Londres que yo no pueda abrir.

—¿En serio? —Badrani estaba visiblemente impresionado. Abrió la lona de la tienda de campaña para que Oliver saliese y añadió—: ¿Cómo se abre una cerradura, señor Oliver?

—Bueno, pues hay distintos sistemas —contestó Oliver, encantado con su fascinado público—. En la mayoría de los casos lo único que se necesitan son un par de varillas de hierro y un poco de paciencia...

—Te acompañaré a tu tienda, Simon —se ofreció Camelia—. Está al otro lado del campamento.

—Ya le acompaño yo —se apresuró a intervenir Elliott.

Simon sonrió.

—Es usted muy amable, Wickham, pero no quisiera molestarlo después de un viaje tan largo, sobre todo después de los problemas que ha tenido con ese caballo que ha comprado.

—Que duermas bien, Elliott —le deseó Camelia—. Te veré por la mañana.

Elliott forzó una sonrisa, irritado por el hecho de que Kent hubiese encontrado la manera de estar a solas con Camelia y él no.

—De acuerdo, pues. Buenas noches.

Cuando Camelia salió de la tienda de campaña el aire era agradable y fresco. Estaba impregnado del aroma de la rica tierra africana y de las delicadas y jóvenes plantas, mezclado con el inconfundible olor de los animales salvajes que vivían justo pasado el perímetro del campamento. A pesar del poco halagüeño informe del señor Trafford sobre el número de hombres que habían desertado estaba más feliz que en los meses pasados. Había regresado a Pumulani y con ella estaban Simon y su bomba de vapor. Mientras caminaba junto a él notó que corría por sus venas un renovado optimismo, que le hizo sentirse emocionada y ansiosa por volver al trabajo.

De no ser porque era de madrugada y todos estaban exhaustos, le habría pedido a Simon que desenvolviera la bomba para ponerla en marcha de inmediato.

—Ésta es tu tienda —anunció mientras abría la pesada lona de la tienda de campaña, colocada en un extremo del campamento—. No es gran cosa, pero espero que te encuentres a gusto.

Camelia entró y su rostro se ensombreció al constatar lo estrecho que era el catre de madera, y ver la pequeña mesa sobre la que había una vieja jofaina metálica, una jarra y una lámpara de aceite, y la desvencijada silla. El motor de vapor ocupaba casi la mitad del espacio disponible, quedando sólo un paso estrecho por el que, para acceder a la cama, Simon prácticamente tendría que saltar por encima de las maletas.

—Quizá sería mejor que te quedaras con mi tienda. —De pronto le disgustó la idea de encerrar a Simon en tan diminuto y abarrotado espacio—. Es más grande y tú necesitarás más sitio que yo...

—No pasa nada, Camelia —le aseguró Simon—. Estaré muy cómodo. Ya sabes que puedo dormir en cualquier parte.

Ella asintió sin convicción. Ojalá les hubiese dicho a sus hombres que llevasen las cosas de Simon a su tienda para quedarse ella con la pequeña. Era como si se hubiese olvidado de lo espartanas que eran las instalaciones de Pumulani; tal vez fuese porque hasta entonces nunca le habían parecido incómodas o austeras.

—Bueno, pues si no necesitas nada más, buenas noches.

—Buenas noches, Camelia.

Ella avanzó hacia la abertura de la tienda y luego se detuvo.

—¿Ocurre algo? —inquirió Simon.

Camelia lo miró vacilante.

—Me gustaría hacerte una pregunta.

—Adelante.

Permaneció largo rato callada.

—¿Cómo es la cárcel? —preguntó al fin con un susurro de voz temblorosa.

Simon se puso tenso, aunque supuso que la curiosidad de Camelia era razonable. En su primer encuentro ella le había asegurado que lo único que le interesaba de él era su talento como científico e inventor. Pero habían pasado muchas cosas entre ellos desde aquel día. No sólo había conocido la pasión más intensa de toda su vida, sino que además desde entonces había florecido en él algo que iba mucho más allá del deseo que sentía por ella. Y era eso lo que le hacía mostrarse reacio a contestar su pregunta.

Por algún motivo que no alcanzaba a comprender; quería que Camelia tuviese la mejor imagen de él, la mejor imagen posible, habida cuenta de su sórdido pasado, sus preocupaciones de carácter obsesivo y su comportamiento excéntrico. Así que titubeó, como si no hubiese entendido del todo la pregunta, cuando lo cierto era que sabía perfectamente lo que Camelia había querido decir.

—Supongo que debió de ser terrible. —Camelia no quería que él pensase que vivía en una burbuja y que ignoraba las crueldades del sistema de prisiones—. No me refiero a las condiciones en las que vivías; lo que me gustaría es poder entender cómo lograste sobrevivir. No eras más que un niño y, sin embargo, tuviste que vivir varios años en las calles y en la cárcel y sólo hay que verte...

—¿Qué parte de mí estás mirando exactamente? —replicó en tono burlón en un intento por desviar el interés que ella sentía por su infancia.

—Todos sois disciplinados y brillantes...

—Yo no soy brillante, Camelia —objetó Simon—. Sólo veo las cosas de una forma distinta al resto de la gente.

—*Sí* que eres brillante —insistió ella—. Basta echar un vistazo a tus éxitos académicos y a los maravillosos artículos que has escrito para darse cuenta de ello.

—Hay muchos idiotas que se licencian en la universidad y escriben artículos. Te aseguro que las personas más inteligentes que he conocido jamás han pisado un colegio.

—Lo que te hace brillante es que ves posibilidades donde otros ven el fin —aclaró Camelia—. Tú no miras una cosa y piensas: «¡Esto es magnífico!», como hacemos la mayoría. No, tú miras algo y dices: «Esto no es perfecto, ¿cómo puedo mejorarlo?» Y te da igual si se trata de una mopa que lleva un siglo en el mercado o del último motor para un barco de vapor; tienes la capacidad de desarrollar ideas para mejorarlo todo.

—Todo no —repuso con expresión indescifrable al tiempo que añadía—: A veces encuentro cosas que ya son perfectas.

—No hay nada perfecto.

Tú eres perfecta.

La observó allí, de pie frente a él, con el entrecejo fruncido intentando traspasar las máscaras de protección que él se había puesto tantos años atrás. Casi todo su cabello color champán, que se había soltado de las horquillas, caía sobre sus hombros en una maraña dorada y la luz de la lámpara había vuelto su piel de color albaricoque. Copiosas arrugas y suciedad cubrían la seda gris de su vestido de viaje, y una mancha veteaba la aterciopelada perfección de su mejilla.

Jamás le había parecido más bella.

Desde que había pisado suelo africano algo había cambiado en ella, algo que se había multiplicado por cien al llegar a Pumulani. Ahora parecía más fuerte, más fuerte y más segura, como un animal enjaulado que, finalmente, es devuelto a su hábitat. Le asombraba que Camelia pudiese florecer en un entorno tan duro y aislado, claro que era completamente distinta al resto de las mujeres que había conocido. Fue esta percepción la que empezó a derrumbar el muro que había construido a su alrededor desde el beso que le dio hacía ya tanto tiempo, en Londres. Eso, y sus magníficos y penetrantes ojos verdeceledón, el ligero aroma de limón que daba la impresión de que la seguía a donde quiera que fuese e incluso esa mancha oscura que tenía en su sedosa mejilla.

Respiró hondo con la absoluta sensación de que estaba entrando en un lugar al que le daba miedo acceder, pero por alguna razón ya no podía dar media vuelta.

—La cárcel fue como un infierno —confesó en voz baja.

Ella lo miró con seriedad; en su rostro no había lástima, cosa que a él le habría amilanado, sino aceptación y pena. Eso le reconfortaba, si es que tenía algo de reconfortante que a uno le pidiesen que mostrase unas heridas que habían permanecido largo tiempo ocultas. Nadie le había preguntado nunca directamente por su pasado; ni siquiera Genevieve y Haydon, quienes consideraban que sus hijos tenían que destapar las vendas de sus antiguas heridas sólo si así lo decidían. Pero mientras Camelia estaba ahí de pie, mirándolo con fijeza, Simon sintió que algo cambiaba en su interior. Ella estaba intentando entrar en él, y por alguna razón que apenas conseguía entender, quería comprender cómo había llegado a ser quien era.

Y por primera vez en su vida, aunque fuese sólo durante un instante, realmente deseó abrir la puerta del infierno del que tanto había luchado por escapar.

—En aquella época no tenía ni nueve años —prosiguió en voz baja—, pero ya estaba muy curtido. Y aun así la cárcel fue terrorífica, mucho peor que todo cuanto había conocido hasta entonces. Por primera vez en mi vida no tenía absolutamente ningún control sobre lo que podía pasarme. Y cuando me dijeron que permanecería allí cinco años, quise morirme.

Hizo una pausa.

—Lo siento, Simon —se disculpó Camelia con voz suave y teñida de arrepentimiento—. No era mi intención hacerte evocar tan dolorosos recuerdos. No tenía ningún derecho a hacerte esa pregunta.

—Tienes todo el derecho del mundo a preguntármelo, Camelia. —Se acercó a ella y le apartó un mechón suelto de la cara—. Y quiero que lo sepas.

Ella levantó la vista y lo miró, hipnotizada por el cálido tacto de sus dedos, la ardiente intensidad de sus ojos azules plateados y la lenta cadencia de su voz suave. Tuvo ganas de rodearlo con sus brazos y abrazarlo con fuerza, de hacer suyo de algún modo el dolor que él sentía únicamente porque ella le había preguntado. Sin embargo, una voz interior le dijo que no lo hiciera, que si lo abrazaba iniciaría algo que no podría parar, algo que sólo serviría para aturdirla cuando necesitaba con desesperación estar despejada y centrada. Por eso se quedó inmóvil, aceptando en silencio la suave caricia de sus dedos, que abrieron un lánguido sendero por la curva de su mandíbula.

—Entonces apareció lady Redmond y te sacó de la cárcel —dijo con un susurro, procurando ignorar el ardor que sentía allí por donde pasaban los dedos de Simon.

—Sí, ella me rescató. —Sus dedos seguían descendiendo por la delgada columna de su cuello y la sedosa cavidad de la base de su garganta—. Pero pasaron años hasta que me convencí de que nadie vendría de pronto para arrastrarme allí de nuevo o de que mis circunstancias no cambiarían repentinamente y volvería a dormir en la calle. Cuando pierdes el control sobre tu vida, haces lo posible por protegerte, porque sabes que te puede volver a suceder. No confías ni crees en nadie. Sobre tu vida planea una sombra, porque crees que ahí fuera no hay nada realmente bueno, bonito ni puro. —La rodeó con un brazo y la atrajo hacia sí mientras con la otra mano seguía acariciando la sedosa palidez de su garganta y su mejilla—. Pero entonces había algo que no sabía, Camelia.

—¿Qué? —preguntó ella con un hilo de voz y el corazón martilleando.

Él inclinó la cabeza hasta que sus labios prácticamente se rozaron.

—Que tú existías.

La besó para hacérselo comprender. Sólo un beso, dijo para sí desesperado, y pararía. Sólo un simple beso para apaciguar el fuego que ardía en él desde aquella noche que habían pasado en Londres. Cumpliría su palabra, prometió, aunque ella acabase de soltar un gemido y hubiese abierto la boca invitándolo a probar su dulce oscuridad. Simon deslizó la lengua en su interior, ansioso por redescubrir los secretos que Camelia ya había compartido con él la vez anterior.

No era más que un beso, se repitió Simon fervientemente mientras sus manos empezaban a recorrer las exuberantes curvas de sus pechos, cintura y nalgas. Sólo un beso, en realidad, pensó, atrayéndola hacia sí hasta que el suave triángulo secreto que había entre sus muslos presionó contra su insoportable dureza. Sólo un sencillo y apasionado beso, se repitió, incapaz de entender cómo sus dedos habían empezado a desabotonarle la chaqueta. Se la quitó y a continuación le desabrochó la blusa que llevaba debajo, todavía pensando que esto no era nada, que simplemente estaba liberando a Camelia de una ropa que tampoco necesitaba. La falda cayó al suelo en un charco de arrugada seda gris a la que enseguida le siguieron las diversas capas de sus enaguas marfileñas.

No dejaba de decirse que esto no era más que un beso, que podía parar en cualquier momento, si ella así lo deseaba.

La levantó en brazos y la tumbó sobre la estrecha cama, volviéndose a decir que le daría un beso más, sólo uno. Pero ahora ella le acariciaba con las manos, y le quitó la camisa y los pantalones dejando su piel expuesta al cálido aire nocturno de África y al ansioso ardor del tacto de Camelia, que empezó a explorar los contornos de su cuerpo. Los besos de Simon descendieron y decidió desabrochar los corchetes de su corsé, descubriendo centímetro a glorioso centímetro la belleza de sus senos de pezones coralinos y su vientre de color cremoso. Le bajó las braguitas por las piernas y le soltó las medias hasta dejarla al fin espléndidamente desnuda debajo de él.

Le regaló una lluvia de besos en la pálida seda de sus muslos y luego hundió la lengua en su hirviente vulva rosa. Camelia gimió y se removió sobre la cama, abriéndose a él, acariciándole el cabello y sujetándole la cabeza entre sus esbeltas piernas. Él la saboreó intensamente, lamiendo sus misteriosos y deliciosos jugos hasta que ella acabó jadeando y apretándole el cuerpo con las piernas. Simon le abrió más las piernas y deslizó un dedo en su interior, despacio, lánguido, buscando los más íntimos secretos de su cuerpo mientras seguía acariciándole con la lengua y la movía en círculos.

Camelia se retorció, aceptando el placer que él le daba y deseando más. Simon introdujo otro dedo y aceleró el ritmo, lamiendo y chupando con más fuerza y rapidez mientras metía y sacaba los dedos. Notaba cómo aumentaba el placer de Camelia como si fuese suyo, su cuerpo se tensaba y los jadeos se incrementaban. Eran una súplica desesperada que inundaba el silencio de la tienda en su ansiosa búsqueda por alcanzar lo que él intentaba darle.

Simon no paró de besarla, lamerla y llenarla; tenía la sensación de que el salvaje deseo que crecía en él al ver cómo ella reaccionaba a sus apasionadas caricias le haría enloquecer. De repente, el cuerpo de Camelia se puso rígido y soltó un grito, tan intenso fue su placer que él casi estuvo a punto de perder el poco control que aún le quedaba. Se tumbó sobre ella y la penetró mientras las contracciones de su orgasmo le apretaban el miembro una y otra vez.

Entonces empezó a embestirla, tratando de controlarse, y ella le abrazó y lo atrajo hacia sí para darle un profundo beso.

Quería ir despacio, quería que durase para de algún modo hacerle comprender lo que sea que había entre ellos, aunque ni él mismo lo entendía. Pero su cuerpo no le escuchó. Había esperado tanto tiempo para poder volver a vivir el milagro de estar dentro de Camelia que se dio cuenta de que no podía ir despacio, de la misma manera que no hubiese podido impedir que la noche se convirtiese en día. Así que gimió y la besó con fervor, acariciándola por donde podía mientras la embestía con fuerza.

La deseaba con una desesperación abrumadora, más de lo que había deseado nada en toda su vida. Y esa certeza resultaba angustiosa, porque en el fondo su mente era todavía bastante racional para saber que ella nunca le pertenecería. Camelia pertenecía a África, con toda su magnífica y áspera belleza, viviendo una vida completamente ajena a la suya; una vida en la que él jamás encajaría. Continuó embistiéndola con fuerza, abrazándola y besándola con pasión, y empujándola contra el chirriante catre. Y ella se movió al mismo ritmo que él, subiendo y bajando con cada intensa embestida, instándole a que fuese más deprisa.

De pronto, Simon empezó a adentrarse en un torbellino de luz y oscuridad. Gritó, era un grito de éxtasis y desesperación, porque sabía que cuando esto acabase ella volvería a apartarse de él. La abrazó y le dio un apasionado beso lleno de ansiedad y de posesividad; quería que ella entendiese que le pertenecía mucho más de lo que pertenecía a África. Pero estando ahí echados, mientras la cubría con su ardor, su fuerza y su deseo, empezó a notar que ella se alejaba de él igual que notaba que había aminorado el ritmo de los latidos de su corazón. Hundió la cabeza en el cuello de Camelia y permaneció inmóvil, negándose a salir de ella.

«Quédate conmigo», le suplicó en silencio consciente de que era una petición inútil. Le apartó con suavidad un mechón dorado de la frente y después le acarició las suaves curvas de su mejilla, nariz y barbilla intentando memorizar cada maravilloso detalle de su cuerpo. Acariciarla de esta manera era una pequeña tortura, pero lo hizo de todas formas, así, cuando finalmente tuviese que dejarla marchar, podría recordar lo que era estar sobre ella y rozar con los dedos su piel de satén.

Tumbada debajo de Simon, el corazón de Camelia latía con fuerza contra el sólido muro de su pecho. Le sacudían intensas emociones que le hacían sentirse frágil y temerosa. No había pretendido hacerlo, dijo para sí, pero sabía que era mentira. El recuerdo de las caricias de Simon llevaba semanas atormentándola; esos labios aterciopelados sobre su boca, esas manos ardientes sobre su piel. Había sido un error, naturalmente; era muy consciente de ello. Él no le pertenecía, igual que ella no le pertenecía a él. Su corazón y su vida estaban en África, el corazón y la vida de Simon estaban en Londres, donde podía pasarse sin problemas varias semanas seguidas encerrado en un laboratorio mal ventilado y atestado de cosas, sin nadie que lo molestara para cosas tan mundanas como comer, conversar o hacerle compañía. En su vida no había sitio para el matrimonio y los hijos, de igual modo que en la de Camelia no había sitio para tantos convencionalismos. Ahora lo entendía con dolorosa claridad.

Sin embargo, ella tampoco se movió.

—Será mejor que me vaya —dijo al fin con un susurro, más por decir algo que porque realmente quisiese irse.

Simon levantó la cabeza y la miró. Había lágrimas temblorosas en sus profundos ojos; su mirada estaba llena de dolor.

—No han sido las estrellas, Camelia —comentó él en voz baja y ronca—. Esta vez no.

Ella alzó la vista y lo miró, hipnotizada por la suave cadencia de su voz, la ternura de su tacto y la maravillosa sensación que le producía que su escultural cuerpo la presionara contra el delgado colchón.

—Entonces ¿qué es?

Simon le enjugó con la yema del dedo una brillante lágrima que rodaba por su mejilla.

—No estoy seguro.

Camelia cerró los ojos, incapaz de mirarlo. Sabía que le había entregado parte de su ser y no podía soportarlo.

—No puedo irme de África, Simon —susurró con esfuerzo—. No puedo.

Las lágrimas comenzaron a brotar más deprisa de sus ojos, resbalando por su bronceada piel y su sedoso cabello de color miel.

Con el corazón encogido, Simon se dio cuenta de que a Camelia le había costado mucho hacerle esa confesión. Quería ser lo más honesta posible con él. Aunque apenas importaba que lo hubiese verbalizado; él ya sabía la profunda conexión que le unía a Camelia a este extraño y salvaje lugar.

Y si pensaba que podría debilitar esa conexión uniéndola más a él, se equivocaba.

—Nunca te pediría que te marcharas de aquí, Camelia —le dijo mientras le acariciaba el pelo con suavidad—. Pero también quiero que entiendas que yo no puedo quedarme. Tengo mi propio trabajo y mi familia, y la vida que me he organizado en Inglaterra y en Escocia. No puedo dejar todo eso para venirme a vivir a África, en medio de la nada. Estos son tu mundo y tu vida, no los míos.

Ella tragó saliva, estaba inmóvil.

—Lo entiendo.

Simon la miró, nada convencido.

—¿De verdad lo entiendes?

Camelia asintió.

—Tengo que irme —anunció con un hilo de voz.

—Quédate conmigo, Camelia —le suplicó con suavidad. No quería que se fuese. Ni ahora ni nunca—. Sólo un rato más.

Ella sacudió la cabeza. No podía estar con él ni un segundo más. Se le estaba desgarrando lentamente el corazón y no creía que pudiese soportarlo.

—Déjame marcharme, Simon. —Se movió para incorporarse, pero él se quedó quieto—. Por favor.

Simon no tuvo opción. Se apartó de ella, recogió sus pantalones y se los puso de espaldas a ella para dejar que se vistiera también.

Camelia se abrochó con torpeza los corchetes del corsé y las cintas de las enaguas, esforzándose por vestirse lo más deprisa posible. Cuando al fin terminó fue hasta la entrada de la tienda.

Simon se volvió para darle las buenas noches.

Pero Camelia ya se había ido, dejando a su paso el lento aleteo de la abertura de la tienda y el ligero aroma a limón y a pradera se quedó flotando en el fresco aire de la noche africana.

Esto no era lo que había previsto.

Zareb frunció las cejas al ver a Camelia salir apresuradamente de la tienda de campaña de Simon, con el pelo cayendo en cascada por sus espaldas y las manos sujetando la chaqueta sobre su blusa a medio abotonar. Aunque estaba demasiado oscuro para que pudiese verle la cara con claridad, emanaba de ella una indudable desesperación.

Esto no iba bien.

Zareb sabía que se estaba haciendo mayor, lo que le producía rabia y frustración. Era la única explicación para el hecho de que no hubiese intuido el daño que Kent le había causado a su querida Tisha. No pensó que sus poderes disminuirían con la edad, claro que tampoco los había entendido nunca del todo. Su madre le había advertido de que a lo largo de su vida irían aumentando o debilitándose en función de su propia evolución. Ésa era una de las razones por la que había decidido no contraer matrimonio. La miríada de exigencias que suponían una mujer y unos hijos habrían socavado su fuerza y nublado su visión. Y si bien era cierto que en algunas ocasiones era una maldición tener la capacidad de sentir las fuerzas que lo rodeaban, a veces le producían un placer indescriptible. Era como si estuviese más conectado con los poderes de los cielos y la tierra que los más grandes chamanes que le habían precedido.

Pero ¿de qué servía esta habilidad, si era incapaz de evitar el sufrimiento de la persona que más le importaba?, se preguntó indignado.

—Vete con ella —le ordenó a Oscar, que estaba sentado en su hombro mientras comía una galleta—. Te necesita.

Oscar bajó de un brinco y corrió hacia la tienda de Camelia.

Con cauto silencio, Zareb examinó la oscura silueta de Simon a través del velo de lona de su tienda. ¿Se había equivocado al pensar que este blanco extraño de pelo de color fuego y ropa arrugada les ayudaría a luchar contra el viento oscuro de Pumulani? E incluso aunque fuese Kent el encargado de combatir las fuerzas que lord Stamford había desatado involuntariamente cuando empezó a excavar en esta zona, ¿qué precio tendría que pagar Tisha por su presencia?

Zareb observó cómo en el interior de su tienda Simon sacaba el envoltorio de la bomba de vapor, cogía una herramienta y empezaba a hacer una serie de ajustes a la máquina. Al menos parecía decidido a proporcionarle a Camelia el instrumento para extraer el agua de la excavación.

Y eso estaba bien.

Cabeceó, confundido por el remolino de poderes buenos y malos que se agitaban a su alrededor. A veces no resultaba fácil comprender las fuerzas. Quizá, pensó con disgusto, su avanzada edad fuese también responsable de eso.

Se refugió de nuevo en la oscuridad de su tienda, cansado y confuso.

Y completamente ajeno al hecho de que no había sido el único que, agazapado en las sombras, había visto a Camelia perderse a medio vestir en la noche.

Capítulo *12*

—*T*engo buenas y malas noticias —informó Oliver seriamente.

Simon apretó la mandíbula y giró un poco más el tornillo que estaba ajustando, rompiéndolo en el proceso.

—¡Por el amor de Dios! —exclamó—. ¡Es el quinto maldito tornillo que rompo intentando montar esta maldita máquina! —Se incorporó y se dio un golpe en la cabeza con el borde de la bomba—. ¡Jesús!

Oliver arrugó la frente.

—Bueno, ya vale de blasfemias, jovencito, ¡o te lavaré la boca con el jabón de Eunice!

—No creo que sepa peor que la carne seca y fibrosa que hemos tomado en el desayuno —replicó Simon malhumorado mientras se frotaba la cabeza.

—Se llama *biltong* —le informó Zareb ofendido—. Es carne de antílope sazonada y secada al viento. Buenísima para estar fuerte.

—Me temo que todas mis fuerzas están concentradas en digerirla —musitó Simon—; me siento como si me hubiese comido una bota vieja. A ver, ¿cuáles son las buenas noticias?

A Oliver se le iluminó la mirada.

—La buena noticia es que he estado indagando y todo el mundo coincide en que la estación de las lluvias ha llegado a su fin. Hasta octubre el clima será totalmente seco.

—¡Magnífico! —celebró Simon silabeando—. Por lo menos no tendremos que preocuparnos de que caiga más agua en ese agujero enfangado. —Rebuscó impacientemente en su caja de herramientas para dar con otro tornillo—. ¿Y las malas noticias?

—Me temo que he tenido algún que otro problemilla para encontrar la leña que me pediste.

—¿Qué clase de problemillas?

—Bueno, es que no hay leña.

Simon levantó la vista con incredulidad.

—¿Qué quiere decir que no hay leña?

—Echa un vistazo a tu alrededor, chico. —Oliver hizo un gesto con sus delgados brazos—. Hay un poco de hierba y un montón de arbustos, pero no hay ni un solo árbol; a menos que cuentes como árboles esos pequeños brotes que no podrán talarse hasta dentro de unos cuantos años.

Oliver tenía razón, pensó Simon asombrado. Aparte de unos cuantos árboles jóvenes y unos pequeños arbustos no había árboles a la vista. Miró a Zareb confuso.

—¿Dónde están los árboles, Zareb?

—Antes había árboles, hace mucho tiempo —contestó—, pero las tribus que habitaban estas tierras los talaron para construir sus cabañas y hacer hogueras.

—Luego llegaron los Boers —añadió Senwe— y cortaron aún más árboles para poder cultivar la tierra.

—Después los exploradores —continuó Badrani— vinieron a los ríos Vaal y Orange en busca de diamantes, y talaron árboles para hacerse sus cabañas y sus hogueras.

Zareb asintió.

—Entonces apareció la industria maderera y taló los árboles que quedaban para poderlos llevar a las minas y venderlos a los excavadores.

—Luego llegaron las lluvias —intervino Senwe de nuevo— y...

—Lo he entendido; no hay árboles. —Simon se frotó las sienes, tratando de apaciguar el martilleo que llevaba toda la mañana sintiendo en la cabeza—. Entonces, ¿se puede saber con qué hicieron los hombres las hogueras de anoche?

—Con estiércol desecado.

Miró a Badrani con incredulidad.

—¿Con estiércol? ¿Con excrementos de animales?

Senwe asintió.

—Exacto.

—¿Y eso es lo que se supone que tengo que quemar para poner mi bomba en marcha?

—No le estamos diciendo lo que debe o no debe usar para su bomba —respondió Zareb—. Lo único que le hemos dicho es que no hay madera. Lo único que hay es excremento de buey desecado.

—¿Y qué tal prende el fuego en los excrementos de buey?

—Pues es lento y bastante humoso —reconoció Badrani.

—Y, por desgracia, si el estiércol no se ha secado bien a veces huele mal —añadió Senwe.

«¡Genial! —pensó Simon con amargura—. Realmente, el día no puede ir mejor.»

—Muy bien, pues. Oliver, Senwe y Badrani, necesito todo el estiércol posible para empezar a hacer una hoguera. Si es necesario, pidan ayuda a otros hombres para traerlo hasta aquí. Necesito hacer una buena hoguera para calentar bien la caldera. Probablemente la bomba tarde varios días en sacar el agua, así que necesitaremos mucho estiércol.

—Sí, señor Kent —dijo Senwe con una inclinación de cabeza.

—No te alteres, muchacho —lo tranquilizó Oliver, que percibió la desesperación de Simon—. Te traeremos el mejor estiércol que encontremos.

—No me altero —replicó Simon—. Es sólo que estoy deseando poner la bomba en marcha.

—De acuerdo, entonces deja de perder el tiempo hablando —lo regañó Oliver—. ¡A trabajar!

Simon observó al anciano escocés alejarse alegremente con sus nuevos amigos africanos. Excremento desecado. Sacudió la cabeza con incredulidad antes de enjugarse las gotas de sudor que resbalaban por su frente con la manga sucia y volverse a echar en el suelo para ponerse a trabajar de nuevo.

Después de que Camelia se fuese de su tienda de campaña no había podido conciliar el sueño, de modo que se pasó toda la noche intentando montar la bomba. Lamentablemente, la tarea estaba siendo mucho más complicada de lo que se había imaginado. Tras tres semanas de viaje con un aire húmedo y salado algunas de las piezas se habían oxidado y diversos dientes de la rueda estaban torcidos. Simon dedujo que habría sucedido en algún momento del trayecto hasta allí. Había tardado varias horas en reparar los daños y no sabía con seguridad si había enderezado los dientes lo suficiente para que su movimiento no se viese alterado.

Otra cosa más que añadir a su estado malhumorado de por sí.

—¿Va todo bien, Kent?

Simon alzó la vista con los ojos entornados a causa del sol y vio a Elliott de pie frente a él. Wickham iba vestido con un bonito traje hecho a medida, pantalones de color crema, una camisa asombrosamente almidonada, una corbata perfectamente anudada y un abrigo a cuadros grises y de color marfil. Un elegante sombrero de paja de alas anchas completaba su impecable atuendo. Parecía que estuviese a punto de asistir a algún picnic o fiesta al aire libre, dijo Simon para sí, en lugar de trabajar en una excavación inundada de barro en medio de Suráfrica.

—Buenas tardes, Wickham —lo saludó con amabilidad—. Espero que haya dormido bien esta noche.

—Así es. ¿Y usted?

—He dormido como un bebé —mintió Simon.

—¿Cómo va la bomba? —preguntó Elliott mientras observaba la máquina que Simon ensamblaba—. Lleva un montón de horas trabajando —comentó enarcando las cejas—, ¿va todo bien?

—Perfectamente. Dentro de unas horas estará lista para funcionar.

—Me alegra oír eso. Sé que Camelia está ansiosa por continuar excavando. Cuanto antes podamos extraer el agua antes podremos volver a excavar.

—Lo noto extrañamente ilusionado con la excavación, Wickham. Siempre he tenido la sensación de que no le hacía mucha gracia que Camelia siguiese trabajando aquí.

—Lo que no me hace gracia es que Camelia se arruine para perseguir el sueño de su padre —replicó Elliott—. Así que cuanto antes saquemos el agua y los nativos puedan continuar excavando, antes podrá Camelia darse cuenta de que aquí no hay nada más que desenterrar.

Simon lo miró con curiosidad.

—¿Por qué está tan seguro de que ahí abajo no hay nada?

—Pasé quince años de mi vida íntegramente dedicado a esta excavación. Camelia era aún una niña cuando vine a ayudar a su padre. Durante años estuve convencido de la existencia de la Tumba de los Reyes, sobre todo por la fe ciega que lord Stamford tenía en ella. Pero al ver que iba pasando el tiempo y no la encontrábamos, poco a poco empecé a dudar de que realmente existiera. Cuando lord Stamford murió, decidí que no iba a perder más tiempo en busca de lo que, sin duda, no es más que una leyenda de los kaffirs.

—La mayoría de las leyendas tienen un origen real —objetó Simon—. Por eso perduran.

—Está hablando de gente que tiene una historia para todo, incluso para explicar cómo el sol y la luna llegaron a gobernar el cielo. No son más que mitos infantiles.

Simon se encogió de hombros.

—No es ninguna locura pensar que una tribu reservase un lugar especial para enterrar a sus reyes.

—En ese caso, no habrá más que un montón de huesos descompuestos y unas cuantas conchas rotas. Por muy fascinante que eso le resulte a Camelia, no bastará para reunir el dinero necesario para seguir pagando a los nativos y continuar excavando. Lo que debería hacer es vender el terreno por lo que le ofrezcan y volver a casa.

—Camelia considera que ya está en casa.

—Este terreno perdido en medio de la nada no es en absoluto su hogar —protestó Elliott—. Es su locura, como lo era de su padre.

—Si tan convencido está de que la excavación carece de valor, ¿por qué ha vuelto a venir?

—Porque, lo sepa o no, Camelia me necesita. Soy el único que puede ayudarle a entender que aquí no hay nada más que desenterrar. Es preciso que lo comprenda antes de que dilapide la pequeña herencia de su padre y se quede sin nada.

—¿Y qué pretende que haga Camelia cuando haya tomado conciencia?

—Podrá hacer un montón de cosas —le aseguró Elliott—. Londres está lleno de comités de mujeres que se dedican a recaudar fondos para beneficencia, museos y arte. No creo que una mujer con la inteligencia y la determinación de Camelia tenga problemas para llenar el tiempo.

—Pero a ella no le gusta Londres, Wickham. Seguro que se habrá dado cuenta de eso.

—Tampoco conoce bien la ciudad —objetó Elliott—. Sólo ha ido allí para buscar una bomba y reunir el dinero que le permita continuar excavando, y no para entablar amistades y disfrutar de la ciudad. Cuando nos hayamos casado, aprenderá a disfrutar de ella. Y si se agobia en la ciudad, siempre puede instalarse en la casa que tengo en el campo.

—Veo que lo tiene todo planeado.

—Sí, así es —afirmó Elliott mirando a Simon fijamente.

Se sacudió una mota de polvo que tenía en la solapa de su impoluta chaqueta y se ajustó el sombrero.

—Le dejo trabajar, Kent. Cuanto antes consiga poner la bomba en funcionamiento antes conseguiremos que Camelia se dé cuenta de aquí no hay nada, y todos podremos dejar de perder el tiempo e irnos a casa.

Simon lo observó mientras se alejaba y luego cogió una llave inglesa y se dispuso a ajustar la presión de un tornillo. Realmente, Wickham no comprendía a Camelia, pensó.

«No puedo irme de África», le había confesado ella la noche anterior. Y al ver sus ojos llenos de dolor, Simon supo con absoluta claridad que le decía la verdad. Tal vez Camelia se equivocase con relación a la Tumba de los Reyes, pero no era la tumba lo que la retenía allí. A pesar de que no lograba entenderlo, el calor, la belleza y la pureza de África corrían por sus venas. Le daban vida y energía, y le llenaban de determinación. Además, en el fondo de su corazón, Camelia se conocía bastante para saber que no podría ser feliz en ninguna otra parte.

Y si Elliott no entendía eso, es que era idiota.

Aunque más idiota era él por haberse enamorado de una mujer que jamás le acompañaría y abandonaría ese lugar, que amaba más que ninguna otra cosa.

CUARTA PARTE

Susurros de pasión

Capítulo *13*

*S*entada en el suelo, Camelia escudriñaba la enorme roca que había justo pasado el perímetro cercado de la excavación.

Era una roca impresionante, de unos dos metros de alto y más de cuatro en su punto más ancho. Miles de años de exposición al fuerte viento y la lluvia que arreciaban en Pumulani durante los meses de verano habían alisado su superficie al igual que habían estropeado y difuminado los dibujos realizados sobre la misma. En muchos aspectos se parecía a los cientos de ejemplos de pinturas rupestres africanas que su padre había descubierto y documentado a lo largo de los años.

Pero cuando lord Stamford tropezó con esta roca en concreto, se persuadió de que encerraba el secreto del emplazamiento de la Tumba de los Reyes.

—No tengo más nueces —le dijo a Oscar con firmeza, que había introducido su pequeña pata en el bolsillo de su arrugada chaqueta de hilo—. Te las has comido todas.

Oscar se sentó sobre las nalgas y señaló con reprobación a Harriet y a Rupert.

—Harriet se ha comido unas cuantas y yo habré tomado unas cinco —dijo Camelia mientras estudiaba los dibujos de la roca que había en el cuaderno de notas de su padre—. Y a Rupert no le gustan las nueces; así que el resto te lo has comido tú, Oscar. No me extrañaría que acabaras con dolor de barriga.

Oscar dio un brinco y empezó a girar en rápidos círculos para demostrarle lo bien que se encontraba.

—Bueno, vale, pero ya no comas más a menos que quieras que Zareb te meta en su tienda y se ponga a hacer hogueras a tu alrededor y a darte uno de sus asquerosos remedios.

—Mis remedios no son asquerosos —protestó Zareb, haciendo acto de presencia.

Ante la idea de tener que beber uno de los elixires de Zareb, Oscar corrió hasta Camelia y trepó a su hombro en busca de protección.

—¿Qué tal va la bomba? —preguntó Camelia, que levantó la vista del cuaderno de notas de su padre.

—Igual que todos estos días. Funciona durante unos minutos, a veces suficiente para extraer varios cubos de agua y luego no sé qué pasa que se para.

—¿Sabe Simon el motivo?

—No está seguro. El agua está muy fangosa y a la bomba le cuesta un sobreesfuerzo sacarla. Y aunque está convencido de que el motor de vapor es potente, tiene problemas con el combustible porque el estiércol no arde con mucha fuerza. Y eso le dificulta la producción de vapor, que a su vez afecta a la potencia del mecanismo de bombeo.

Camelia reanudó el estudio del diario de su padre, intentando no dejar traslucir su decepción.

—Ya veo.

Zareb tomó asiento en el suelo junto a ella, colocando las túnicas hasta que formaron un brillante lago de color escarlata y zafiro. La observó en silencio unos instantes, reparando en las arrugas de preocupación que le habían salido en el entrecejo y en el firme ángulo de su mandíbula. Había cambiado desde el primer viaje a Londres, pensó con orgullo y también con inquietud. Naturalmente, le había dado pena marcharse de África. La muerte de su padre le produjo una sensación de vacío y pérdida, además de la ansiedad que conlleva irse a otro lugar, lejos del hogar que uno ama. Pero Zareb detectó que el dolor que ahora anidaba en ella no era como el de entonces.

—¿Te ha hablado ya, Tisha? —le preguntó en voz baja.

Ella alzó la vista confusa.

—¿El qué?

—La roca. ¿Te ha susurrado ya su secreto?

Camelia soltó una carcajada.

—De ser así, no seguiría aquí sentada día tras día, como solía hacer mi padre, intentando averiguar el significado de estos dibujos.

—Pues empecemos por ahí. ¿Qué crees que representan?

Camelia examinó la roca unos instantes.

—Parece una escena de caza normal, con una manada de antílopes rodeada de unos guerreros. Pero las estrellas de encima indican que es de noche, lo que significa que la escena tiene una interpretación mítica. Luego está el león de cara a la manada, que puede significar una amenaza para los antílopes o los guerreros, o ambos. O puede que sea el propio león el que está en peligro, ya sea porque los antílopes vayan a atacarlo o porque los guerreros lo cacen. —Cabeceó con frustración—. Mi padre estaba convencido de que esta piedra era la llave para la localización exacta de la Tumba de los Reyes, pero nunca logró descifrar el mensaje. A veces me pregunto si estaremos excavando en el lugar adecuado.

—Eso depende de lo que estés buscando.

—Ya sabes qué busco, Zareb. Quiero encontrar la Tumba de los Reyes que mi padre se pasó la vida buscando.

—Tu padre buscó muchas otras cosas, Tisha. La Tumba de los Reyes fue sólo una de ellas.

—Pero era la más importante para él. Habría dado cualquier cosa por encontrarla antes de morir.

Zareb miró fijamente la roca y no dijo nada.

—Lo echo de menos —confesó Camelia con un hilo de voz mientras acariciaba las gastadas páginas del diario de su padre—. ¡Ojalá estuviese aquí para decirme lo que debo hacer!

—Tu padre nunca te dijo lo que debías hacer, Tisha. Era su forma de amarte y de darte libertad para que tú misma averiguaras lo que realmente querías.

—Quería ser arqueóloga como él y dedicar mi vida a desenterrar los secretos de África.

—Hay secretos que nunca podrán ser desenterrados. Si así está escrito, saldrán a la luz, de lo contrario permanecerán ocultos; no es algo que tú puedas decidir.

Ella lo miró confusa.

—¿Me estás diciendo que no encontraré la Tumba de los Reyes?

—Lo que digo es que será la propia Tumba la que decida si quiere o no ser descubierta. Lo único que tú puedes hacer es decidir hasta dónde estás dispuesta a llegar en esta búsqueda.

—Hasta el final. Igual que mi padre.

—Tu padre tenía otras cosas en la vida, Tisha. La Tumba de los Reyes era sólo una pequeña parte de ella.

—Hizo otros descubrimientos a lo largo de su carrera, pero ninguno fue relevante para el mundo arqueológico, básicamente porque todos estaban ubicados en África.

—No me refería al trabajo, Tisha, sino a su vida.

—El trabajo era su vida.

Zareb sacudió la cabeza.

—Cuando conocí a lord Stamford su vida estaba dividida entre su profesión y su alma. Los nativos lo llamaban Talib, que significa «el que busca».

—Tiene sentido; era arqueólogo.

—Los nativos no sabían qué era un arqueólogo. No podían entender que un hombre blanco excavara lo que sus antepasados habían dejado al morir. Lo llamaron Talib porque percibían su infelicidad; creían que había venido a África en busca de lo que añoraba.

—No añoraba nada, excepto el reconocimiento del mundo de la arquelogía.

—Estás viendo a tu padre a través de tus ojos; no puedes evitar hablar desde el reflejo de su amor. Antes de que tú vinieras a vivir con él, tu padre era un hombre distinto. Había un vacío terrible en su interior. Ni siquiera su amor por África pudo aliviar el dolor de ese vacío.

—Pero lo tenía todo —objetó Camelia—. Un título nobiliario, una profesión, una esposa, una hija...

—Una esposa y una hija que vivían a un océano de distancia.

—Supongo que nos echaba de menos —admitió Camelia—, pero su trabajo era muy importante para él. Le llenaba enormemente.

—Y sin embargo estuvo dispuesto a dejarlo por ti.

Ella lo miró atónita.

—Eso nunca me lo dijo.

Zareb clavó los ojos en la roca y permaneció en silencio.

¡Cuánto se parecía Camelia a lord Stamford! Su niña querida, cuya protección le habían confiado a Zareb hacía tantos años. Era obstinada, inteligente, decidida, tal vez incluso un poco egoísta, como son quienes están destinados a lograr grandes cosas; dueños de su tiempo, sus responsabilidades y sus corazones. Pero en su interior había desdicha y sus sombras habían crecido desde que Zareb la viera salir aquella noche apresuradamente de la tienda de campaña de Simon. También en el inventor blanco había germinado la infelicidad.

Entre los dos se había encendido un fuego y ni el tiempo ni el muro que ambos habían levantado entre ellos habían logrado apagar las llamas.

—Antes de que tu madre muriera —relató Zareb en voz baja— lord Stamford era consciente de que su trabajo no le permitía disfrutar de ti. Hubo una época en que estaba decidido a que dejaras de pagar ese precio. Pero entonces tu madre falleció y te trajo aquí, no para criarte en África, porque lo que pretendía era abandonar la excavación y volver contigo a Inglaterra.

Camelia frunció las cejas.

—Si lo que quería era abandonar la excavación, ¿por qué me trajo aquí? ¿Por qué no me dejó en Inglaterra hasta que se reuniese conmigo?

—Eras muy pequeña, Tisha, y acababas de perder a tu madre. Estabas sola y asustada, y tu padre pensó que necesitabas estar con él en esos momentos. Algunos opinaban que debía haberte metido en un colegio. Tu madre tenía una tía que insistía en quedarse contigo, y que le prometió a lord Stamford educarte para convertirte en una joven decente mientras él se dedicaba a su profesión. Pero tu padre no cedió. Te quería y quería ocuparse de ti, aunque eso implicase dejar de trabajar en África.

—Y ¿por qué no se fue a Inglaterra?

—Porque vio que África te gustaba, Tisha. Igual que le gustaba a él.

—Sí, supongo que era obvio —repuso Camelia—. Desde que puse un pie aquí me sentí como en casa.

—También tu padre se sintió como en casa a partir de entonces; cuando vio que eras feliz aquí. Pero su hogar no era África, Tisha, eras tú.

—Me imagino que yo también era parte de su hogar —concedió Camelia—. Pero mi padre pertenecía a este lugar. Nunca habría sido feliz en Inglaterra.

—Él eligió estar contigo, Tisha, fuese donde fuese. Tú eras su hogar.

Ella lo miró vacilante.

—¿Por qué me cuentas todo esto, Zareb?

—Porque algo ha cambiado en tu interior, Tisha. —Su expresión era grave—. Últimamente te veo triste, y eso me duele.

—Es que echo de menos a mi padre.

—Siempre lo echarás de menos, toda tu vida. Pero la tristeza de la que hablo no es la de una hija que añora a su padre.

Camelia desvió la vista, sintiéndose repentinamente vulnerable y desnuda.

—Mi vida está aquí, Zareb —insistió en voz baja—. Nada podrá cambiar eso.

—África es parte de tu vida, Tisha —replicó Zareb—. Una parte que te unía con fuerza a tu padre, y eso está bien. Pero no es toda tu vida. El futuro está por llegar; aún no está escrito. Ésa es la parte que puedes cambiar.

Se levantó, sacudió el polvo de sus túnicas y luego miró al cielo.

—El viento está cambiando de dirección —comentó al observar cómo un grupo de espesas nubes formaba un delicado velo alrededor de las picudas cimas de las montañas.

—¿Significa eso que el viento oscuro dejará al final de soplar? —preguntó Camelia procurando sonar alegre—. Creo que nos vendría bien un poco de buena suerte.

Zareb contempló el cielo en silencio, intentando percibir las fuerzas que se movían a su alrededor. Supo que algo se aproximaba hacia ellos con la misma certeza con la que sentía los constantes latidos de su corazón.

Algo poderoso.

Cerró los ojos y aguzó los sentidos hasta que percibió con claridad el cegador brillo del sol, la cálida caricia del viento que agitaba sus túnicas y el olor acre y a humo de la hoguera a base de estiércol de Simon, que llegaba lentamente por el aire.

«Ten cuidado», le susurró el viento con voz tan suave que Zareb no estaba seguro de haberlo oído bien.

«Ten cuidado.»

Las gotas de sudor empezaron a resbalar por su frente mientras aguzaba el oído, tratando de entender el significado del mensaje.

«¿Que tenga cuidado con qué? ¿Con la excavación? ¿Con alguien? ¿Con un espíritu? ¿Con la Tumba?», se preguntó.

«Dime con qué», suplicó extendiendo los brazos hasta que sus túnicas formaron una gigante y vistosa bandera que ondeaba al viento. «Dime...»

—¿Qué ocurre? —le preguntó de pronto Camelia preocupada—. ¿Qué has oído?

El viento calló de golpe.

Zareb abrió los ojos y la miró con los ojos muy abiertos y llenos de miedo. Estaba claro que ella también había escuchado algo.

—Debemos vigilar nuestros movimientos, Tisha. —Su voz ocultó la ansiedad que crecía en su interior—. El viento oscuro sigue soplando.

—Pero ¿qué has oído, Zareb?

—Era una advertencia —contestó Zareb sin mentir—. Los espíritus siguen protegiendo el lugar. Debemos ser cautos para no disgustarlos.

Camelia clavó los ojos en la roca pintada, pensando en la advertencia de Zareb.

—Si de verdad la Tumba de los Reyes no quisiera ser descubierta, a estas alturas ya me habría echado de aquí.

—Algunos dirían que ha matado a varios hombres y ahuyentado a la mayoría de los trabajadores; que te ha enviado meses de sequía seguidos de meses de lluvias e inundaciones; que los pasadizos que se tardaron semanas en hacer se han derrumbado, que las máquinas han sido destruidas o no funcionan, y que no hay más dinero para continuar excavando. En Londres te agredieron, destrozaron la casa de tu padre y durante el viaje hasta aquí has estado tan enferma que pensé que no sobrevivirías. —Con expresión casi suplicante añadió—: ¿Te parece obstáculos suficientes para disuadirte, Tisha?

—Quizá sí —reconoció Camelia, con los ojos aún clavados en la roca. Alzó una mano para reseguir con los dedos la silueta del león—. O quizá son una serie de desafíos, pruebas que me hacen para ver si realmente merezco descubrir la Tumba de los Reyes.

Zareb la miró en silencio. ¡Cómo iba a interpretarlo de otra manera! La sangre de lord Stamford fluía por sus venas y su padre jamás se había arredrado ante un desafío.

Aunque el desafío en cuestión fuera una niña de diez años sola y vulnerable que le había suplicado a su padre que no la enviase de vuelta a Inglaterra.

—¿Qué ha sido eso? —inquirió Camelia, dirigiendo la mirada hacia la excavación.

—Yo diría que eran aplausos —contestó Zareb.

Camelia se puso de pie y usó su mano a modo de visera para protegerse del sol.

—¿Ése no es Oliver bailando?

—Sí, con Senwe y Badrani —dijo Zareb sonriendo—. Deduzco que están contentos porque el señor Kent al fin ha logrado que la bomba funcione. Escucha, ¿oyes el ruido que hace?

Camelia inclinó la cabeza y escuchó las fuertes exhalaciones rítmicas de la bomba de Simon.

—¡Lo ha conseguido! —gritó eufórica—. ¡Sabía que lo lograría!

—¿Nos acercamos a verlo?

Camelia avanzó varios pasos y de repente se paró en seco.

—Ve tú, Zareb. Tengo mucho que hacer aquí.

—¿Estás segura, Tisha?

Se sentó de nuevo en el suelo, delante de la roca, y volvió a abrir el diario de su padre.

—Sí, ya me contarás luego qué tal funciona.

Zareb titubeó; por un lado deseaba quedarse a vigilarla, pero por el otro sabía que en ese momento ella necesitaba estar sola.

—Está bien. Tú quédate con Tisha —le ordenó a Oscar, que había bajado del hombro de Camelia para subirse al de Zareb—. Y ven corriendo a buscarme, si ves que me necesita.

Obediente, Oscar se sentó en otra piedra cercana.

Zareb se volvió y anduvo en dirección a la excavación, donde, al parecer, Oliver estaba enseñando a Badrani y a Senwe los pasos de algún baile escocés. Los dos khoikhoi se desternillaron de risa mientras, para divertimento del resto de nativos, imitaban los extraños y espasmódicos movimientos de Oliver.

Zareb decidió ir a comprobar qué tal iba la bomba, para ver con sus propios ojos que realmente funcionaba. Después volvería junto a Camelia y la acompañaría hasta el campamento. La advertencia del viento no había dejado lugar a dudas.

El peligro era inminente, estaba cada vez más cerca.

Capítulo 14

—*D*e verdad, Oscar, mira la que estás organizando —lo regañó Camelia—. ¿Es necesario que comas las tortas de avena encima de mi mesa?

Oscar se introdujo el resto de tortas en la boca, con lo que un montón de migas cayeron sobre los libros y los papeles de Camelia.

—Además, ¿se puede saber de dónde narices las has sacado? —murmuró mientras levantaba el diario de su padre y sacudía las migas—. No recuerdo haber metido tortas de avena en mis maletas.

Oscar cogió una pluma que se le había caído a Harriet y se la puso sobre las cejas.

—Si te las ha dado Oliver, te agradecería que te las comieras en su tienda —le ordenó Camelia con firmeza—. Harriet, por favor, a ver si puedes picotear unas cuantas migas.

Le ofreció al pájaro un trozo de torta, tentándole a abandonar el respaldo de la silla de Camelia, y éste empezó a picotear con delicadeza los restos de comida de la mesa.

—A partir de ahora está prohibido comer en mi tienda de campaña; así no dejaréis todo perdido mientras intento trabajar.

Oscar la miró con pesar.

—Rupert nunca come aquí dentro —añadió Camelia lanzándole una mirada a la serpiente, que estaba enroscada en medio de

la cama—. Sale a buscar una lagartija pequeña o algún ratón rollizo y luego vuelve y se enrosca para digerirla. Nunca desordena
nada.

—No sabía que las serpientes fuesen tan pulcras —silabeó una
voz en tono ligeramente burlón.

Boquiabierta, Camelia se volvió y vio a Simon de pie en la entrada de su tienda.

—Tendré que decírselo a Byron, mi hermano pequeño —comentó—. Así podrá añadirlo a la lista de atributos que está elabo-
rando para mis padres sobre por qué las serpientes son unas mascotas excelentes —dijo arqueando las cejas—. ¿Puedo pasar, Camelia?
¿O estás decidida a seguir evitándome?

—Yo no te evito —contestó ella con ingenuidad, concentrada
ahora en ordenar los libros y papeles de su mesa—. Es sólo que he
estado muy ocupada.

—Eso me ha dicho Zareb. Pero aun así, pensé que podrías encontrar tiempo en tu apretada agenda para venir a ver lo bien que
funciona la bomba. Durante más de una semana me he pasado día y
noche peleándome con ella. En un momento dado hasta pensé que
no lograría lidiar con el agua fangosa de la excavación.

En su voz había cansancio y Camelia dejó de ordenar la mesa, y
lo miró.

Tenía ojeras y daba la impresión de que en la frente tenía más
arrugas que antes. Su cabello era una salvaje maraña cobriza aclara-
da por el sol, que seguramente se había convertido en el súmmum
para los trabajadores nativos, ya que ahora su color era más parecido al del fuego que la noche que llegaron. El sol africano había bronceado su piel, pero por la rojez de su nariz y mejillas Camelia supo
que había estado demasiado rato bajo sus severos rayos. Tenía barba de varios días que oscurecía su mandíbula y sus mejillas estaban
indudablemente chupadas, lo que indicaba que no había hecho pau-
sas para comer o afeitarse. Llevaba su habitual conjunto de camisa
blanca arrugada y arremangada, que dejaba a la vista un vendaje en
su antebrazo izquierdo. Sus pantalones estaban tremendamente
arrugados pero limpios, lo que quería decir que se había aseado y
cambiado antes de ir a verla.

—Lo siento —se disculpó Camelia arrepentida—. Cuando me enteré de que al fin funcionaba la bomba y oí que todo el mundo aplaudía, estuve a punto de salir corriendo para ir a verlo. Me sentí tan aliviada, emocionada y feliz que yo también tuve ganas de aplaudir. Creo que de haber ido, incluso hubiese intentado bailar ese ridículo baile que Oliver les enseñó a Badrani y a Senwe.

Simon la miró con curiosidad.

—¿Y por qué no viniste?

Ella apartó la vista.

—Supongo que no sabía cómo hacerte frente.

—Pues de la misma manera que lo hiciste después de pasar nuestra primera noche juntos en mi estudio de Londres —repuso él—. No me dio la impresión de que tuvieses ninguna dificultad entonces.

—Fuiste tú quien me evitó en Londres —reprochó Camelia—. Te encerraste en el comedor durante una semana entera.

Él enarcó las cejas sorprendido.

—¿Es eso lo que crees que hice? ¿Evitarte?

—¿Acaso no es cierto?

—Estaba construyendo la bomba. Cuando trabajo en un invento me dedico a él por completo y me olvido de todo los demás, incluso de comer, dormir e interactuar con el resto de seres humanos. Mi familia no deja de decirme que no es normal —dijo sacudiendo con tristeza la cabeza—. Y supongo que tienen razón, pero para mí sí es normal. Como lo es para ti vivir en una tienda de campaña en plenas llanuras africanas excavando en busca de una mítica tumba antigua.

Camelia lo miró con incertidumbre.

—No podemos cambiar lo que ha ocurrido entre nosotros, Camelia. —Habló con voz grave y cargada de resignación—. Y aunque pudiese hacerlo, por muy descortés que te parezca, no lo haría. Lo único que podemos controlar es cómo reaccionamos a ello. Y al menos yo no pienso dejar que la... —Hizo una pausa tratando de dar con la palabra adecuada—... «fuerza» —dijo con torpeza— que surge entre nosotros cada vez que estamos juntos ponga en peligro tu trabajo. Te prometí que te construiría una bomba y que enseñaría a tus hombres a manejarla. Y tengo la intención de cumplir mi palabra, decidas o no evitarme durante el resto de mi estancia aquí. Eso es todo lo que quería decirte. —Abrió la tienda dispuesto a salir.

—Espera.

Simon se detuvo y la miró expectante.

—¿Qué te ha pasado en el brazo?

—Me corté con uno de los dientes de la bomba —contestó encogiéndose de hombros—. No es nada.

—¿Le has dicho a Zareb que le eche un vistazo?

—Zareb se ofreció muy amablemente a untarlo con estiércol y grasa de antílope, pero decliné su oferta.

—¿Y qué me dices de Oliver?

—Oliver decidió que había que sangrar la herida. Después de que le ordenase guardar su puñal, le preguntó a Zareb si sabía dónde podían encontrar unas cuantas sanguijuelas sedientas. Zareb se ofreció a buscar gusanos, asegurando que me chuparían la sangre tan bien como cualquier sanguijuela inglesa. Entonces fue cuando decidí vendarme el brazo yo solo.

—Déjame echarle un vistazo.

—No es más que un arañazo, Camelia.

—Aquí hasta un arañazo puede ser mortal, si no se cura adecuadamente. Siéntate y déjame examinar la herida.

Simon suspiró y se sentó a regañadientes en la silla.

—¿Te la habrás lavado al menos? —le preguntó mientras le sacaba con cuidado el vendaje.

—Sí.

—Pues jamás lo habría dicho. —Miró la herida al descubierto con la frente arrugada—. Esto está sucísimo.

—Tenía prisa.

—Hay que volverla a limpiar y me temo que tendré que darte unos cuantos puntos para cerrarla —decidió—; de lo contrario, se volverá a abrir y podría infectarse.

—No pienso dejar que Zareb ni Oliver se me acerquen: Oliver es capaz de hacerme un corte en el otro brazo mientras Zareb me cubre de gusanos. Prefiero correr el riesgo de que se me infecte.

—Yo te coseré.

Simon la miró con incredulidad.

—¿Sabes coser heridas?

—Sí. ¿Te sorpende?

—Supongo que no más que todas las otras cosas que he descubierto en ti —respondió, encogiéndose de hombros.

—Mi padre se empeñó en que aprendiese a curar heridas cuando tenía quince años. Era un poco aprensivo, como tú.

—Yo no soy aprensivo —protestó Simon ofendido.

—Verás, no creía en los métodos curativos de los nativos —rectificó Camelia mientras con una jarra de metal llenaba la jofaina de agua—. Así que un día, en nuestra casa de Ciudad del Cabo, hizo venir a un médico para que me enseñase a curar heridas, torceduras, quemaduras y demás. —Hundió una toalla en la palangana y cogió una pastilla de jabón—. Pensó que me resultaría útil saber algo de primeros auxilios cuando estuviésemos viviendo en una excavación. —Se acercó al gran baúl que había a los pies de su cama y se puso a buscar su botiquín.

—Veo que era tremendamente pragmático.

—Cuando quería, mi padre podía ser muy pragmático. —Abrió el botiquín y extrajo una aguja, hilo, unas cuantas gasas y un frasco de linimento—. Excepto en lo relativo a su trabajo. Ahí sí que no se dejaba intimidar por los obstáculos que se interponían en su camino; aunque todo el mundo le aconsejase que debía rendirse.

—A veces es más fácil no rendirse.

Ella lo miró sorprendida.

—¿Por qué dices eso?

—Porque rendirse le obliga a uno a volcar su tiempo y su energía en otra cosa. Si eso se hace con un proyecto relativamente pequeño, no cuesta mucho, pero si se trata de un objetivo que ha sido una obsesión durante toda una vida, admitir la derrota y seguir adelante es mucho más difícil.

—Mi padre no cometió un error al dedicar gran parte de su vida a la búsqueda de la Tumba de los Reyes. Me imagino que sabrás que algunos de los descubrimientos más importantes del mundo son el resultado de años y años de duro trabajo y una determinación inalterable.

—También hay un sinfín de casos de personas que se han pasado la vida buscando algo y no lo han encontrado.

—La Tumba de los Reyes existe, Simon. Estoy segura de ello.

—No te estoy diciendo lo contrario.

—Y no pararé hasta que la encuentre.

Él la miró fijamente.

—Lo sé.

Camelia desvió la vista, repentinamente incapaz de mirarlo a los ojos.

—Quizá sería mejor que te echaras en la cama mientras te curo —sugirió al tiempo que dejaba cuanto necesitaba en la pequeña mesa que había junto a la cama.

—En la silla estoy bien. Prometo no desmayarme.

—Lo decía por mí.

—Si vas a desmayarte, entonces eres tú quien debería usar la cama —le ofreció galantemente.

—Te aseguro que no me desmayaré —repuso Camelia, que trasladó a Rupert al mullido montón de ropa que había en su maleta—. Tardaré un rato en coserte la herida y me sería más cómodo hacerlo desde la silla mientras tú estás tumbado en la cama.

Simon suspiró.

—Muy bien. —Fue hasta el catre y se echó sobre él. La cama crujió en señal de protesta bajo su peso.

—Te has hecho un corte muy feo —comentó Camelia mientras le limpiaba la herida—. Habrá que irlo limpiando y cambiando el vendaje a menudo para que no supure.

Simon se incorporó sobre el otro codo para poder ver la herida.

—Pues a mí no me parece que sea tan grave, Camelia. No creo que haga falta coserlo. Cámbiame las vendas y ya está.

—Como acabes con fiebre, Zareb te meterá en la tienda de campaña y se pondrá a encender hogueras a tu alrededor —le advirtió Camelia con seriedad—. Y a la mínima que te despistes te cubrirá el brazo de gusanos.

—Supongo que si tengo que elegir entre tu afilada aguja y una horda de gusanos hambrientos, sin duda prefiero que me cosas la herida. —Se tumbó de nuevo y cerró los ojos, resignándose a su destino.

—No descartes los gusanos tan deprisa —replicó Camelia mientras enhebraba la aguja—. Se usan para curar desde hace siglos. Los soldados cuyas heridas eran infestadas de gusanos tenían más posibilidades de sobrevivir que los demás; esos bichos se comen el tejido muerto y ayudan a mantener las heridas limpias.

Simon frunció las cejas.

—¿Es ésta tu forma de distraer mi atención mientras me clavas una aguja?

—Pero si aún no he empezado.

—Ni lo harás como sigas hablando de gusanos.

—De acuerdo. Pensaba que, siendo científico, te parecería un tema interesante.

—Hay muchos temas que me interesan, pero hablar de gusanos que se comen tejidos muertos para que las heridas abiertas no supuren no es precisamente uno de ellos.

—¿Ves cómo eres *aprensivo*? —repuso Camelia triunfal.

—Lo único que he dicho es que intentemos hablar de algo más agradable mientras me coses —contestó Simon—. ¿Es eso mucho pedir?

—En absoluto. Ahora, por favor, échate antes de que apoyes demasiado peso en el brazo y vuelva a sangrar.

A regañadientes, Simon se tumbó de nuevo en la cama y cerró los ojos.

Camelia examinó el corte en silencio para decidir cuál era la mejor manera de coserlo. La herida era profunda pero bastante recta, lo que era bueno. Pensó que lo mejor sería hacer una serie de pequeños puntos, dejando entre ellos suficiente espacio para dejar paso a la sangre que pudiese seguir saliendo...

—¿A qué esperas? —inquirió Simon con irritación, incorporándose.

—Estoy pensando cómo coser el corte.

—No necesito que hagas ningún diseño especial; ¡ni que estuvieras tejiendo una colcha!

—No he tejido una colcha en mi vida, así que de diseños especiales nada de nada —dijo ella con socarronería—. Hay que cerrar bien el corte para que se cure bien. No querrás que te quede una cicatriz fea, ¿verdad?

—Te aseguro que me da igual cómo quede, pero me gustaría que acabaras antes de que me entierren.

—Si dejaras de incorporarte constantemente y de interrumpirme, ya habría terminado.

—No es necesario que lo cosas, en serio —insistió Simon—. La herida ya está limpia, véndala y me iré —dijo mientras empezaba a levantarse de la cama.

Camelia se puso de pie para impedírselo.

—Simon Kent, si no te echas ahora mismo, tendré que obligarte por la fuerza.

Él la miró divertido.

—Una amedrentadora amenaza viniendo de una mujer que apenas me llega al pecho. ¿Y cómo piensas obligarme exactamente?

—No me subestimes sólo porque sea una mujer —advirtió Camelia.

—Esto no tiene nada que ver con el hecho de que seas una mujer; es una constatación —le aseguró Simon—. Una cuestión de estatura.

—Pues no me parece un punto de vista muy científico —repuso ella—, al fin y al cabo, hasta se puede derribar un elefante con una bala diminuta.

—¿No pensarás dispararme?

—No, porque entonces tendría que curar dos heridas en lugar de una.

—¡Qué sensibilidad la tuya!

—Échate, Simon.

—De verdad, Camelia, tu oferta es tentadora, pero creo sinceramente que mi brazo tiene mucho mejor aspecto ahora que lo has limpiado. Véndalo en un momento y seguro que se curará de maravilla.

—No pienso vendarlo hasta que lo haya cosido.

—Muy bien, pues lo haré yo. —Empezó a levantarse.

—Lo siento mucho, Simon. —Le agarró del meñique de la mano derecha y tiró de él hacia atrás con fuerza.

—¡Dios mío...! —gritó, tambaleándose y cayendo en la cama.

Camelia le soltó el dedo y lo miró con naturalidad.

—¿Vas a dejar que te cosa?

Él la miró indignado.

—¿Dónde has aprendido este desagradable truquillo?

—Me lo enseñó Zareb —contestó ella mientras escurría la toalla—. Pensó que me iría bien saber unas cuantas tácticas de defensa, por si algún día me encontraba en una situación en la que pudiese necesitarlas.

—A juzgar por tu habilidad diría que has tenido ocasión de ponerla en práctica con anterioridad.

—No, en realidad es la primera vez que uso este truco. —Volvió a limpiarle la herida—. Hasta ahora sólo había ensayado con Zareb, y lógicamente no hacía fuerza de verdad. —Tiró la toalla en la jofaina y sonrió—. Le gustará saber que ha funcionado.

—Preferiría que esto quedara entre nosotros. Creo que mi orgullo masculino ya ha sufrido bastante como para que encima lo vayas contando por todo el campamento.

—Como tú quieras. —Cogió la aguja y la enherbró otra vez—. ¿Necesitas algo antes de que empiece? —le preguntó con dulzura—. Un trago de whisky, tal vez... o algo para morder.

—Sí, una cosa.

—Dime.

La cogió, la puso encima de él y la besó.

Camelia gritó y forcejeó, pero Simon la sostuvo con fuerza y la besó apasionadamente mientras le acariciaba la espalda con posesividad, y sus piernas se entrelazaban.

Sólo quería calmar su orgullo herido y marcarse un tanto; quizá fuese infantil, pero a él le parecía de lo más lógico. Sin embargo, era embriagador tener a Camelia entre sus brazos, desatando la extraordinaria pasión que había procurado ocultar tras las interminables noches en vela y las horas de duro trabajo. La atrajo hacia sí y la besó con ternura, explorando con la lengua la dulce y oscura humedad de su boca, persuadiéndola, suplicante, intentando hacerle entender lo que, al parecer, no sabía expresar con palabras.

Camelia permaneció unos instantes inmóvil, notando cómo se evaporaban los últimos vestigios de autocontrol.

Y a continuación gimió y presionó su cuerpo contra el de Simon, su esbelta suavidad se fundió con las duras superficies y curvas de él, que tan maravillosamente familiares y excitantes le resultaban. Entrelazó los dedos en su enmarañado cabello aclarado por el sol, sintiéndose repentinamente ansiosa por notar su tacto, sus besos, su deseo. Si el fuego que había entre ellos era erróneo, entonces su vida entera era un error. Era lo único en lo que podía pensar mientras abría la boca y le regalaba besos por su elegante y marcada mandíbula al tiempo que con los dedos le desabrochaba frenéticamente los botones de su arrugada camisa de hilo.

Lo deseaba con una desesperación abrumadora, más de lo que había deseado nada en toda su vida. De modo que se concentró únicamente en la sensación que le producía su imponente cuerpo, que se removía debajo de ella, en su masculino aroma, que le embriagaba los sentidos, en el sabor a la vez salado y dulce de su preciosa piel bronceada, que tentaba su lengua mientras Camelia descendía por la tensa columna de su cuello, mordisqueándolo, lamiéndolo y besándolo.

«Te deseo», confesó en silencio, aunque tampoco era necesario que lo dijese en voz alta. Le sacó la camisa y besó los marcados músculos que esculpían su pecho.

«Te necesito», añadió, abrumada por la intensidad de su propio deseo. Siguió descendiendo por la dura superficie de su barriga. Simon dejó de abrazarla con tanta fuerza; sus caricias eran cada vez más castas y tiernas.

No sabía qué fuerza era ésta que los unía, pero era más potente que cuanto había conocido jamás. Más poderosa que sus ansias de independencia, más misteriosa que los secretos de la Tumba de los Reyes y más amedrentadora que el viento oscuro que, desde la muerte de su padre, había proyectado sus sombras sobre ella. Era una fuerza contra la que no podía luchar. Una fuerza contra la que, hasta cierto punto, tampoco quería luchar.

Jadeó y apoyó su mejilla contra el musculoso vientre de Simon, buscando alguna forma de explicarle cómo se sentía.

De pronto un fuerte ronquido inundó la tienda.

Camelia levantó la mirada, confusa. La expresión de Simon era casi aniñada, ahí tumbado con la cabeza felizmente apoyada en su almohada, completamente ajeno tanto al torbellino emocional que ella sentía como a sus apasionados besos. Debía de estar verdaderamente agotado, pensó. No le había mentido al decirle que había estado trabajando día y noche para conseguir que la bomba funcionase.

Moviéndose despacio para no despertarlo, Camelia bajó de la cama y, con cuidado, tapó a Simon con una manta antes de coserle rápidamente la herida y vendársela.

Y después se sentó frente a su mesa y, con los ojos empañados, se quedó mirando fijamente el diario de su padre, preguntándose de dónde sacaría las fuerzas para soportar el dolor cuando, al fin, Simon la abandonara.

Capítulo 15

—*D*espierta, chico —ordenó Oliver.

Simon gruñó y hundió la cabeza en la almohada.

—No quiero gusanos, Oliver. Ni estiércol. Lárgate.

—Tenemos que hablar con usted —insistió Zareb.

—Hágalo cuando me haya despertado. —Simon se tapó la cabeza tirando con fuerza de la manta y se puso de lado.

—Sé que estás cansado, muchacho —comentó Oliver con tranquilidad—, pero estoy seguro de que querrás oír lo que tenemos que decirte.

—Por el modo en que hablas, intuyo que no me gustará —dijo arrastrando las palabras—. ¿Qué problema hay? ¿Se ha acabado el estiércol?

—Me temo que es más grave que eso.

—¡Genial! ¿De qué se trata?

—Por desgracia, la bomba ha sufrido un pequeño percance.

Simon se destapó y lo miró con incredulidad.

—¿Qué quiere decir que ha sufrido «un percance»?

—Se ha caído —explicó Zareb—. Y se han producido algunos daños.

Simon se levantó de un salto de la cama de Camelia y, corriendo, salió de la tienda a la luz matutina sin prestar atención a lo que le contaba Zareb.

Los trabajadores, con expresión grave, estaban arremolinados alrededor de los enfangados terraplenes de la excavación. Al acercarse, Simon supo que estaban observando a Camelia, a Badrani, a Senwe, a Lloyd y a Elliott, que se movían por el agua fangosa, al parecer, en busca de algo. Entonces desvió la vista.

Y vio en el suelo los restos destrozados de su bomba de vapor.

Miró atónito la máquina hecha añicos. No era posible. Anduvo hasta la bomba lentamente. Tenía que estar soñando. Alargó un brazo y la tocó vacilante. El acero estaba caliente al tacto de su mano.

O sea, que no era un sueño. Era real.

Una furia total y absoluta se apoderó de él, tan intensa que le dejó momentáneamente sin habla.

—¿Podrás arreglarla?

Se volvió y vio a Camelia. Su cabello era una maraña dorada que colgaba sobre sus hombros, su vestido estaba empapado de agua y barro, y tenía las mejillas y la frente llenas de suciedad.

—Ten. —Abrió las manos mojadas y le enseñó un variado surtido de tornillos, tuercas, clavijas y demás piezas pequeñas y rotas de la máquina—. Las he encontrado en el agua. El resto también ha encontrado unas cuantas piezas. —Su voz era tensa—. Seguiremos buscando mientras empiezas a repararla.

Simon la miró con impotencia. Debajo de las manchas de suciedad su bello rostro estaba pálido y su elegante frente estaba arrugada por la preocupación. Sin embargo, sus ojos del color de la salvia lo miraban abiertos y esperanzados, iluminados por la magnitud de su propia determinación y quizás incluso la increíble confianza que, al parecer, tenía en él. Y al contemplar las profundidades de esos ojos extraordinarios, de pronto se sintió abrumado, tanto por lo maravilloso que era que ella creyese que él podía arreglar aquel desastre como por la absoluta certeza de que eso era imposible.

—Camelia —empezó a decir en voz baja y ronca—, no puedo arreglar esto.

—Te prometo encontrar todas las piezas —repuso fervientemente—. Buscaremos día y noche, si es necesario. En cuanto las tengas todas podrás volver a ensamblar la bomba.

Simon sacudió la cabeza.

—Aunque encontremos todas las piezas, no podré arreglarla. Los mecanismos de la válvula están gravemente dañados; la caldera se ha roto; los dientes de expansión están tremendamente torcidos y el eje se ha partido. No puedo arreglarla.

—Pediremos a Ciudad del Cabo los recambios que necesites.

—Cerró el puño y apretó con fuerza el montón de tornillos y clavijas, negándose a aceptar la realidad—. Haz una lista, y Zarbe y yo iremos esta misma mañana a Kimberley para ver si allí conseguimos alguna pieza; el resto lo encargaremos en Ciudad del Cabo.

—No es tan sencillo, Camelia. La mayoría de las piezas las he diseñado yo y un soldador londinense las ha fabricado especialmente para mí. Son únicas.

—En ese caso le escribiremos una carta a tu soldador y le pediremos que nos haga más.

—Eso nos llevará meses, Camelia.

Ella lo miró directamente a los ojos, esforzándose por dar una imagen fuerte y decidida. Pero su labio inferior temblaba mientras se agarraba con fuerza de la falda sucia y arrugada. Estaba tan destrozada como él, pensó Simon. Sus trabajadores la miraban serios y en silencio, esperando para ver cómo reaccionaría a este último desastre. Eso fue lo que la mantuvo entera; era una luchadora, pero en ese momento, también era líder.

No podía permitir que el miedo y la decepción pudieran más que ella; de lo contrario, los pocos trabajadores que quedaban acabarían creyendo que, al fin, había sido derrotada.

Y se irían.

—Lo siento, señor Kent. —Avergonzado, Badrani se acercó despacio a Simon y a Camelia con la cabeza agachada—. La culpa ha sido mía. Anoche estuve yo de guardia. —Se arrodilló arrepentido frente a Camelia—. Castígueme como crea oportuno, mi señora.

—No pienso castigarlo, Badrani —le aseguró Camelia—. Levántese, por favor, y cuénteme qué pasó.

—Han sido los malos espíritus —declaró Badrani mientras se ponía de pie—. Llegaron tarde, cuando todo el campamento dormía, y me hechizaron para que yo también me durmiese. Cuando me desperté, la máquina estaba hecha añicos y habían tirado las piezas al agua.

Oliver lo miró con incredulidad.

—O sea, que se durmió cuando le tocaba hacer guardia.

—Fueron los malos espíritus —insistió Senwe, leal a su amigo—. Lo hechizaron.

—Yo más bien diría que la bebida lo hechizó —replicó Oliver, que frunció las cejas con reprobación—. ¿Qué bebió antes de la guardia?

—Sólo leche con miel —contestó Badrani.

—Vamos, hombre, no pretenderá que me crea que un tipo robusto como usted no bebe más que leche por las noches.

—Todos los khoikhoi bebemos leche desde que nacemos —intervino Zareb—. Hace que estemos fuertes.

—Si no me cree, mire en mi cantimplora; todavía no la he vaciado. —Badrani se sacó el recipiente hecho con cáscara de huevo de avestruz que llevaba colgado al cuello y se lo dio a Oliver—. Ahora ya no estará buena, pero anoche estaba fresca.

Oliver cogió la cantimplora y escudriñó su interior para cerciorarse. Mientras miraba el líquido blanco un sutil aroma le subió por las aletas de la nariz. Sorprendido, se acercó más el recipiente e inhaló de nuevo.

—¿Qué es? —inquirió Simon.

Oliver levantó la vista, serio.

—Láudano.

—¿Estás seguro?

—Sí.

Badrani frunció sus negras cejas confundido.

—¿Qué es el láudano?

—Un producto que da sueño, joven. Alguien puso láudano en su leche para que se durmiera.

—La miel debía de contrarrestar su sabor amargo —añadió Simon—; por eso no lo notó.

—Badrani, ¿se llenó usted mismo la cantimplora? —preguntó Lloyd, que había salido del agua para ir a reunirse con ellos.

Badrani asintió.

—Pero luego la dejé en mi tienda para que estuviese fría hasta que empezara la guardia.

—Así que cualquiera pudo haber entrado en su tienda y echarle unas cuantas gotas de láudano —comentó Camelia.

—Entonces ¿no fueron los malos espíritus?

—No —contestó Camelia—. No han sido los malos espíritus.

El alivio se reflejó en el rostro del guapo guerrero.

—Sea o no culpa de los malos espíritus, tenemos un serio problema —constató Simon con pesar—. La bomba está rota y la excavación sigue inundada.

—Yo diría que el problema es incluso más grave que eso, chico —añadió Oliver—. Hay algún desgraciado que intenta ahuyentarnos de aquí.

—Oliver tiene razón. —Empapado y lleno de barro, Elliott salió del perímetro de la excavación y le dio a Simon otro puñado de tornillos y tuercas de la bomba—. Las bombas anteriores que Camelia alquiló también sufrieron daños, pero nunca hasta este extremo. Quienquiera que haya hecho esto sabía lo que hacía. —Paseó la mirada por los trabajadores que estaban allí—. ¿Vio ayer alguno de ustedes a alguien entrando en la tienda de campaña de Badrani, antes de que iniciara su guardia?

Los nativos se miraron unos a otros nerviosos y a continuación sacudieron vehementemente sus cabezas.

—No creo que fuera ninguno de mis hombres, Elliott —objetó Camelia—. Son buenas personas, trabajan duro y respetaban a mi padre. Dudo que hallan hecho algo así.

—No obstante, no han ocultado el hecho de que consideran que ha caído una maldición sobre la excavación —argumentó Elliott—. Si de verdad creen que la Tumba de los Reyes existe, está claro que no quieren que sea descubierta. Prefieren hacerte perder el tiempo y seguir cobrando mientras, en secreto, sabotean tus esfuerzos.

—Cuando los africanos luchamos, lo hacemos abiertamente, lord Wickham —dijo Zareb con fingida docilidad—. No es propio de nosotros mentir y engañar como acaba de sugerir.

—Lo lamento, Zareb, pero lo cierto es que no todos los nativos son como usted —replicó Elliott con naturalidad—. Alguien ha hecho esto, y es evidente que no han sido los malditos espíritus, sino alguien que quiere impedir la continuidad de la excavación.

—Lo que creo que es evidente es que esté o no ese canalla entre nosotros, no parará hasta conseguirlo —comentó Oliver.

—Razón por la cual tenemos que cogerlo —insistió Elliott.

—Puedo hacer que más hombres vigilen el campamento por las noches, pero no serán muchos más —sugirió Lloyd—. Todos trabajan de sol a sol y por la noche están demasiado cansados para vigilar el campamento.

—¿Por qué no hacemos que seis hombres duerman en tres turnos diferentes durante el día para que así por la noche puedan estar de guardia también en tres turnos distintos? —propuso Camelia—. Si vigilan el campamento de dos en dos, uno siempre podrá dar la alarma si algo le sucede al otro.

—La idea es buena —dijo Elliott volviéndose a Simon—. ¿Y usted qué opina, Kent? ¿Podrá arreglar la bomba? Porque, si me dice que sí, ahora mismo me meto en el agua y me pongo a buscar más piezas.

Simon miró a Elliott sorprendido. Wickham tendría que estar encantado de que la bomba se hubiese roto. Era un fracaso más de Camelia, un argumento más a su favor para que abandonase la excavación. Pero Elliott miraba a Simon con decisión, aparentemente deseoso de ayudar de alguna forma. Simon pensó que lo que intentaba era demostrarle a Camelia que la apoyaba; al fin y al cabo, tenía muchas más posibilidades de ganarse su estima si al menos fingía defender su sueño. O tal vez Elliott abrigara en secreto la esperanza de que Camelia encontrase al fin la Tumba de los Reyes; pese a que afirmaba que ya no creía en su existencia, cabía la posibilidad de que en su fuero interno sí lo creyese. Fuese por la razón que fuese, en lugar de recomendarle a Camelia que se diese por vencida estaba tratando de ayudarle, justo cuando ella necesitaba más apoyo que nunca.

Sólo por eso, Simon le perdonó por ser un idiota y un engreído.

—Es posible que pueda arreglarla. —No quería darle demasiadas esperanzas a Camelia y que después se llevara una decepción—. No lo sabré hasta que la haya examinado realmente y vea la gravedad de los daños. Pero aunque la arregle, Camelia, quiero que entiendas que tardaré semanas o incluso meses.

Camelia asintió. Semanas. Meses. Tiempo durante el cual debería seguir pagando a sus trabajadores con el poco dinero que le quedaba. Antes de irse de Londres, lord Cadwell aceptó a regañadientes invertir dinero en su excavación. Asimismo había conseguido convencer a sus acreedores londinenses de que le dieran algo más de tiempo, asegurándoles que en breve podría empezar a devolver los enormes préstamos. Pensó que con la ayuda de Simon no tardaría en extraer el agua de la excavación y finalmente encontraría la preciada Tumba de los Reyes.

La destrucción de la bomba había sido un duro revés.

—De acuerdo. —De algún modo logró fingir tranquilidad, pero por dentro tenía ganas de gritar—. Simon, si me haces una lista de lo que crees que necesitarás, Zareb y yo iremos a Kimberley en el carro esta misma mañana y lo pediremos. Hasta entonces seguiremos sacando el agua con cubos, como hemos hecho hasta ahora.

—Muy bien, ¡a trabajar! —exclamó Lloyd—. Traigan junto a este terraplén de aquí todos los cubos y recipientes disponibles en el campamento. Cuando el nivel de agua descienda, buscaremos más piezas de la bomba. ¡Tengan los ojos bien abiertos! ¡Ya hemos perdido media mañana!

—Vete a cambiar, Camelia —sugirió Elliott con suavidad—. Yo seguiré buscando.

—No hace falta que me cambie hasta que me vaya a Kimberley, Elliott —repuso Camelia—. Me quedaré aquí y también seguiré buscando.

Simon la observó mientras bajaba de nuevo a la excavación y empezaba otra vez a buscar a tientas en el agua fangosa. Elliott suspiró e hizo lo propio.

—Esa chica es muy valiente —dijo Oliver al ver cómo hundía los brazos hasta los hombros en el charco oscuro—. Debe de tener antepasados escoceses.

—Tisha tiene espíritu africano —le informó Zareb—. Por eso le puse ese nombre. Significa «voluntarioso». Lo supe nada más verla.

—¿Y qué le pareció a lord Stamford que llamase así a su hija? —inquirió Simon.

—El señor estaba encantado de que yo la considerase una chica fuerte —contestó Zareb—. Cuando Camelia vino a África, su padre no las tenía todas consigo. Era menuda, y estaba pálida y perdida; era como una flor delicada. Le daba miedo que no pudiese soportar vivir tan lejos del mundo en el que había crecido. Por eso decidió llevársela a la tierra que ella conocía, a Inglaterra.

—¿Y por qué no lo hizo? —quiso saber Oliver.

—Porque enseguida se dio cuenta de que África hervía en el corazón de Tisha. África, su padre y la búsqueda de la Tumba de los Reyes. Durante muchos años no ha habido nada más en su vida. Pero el corazón puede cambiar —añadió con seriedad—, y lo que un día le llena no necesariamente le llena al día siguiente.

—Camelia nunca se irá de África, Zareb —declaró Simon con total seguridad—. Ella pertenece aquí, y lo sabe.

—No me refería a Tisha —repuso Zareb mirándolo fijamente.

Simon apartó la vista, repentinamente incómodo.

—Si quieren esa lista, será mejor que empiece ya. —Le lanzó una última mirada a Camelia, que seguía inclinada sobre el charco enfangado buscando más piezas de la bomba—. Con su permiso.

Camelia cogió aire y se sumergió en la agradable y purificadora agua del río, desprendiéndose de las capas de barro, polvo y desesperación de ese día. Cerró los ojos y avanzó por la suave y fresca oscuridad con rápidas brazadas, estirando mucho los brazos mientras con las piernas se impulsaba hacia delante, deslizándose a través de la extensión de ébano salpicada de estrellas. Procuró no pensar en nada más que en la sensación del agua que la rodeaba y la sostenía mientras se movía por ella. Continuó nadando, alejándose del montículo de tierra en el que había dejado la toalla y el camisón, y de la roca en la que Zareb, Harriet, Oscar y Rupert estaban sentados vigilándola con una linterna que le sirviese de guía.

Alejándose de la excavación, de la bomba hecha añicos de Simon y de las temerosas miradas de los nativos, preocupados de acabar también siendo víctimas de la maldición de Pumulani. De la ira de Elliott y la frustración de Simon, perceptible pese a su esfuerzo por ocultarla. De Oliver y de Zareb, que habían intentado animarla y ayudarle a mitigar la aplastante sensación de derrota que había amenazado con apoderarse de ella al ver la bomba en la enfangada excavación de su padre.

Y alejándose del doloroso recuerdo de su querido padre, que murió sin saber si el trabajo de toda una vida culminaría en un brillante descubrimiento o en una locura absurda.

Salió a la superficie y respiró. El sonido que emitió fue más un sollozo que una inhalación de aire. Se apresuró a respirar varias veces más, bien alto y con regularidad, por si Zareb la había oído llorar y se preocupaba de que algo le hubiese pasado.

—¿Estás bien, Tisha? —preguntó Zareb con inquietud.

—Sí, estoy bien. —Estaba de pie en la orilla del río, con Harriet en un hombro y Oscar en el otro, escudriñando la oscuridad—. Me había quedado sin aire, eso es todo.

—No deberías alejarte tanto —protestó—. Acércate un poco.

—Enseguida voy. Quiero nadar un poco más.

—Hace fresco, Tisha. Si coges frío, te pondrás enferma.

—Nunca me pongo enferma.

—Te pusiste enferma en el barco.

—No me marearé por nadar en el río de noche.

—Pero podrías resfriarte y tener fiebre. —Cogió su toalla y la sostuvo en lo alto—. ¡Venga, Tisha! Es tarde.

—Ahora mismo voy.

Se puso boca arriba para flotar, dejando que el agua formara un velo alrededor de su cabeza con su enmarañado y sedoso cabello, y sin poder oír lo que Zareb le decía. No quería desobecerle, pero tampoco quería salir ya del agua. No se oía nada salvo el susurro del agua; era como la llamada de una concha marina que anhela el océano. Suspiró y cerró los ojos.

«Mira hacia arriba.»

Sorprendida, abrió los ojos.

Se extendía sobre ella un manto negro y sedoso, salpicado de un puñado de titilantes estrellas plateadas. La luna se había escondido detrás de unas espumosas nubes, que suavizaban su luz nacarada, por lo que las estrellas brillaban incluso más que antes; eran como diminutas joyas en medio del aterciopelado cielo nocturno africano.

«Las estrellas te guiarán.»

Sobresaltada, miró a su alrededor. Zareb se había vuelto a sentar en la roca y le ofrecía nueces a Oscar.

—¿Has dicho algo, Zareb?

—Decía que deberías acercarte, Tisha. El agua está fría.

—¿No me has dicho nada sobre las estrellas?

—No, pero hoy brillan mucho. Si quieres observarlas, deberías hacerlo desde aquí.

—Dame un minuto más. —Con cautela, flotó boca arriba una vez más.

De nuevo estaba rodeada por el río. Se quedó completamente inmóvil, aguzando los sentidos, tratando de escuchar.

«Las estrellas te guiarán.»

—¿Has oído eso? —preguntó Camelia mirando en dirección a Zareb.

—¿El qué?

—Esa voz.

—Yo no he oído nada, Tisha. —Zareb miró a su alrededor—. Aquí no hay nadie más. Tal vez hayas oído a los hombres, están cantando en el campamento.

—No, no son voces cantando.

—Entonces debe de ser un animal.

—Tampoco.

Zareb estuvo un buen rato en silencio.

—¿Qué te ha dicho esa voz, Tisha? —inquirió con tranquilidad.

De pronto Camelia se sintió insegura y estúpida. Seguramente habría sido fruto de su imaginación; demasiadas horas de sol.

—Nada.

Esperó a que Zareb le hiciese más preguntas, pero no dijo nada.

Volvió a tumbarse boca arriba en el agua. Un par de minutos más y saldría para irse directamente a la cama. Era evidente que necesitaba dormir.

«Deja que las estrellas te guíen.»

Esta vez no se movió. Se quedó donde estaba, flotando en el agua, intentando decidir si estaba enloqueciendo. Aunque a juzgar por la normalidad de cuanto le rodeaba, no creía que se estuviese volviendo loca.

«Deja que las estrellas te guíen.»

Zareb siempre había confiado en que las estrellas lo guiaban; era una de las razones por las que detestaba Londres. El implacable velo de humo, hollín y nubes no sólo bloqueaba los rayos del sol, sino que además le impedía a Zareb ver las estrellas por la noche. Le daba igual la ordenada estructura de la ciudad con calles, plazas y carreteras, lámparas de gas y señales de tráfico.

Sin estrellas, Zareb estaba perdido.

Camelia permaneció tumbada un instante más, respirando apenas. El río seguía meciéndola con suavidad. Aguzó el oído, pero no escuchó nada más. Confusa, se volvió y nadó hasta Zareb.

Y entonces oyó el rugido de un león.

—¿Qué pasa, Tisha? —preguntó Zareb con rostro realmente preocupado mientras ella se apresuraba a salir del río con la camisa y la ropa interior empapadas, y cogía la toalla que él le ofreció—. ¿Estás asustada?

—Tengo que ver la roca. —Se envolvió deprisa con la toalla y se puso las botas.

—Es tarde, Tisha —objetó Zareb—. Ya la verás mañana por la mañana, no se moverá de donde está.

—Tengo que verla ahora, Zareb.

—Por lo menos sécate y ponte esta ropa seca. No me iré de aquí hasta que te cambies. —Se puso de espaldas para darle un poco de intimidad mientras se vestía.

Y después sacudió la cabeza estupefacto cuando Oscar y Harriet empezaron a chillar para avisarle de que Camelia se había ido sin él.

Capítulo 16

—¡*S*imon, despierta!

Simon abrió un ojo con dificultad y frunció el ceño.

—¿Qué le pasa a mi forma de dormir que hace que todo el mundo quiera despertarme?

—Hemos estado excavando en el lugar equivocado —le informó Camelia.

—Maravilloso; cuéntamelo mañana. —Cerró el ojo y hundió la cabeza en la almohada.

—¡Simon! Hemos estado excavando en el sitio equivocado. ¿Acaso no te importa?

—Lo único que me importa ahora mismo es dormir unas cuantas horas más.

—Tienes toda la vida para dormir, Simon. —Le agarró de los hombros y lo sacudió con brusquedad—. ¡Despierta!

Él se puso boca arriba y la miró furioso.

—Si éste va ser siempre tu modo de despertarme, Camelia, te anticipo que nuestras mañanas van a ser bastante difíciles.

—Necesito que me escuches.

—De acuerdo; te escucho.

—¿Estás suficientemente despierto para entender lo que te he dicho?

—Estoy suficientemente despierto para entender que, si no

te escucho, no me dejarás en paz. Que creo que ya es bastante.

—Hemos estado excavando en el lugar equivocado, Simon.

—Sí, ya me lo has dicho. Por lo que deduzco que sigues creyendo que hay una tumba.

—¡Pues claro que hay una tumba!

—Sólo quería asegurarme. ¿Tienes idea de dónde está?

—No estoy segura. Esperaba que tú me ayudaras a resolver el puzzle. Se te dan bien esa clase de cosas.

—¿Qué clase de cosas?

—Ya sabes, lo de pensar de una forma extraña.

—¿Pretendes convencerme de que te ayude a base de insultos?

—No te he insultado —contestó Camelia—. Ya te comenté que tú no ves las cosas como la mayoría de la gente. Donde la gente ve un impedimento, tú ves posibilidades. Eso es lo que hace que seas brillante.

—Si fuese brillante, habría construido una bomba capaz de seguir funcionando aunque la arrojasen a un charco gigante de barro —replicó Simon con sequedad—. O al menos habría elaborado un plan secundario razonable por si alguien destrozaba la bomba y la dejaba casi sin posibilidad de arreglo. Eso es lo que habría hecho un estratega brillante, cosa que obviamente yo no soy.

—Es imposible prever cada pequeño detalle que pueda salir mal.

—Yo no diría que hacer añicos un motor de vapor y lanzarlo al barro sea un pequeño detalle.

—¡Olvídate del motor de vapor, Simon! —Exasperada, Camelia se volvió para salir de la tienda—. ¿Vas a venir o no?

—Depende. ¿De verdad crees que soy brillante?

—Sí, increíblemente brillante. ¡Y ahora ven! —Abrió la abertura de la tienda con energía y desapareció en la oscuridad.

Suspirando, Simon bajó de la cama y se puso las botas cansado.

—...y luego si miras este león, también lo puedes interpretar de varias formas —continuó Camelia con seriedad, señalando el dibujo del león que había en la roca mientras Zareb sostenía la linterna—. Puede que el león esté a punto de atacar a uno de los antílopes o a un guerrero, lo que significa que simboliza peligro. Pero también es posible que sea el propio león el que esté en peligro, porque podría ser agredido por los antílopes o recibir un disparo de uno de los guerreros. O quizá en realidad no es un león, sino un chamán que ha adoptado la forma de un león; en cuyo caso no pueden matarlo y tampoco corre ningún peligro, ya que se considera que los chamanes son capaces de trascender las formas animales que en algunas ocasiones adoptan. Pero, si es así, ¿por qué lo dibujaron?

Simon bostezó.

Camelia le lanzó una mirada de irritación.

—¿Me has estado escuchando?

—Por asombroso que te parezca, sí. Y eso a pesar de que me has obligado a levantarme de la cama en plena madrugada después de haber estado dieciséis horas reparando tu motor de vapor. Creo que merezco al menos cierta indulgencia a la hora de bostezar.

—¿Qué crees que significa eso?

—Que necesito dormir más.

—¡Me refiero a las pinturas rupestres!

Simon suspiró.

—La verdad, no lo sé, Camelia. La arqueología es tu especialidad, no la mía. Lo que no comprendo es a qué ha venido ese impulso de hacerme venir aquí de noche para debatir el significado de estos dibujos. ¿No podías esperar hasta mañana?

—No.

—¿Por qué no?

—Porque en estas pinturas hay estrellas. —Señaló las descoloridas estrellas amarillas que había encima de los antílopes y los guerreros—. Me he pasado años estudiándolo y sacando la misma conclusión que mi padre: que las estrellas simbolizaban la parte mítica del dibujo. Pero ahora creo que mi padre se equivocó. No creo que las estrellas simbolicen la espiritualidad de los animales o un chamán. Creo más bien que son una especie de guía; puede que hasta un mapa para indicarnos dónde está la tumba.

—¿Qué clase de mapa?

—No lo sé —reconoció ella—. Por eso quería que le echaras un vistazo. Zareb y yo lo hemos estado estudiando durante más de una hora hasta que al final he ido a despertarte; no hemos podido descifrar el significado de las estrellas.

—Tal vez no signifiquen nada, Camelia.

—Significan algo —insistió ella—. Son una guía. Estoy convencida de ello.

—¿Por qué de repente estás tan segura?

Camelia titubeó. De algún modo pensó que aquél no era el momento adecuado para decirle a Simon que unas voces extrañas le habían susurrado cosas en el río.

—Es un presentimiento; como me sucedió cuando llegamos a la costa africana. Tú mismo me dijiste que a veces la intuición es lo único en lo que podemos confiar.

Simon se volvió a Zareb.

—¿Y usted qué opina, Zareb?

—Creo que esta noche Pumulani le ha hablado a Tisha —contestó con seriedad—. A lo mejor la Tumba de los Reyes ha accedido a ser descubierta.

—Entonces ¿por qué no le da una pista más clara que no sea este misterioso jeroglífico de estrellas, leones y chamanes?

—Pumulani habrá tenido sus motivos para permanecer oculto. Y cuando finalmente decida salir a la luz, también tendrá sus motivos. No podemos entenderlo todo.

Simon suspiró. Como estaba bastante claro que Camelia no iba a dejarle volver a la cama, pensó que por lo menos podría intentar entender de qué demonios hablaban Zareb y ella.

—De acuerdo, pues —empezó diciendo mientras se concentraba en la enorme roca—. Aquí tenemos el león, aquí los antílopes y aquí los guerreros, que, por cierto, están un poco escuálidos. Entonces, aquí arriba hay varias estrellas. Veamos, hay... cuatro, cinco, seis estrellas.

—Cinco —le corrigió Camelia.

—Yo veo seis.

—Pues sólo hay cinco —insistió Camelia—. Mira, ¿lo ves? Mi padre dibujó cinco en su diario —explicó mientras abría el cuaderno de notas de su padre para enseñárselo.

—Puede que tu padre dibujara sólo cinco, pero yo sigo viendo seis —repuso Simon—. Zareb, ¿le importaría acercar un poco más la linterna, por favor?

Zareb se acercó y un haz de luz dorada iluminó la gastada superficie de la antigua roca.

—¿Ves como hay seis estrellas? —concluyó Simon señalando cada una de ellas.

—Lo último que has señalado no es una estrella —objetó Camelia—. Es la roca, que está un poco gastada. A lo mejor fue cincelada con algo.

—La cinceló la persona que esculpió una estrella —insistió Simon—. Cuatro ojos ven mejor que dos. Mira, pasa el dedo por encima y te convencerás de que es una estrella .

—Es posible —admitió Camelia mientras acariciaba la áspera superficie—. Pero aun así, ¿qué significan?

—No sé lo que significan. Yo solo digo que veo seis estrellas, no cinco.

—Está bien. Hay seis estrellas. ¿Qué más ves?

Simon frunció las cejas y contempló la sencilla escena dibujada.

—No creo que las estrellas concuerden con ninguna de las constelaciones aceptadas como tales, de modo que es difícil saber si el artista intentaba dibujar algo concreto en el cielo.

—Quienquiera que dibujase esto era imposible que estuviese al tanto de las constelaciones existentes —intervino Zareb—. Por aquel entonces no tenían telescopios para ver más allá de lo que veían sus ojos.

—En ese caso podría tratarse de una distribución aleatoria de las estrellas, que simplemente nos indica que la escena de caza tiene lugar de noche.

—Pero los cazadores no cazan de noche —argumentó Camelia—. Cazan durante el día, cuando los animales pastan y la luz es buena. Así que el hecho de que el artista dibujase estas estrellas es relevante. Algo tienen que significar. He intentado visualizar líneas imaginarias entre ellas para ver si constituían alguna especie de patrón, pero no he sacado nada en claro.

—¿No te parece que tienen la forma de una cometa? —dijo Simon—. Aunque dudo que aquellas tribus tuviesen cometas.

—¿Dónde ves una cometa? —inquirió Camelia—. Porque si ordenas las estrellas, lo que forman es un triángulo.

—Ahora incluye la sexta estrella que pensabas que era una simple muesca en la roca. Si dibujas una línea de una estrella a otra, ésta última de aquí forma el vértice superior de una cometa. —Simon trazó una línea imaginaria entre las estrellas para enseñárselo—. ¿Lo ves? Es una cometa.

Camelia abrió los ojos desmesuradamente.

—Es un escudo —constató con un susurro.

Simon se encogió de hombros.

—Llámalo como quieras. Personalmente, creo que se parece más a una cometa que a un escudo.

A Camelia se le iluminó la cara de alegría.

—¡Claro! ¡Cómo no me he dado cuenta hasta ahora! Es un escudo suspendido en el cielo entre los antílopes y el león.

—¡Genial! ¿Y eso qué significa?

—El escudo representa la protección; intenta proteger algo o a alguien —explicó Camelia exaltada—. Y está dirigido hacia el león, o sea, que a quien protege es al león.

—¿Desde cuándo un león necesita protección?

—Es un león simbólico —le informó Zareb—. Representa a un espíritu poderoso.

—Y está colocado totalmente de cara a los guerreros y los antílopes —prosiguió Camelia—, y no tiene ninguna intención de salir corriendo, porque está custodiando algo... ¡La Tumba de los Reyes!

Intrigado, Simon enarcó las cejas.

—¿Y dónde está la Tumba?

Camelia se mordió el labio, indecisa. Alargó el brazo con cautela y acarició con el dedo el trazo que dibujaban las estrellas de la roca. Al llegar a la última estrella, la que estaba en el vértice superior del escudo, sintió calor en el dedo. Vaciló, insegura.

Y entonces el dedo empezó a descender lentamente por sí solo y se detuvo en el león.

—Está detrás del león —anunció Camelia en voz baja.

Simon echó un vistazo a la infinita oscuridad que los rodeaba.

—¿Y dónde es eso? Por desgracia, el dibujo no nos da ninguna pista y de haberla habido, ya se ha borrado.

«Deja que las estrellas te guíen.»

Camelia levantó la cabeza para mirar al cielo.

—Mira —susurró.

Simon también miró hacia el cielo. Había seis estrellas formando un escudo, que titilaban en contraste con el mar negro.

—¡Qué raro! —exclamó asombrado—. No recuerdo haber visto antes las estrellas así dispuestas.

Zareb contempló las estrellas y sonrió.

—Las cosas se revelan en el momento oportuno.

—Si desde la estrella de la punta superior dibujamos una línea imaginaria hacia abajo como la que has hecho antes en la roca, Camelia, el león queda más o menos aquí. —Simon señaló un oscuro grupo de arbustos y rocas que había junto al pie de la montaña.

—¡Vamos! —instó ella echando a correr hacia los arbustos.

—¿No podríamos hacer esto por la mañana? —suplicó Simon—. Si tenemos que empezar a remover tierra, preferiría que hubiese un poco más de luz y haber dormido un buen rato.

—Hay que hacerlo *ahora* —insistió Camelia, que se apresuró a examinar los arbustos y las rocas que había a su alrededor—. Las estrellas nos están indicando la dirección adecuada.

—Precisamente porque ya sabemos cuál es el sitio, podríamos dejar aquí una especie de marca —comentó Simon al reunirse con ella—. Sería mucho más fácil hacer esto de día.

—Tal vez Pumulani no esté destinado a ser descubierto a la luz del día. —Zareb se aproximó con Oscar y Harriet sentados majestuosamente sobre sus hombros—. Debemos respetar las señales que nos han sido dadas esta noche.

—Si no buscamos ahora la entrada a la tumba, es posible que perdamos la oportunidad de hacerlo. —Camelia empezó a remover los arbustos en busca de alguna pista que le indicase cuál era el siguiente paso—. Mirad por esta zona y moved cuanto veáis; pero tened cuidado, sería una pena estropear las reliquias que pudiéramos encontrar.

—Oscar, ya que estás aquí, ¿qué tal si buscas tú también? —Simon bajó al mono del hombro de Zareb y lo puso en el suelo—.

Si encuentras algo, a lo mejor te daré una torta de avena. —Complaciente, Oscar corrió hasta una enorme roca y empezó a gesticular con exageración fingiendo empujarla con las patas.

—¡Qué extraño! —Camelia arqueó las cejas al ver un espeso montón de matorrales frente a la roca—. Estos matorrales son más espesos que los demás.

Se acercó hasta ellos y comenzó a rebuscar, intentando averiguar si ocultaban algo debajo.

Satisfecho de su trabajo, Oscar trepó a la roza que había tratado de empujar y extendió una pata reclamando su premio.

—¡Tampoco te ha costado tanto esfuerzo! —exclamó Simon.

Oscar puso cara de bueno y extendió la pata un poco más.

—Está bien, supongo que mereces algo al menos por haberlo intentado. —Simon se apoyó en la roca, metió la mano en el bolsillo y extrajo de él una torta de avena, que partió por la mitad—. Media para ti —dijo dándole la mitad a Oscar— y media para Harriet, que todavía no ha podido irse a dormir. —Se alejó de la roca y le dio a Harriet su trozo de torta.

—El león —susurró Camelia.

Confuso, Simon miró de nuevo hacia la roca.

Ahí estaba, borroso pero inconfundible, el tosco contorno de la cabeza de un león. Había permanecido oculto debajo de un sinfín de capas de suciedad, parcialmente removidas cuando Simon se había apoyado en la roca.

Camelia corrió hasta ella y se apresuró a sacudir el resto de polvo con las manos.

—¡Mira, está aquí! El león... ¡exactamente igual que en la otra roca!

—Lo más probable es que los guerreros tapasen el dibujo con barro y después plantasen esos arbustos delante para asegurarse que quedaba oculto —reflexionó Zareb.

—¡Hay que mover esta roca! —ordenó Camelia mientras la abrazaba y empezaba a empujar—. ¡Vamos, empujad fuerte!

—Camelia, espera, así no podrás moverla. —Simon examinó la pesada roca unos instantes, pensativo—. Necesitamos algo para levantarla, algo como una barra.

—Aquí no hay ninguna barra.

—No, pero podemos usar unas cuantas piedras pequeñas —decidió Simon mirando a su alrededor—. Nos servirán para sacar una poco de tierra de la base de la roca para que pierda estabilidad. Y luego entre los tres trataremos de volcarla.

Zareb asintió en señal de aprobación.

—A veces las herramientas más sencillas son las mejores.

Los tres se pusieron de rodillas y con las piedras empezaron rápidamente a remover la suave y fragmentada tierra que había debajo de la roca. Al cabo de un rato Simon consideró que habían sacado suficiente tierra.

—De acuerdo, y ahora agarrad la roca con fuerza —ordenó— y cuando cuente hasta tres apoyaremos todo nuestro peso en ella y empujaremos hasta que ceda. ¿Preparados?

Zareb y Camelia asintieron.

—Muy bien, pues, vamos allá. Uno... dos... ¡tres!

La roca se inclinó ligeramente.

—¡A empujar! —gritó Simon—. ¡Venga, más fuerte!

La áspera superficie de la piedra rechinó dolorosamente debajo de las manos de Camelia, cuyo cuerpo empezó a temblar contra el tremendo peso de la roca. Entornó los ojos y apretó la mandíbula con fuerza.

«Empuja —se repetía Camelia monótona y silenciosamente mientras apoyaba todo su peso y su fuerza contra la pesada roca—. Empuja, empuja, empuja...»

La roca se inclinó un poco más.

Y de pronto se le escapó de las manos y volcó con gran estrépito.

Camelia se quedó mirando la estrecha abertura que había en la base de la montaña, oculta hasta ahora por la roca. Del interior emergió un riachuelo negro de enormes y agitadas arañas, que corrían por el suelo como un pequeño ejército enemigo.

Oscar soltó un chillido y se subió al hombro de Simon.

—Supongo que preferirás esperar a mañana para entrar con unas linternas decentes —dijo Simon con una mueca de dolor, porque Oscar le tiraba del pelo.

Camelia sacudió la cabeza.

—Tengo que entrar ahora, Simon. Pero no creo que haya ningún peligro. Los espíritus no me habrían indicado el camino, si no quisieran que entrara.

—No son los espíritus lo que me da miedo; más bien me preocupan los bichos asquerosos que hay ahí dentro y que se deslizan, se arrastran, reptan, muerden y apestan.

—Muy bien, pues espérame aquí. —Camelia cogió la linterna y desapareció por la abertura.

Simon suspiró.

—Sabía que me diría esto. Está bien... Oscar, ¿vienes?

Oscar se abrazó con fuerza al cuello de Simon y enterró la cara en su pelo.

—Lo consideraré un sí. ¿Y usted, Zareb? ¿Le apetece arrastrarse por un diminuto pasadizo oscuro lleno de arañas y Dios sabe qué más en plena madrugada?

—Yo voy donde vaya Tisha —contestó Zareb con solemnidad—. Es mi destino.

—Estupendo, porque creo que será mucho más divertido si estamos los tres juntos.

Simon se arrodilló y se introdujo con esfuerzo en el oscuro agujero, siguiendo el tenue resplandor de la linterna de Camelia.

—¡Mirad esto! —exclamó Camelia emocionada mientras señalaba las pinturas rupestres que había en el angosto pasadizo que recorrían.

Un leve crujido hizo que Simon alzara la vista.

—¿Qué es eso tan asqueroso que cuelga del techo? —inquirió con cautela.

—Murciélagos —contestó Camelia distraída—. Mira estos dibujos, Simon, son guerreros llevando cadáveres, y los hombres que van detrás sostienen obsequios y objetos valiosos.

Sin perder de vista a los murciélagos, Simon arrugó la nariz al percibir el olor a humedad del aire.

—Esperemos que trajeran algo más que unos cuantos animales sacrificados, porque esta cueva huele a piel y huesos descompuestos.

—Incluso las pieles y los huesos son significativas para ayudarnos a entender a nuestros antepasados —le aseguró Camelia.

—Los guerreros que recorrieron este pasadizo debían de ser muy delgados —se quejó Zareb, soltando un gruñido mientras trataba de entrar—. Harriet y Rupert no están acostumbrados a sitios tan estrechos.

Abrió la bolsa de cuero que llevaba colgada del brazo y extrajo a Harriet, que voló sobre su hombro batiendo nervioso sus alas grises. Rupert asomó la cabeza, sacó la lengua cauteloso a la fría oscuridad de la cueva y luego dejó que Zareb lo pusiese en el suelo para poder estirarse y explorar.

—¡Maldita sea! —renegó Simon, que estuvo a punto de tropezar con un esqueleto que había tumbado en el suelo con una lanza al lado—. ¿Éste es uno de los reyes?

Camelia se acercó para verlo de cerca.

—No, seguramente era un guardián. Debió de quedarse aquí para proteger la tumba.

—No creo que le hiciera mucha gracia que pusieran esa roca delante de la abertura —comentó Simon—. Si ésta es la tumba, ¿dónde están los cadáveres y las riquezas?

—Esto es solamente un pasadizo, tenemos que seguir avanzando. —Alumbrando con la linterna, Camelia empezó a adentrarse en la cueva.

—Deja de mover la cola, Oscar, me hace cosquillas en la espalda —protestó Simon siguiendo a Camelia dificultosamente.

Oscar miró hacia abajo, chilló asustado, y luego trepó a la cabeza de Simon, tapándole los ojos con las patas.

—¡Venga, Oscar, para ya de hacer el tonto!

—¡No se mueva! —le ordenó Zareb mientras le sacudía la espalda con las manos.

Simon apartó las patas de Oscar de sus ojos justo a tiempo para ver una cascada de escarabajos, que caían de su espalda y corrían por sus pies.

—¿Por qué no vendría una mujer tranquila y normalita a mi laboratorio? —preguntó con ironía mientras procuraba no pisar los horribles insectos que caían de sus botas—. ¿Una mujer para la que una salida agradable consistiese en dar un paseo por el parque en carruaje una tarde soleada?

—Porque no era su destino —repuso Zareb.

—¿Y cree que lo es arrastrarme por esta oscura y apestosa cueva con un mono aterrorizado y agarrado a mi cabeza, y estar rodeado de bichos diminutos y asquerosos que apenas puedo ver?

—No hacía falta que entrara. La decisión fue suya.

—No quería perderme tanta diversión —musitó Simon mientras apartaba una pegajosa telaraña.

—¡Simon! ¡Zareb! ¡*Venid, deprisa*!

Simon corrió por el pasadizo, intentando ignorar a los murciélagos que colgaban encima de su cabeza y los insectos que chafaba con las botas.

Dobló una esquina y se encontró a Camelia de pie en el centro de una gran cámara, únicamente iluminada por la suave luz de su linterna.

—¡Dios mío! —exclamó asombrado.

Había ocho esqueletos formando un círculo alrededor de la cámara, envueltos en pieles medio podridas de leopardo, cebra y león. Tenían los brazos cargados de pulseras de marfil y oro, y sobre los restos de sus troncos colgaban collares de cuentas hechos con piedras agujereadas y trozos de cáscaras. Perfectamente ordenados alrededor de cada cuerpo, había magníficos cascos, lanzas, puñales y máscaras. Las paredes de la cámara habían sido minuciosamente pintadas con numerosas escenas de la vida tribal, incluyendo batallas entre guerreros, mujeres preparando la comida y cuidando de los niños y animales corriendo por las llanuras africanas.

Simon posó los ojos en la vasija de barro que había junto a cada uno de los reyes difuntos.

—¿Qué hay en esas vasijas?

—Seguramente habrán sólo fragmentos de cuarzo y otras piedras que a las tribus les pareciesen bonitas —dedujo Camelia, echando una mirada al montón de piedras desiguales—. ¡Fíjate en esas pinturas, Simon, son extraordinarias!

Simon cogió una piedra de color claro y la examinó a la luz de la linterna, que Camelia había dejado en el suelo. Intrigado, la rascó en el cristal de la linterna.

Un profundo arañazo estropeó el cristal ahumado.

Simon contempló el arañazo con incredulidad.

—Esto es un diamante.

Escéptico, Zareb enarcó las cejas.

—¿Está seguro?

—No del todo. —Simon buscó a su alrededor y encontró un fragmento de roca en el suelo. Lo cogió y lo frotó contra la piedra para intentar rayarla. Entonces levantó la cabeza lentamente—. Ahora sí lo estoy.

Camelia desvió su atención de las pinturas rupestres.

—¿Cómo puedes estar tan seguro? —preguntó también escéptica.

—Porque un diamante puede rascar cualquier otro mineral, pero no puede ser rascado por otros minerales —explicó Simon—. Y con lo mucho que se parecen esta piedra y las de las vasijas, juraría que están llenas de diamantes sin pulir. —Miró a Camelia con reservada excitación—. ¿Sabes lo que eso significa, Camelia?

—Significa que por fin viviré bien —dijo Bert silabeando mientras entraba en la cámara llevando una pistola.

Simon se colocó inmediatamente delante de Camelia para protegerla con su cuerpo.

—Hola, Bert —saludó con amabilidad, cerrando el puño alrededor del diamante—. ¿No te parece que estás bastante lejos de Londres?

—Ponga las manos donde pueda verlas, despacito y con cuidado —ordenó Bert—. No jueguen con nosotros, porque ni Stanley ni yo tendremos ningún problema en dispararles.

Zareb levantó las cejas.

—¿Quién es Stanley?

Bert miró cautelosamente por encima de su hombro y luego frunció el ceño.

—¡Stanley! ¡Trae hasta aquí tu enorme culo! Cabeza de chorlito, ¿no ves que estamos trabajando?

—Perdona, Bert. —Stanley entró lentamente en la cámara con una patata a medio comer en una mano y rascándose tímidamente la cabeza con la otra—. Esta cueva es tremendamente pequeña, Bert; no paro de darme golpes en el coco contra el techo.

—Ya te he dicho que no te pusieras de pie, zoquete —le espetó Bert.

—Pero tengo que estar de pie, Bert; ¿cómo voy a caminar si no?

—¡Dios! Pues andas agachado como ese mono que está encima del hombro del inventor, ¿acaso no puedes hacer eso?

—Por supuesto que sí, Bert —contestó Stanley tratando de ser complaciente—. Lo intentaré.

—Muy bien —dijo Bert arrugando la frente—. ¿Por dónde iba?

—Creo que comentabas lo bien que vivirías con estos diamantes —le recordó Simon sin soltar el diamante que llevaba en la mano. Estaba convencido de que si lo lanzaba contra la cabeza de Bert, acabaría con ese gordo cobarde.

Aunque, por desgracia, aún tendría que lidiar con Stanley.

—Exacto —repuso Bert, asintiendo—. Creo que aquí habrá suficiente para comprarnos una bonita casa...

—En Cheapside, ¿verdad, Bert? —le interrumpió Stanley nervioso.

—Cheapside ya no nos conviene, Stanley —se burló Bert—. Con todos estos diamantes podremos vivir donde queramos, incluso en St. James Square, si queremos.

—Yo quiero vivir en Cheapside —insistió Stanley—. Ahí hay una pastelería buenísima.

—Ya no comeremos pasteles grasientos, Stanley; ¡comeremos cordero estofado, ternera hervida y pollo con salsa de crema tres veces al día!

Stanley bajó los hombros, decepcionado.

—A mí me gustan los pasteles.

Bert puso los ojos en blanco.

—De acuerdo, te dejaré seguir tomando pasteles. Y ahora coge la cuerda y ata a esos tres de ahí —ordenó señalando a Camelia, Simon y Zareb—. No quiero que nos creen ningún problema mientras nos llevamos los diamantes.

Stanley se acercó a Camelia.

—Lo lamento, señora —se disculpó—. Procuraré no atarla demasiado fuerte.

—Eres muy considerado, Stanley. —Camelia le sonrió con dulzura al tiempo que alcanzaba el puñal que escondía enfundado en la bota. «Lo tendré en cuenta cuando te clave el puñal.»

De pronto Stanley se detuvo, preocupado.

—Y cuando nos hayamos llevado los diamantes, los desataremos, ¿verdad, Bert?

—¡Pues claro que no los desataremos, gordo estúpido! ¿No querrás que nos sigan?

—Pero si no los desatamos, ¿cómo saldrán? Si van atados, no podrán salir por esa pequeña abertura.

—Eso es, no podrán —concedió Bert, tratando de ser paciente—. Ése es el plan, Stanley. Cogemos los diamantes, volvemos a Londres, y esta señora se queda aquí para siempre con sus esqueletos y esos viejos cachivaches... —Sus labios dibujaron una malévola y amarillenta sonrisa—. Y todos contentos.

Stanley sacudió la cabeza con seriedad.

—Eso no está bien, Bert. El viejo chocho que nos contrató en Londres nunca dijo nada sobre dejarla a ella y a sus amigos atados en una cueva. Lo único que dijo fue que la siguiéramos hasta África y le creáramos problemas hasta que acabase queriendo regresar a Londres.

—Tampoco dijo nada acerca de que no la dejáramos atada en una cueva —señaló Bert razonablemente.

—Pero si los dejamos a todos en la cueva, ¿qué comerán y beberán, Bert? Pasarán hambre.

—¡Por el amor de...! ¡Pues claro que pasarán hambre, pedazo de *simkin*! De eso se trata ¿no? Si se quedan aquí, no podrán hacernos nada, porque se morirán.

Stanley abrió los ojos desmesuradamente.

—¡No podemos hacer eso, Bert! ¡No está bien! Además, ¿qué diría el viejo chocho?

—No se enterará. De todas formas, ese maldito cabrón jamás podría pagarnos lo que hay aquí en diamantes. En mi opinión, hemos venido hasta África porque esta señora no ha tenido la sensatez de quedarse en Londres como tenía que haber hecho —dijo mirando indignado a Camelia—. He estado a punto de palmarla en el viaje y odio este maldito Poo Moo Lanee desde el primer día que llegué. Ahora que he encontrado los diamantes, no pienso irme sin ellos.

—De hecho, creo que fue lady Camelia la que los encontró —objetó Simon amablemente.

Bert se rió con desdén.

—Bueno, pues aquí dentro ya no los necesitará.

—En eso tienes razón. —Camelia intentó aparentar resignación mientras cambiaba ligeramente de posición.

De algún modo, no le parecía justo clavarle el puñal a Stanley. Además, pensó que la verdadera amenaza era Bert, porque era el único que iba armado. En cuanto Stanley se apartara un poco sacaría el puñal y lo tiraría contra Bert.

Pero primero quería averiguar quién los había contratado.

—¿Quién es este viejo chocho del que habláis, Stanley? —preguntó con naturalidad, intentando distraerlo mientras se colocaba mejor para poder darle a Bert con el puñal.

—Es el pez gordo que nos contrató para que la siguiéramos a usted —explicó Stanley—. Quería controlar todos sus pasos.

—¿Es lord Bagley, el arqueólogo? —Habló con voz suave y persuasiva, y añadió—: Ahora ya no pasa nada por decirlo.

—Nunca nos dijo cómo se llamaba. Nos vio una noche a Bert y a mí en Spotted Dick, y nos comentó que había una mujer a la que quería que vigiláramos. Y cada vez que le pasábamos un informe de lo que habíamos visto, nos encargaba otra tarea, como amedrentarla en la callejuela o incendiar la casa del inventor.

—Eso son actos de hombres sin honor —observó Zareb con desdén—. Los espíritus os juzgarán como unos cobardes.

—Un momento, de cobardes nada —replicó Bert ofendido—. Somos sólo un par de estafadores que intentan ganarse la vida, igual que todo el mundo.

—Yo más bien diría que sois un par de bribones despreciables —se oyó a alguien decir en voz baja y débil—; ¡y tú recibirás un disparo en tu asqueroso culo como no sueltes la pistola ahora mismo!

—¡Oliver! —exclamó Camelia sonriente—. ¿Cómo has conseguido encontrarnos?

—Bueno, jovencita, puede que sea viejo, pero huelo los problemas a kilómetros de distancia —le aseguró Oliver sin modestia alguna mientras entraba en la cámara de enterramiento tenuemente iluminada—. Es el resultado de haber criado a este joven de aquí y a todos sus hermanos y hermanas. —Empezó a reír—. Recuerdo aquella ocasión en que decidieron robar una pequeña tienda...

—Estoy seguro de que a Camelia le encantará escuchar la historia en otro momento —le interrumpió Simon, quitándole hábilmente la pistola a Bert—. Mientras tanto, Stanley, espero que no te importe que use tu cuerda para ataros a Bert y a ti juntos.

—No me importa —replicó Stanley alegremente mientras le entregaba la cuerda a Simon—. Pero intente no atar a Bert demasiado fuerte; le entra un poco de claustrofobia cuando no se puede mover.

—¡No puede permitir que la palmemos en esta cueva! —protestó Bert al tiempo que Simon le maniataba—. ¡Eso es un asesinato!

—No tengo ninguna intención de dejaros aquí —los tranquilizó Camelia.

Bert la miró sorprendido.

—¿Ah, no?

—Por supuesto que no. Esta tumba es un hallazgo sumamente importante y tardaré años en analizarla, y extraer las reliquias para estudiarlas y conservarlas. No puedo permitir que estéis los dos aquí sentados, quejándoos e interfiriendo en mi trabajo.

—Yo no me quejaría, señora —prometió Stanley—. Si quiere, podría ayudarle —añadió con timidez—. Se me da bien cargar peso. Yo mismo volqué la bomba de vapor; pesaba muchísimo.

—Gracias, Stanley, eres muy amable.

—¿Y qué piensa hacer con nosotros? —inquirió Bert.

—Deberían ser juzgados por el jefe de los Khoikhoi —gruñó Zareb enfadado—. Os enviaría al desierto sin agua ni comida, ¡y os prohibiría volver hasta que hubierais encontrado la sabiduría!

—Eso me parece un castigo un poco duro, Zareb —repuso Camelia—. Me conformaré con entregarlos a la policía de Ciudad del Cabo.

—¡Camelia! —De repente, Elliott entró corriendo en la cámara con la cara sonrojada y jadeando—. ¿Qué demonios ocurre aquí?

—¡Hemos encontrado la Tumba de los Reyes, Elliott!

Abrumada por la ola de emociones, Camelia corrió a abrazarlo. Después de toda una vida buscando, finalmente había logrado hacer realidad el sueño de su padre. Se alegraba de que Elliott estuviese ahí para compartir la emoción y la alegría del momento, aunque al mismo tiempo sintió una dolorosa punzada en el corazón. Su padre debería haber estado allí con ellos. Apoyó la cabeza en el reconfortante y cálido pecho de Elliott y cerró los ojos, suspirando. En algún lugar, más allá de las seis estrellas que titilaban en el cielo nocturno, sobre la cueva, estaba segura de que su padre los estaba mirando con una sonrisa.

—¿A que es magnífico? —musitó, hablándole a su padre y también a Elliott—. ¡Es exactamente como nos habíamos imaginado!

—¡Dios mío, Camelia! Claro que es maravilloso, pero tú eres lo único que me importa. —La abrazó con fuerza—. ¿Estás bien?

—Estoy bien. —Se enjugó las lágrimas que asomaban a sus ojos y esbozó una temblorosa sonrisa mientras levantaba la vista y lo miraba—. Estos son Stanley y Bert —continuó señalando a la pareja, ahora firmemente atada. Pensando que tal vez Elliott necesitase algún tipo de explicación que aclarase lo ocurrido, añadió—: Los que han estado entorpeciendo mi camino tanto aquí como en Londres. Al parecer, nos siguieron hasta aquí y han intentado echar por tierra todo nuestro trabajo rompiendo la bomba.

Elliott miró indignado a los dos hombres.

—¿Así que ésta es la escoria que destrozó tu casa y clavó con un puñal esa horrible nota en tu almohada?

Camelia se sintió confusa. Se separó de Elliott poco a poco y lo miró con inseguridad.

—¿Qué has dicho?

—La nota de la que me hablaste; me dijiste que la habían clavado en tu almohada con el puñal favorito de tu padre. ¿Lo hicieron estos dos?

Camelia lo miró fijamente con el corazón encogido. «No», pensó. «No puede ser.» Repitiéndose a sí misma que tenía que haber alguna explicación lógica para el comentario de Elliott, le dijo en voz baja:

—Yo no te dije que la nota había sido clavada en mi almohada con un puñal, Elliott.

—¡Claro que sí! —insistió él—. Me contaste todo lo que ocurrió.

—No, no lo hice. No quise que supieras que habían usado el puñal de mi padre, porque me daba miedo tu reacción. Estabas al tanto de sus supuestos poderes y sabías cuánto cariño le tenía mi padre. Pensé que si te contaba que lo habían utilizado para amenazarme, habrías hecho todo lo posible para evitar que volviese a Pumulani.

—Bueno, pues debió de decírmelo alguien más —repuso Elliott con desdén—. A lo mejor fue Kent.

Simon sacudió la cabeza.

—Lo siento, Wickham, pero nunca he hablado con usted de lo que sucedió esa noche.

—Entonces me debí de enterar por Zareb.

—Yo no hablo de lo que le pasa a Tisha con nadie —declaró Zareb con severidad—. Ni siquiera con usted, lord Wickham.

Elliott los miró impaciente, como si le pareciese absolutamente ridículo darle tanta importancia a una tontería.

—Bueno, pues debió de ser Oliver.

—Yo estoy seguro de no haberle dicho nunca nada, muchacho. —Oliver frunció sus cejas blancas—. Sé por experiencia que es mejor morderse la lengua cuando no sabes de dónde vienen los problemas.

Lentamente, Elliott posó su mirada en Camelia.

Ella también lo miró; sus suaves ojos verdes estaban muy abiertos y brillaban débilmente esperanzados. Notó que estaba luchando por mantener la clama, por creer que había alguna explicación plausible y lógica para el hecho de que supiese lo del puñal. Entonces él se sintió abrumado, tanto por el feroz deseo de Camelia de seguir teniendo fe en él, fe que había ardido en una llama discreta pero constante desde que ella era una niña, como porque acababa de darse cuenta, lleno de dolor, de que le había fallado completamente. No había sido su intención, pero eso apenas importaba. Lo que había empezado como un deseo sincero de protegerla y crearle una vida con él, de algún modo se había convertido en este terrible y desgradable momento. La vergüenza se apoderó de él, mezclada con una ira irremediable, que le hicieron sentir disgustado y frustrado.

¿Qué había sido de esa bella joven que solía mirarlo con admiración y devoción?, se preguntó con pesar. ¿Cuándo había empezado Camelia a alejarse de él hasta estar fuera de su alcance, hasta que, finalmente, cuanto él dijese, hiciese o pensase no despertara en ella nada más que impaciencia o unas leves ganas de desafiarlo? Durante algún tiempo, justo después de la muerte del padre de Camelia, ésta había recurrido a él en busca de consuelo. Entonces Elliott había sentido que ella lo quería y pensó que había entendido lo que él sentía por ella; que, sin duda, había entendido cuánto la quería después de aquel beso en el jardín de lord Bagley.

Pero no había sido suficiente para Camelia, pensó, sintiendo que algo empezaba a romperse en su interior. Le había ofrecido cuanto tenía, incluyendo su apellido, su hogar y su corazón.

Y aun así no había sido suficiente.

—Lo lamento, Camelia —se disculpó con voz apagada y áspera debido al arrepentimiento—. Nunca quise hacerte daño. —Por lo menos eso era cierto. Pero al mirarla a los ojos y ver cómo los últimos vestigios de su confianza se desintegraban lentamente, cayó en la cuenta de que eso no importaba. Extrajo la pistola de la cinturilla de los pantalones y la apuntó con ella, procurando mantener la mano firme—. Me temo que tendrás que darme el puñal que llevas en la bota.

Elliott la observó mientras se agachaba aturdida y sacaba el puñal para tirarlo al suelo, frente a los pies de él.

Se aclaró la garganta y dijo:

—Kent, si no le importa, me gustaría que Oliver y usted dejaran sus pistolas aquí, en el suelo, y que después desataran a mis amigos Stanley y Bert.

—Yo no soy su amigo —protestó Stanley, confundido—. Ni siquiera lo conozco.

—Cierra el pico, Stanley. ¿No ves que este señor intenta ayudarnos? —le espetó Bert.

—Y ¿por qué nos ayuda si no nos conoce? —inquirió Stanley.

—Sí que os conozco, estúpidos, idiotas cobardes —los insultó Elliott—. Soy el viejo chocho del que hablabais, aunque supongo que sin mi habitual disfraz, encorvado como un viejo borracho en alguna esquina apestosa de Spotted Dick, no me parezco mucho al anciano que os contrató.

Bert lo miró atónito.

—¿Usted es el viejo chocho?

—Sí, y debo decir, Bert, que me decepciona mucho que pretendierais robarme estos diamantes; sobre todo porque estáis aquí gracias a mí.

—Sólo bromeaba, señor —se apresuró a asegurarle Bert mientras Simon lo desataba—. ¡Espero que no piense que hablaba en serio!

—Pues yo sí lo he pensado —comentó Stanley.

—¡Cierra la maldita boca, Stanley, y dale un día de vacaciones a tu lengua!

—¡Ah..., ya lo he entendido! Estaba siendo sarcástico. Eso es cuando Bert dice algo en broma, pero finge que es en serio —le explicó Stanley a Oliver, que lo desataba despacio. Frunció las cejas y añadió—: Sí, ya sé que es un poco lioso.

—¿Por qué, Elliott? —Camelia tragó saliva, esfozándose por impedir que las lágrimas que inundaban sus ojos resbalasen por sus mejillas—. Tantos años trabajando junto a mi padre. Te quería como a un hijo, Elliott. Te enseñó todo lo que sabía. ¿Cómo has podido traicionarle de esta manera?

—No era mi intención que acabase así, Camelia —afirmó Elliott—. Tienes que creerme. Durante muchos años creí con la misma pasión que tu padre que la Tumba de los Reyes existía. Pero después de quince años no habíamos encontrado nada. Los trabajadores se marchaban; el dinero se terminaba, y luego murió mi padre, dejando una gran cantidad de deudas. Me encontré de pronto con una madre y tres hermanas solteras que alimentar, varias casas que mantener, criados y facturas que pagar... y los ingresos no eran suficientes para cubrir todo eso.

—No está mal —intervino Oliver en tono burlón.

—Elliott, tu padre murió un año antes que el mío —señaló Camelia—. Podrías haberte marchado justo entonces a Inglaterra para montar tu empresa, no hacía falta que te quedaras aquí.

—Lo sé. Y ésa era mi intención. Pero la noche en que fui a decirle a tu padre que me iba, lo vi en su tienda de campaña examinando unos diamantes que había encontrado.

Ella lo miró con incredulidad.

—Te equivocas; mi padre no encontró ni un solo diamante en Pumulani.

—Sí lo hizo, Camelia. Pero no quería que nadie lo supiese, ni siquiera tú. Le daba miedo que la noticia se propagase y la excavación se inundase de buscadores de minas, que se peleasen por comprarle o robarle una porción. Y él era consciente de que, si se extraían minerales de Pumulani, se echaría a perder todo lo que tuviese valor arqueológico.

Ella cabeceó, se negaba a aceptar lo que Elliott acababa de decirle.

—Si lo que dices es verdad, ¿dónde están los diamantes que viste en su tienda? No los vi entre sus cosas cuando falleció.

—Me los llevé, para guardarlos.

Oliver soltó una risotada desdeñosa.

—¿Es así como lo llama? En mi época se llamaba robar.

—Necesitaba más tiempo, Camelia —insistió Elliott, tratando de hacerle entender—. Sabía que por derecho los diamantes eran tuyos, pero también sabía que harías lo mismo que tu padre. Necesitaba tiempo para ayudarte a comprender que lo mejor era extraer minerales en lugar de remover eternamente cada centímetro de tierra con escobillas y palas para no encontrar nada de valor.

—Jamás habría consentido que extrajeran minerales, Elliott. Siempre he creído que la Tumba de los Reyes existía. No habría hecho nada que pudiese ponerla en peligro.

—Eso ya lo sabe, Camelia. —Simon miró a Elliott fijamente, debatiéndose entre arrojarle el diamante que sostenía en la mano o esperar hasta estar seguro de que Zareb y Oliver estaban en posición de despojar a Stanley y a Bert de sus pistolas—. Por eso nunca te enseñó los diamantes. No quería convencerte de que vendieras el terreno a la De Beers Company debido al valor potencial que tenía como zona diamantífera. Sabía que te parecías demasiado a tu padre para consentir algo así. Lo que quería era ahuyentarte mientras te convencía de que la tierra no tenía valor alguno.

—Pero ¿por qué? —Camelia miró a Elliott suplicante—. Aunque al final me hubiese rendido y hubiese vendido el terreno, ¿en qué te habría beneficiado?

—Mi intención inicial no era ahuyentarte. —Hablaba con voz suave—. Sabes que te aprecio, Camelia. Tenía la esperanza de que te casaras conmigo y después de eso pretendía contarte lo de los diamantes. Pensé que podría hacerte entender que lo mejor para ambos era vender el terreno y establecernos en Inglaterra. —Sus ojos se ensombrecieron—. Pero al no dejar que te conquistase, me di cuenta de que debería adoptar medidas más severas para que te marcharas de Pumulani y volvieras conmigo. Pero por muchos accidentes que provocase o por mucho que pagase a estos idiotas para amedrentarte, no abandonaste el sueño de tu padre.

—¿Eh? ¿A quién ha llamado idiota? —inquirió Bert.

—Esta chica es muy valiente —observó Oliver, mirando a Camelia con cariño—. No se encoge, se sacude el agua.

—Tisha es africana. —Zareb la miró orgulloso—. Es una guerrera.

—Debió de ser muy frustrante para usted, Wickham —intervino Simon—. Supongo que a esas alturas ya habría hablado con la De Beers Company acerca de los diamantes.

—Les hice un par de ofertas —admitió Elliott—. Y, naturalmente, cuando vieron los diamantes estuvieron muy interesados en adquirir el terreno. Les prometí convencer a Camelia de que se lo vendiera a ellos a un precio más que aceptable, si a cambio me pagaban una buena suma de dinero por mis servicios.

—Me sorprende que no negociara quedarse también con un porcentaje de los beneficios de la extracción de diamantes.

—Me lo ofrecieron, pero por muy poco dinero. Y como tampoco estaba seguro de que el terreno tuviera más diamantes enterrados, aparte de los que lord Stamford había encontrado, preferí cobrar el dinero de inmediato.

—¡Qué pragmático! Veo que no le gusta arriesgarse mucho.

—He corrido riesgos durante casi toda mi vida, Kent —le informó Elliott nervioso—. Mi padre juró que me desheredaría cuando le dije que quería ser arqueólogo. Me llamó idiota y prometió que jamás recibiría un penique suyo. Antes de irme a África me echó de casa y me dejó de dar mi asignación mensual convencido de que sin su apoyo económico jamás tendría valor para ir a África.

Sorprendida, Camelia abrió los ojos desmesuradamente.

—Nunca me lo habías contado, Elliott.

—Nunca se lo he contado a nadie, salvo a tu padre. Tuve que decírselo. Lord Stamford había accedido a ser mi profesor, pero de pronto me encontré sin dinero para comprarme el billete a África. Entonces se lo pedí prestado a tu padre, pero él me regaló el billete y se ofreció a pagarme un sueldo modesto. Me permitió hacer frente a mi padre y seguir mi propio sueño. Por eso siempre estuve en deuda con él.

—Y ahora lo traiciona dañando su excavación e hiriendo a su hija. —La voz de Zareb estaba cargada de rabia—. A los espíritus no les gustará nada.

—Pagué mi deuda estando a su lado durante muchos años y creyéndole cada vez que me decía que estábamos a punto de hacer un increíble descubrimiento —se justificó Elliott—. Y acabé con un montón de deudas y el desdén socarrón de la Sociedad Arqueológica Británica. Me consideraban un idiota por haber desperdiciado tanto tiempo excavando en África con lord Stamford. —Su boca formó una tensa línea llena de amargura mientras miraba a Simon—. Pero no fue hasta que Kent viajó hasta aquí que me di cuenta de lo estúpido que había sido.

El significado de sus palabras estaba claro.

—Tenga cuidado con lo que dice, Wickham —le advirtió Simon apretando los puños.

—¿De verdad cree que no estoy al tanto de los jueguecitos que se traen los dos entre manos en su tienda por las noches?

—¡Basta ya! —exclamó Oliver malhumorado—. ¡Ya está bien de tonterías!

—Cierre el pico, lord Wickham —añadió Zareb, que apenas podía contener su rabia—, o me veré obligado a cerrárselo yo.

—¡Cómo no! El siempre leal kaffir que sale en defensa de lady Camelia, aunque haya dos pistolas apuntándole —comentó Elliott mordaz—. Usted tiene parte de culpa de que ella sea como es.

—He dedicado mi vida a protegerla de las fuerzas oscuras. —Zareb lo miró con forzada calma—. Y de usted.

—¡No era necesario que la protegiese de mí, viejo estúpido! ¡Yo habría cuidado de ella!

—Para eso tendría que haber sido suya, señor, y nunca lo fue —replicó Zareb—. No merece semejante privilegio.

Elliott desvió la vista y miró a Camelia.

—Hubo un tiempo, Camelia, en que realmente creí que estábamos hechos el uno para el otro. —Alargó el brazo y le acarició con los dedos su sucia mejilla—. Pero ahora que he visto la vulgar y apestosa escoria por la que te sientes atraída, me considero afortunado de que rechazaras casarte conmigo.

—¿Acaba de decir que la señora se siente atraída por mí? —inquirió Stanley, perplejo.

—De hecho, Stanley, me parece que se refería a mí —le contestó Simon.

—Pero si usted no es vulgar. Sus inventos son más que brillantes.

—Gracias.

—¡Cállate, Stanley! —le espetó Bert—. ¿No ves que estamos trabajando?

Stanley lo miró avergonzado.

—Lo siento, Bert. ¿Qué quieres que haga ahora?

Bert miró a Elliott expectante.

—Atadlos ahí —ordenó Elliott— y empezad a sacar fuera de la cueva esas vasijas de diamantes. ¡Deprisa, maldita sea! Quiero esta cueva vacía y cerrada antes de que nadie los encuentre.

—Entonces ¿eso es todo? —Camelia habló con frialdad mientras Stanley y Bert, a regañadientes, obedecían la orden—. ¿Vas a cerrar la cueva y dejarnos aquí dentro?

—Lo lamento, Camelia, pero dadas las circunstancias no tengo otra alternativa. Jamás imaginé que encontrarías realmente la tumba. Y ahora que lo has hecho, reconoce que es bastante lógico que tanto tú como tus amigos os quedéis aquí dentro. Llevas toda la vida intentando descubrir este sitio; ahora podrás pasar aquí la eternidad.

—Pero ya le he dicho a Bert que eso no está bien —protestó Stanley, haciendo una pausa en el proceso de maniatar a Oliver—. No pienso dejar que la palmen en esta cueva, ¡hay arañas!

—Harás lo que te mande, cabeza de chorlito, si no quieres que os deje a los dos también aquí —amenazó Elliott furioso—. ¿Lo has entendido o necesitas que el desgraciado de tu amiguito te lo explique?

Stanley miró a Bert suplicante.

—No es correcto, Bert.

—¡Cierra la maldita boca y haz lo que te mandan, Stanley! —advirtió Bert, que miraba la pistola de Elliott nervioso.

—Buen consejo —añadió Elliott con sequedad.

Camelia permaneció inmóvil con los puños cerrados a los lados de la falda. Sintió a su alrededor un aire helado que le hizo tomar conciencia del martilleo de su corazón, de los escalofríos que sentía en el cuerpo y de la intensidad con la que le latía la sangre en las venas. Había encontrado la Tumba de los Reyes. Y al hacerlo, había descubierto que su queridísimo Elliott, que había sido un hijo para su padre y un hermano mayor para ella, estaba dispuesto dejar a un lado los años de amistad y cariño a cambio de unas cuantas vasijas de diamantes.

Nada era lo que parecía, pensó con pesar.

«Deja que las estrellas te guíen.»

—Es la hora, Tisha —comentó Zareb en voz baja.

Camelia le lanzó una mirada, confusa, y éste se la devolvió con una serenidad extraordinaria; sus ojos oscuros brillaban de amor y severa determinación.

—Los espíritus han hablado, Tisha —susurró—. Es la hora.

—Nunca se rinde, ¿eh, Zareb? —dijo Elliott—. Todas sus tonterías absurdas sobre los espíritus malignos, las fuerzas oscuras y las maldiciones. La verdad, me asombra que Stamford le confiara su hija a un ignorante y viejo kaffir. —Miró indignado a Camelia antes de concluir—: Todo habría sido distinto si tu padre te hubiese dejado en Inglaterra al cuidado de una buena institutriz inglesa.

—Tienes razón, Elliott —concedió Camelia con suavidad—. Las cosas habrían sido muy distintas. Pero hay algo que dudo que una institutriz inglesa hubiese podido enseñarme.

—¿El qué?

—Esto. —Cogió el meñique de la mano izquierda de Elliott y tiró de él hacia atrás con todas sus fuerzas, desencajándoselo.

Elliott aulló de dolor y se tambaleó, disparando accidentalmente la pistola.

Oscar chilló y saltó sobre su cabeza, cegándolo durante unos instantes. Mientras Elliott forcejeaba para liberarse del mono, Harriet voló para asistir a Oscar y se puso a aletear mientras le daba violentos picotazos a Elliott en la cara y la cabeza.

De pronto, una figura naranja y negra, Rupert, se irguió sobre el suelo y hundió sus colmillos en la pierna de Elliott.

—¡Socorro! ¡Sácadmelos de encima! ¡*Socorro*! —gritó Elliott, que tropezó con los esqueletos de los reyes muertos y volcó las vasijas de diamantes—. ¡Socorro!

Súbitamente, los murciélagos que colgaban del techo de la cueva chillaron y alzaron el vuelo, creando un viento helado mientras salían de la cámara.

—Supongo que no les ha gustado el disparo de la pistola —comentó Oliver, rascándose la cabeza.

Un gran estrépito sacudió la cueva y fragmentos de piedra y nubes de polvo empezaron a llover sobre todos ellos.

—¡Se va a derrumbar! —exclamó Simon mientras corría hasta Camelia y le cogía de la mano—. ¡*Salgamos de aquí*!

—¡Venga, Stanley, largo! —gritó Bert, precipitándose al pasadizo tan rápido como sus cortas piernas le permitían.

—¡Ahora voy! —repuso Stanley mientras destaba rápidamente a Oliver y Zareb.

—Oscar, Harriet, ¡ya basta! —Camelia cogió a Rupert del suelo, que se había deslizado hasta sus pies, y se lo enrolló alrededor del cuello—. ¡Hay que salir de aquí!

Harriet le dio a Elliott un último y fuerte picotazo antes de volar hasta el hombro de Zareb. Enfadado, Oscar golpeó a Elliott en la cabeza y a continuación se alejó de él y se encaramó a Simon.

—¿Estás bien, Elliott? —preguntó Camelia apremiante—. ¿Podrás salir de aquí?

Elliott la miró confuso mientras el polvo y fragmentos de roca caían a su alrededor.

—¡Mis diamantes! —Se agachó y empezó a buscar por el suelo de la cueva, intentando recuperar las piedras esparcidas para metérselas en los bolsillos.

—¡Por el amor de Dios, Wickham, deje esas piedras! —gritó Simon.

—¡Son mías! —A cuatro patas, Elliott rebuscaba frenético entre el polvo.

—¡Elliott, por favor! —suplicó Camelia—. ¡Tenemos que salir ya!

—¡Un minuto más!

Una nefasta grieta se abrió en una de las paredes, creando una fisura en las pinturas rupestres entre un grupo de guerreros y el león que estaban tratando de cazar.

—Vamos, Tisha —dijo Zareb—. Tienes que salir de este lugar.

—Elliott, te lo suplico, ¡deja los diamantes! —exclamó Camelia con voz de angustia.

—Sólo unos cuantos más —repuso Elliott, que buscaba a tientas por el suelo.

—Es su elección, Camelia. —Simon le agarró del brazo—. ¡Salgamos!

—¡No puedo dejarlo aquí!

—Si te quedas, morirás —le soltó Simon—. Y aunque esa posibilidad pueda parecerte aceptable, te aseguro que para mí no lo es en absoluto.

Y entonces la cogió en brazos y corrió por el pasadizo, que se estaba desmoronando, seguido de cerca por Oliver y Zareb.

—¡Venga, Stanley, empuja! —le ordenó Simon al ver que se había quedado atascado en la entrada de la cueva.

—No puedo. ¡Me he quedado atascado!

—Desde luego esta noche no puede ser mejor —musitó Simon mientras dejaba a Camelia en el suelo—. Bert, ¿estás ahí fuera?

—Sí, estoy aquí —respondió Bert—. Pero está completamente encajonado, ¡no puede moverse!

—De acuerdo, tiraremos de él un poco hacia dentro y luego veremos si conseguimos que se coloque mejor para poder salir. Oliver y Zareb, hay que cogerle de las piernas. Camelia y yo lo cogeremos por el tronco. ¿Preparados? ¡Estirad!

—¡Eso es! —exclamó Bert desde el exterior de la cueva—. ¡Se está moviendo!

—Muy bien, Stanley, quiero que bajes el hombro derecho y subas el izquierdo para que estés más ladeado, ¿entendido?

—Creo que sí —jadeó Stanley—. Me parece que ahora respiro mejor.

—Magnífico. Ahora mete la barriga y encógete todo lo que puedas. Bert, cuando cuente hasta tres, quiero que tires fuerte y nosotros empujaremos, ¿de acuerdo? ¡Un... dos... tres!

Se oyó un coro de gruñidos y gemidos mientras todos se esforzaban por liberar a Stanley de las garras de la roca.

—¡Es como intentar introducir a un elefante por el ojo de una maldita cerradura! —protestó Oliver al que le temblaban sus ancianos brazos debido al esfuerzo.

Llovió sobre ellos más tierra y piedras. Los rodeó un mar de insectos y serpientes mientras procuraban huir de la cueva, a punto de venirse abajo.

—¡Venga, Stanley! —lo animó Simon apretando los dientes—. ¡Encógete!

—¡Se mueve! —exclamó Camelia.

Stanley se movió un par de centímetros y luego otro par.

Y después salió despedido por la abertura como un corcho gigante y aterrizó pesadamente encima de Bert.

—¡Ahora tú! —Le ordenó Simon a Camelia tras sacar por el agujero a Oscar y a Harriet.

—¿Y Zareb y Oliver...?

—Nosotros saldremos después que tú —prometió mientras sin miramientos los empujaba a ella y a Rupert por la abertura—. Muy bien, Oliver, ¡ahora tú!

—No tardes, chico. ¡No tengo intención de sufrir solo el viaje de vuelta a Inglaterra! —El anciano escocés salió con dificultad de la cueva.

—Su turno, Zareb.

Zareb lo miró con seriedad.

—Los espíritus han hablado.

—Sí, acaban de decirnos que salgamos de aquí corriendo... ¡Así que muévase!

Zareb lo miró fijamente y a continuación inclinó la cabeza con solemnidad.

—Ahora ella es suya. Cuídela.

Con los ojos oscuros llenos de lágrimas, se volvió hacia el pasadizo a punto de derrumbarse.

—¡Por el amor de Dios...!

Simon le agarró por los hombros y le obligó a girar.

—¿En serio cree que me iré de aquí sin usted, Zareb?

—Debe hacerlo —insistió el africano—. Tisha lo necesita.

—Me halaga que piense eso, pero también lo necesita a usted.

Zareb sacudió la cabeza.

—Yo ya he terminado de velar por ella, ahora es su turno.

—¿No será esto una especie de alocada creencia africana? Porque Oliver *jamás* pensaría que tiene que dejar de velar por mí. Todavía cuida de mi madre, y está casada y tiene nueve hijos, ¡por Dios! ¡Incluso diría que cada año tiene más trabajo!

Zareb lo miró con los ojos muy abiertos.

—¿De verdad?

—Me encantaría seguir hablando del tema —silabeó Simon mientras se agachaba al ver que un enorme fragmento de roca caía a su lado—, pero, sinceramente, preferiría hacerlo fuera de esta cueva. ¿Viene conmigo?

Zareb miró con sorpresa la mano extendida de Simon.

Y entonces posó su palma sobre la de Simon, absorbiendo su calor mientras los dedos de Simon se cerraban sobre los suyos, ancianos y curtidos.

—Por supuesto que sí —afirmó con una sonrisa—. Tisha nos espera.

—No hay nada como esperar hasta el último segundo —musitó Simon al tiempo que ayudaba a Zareb a pasar por la estrecha abertura.

Mientras una espesa lluvia de rocas y tierra caía en cascada a su alrededor, Simon se lanzó por la abertura cada vez más estrecha y aterrizó con estrépito en el suelo.

Entonces cogió a Camelia y la cubrió con su cuerpo, protegiéndola con su cuerpo mientras la Tumba de los Reyes suspiraba y se derrumbaba, volviendo a enterrar su cámara secreta.

Capítulo 17

—No tengo más comida —le dijo Camelia a Oscar, que estaba dándole codazos.

Estaba sentada en el suelo con las piernas cruzadas y el valioso diario de su padre abierto sobre su regazo, contemplando con solemnidad la pintura rupestre del león y los guerreros.

—Si te has quedado con hambre, vete a ver a Oliver. A lo mejor te da una última torta de avena antes de irse con Simon.

Oscar siguió tirando de su brazo. Suspirando, Camelia lo levantó para librarse de él. Entonces Oscar se arrimó a ella y la miró con cara de preocupación.

—No pasa nada, Oscar. —Le acarició la cabeza con suavidad, procurando reconfortarle—. Todo irá bien.

—Zareb me dijo que te encontraría aquí.

Camelia se volvió rápidamente y vio a Simon de pie detrás de ella. Iba vestido con su atuendo habitual consistente en una camisa de hilo holgada y unos pantalones, ambos copiosamente arrugados pero limpios. Llevaba a Rupert tranquilamente colgado al cuello y a Harriet posada con majestuosidad sobre su hombro.

—Por lo visto Rupert y Harriet le han cogido cariño a mis cosas —anunció Simon mientras sacaba con cuidado a la serpiente de sus hombros y la dejaba en el suelo—. Harriet no para de sacar cosas de mi maleta para esparcirlas por la tienda, mientras que Rupert se desliza entre mi ropa para esconderse; me ha dado un buen susto cuando estaba a punto de cerrar la maleta.

Camelia observó cómo Rupert se enroscaba junto a la bota de Simon y sacaba la lengua con paciencia a la espera de ver adónde se dirgiría Simon. Por su parte, Harriet aleteó en señal de protesta cuando Simon intentó que se fuera de su hombro. En cierto modo, aunque primitivo, daba la impresión de que sabían que Simon se marchaba.

Camelia se mordió el labio y miró de nuevo la pintura rupestre.

—¿Qué harás ahora, Camelia? —Tras darse por vencido en su intento por deshacerse de Harriet, Simon se sentó en el suelo sin tocar a Camelia, pero lo bastante cerca de ella para que fuera plenamente consciente de su presencia.

Ella siguió acariciando con suavidad la cabeza de Oscar.

—No estoy segura.

—Podrías tratar de volver a excavar la Tumba de los Reyes. Llevaría su tiempo, pero al menos ahora ya sabes dónde está exactamente.

Camelia cabeceó.

—No quiero volver a encontrarla.

Simon la miró en silencio. En sus ojos verdes del color de la salvia había un velo de tristeza, y las ojeras que había debajo de ellos le indicaron que apenas había dormido desde el derrumbe de la cueva ocurrido la noche anterior.

—Lo que le pasó a Elliott anoche fue terrible —dijo suavemente—, pero fue decisión suya, Camelia. Podría haber salido de la cueva con todos nosotros, pero decidió quedarse hasta que fue demasiado tarde.

—No creo que su decisión fuese consciente, Simon. En esa tumba había otras fuerzas, fuerzas que ni tú ni yo podemos entender.

—No me digas que ahora crees en los vientos oscuros y las maldiciones de Zareb. No es un enfoque muy científico para una arqueóloga experimentada como tú.

—Hay cosas que desafían los principios de la ciencia —reflexionó Camelia—. Zareb siempre ha dicho que hay cosas que no podemos saber, porque no estamos destinados a saberlas, al menos hasta que llegue el momento adecuado. Ayer noche la Tumba de los Reyes me permitió acceder a ella y al hacerlo también Elliott se reveló a sí mismo. Las dos cosas estaban intrínsecamente ligadas. No creo que los espíritus hubiesen dejado salir a Elliott de la cueva, aunque lo hubiese intentado. Por eso la enterraron.

—Los espíritus no enterraron la cueva, Camelia —objetó Simon—, fue Elliott. Disparó la pistola y la cueva se vino abajo, ya fuese porque agrietó el techo o porque el eco de la detonación causó temblores en la estructura. Para cada acción hay una reacción y en este caso concreto la reacción física fue el desmoronamiento de la cueva.

—Yo le rompí el dedo a Elliott y por eso disparó la pistola —señaló Camelia—. Si todo se reduce a una acción y su reacción, entonces soy la responsable de la destrucción de la tumba.

—Si no le hubieses roto el dedo a Elliott cuando lo hiciste, Zareb, Oliver y yo habríamos hecho todo lo posible para desarmarlo, con lo que la pistola se le habría disparado igualmente. Creo que hasta Stanley y Bert habrían acabado ayudándonos. Stanley lleva toda la mañana detrás de mí, preguntándome si hay algo que pueda hacer para demostrarme su agradecimiento por ayudarle a salir del agujero de la abertura. Y Bert se ha ofrecido a ayudar a Oliver con las maletas, aunque creo que se refería a que le ordenaría a Stanley que las llevara. Así que no debes atormentarte culpándote por el derrumbe de la cueva y la muerte de Elliott, Camelia. Me alegro de que Zareb te enseñase ese truquillo del dedo, aunque te confieso —concluyó con una sonrisa— que no pensé eso cuando me lo hiciste a mí.

—Elliott jamás habría intentado hacernos daño, de no haber descubierto la cueva y los diamantes; y jamás habríamos encontrado la cueva, si no hubiese oído esa voz que me habló en el río.

Simon arqueó las cejas.

—¿Qué voz?

—Da igual. —Camelia cerró el diario de su padre y lo dejó a un lado, tratando de ordenar su torbellino de emociones—. Lo único que intento decirte es que tal vez haya cosas que sea mejor dejar como están, Simon. Volver a excavar implicaría un montón de años removiendo la tierra, ¿y para qué? ¿Para sacar las reliquias de su verdadero hogar, cruzar todo el océano y colocarlas en un museo de Inglaterra, donde las pondrían en vitrinas para mostrárselas a miles de personas ignorantes que nunca apreciarían su valor?

—No te reconozco, Camelia. Siempre has defendido que hay que compartir la información del pasado con el resto del mundo.

—Los cadáveres y las reliquias de esa cueva no fueron puestos ahí con la intención de que luego los sacaran para enseñárselos al mundo entero. Aquello es una cámara de enterramiento, Simon. Esas reliquias pertenecen a África y a los africanos que descienden de los jefes enterrados en la cueva, e incluso a los espíritus que velan por ellas. No estaría bien que yo me las llevara.

—¿Y qué hay del sueño de tu padre?

—Mi padre soñaba con encontrar la Tumba de los Reyes y la hemos econtrado.

—Pero el mundo arqueológico no te creerá, si no le proporcionas ninguna prueba. Menospreciarán la historia tachándola de ser excesivamente exagerada o de ser pura ficción.

—Lo sé. Y me duele pensar que el trabajo de mi padre nunca será valorado, después de pasarse la vida entera intentando ganarse el respeto de sus colegas. Pero sé que si estuviese aquí, estaría de acuerdo conmigo. Mi padre amaba la arqueología, Simon, pero su amor por África era aún mayor. En última instancia querría hacer lo que fuese mejor para África, no para su legado.

Camelia había cambiado, pensó Simon, conmovido y admirado por el sereno realismo y madurez que emanaban de ella. La búsqueda que había consumido todos sus pensamientos y su aliento desde que la había visto por primera vez sentada en el suelo de su laboratorio con las enaguas empapadas había desaparecido. Y aunque un velo de tristeza cubría su mirada, Simon intuyó que estaba en paz con la decisión que había tomado.

—Siempre puedes extraer minerales del terreno —sugirió—. Lejos del emplazamiento de la tumba, naturalmente.

Camelia sacudió la cabeza.

—No pienso destrozar la tierra para buscar unas cuantas piedras blancas absurdas. Los diamantes no me interesan lo más mínimo, no tienen ningún valor añadido.

—De hecho, siendo como son una de las sustancias más duras de la tierra, creo que sí tienen cierto valor añadido, al menos desde un punto de vista científico —repuso Simon—. Podrían acabar siendo bastante importantes en los campos de la ciencia y la tecnología. Aunque no logre convencerte de eso, hay algo más que deberías considerar. Elliott le llevó los diamantes que tu padre encontró a la De Beers Company, que se ha mantenido en un segundo plano porque tiene la esperanza de comprarte el terreno. Que los rumores sobre los diamantes de Pumulani se extiendan, es sólo cuestión de tiempo. ¿Qué harás entonces para impedir que otros vengan a remover la tierra?

—Pumulani me pertenece; no permitiré que nadie venga a remover mis tierras.

—Y te admiro por ello. Es posible que consigas protegerlo siempre y cuando puedas tener hombres haciendo guardia constantemente, pero ¿de dónde sacarás el dinero para pagar a esos hombres? ¿Y qué pasará con Pumulani cuando tú faltes?

—Me ocuparé de que siga estando protegido —insistió Camelia.

—Supongamos que consigues proteger el terreno durante los próximos cien años; pasado ese tiempo alguien vendrá a intentar excavar —argumentó Simon—. La cuestión es, ¿tratarán la tierra con cuidado? ¿Cómo tratarán a los trabajadores? ¿Y a qué destinarán los beneficios que obtengan?

—No lo sé. Sólo puedo controlar cómo trato yo la tierra y a la gente que trabaja para mí. No puedo controlar lo que hagan los demás.

—Razón por la cual deberías plantearte extraer tú misma los minerales. Piénsalo, Camelia —le recomendó—. En primer lugar, podrías excavar con todo el cuidado que quisieras, asegurándote de no tocar el emplazamiento de la tumba y conservando cualquier reliquia que encontraras a medida que fueras removiendo la tierra. En segundo lugar, además de darles un trabajo que necesitan, te asegurarías de que los nativos reciben un buen trato y están bien remunerados. Y en tercer lugar, podrías destinar parte de los beneficios a mejorar las condiciones de vida de los africanos.

Era un buen argumento, pensó Camelia. Siempre había menospreciado a las compañías mineras, porque destrozaban la tierra y abusaban de los trabajadores nativos únicamente para que los inversores se enriquecieran. Pero si ella extrajera los diamantes por su cuenta, las cosas serían distintas. Podría asegurarse de que la tierra se removía con cuidado, conservando cualquier reliquia que descubriesen; trataría a los trabajadores con respeto e integridad, y todo lo que ganara podría utilizarlo para ayudar a las tribus de la zona cuando la comida escaseara y para prepararlos para el nuevo mundo que se cernía sobre ellos rápida e inevitablemente. Podría crear una escuela. Quizás incluso podría construir un pequeño hospital para cuando los poderes de las hierbas humeantes y los chamanes no fuesen suficientes. Extraer diamantes de Pumulani no era necesariamente una traición a todo cuanto creía, pensó. No, si significaba mejorar las vidas de los africanos, aunque fuese sólo de unos cuantos.

Aun así, era extrañamente reacia a embarcarse en esta nueva aventura.

—No lo sé. —Hablaba con voz apagada y añadió—: No sé si me quedaré aquí.

Simon la miró confuso.

—No es necesario que vivas en Pumulani, si no quieres. Siempre y cuando contrates hombres eficientes en los que confíes y un buen capataz, estoy convencido de que podrás controlarlo todo desde tu casa de Ciudad del Cabo.

—En realidad, estaba pensando en irme un poco más lejos.

Simon arqueó las cejas.

—¿Adónde?

Camelia inspiró profundamente.

—A Londres.

Él la miró con los ojos muy abiertos.

—¿Por qué?

«Porque no puedo soportar quedarme aquí sin ti —pensó vulnerable y temerosa de los sentimientos que la embargaban—. Porque nada de lo que haga, vea, sienta o toque será lo mismo si tú no estás. Porque si tú te vas y yo me quedo aquí, viviré el resto de mi vida con el corazón desgarrado.»

—Porque quiero ir allí. —Se había imaginado que a Simon le encantaría que ella quisiese irse a Londres con él. Sin embargo, estaba completamente atónito—. ¿Tan extraño te parece?

Él se encogió de hombros.

—Si me lo hubiese dicho cualquier otra mujer, probablemente no. Pero viniendo de ti, que detestas Londres y amas África con todo tu corazón, sí.

—Podría aprender a amar Londres.

—Eso lo dudo. Y aunque así fuera, ¿por qué demonios quieres ir allí, si todo lo que te importa está aquí?

—Porque no todo lo que me importa está aquí. En Londres hay algo sumamente importante para mí.

—¿El qué?

Ella se volvió y lo miró. Haciendo acopio de todo su coraje, susurró con solemnidad:

—Tú.

Simon la miró asombrado.

Y entonces, provocando una profunda irritación en Camelia, empezó a reírse tanto que Harriet se fue de su hombro tembloroso agitando malhumorada sus alas grises.

—No pienso irme a Londres, Camelia —dijo al fin.

Ella lo miró perpleja.

—¿Ah, no?

—Bueno, supongo que si tú vas, tendré que ir contigo, pero preferiría que fuera sólo para hacer una breve visita. Sé que mi familia está deseando conocerte, especialmente después de las historias que, sin duda, les habrán contado Doreen, Eunice y Jack. Pero prométeme que Rupert vendrá con nosotros; de lo contrario, Byron, mi hermano pequeño, jamás me lo perdonaría. Está intentando convencer a Genevieve de que las serpientes son unas mascotas excelentes.

—Pero yo sólo quería ir a Londres para estar contigo —objetó Camelia—. Badrani me ha dicho que estabas haciendo las maletas. Que Senwe y él iban a llevaros a Oliver y a ti a Kimberley para coger el tren que sale esta tarde hacia Ciudad del Cabo.

—Exacto, y si seguís aquí sentados de cháchara, anochecerá y perderé el tren —comentó Oliver con firmeza mientras se aproximaba hacia ellos.

—Sería mejor que se marchase mañana —insistió Zareb que caminaba lentamente a su lado—, todavía no le he preparado los gusanos *mopane*.

—Ésta sí que es una buena razón para que te quedes, Oliver —soltó Simon con agudeza, divertido con la cara de asco del anciano escocés. Se levantó y le ofreció la mano a Camelia para ayudarle a ponerse de pie.

Oliver se rascó su barbilla entrecana, fingiendo que pensaba en ello.

—Me temo que he estado fuera demasiado tiempo —dijo al fin con un suspiro—. Por muy tentadores que sean esos gusanos, Zareb, tendrán que esperar a mi siguiente visita. A lo mejor logro convencer a la familia del muchacho para que se las apañe sin mí unos cuantos meses el próximo verano.

Zareb inclinó la cabeza hacia su amigo con solemnidad.

—En ese caso buscaré los mejores gusanos para dárselos cuando venga a visitarnos.

—Oliver se va —le explicó Simon a Camelia—. Por fin se ha convencido de que puedo arreglármelas sin él una temporada. Creo que ayer vivió demasiadas emociones y tiene ganas de volver a Escocia, donde nadie lo meterá en cuevas inundadas de murciélagos ni estará a punto de matarlo.

—No es para tanto —se mofó Oliver—. En peores líos me han metido tus hermanos y he vivido para contarlo.

—Pero Badrani me dijo que los dos estabais haciendo las maletas para iros a Kimberley —repuso Camelia, todavía confusa.

—Estaba ayudando a Oliver y quiero acompañarlo a Kimberley para asegurarme de que no se equivoca de tren —le aclaró Simon—. Luego volveré.

—¿Por qué?

—Porque aunque me considero bastante abierto mentalmente, no soy tan liberal como para consentir que mi mujer viva en un continente y yo en otro. —Ladeó la cabeza y la miró con fingida seriedad mientras concluía—: Me temo que en esto seré bastante inflexible, Camelia.

Ella lo miró atónita.

—¿Me estás pidiendo que me case contigo?

Simon sonrió.

—Por el ritual que tú elijas y en el lugar que quieras.

—Yo mismo oficiaré la ceremonia ahora mismo, delante de esta antigua piedra —se ofreció enseguida Zareb, dando un paso hacia delante—. Los espíritus que os han unido os observan y harán que vuestra unión sea sagrada.

—¡Eh! Un momento, puede que los espíritus se contenten con eso, pero estos chicos necesitan una ceremonia como Dios manda en una iglesia y con un sacerdote —objetó Oliver—. Me niego a decirles a Eunice y a Doreen que los casó usted frente a una roca con un mono, un pájaro y una serpiente como testigos. Eunice es capaz de traerse un sacerdote en el siguiente barco que zarpe a África.

—Pero tu vida está en Londres —insistió Camelia, preguntándose si Simon era realmente consciente de todo a lo que estaba renunciando.

—No, Camelia —repuso Simon con ternura—. Mi vida está contigo. Te he visto en Londres, cariño, y eras muy desdichada. Tu sitio está en África, con esta luz, esta belleza, los espacios abiertos y todas las oportunidades que te brinda para hacer algo que de verdad valga la pena. Además, no hay que pensar sólo en ti, también están Oscar, Harriet y Rupert. —Miró al trío con resignación—. No sé si podría volver a vivir con ellos en Londres, en una casa pequeña.

—¿Y qué pasará con tu trabajo?

—La ventaja de ser inventor es que puedes trabajar en casi todas partes —contestó, encogiéndose de hombros—. Pero prométeme que iremos a ver a mi familia un par de meses al año. Así podrás irlos conociendo y yo me pondré al día de las nuevas tecnologías europeas, y compraré maquinaria nueva para seguir trabajando aquí. Probablemente en mi ausencia mi familia seguirá empeñada en registrar la patente de todo lo que invente; están convencidos de que algún día inventaré algo importante.

—Y así será. —El rostro arrugado de Oliver se iluminó con una orgullosa sonrisa—. El aparato para hacer puré de patatas que hizo para Eunice era realmente genial.

—Es que Simon es brillante —convino Camelia en voz baja mientras le miraba fijamente—. Siempre lo he sabido.

—Tal vez deberíamos cargar el carro nosotros dos, Oliver —sugirió Zareb con tacto al ver cómo se miraban Camelia y Simon.

—Iríamos más rápido, si el chico nos ayudara —declaró Oliver sin darse por aludido.

—Me reuniré contigo en un minuto, Oliver —le aseguró Simon.

—Eso mismo dijiste hace más de media hora...

—Vamos, amigo —le dijo Zareb a Oliver—. Vuélvame a explicar cómo se prepara ese delicioso *haggis*, por si acaso Simon quiere que le crezca *pelo en el pecho* en su ausencia.

—¡Claro, cómo no! —exclamó Oliver, contento de que Zareb se acordara de ese plato—. Lo más importante es hacerse con unas entrañas buenas y carnosas. Se lavan bien, asegurándose de que limpia toda la sangre, y luego las sumerge durante diez horas en agua fría salada...

Simon esperó impaciente a que los dos ancianos se alejasen por la tierra cobriza bañada por el sol con el cielo de color zafiro de fondo. Por fin, él y Camelia estaban solos.

—Hace tiempo que quiero decirte algo. —Simon hizo una pausa, de pronto vacilante.

—Dime.

Alargó el brazo y le apartó de la frente un sedoso rizo de pelo.

—Te quiero, Camelia —confesó con voz ronca—. Creo que te quiero desde que te vi en mi laboratorio sentada en el suelo y con ese ridículo sombrero en la cabeza. Me da igual que vivamos en Londres, en Ciudad del Cabo o incluso aquí, en una pequeña tienda de campaña dentro del perímetro de Pumulani. Lo único que me importa es estar contigo. Aunque —añadió mientras la atraía hacia sí— como pretendas quedarte aquí durante la estación de las lluvias, espero al menos que por cuestiones prácticas me dejes construir una casa y tener leña. No sé si me apetece pasarme el resto de mi vida cocinando con estiércol quemado.

Camelia le rodeó el cuello con los brazos y sonrió.

—Tienes que darle otra oportunidad al estiércol —bromeó—. Tal vez con el tiempo acabe gustándote el sabor único que le imprime a la comida.

—De acuerdo. Yo comeré *biltong* hecho con estiércol humeante si tú pruebas el *haggis* crece-pelo que Zareb pretende cocinarme. —Bajó la cabeza y empezó a acariciarle la mejilla con la nariz.

—En realidad, creo que será mejor que vivamos en Ciudad del Cabo —se apresuró a sugrir Camelia, entrelazando sus dedos en el desenredado cabello cobrizo de Simon—. Tengo una casa con una cocina que funciona con leña, y que yo sepa, Zareb nunca ha intentado quemar estiércol en ella.

—Me parece un buen pacto —susurró Simon mientras le regalaba lentos besos por la cavidad latiente de su garganta—. Cásate conmigo, Camelia —suplicó en voz baja y ronca mientras sus labios se rozaban—. Cásate conmigo y dedicaré mi vida entera a hacerte feliz.

Una gran felicidad inundó a Camelia, y le hizo sentir fuerte, segura y plena.

—Sí —susurró con fervor—, siempre y cuando me prometas una cosa. —Se apoyó en él fundiendo su cuerpo con el de Simon.

—Lo que sea —dijo él mientras trataba de reprimir su deseo de tumbarla sobre el cálido suelo africano y penetrarla. Ascendió la mano hasta un pecho y lo empezó a acariciar, despertando el pezón—. ¿Qué quieres, mi amor?

—Prométeme que nunca dejarás de quererme. —Camelia puso sus labios sobre los de él y le dio un profundo beso, saboreándolo y removiéndose inquieta contra su cuerpo hasta que Simon creyó que el deseo le haría enloquecer.

—Coge tus cosas —logró decir con voz ronca—. Te vienes conmigo a Kimberley.

Ella lo miró confusa.

—¿Por qué?

—Porque allí hay una iglesia —explicó—. Y esperemos que también un sacerdote que sea del agrado de Oliver.

—¿Quieres que nos casemos hoy?

—Quiero que nos casemos *ahora mismo*, pero como Oliver se niega a que Zareb oficie la ceremonia, me temo que no tengo más remedio que aguantarme hasta que lleguemos a Kimberley. —Entonces titubeó—. ¿O prefieres que esperemos y organicemos una boda más formal?

Camelia se echó a reír.

—A mí ya me parecía bien la idea de que Zareb nos casase aquí mismo. —Se agachó para recoger el diario de su padre—. Vamos.

Simon reparó en Oscar, Harriet y Rupert, que los miraban fijamente, y suspiró.

—Está bien, os dejo venir a todos.

Gritando de alegría, Oscar dio un salto y trepó a la cabeza de Simon mientras Harriet volaba hasta el hombro de Camelia, y Rupert se deslizaba hasta su pierna para que ella lo cogiera y lo colgara alrededor de su cuello.

—Una estampa encantadora —declaró Simon, que no pudo evitar plantarle un beso a Camelia en la nariz—. Debo de ser el único novio del mundo cuya novia se casa acompañada de una serpiente y un pájaro.

—Tranquilo, me los quitaré de encima antes de que empiece la ceremonia —prometió Camelia.

—Si el sacerdote no se desmaya, a mí no me importa —aseguró Simon ofreciéndole su brazo—. ¿Nos vamos?

Camelia pestañeó con malicia.

—¿Tampoco te importa lo que lleve puesto esta noche?

—¡Menudo descaro! —la regañó Simon—. Mi única condición es que esta noche no haya animales en la tienda de campaña. No quiero distracciones.

Camelia se rió y tiró de él para darle un largo y apasionado beso, dejando claro que pretendía atraer su atención tanto esa noche como en el futuro.

Sobre la autora

Karyn Monk escribe desde que era una niña. En la universidad descubrió su amor por la historia. Después de trabajar durante varios años en el ajetreado mundo de la publicidad, decidió escribir novelas históricas. Está casada con un hombre tremendamente romántico, Philip, al que considera el modelo de inspiración de todos sus héroes.

Para más información sobre Karyn entrar en *www.karyn-monk.com*

www.titania.org

Visite nuestro sitio web y descubra cómo ganar
premios leyendo fabulosas historias.

Además, sin salir de su casa, podrá conocer
las últimas novedades de
Susan King, Jo Beverley o Mary Jo Putney,
entre otras excelentes escritoras.

Escoja, sin compromiso y con tranquilidad,
la historia que más le seduzca
leyendo el primer capítulo de cualquier libro
de Titania.

Vote por su libro preferido y envíe su opinión
para informar a otros lectores.

Y mucho más…